JN008648

サイボーグと結婚したフランシスに捧ぐ

フランシスとピーターは世界と闘う――我らともに征服せん

Peter 2.0
by Peter Scott-Morgan

Copyright © Peter Scott-Morgan, 2021

Japanese translation published by arrangement with
Peter Scott-Morgan c/o United
Agents LLP through The English Agency (Japan) Ltd.

This is about changing
what it means to be human.

我々は生まれながらにして、
「世界を変える」力を持っている。
たとえ、絶望に打ちのめされているときでも。

我々は絶望を抱えながら、ただ生きていくこともできる。
一方で、不死鳥《フェニックス》のように絶望から身を起こし、
繁栄しながら生きていくこともできる。
年齢や性別、育った環境、置かれている立場、抱いている願望。
それが何であれ、我々は皆、後者を選択することができるのだ。

もちろん、絶望は私たちを怯えさせる。
にもかかわらず、希望を打ち砕かれ、恐怖に直面したとき、
我々は自らの意思で、
既存のルールを壊し、運命に抗い、運命を切り開こうとする。

すると、時に信じられないことが起こる。
我々はあらゆる人々の未来に触れ、
そしてすべてを変えることができる。

ピーター・スコット-モーガン

謝辞

本書については、少々ズルをして、謝辞をぐっと短くすることにした。これは保身のためだ。言い訳をさせてもらうと、私は過去にもたくさん本を書いている。しかし、私の本を実際に読んだという人には会ったことがない。少なくとも、親戚や友人にはいなかった。仮に読んでいたとしても、あくまでお義理程度であり、最後まで通して読んだ人はいなかっただろう。ところが、この本には大勢の親戚や友人知人が、実際に本文中に登場するわけだ。私としては、誰が出てくるのかをいちいち当人に知らせるような、素人くさいミスをおかすつもりは断じてない。そんなことをしたら最後、彼らが次に何をするかは明白だからだ。そう考えると、これはズルなどではなく、一種の社交術なのである。

謝辞を簡略化することのもうひとつのメリットは、このページがアカデミー賞の退屈な受賞スピーチみたいにならずにすむという点だ。代わりに、私はさっさと感動的なクライマックスの部分から入ろうと思う。すばらしきローズマリーとダンをご紹介しよう。この２人、そして彼らのチームなくして、読者が私を知る機会は永遠に訪れなかっただろう。

私のエージェントであるローズマリー・スカウラーは、偉大なるユナイテッド・エージェンツ社の大黒柱だ。

エージェントという人種の特徴として、攻撃的な警察犬を思わせる人物が異様に多いことが挙げられる。女性のエージェントは特に手ごわい――いわば、口紅とヒールで武装した警察犬だ。だが、ローズマリーについては異なる印象を持っている。もし、彼女にも犬族のＤＮＡが受け継がれているのだとすれば、ご先祖は実直なテリア犬だったに違いない。かわいらしく尻尾を振りながらも、決して主人のそばを離れようとしない忠義者だ。

要するに、ローズマリーはとにかく愛らしい。同時に、信じられないくらい有能なのである。彼女のチームも同様だ。

私は根っからの楽天家なので、今後、仕事上の付き合いがなくなっても、ローズマリーとは忠実な友人同士でいられるだろうと期待している。そして、互いに尻尾を振るように再会を喜び合うのだ。

出版ディレクターであるダニエル・バンヤードは、偉大なるペンギン・ランダムハウス社の大黒柱である。

出版ディレクターという人種とは、私がまだ若手だったころから仕事をする機会があった。しかし、ダンほど思いやりにあふれ、知的で、寛大で、鋭い着眼点を持ち、献身的で、度胸があり、クリエイティブで、刺激的で、大胆なアイデアに対してオープンな人物には会ったことがない。要するに、ダンもとんでもなく有能なのである。

具体例を挙げると、本書には、著者の私からしても大きな賭けだと感じた3つの章が含まれている（どの章のことなのかは、読めばわかるはずだ）。私は大いなる情熱をもってこれらの章を執筆したが、突飛で常識破りな内容であることには違いない。そのせいで、私とダンの親密な関係にひびが入ることも十分に覚悟していた。

しかしダンは、目を通した瞬間から、私と同じくらいこれらの章に夢中になってくれた。彼に対しては、ただただ感謝の念しかない。

ダンのチームと組んで仕事をするのも、このうえなく心楽しい経験だった。私は彼らに、クリエイティブなプロ意識と並外れた才能の完璧なアンサンブルを見た。かつて出版業界と仕事をしたときには、感じたことのなかったものだ。実際、本を書いていてこれほど楽しかったことはない。


さて、最後から2つ目の謝辞は、禁則を破って家族に捧げたいと思う。私にはすばらしい甥が3人いる。リー、デイヴィッド、アンドルーだ。それぞれが異なったやり方で、私が充実した毎日を送るための手助けをしてくれている。とりわけアンドルーは、この本の半分を執筆したといっても過言ではない。私が自分でキーボードを打てなくなってから、口述タイプを引き受けてくれたのは彼だった。

そして、最大級の謝辞は、読者がこれからよく知ることになる、ある人物に捧げたい。彼こそが、本書の陰の主人公にして、真のヒーローだ。

とはいえ、読者にはまだ、この言葉の意味が十分には伝わらないだろう。なので、ここではこう述べるにとどめておく。

彼は昔から私にとって、理想の〝騎士アヴァロン〟だった。しかし後年、精神力の限界を試されることになったとき、彼が示した器の大きさ――勇敢さ、忠実さ、大胆さ――は、10代の私が想像していたものを、はるかに凌駕していたのである。

NEO HUMAN　ネオ・ヒューマン――究極の自由を得る未来　目次

Contents

PART 2
ルールをぶっ壊す
Humans matter because they Break the Rules.

PART 3 愛はすべてに勝つ

Love eventually Conquers All.

PART

1

科学は魔法に通じる

Science is the only route to Magic.

1 ささいな異変

「で、君の名前のうしろには、ここ最近、どんな長ったらしい肩書きがついているんだい？」アンソニーが尋ねる。彼なりの気配りだろう。私はさきほど、アンソニーの名前のうしろに大英帝国勲章を受けたことを示す「ＯＢＥ」が加わったことを話題にした。そのお返しというわけだ。

「博士《PhD》、インペリアル・カレッジ卒業生《DIC》、理学士《BSc》、認定情報技術者《CITP》、公認技術者《CEng》、英国コンピュータ協会会員《MBCS》、観光学博士《MRTS》、ロンドン・シティ・ギルド協会準会員《ACGI》……」最も古くからの友人を前に、うっかり顔を出した自慢屋の〝少年ピーター〟が早口でまくしたてる。〝大人のピーター〟はあわててフォローを入れた。「……それにしたって、ＯＢＥのほうが圧倒的にすごいけどね」

アンソニーと私は、入念にスケジュールをすり合わせて、同じ時期にロンドンに滞在していた。シカゴが拠点のリリック・オペラで総監督を務めるアンソニーは、信じられないようなペースで世界中を飛び回っている。

一方、10年ほど前にフランシスと結婚して以来、私自身も1カ所に留まることはほとんどない生活を続けていた。長年の夢を叶えて世界中を訪ね歩いているのだ。このときは、珍しく共に過ごせるタイミングが見つかり、近況報告と思い出話に花を咲かせていた。

「つまり、僕が見逃した歴史的な瞬間というのは、君と彼のシビル・パートナーシップ【法律によって認められたパートナー関係】のセレモニーではなく、本物の結婚式だったというわけかい？」

「そうなんだよ！　去年、また法律が変わって、シビル・パートナーシップから婚姻関係に更新できるようになったんだ。でも、手続き自体は過去にさかのぼって行うので、僕らの結婚証明書の日付は２００５年の12月21日なのさ。なんと、自分たちも知らないうちに９年間も結婚していたというわけだよ！」

「ご両親が元気なうちに、晴れの姿を見せられて本当によかったな」

父と母は３カ月とあいだを置かずに亡くなった。２人とも90代後半になっていた。最後の２年、彼らの世話をしたのは私とフランシスだった。

「それはそうと、君たちのインドでのハネムーンについて聞かせてくれよ。コリンと僕も近々そっちに行くつもりなんだ。ぜひアドバイスが聞きたいね！」。コリンはアンソニーの夫だ。２人が一緒に暮らすようになって、もう何十年もたつ。「君たちの旅行熱に火がついたのは、ハネムーンのときなんだろ？」

「ああ、そうさ。ある日突然、２人してこう考えたんだ。『このままずっと旅を続けたっていいんじゃないか？』って。それまで、一生懸命に節約してきたからね。たくさん貯めようと思えばキリがないけど、必要十分な額なら手が届く。むしろ絶対的に不足しているのは、僕らが比較的若いうちに一緒にいられる時間のほうだと気づいたんだ。だから僕は……」私は指を折り曲げて引用符の形をつくった。「〝引退〟したのさ」

「40代のうちに――」

「まあ、ぎりぎり間に合ったよ！」

もっとも、コンサルタントとしてさまざまな企業や組織から引き受けていたプロジェクトのいくつかは継続していた。私にとって、このうえなく楽しい仕事だったからだ。

「見るからに〝引退〟生活を満喫しているようだな！」アンソニーは私のしぐさを真似て言った。

「最高だよ！　2冊ほど科学系の本も書いたりしたけど、たいていは地理や歴史や美術の世界にはまっているんだ。学生時代には満足に勉強できなかったからね。フランシスも僕も健康そのものだし、2人とも大の冒険好きときている。あと20年間はこのまま冒険を続けたいよ。ようやく、思いどおりの人生が実現したんだ……」

最初の異変

ある冬、私とフランシスは北極圏へオーロラを見る旅に出かけた。最果ての地で熱い風呂を堪能したあと、私はぬるくなったバスタブの湯の中に立って体を拭いていた。何かを踏んづけた犬のようなしぐさで左足を持ち上げ、水滴を振り払う。それからバスマットに足を下ろして、次に右足を持ち上げた。

異変が起きたのはこの瞬間だった。このときを境に、私の世界は音を立てて、別次元へとなだれ込んでいく。そして以後、まったく想定外の未来に向かって、超高速で突き進んでいくことになるのだ。

右足が思うように動かない。水滴を振り払おうとしても、わずかにくねるだけ。せいぜい、のろのろ動くといった程度だ。ガラパゴス諸島の年老いた巨大ガメが足を揺すれば、きっとこんなふうに見えるだろう。

私はこのとき、何か奇妙なことに遭遇した科学者の習性として、その事実を淡々と記憶に留め、ひとまず風呂から出た。

同じようなことが数回ほど起きたあと、私は足がつったのだろうと解釈することにした。肉離れを起こしたのかもしれない。どのみち大したことじゃない。納得できる仮説を得て、この出来事は無意識下へとしまいこまれ、私の脳は緊張を解いた。それから丸３カ月は何事もなく過ぎた。

そんなある日のこと。私たちはロドス島を訪れていた。完璧な状態で保存されている美しい古代ギリシャ神殿を目指して坂道を上っている途中、私は脚に震えを感じた。

それほど大げさな震え方ではない。だが疑いようもなく、特定の歩き方や座り方をしたときに、右脚に震えを感じるのだ。必ずというわけではないし、気になるというほどでもない。しかし、念のために理学療法士に脚を診てもらうことにした。

2週間後、療法士に会いにいくと、彼は私の脚をつついたり伸ばしたりして、たくさんメモを取った。

そうですね、強い筋挫傷を起こしているのかもしれません。少しばかり裂けている可能性もありますね。ほかに症状はありますか？　そう尋ねられ、私は脚の震えについて話した。

「私は気づきませんでしたが――」

「いえ、そうなる条件があるんです。ほら、こんなふうにすると……」

「ああ、なるほど」

それは、人をなんとなく不安にさせる「ああ」だった。どんな考えがよぎったのか、知らないほうがいいとでも言うような「ああ」だ。しかしもちろん、私は知りたかった。

「それで、こうした症状は、一般的には何を意味するのですか？」

私はとっさに、話し方をよりプロフェッショナルな調子へと切り替えた。話題の繊細さを相手に意識させずに、あくまで対等な立場で、要点のみを尋ねるのだ。そうすれば、最短で最大限の情報を得ることができる。

「そうですね。クローヌスと呼ばれる現象だと考えられます」

その単語を耳にした覚えはなかった。私には、ぼんやりとではあるにせよ、大方の医療用語を記憶している自信がある。その私が知らないということは、かなり珍しい部類の病気に違いない。

図々しくもそう当たりをつけた私は、あれこれ考える前に、ずばり踏み込むことにした。「神経障害の一種でしょうか？」

「そのとおりです！　上位運動ニューロン障害の可能性が疑われます。すぐにかかりつけ医の方への手紙を用意しましょう。かかりつけ医から神経科医を紹介してもらって、ＭＲＩ検査を受けてください」

理学療法士が慌ただしく書き上げた手紙をお守りのように握りしめ、私は診療所を出た。私の脊髄もしくは脳に悪さをしている（それが療法士の言葉の意味するところだった）のは、いったい何物なのか？

頭の中に、ありがちな〝障害〟の候補が駆け巡る。どこかでケガをしたというのがいちばんありそうな線だが、最後に体を強く打ったのは10代の後半の話だ。当時、私は空手を習っていた。今ごろになって問題が起きるなんてことがあるだろうか？

もちろん、がんの可能性もある。脳腫瘍ができていれば、こんな状態になるかもしれない。

しかし、それ以外の症状がないのは変だ。

脊髄の中に腫瘍ができている？　だとすれば、果たして手術できるものだろうか。あるいは軽い脳卒中を起こしている？　その場合、何か大病の予兆であるはずだ。いずれにせよあまり嬉しいニュースではない。

運動をコントロールできないという点では、脳性麻痺も当てはまりそうだが、その線はまずないだろう。脳性麻痺なら子どものころから始まっているはずだ。
なら、多発性硬化症はどうか？　よくある病気だし、年を取るほど発症しやすい。そして難病だ。有力候補に違いないが、少なくとも脳腫瘍よりはましだろう。

10日後、私は狭い寝台に横たわり、ＭＲＩ装置の内部へと、ゆっくりうしろ向きにスライドしていった。ＭＲＩ検査を受けるのは初めての体験で、私はこの装置にすっかり魅せられてしまった。

ＭＲＩ、すなわち磁気共鳴画像診断は、超伝導磁石を液体ヘリウムで冷却して強力な磁場を発生させる。それで人体のさまざまな部分から出される微細な信号をキャッチして、３Ｄ画像を構成するのだ。そしてこの装置は、とてつもなくうるさい。

検査技師から渡された高性能の耳栓をもってしても、入ってくる音は〝不快〟という表現では生ぬるいほどだった。

1秒に数拍というペースで強烈な磁力がドスドスとビートを刻み、装置全体がそれに合わせて揺れる。必然的に、装置の中に横たわっている私の体も揺れることになる。まるで大砲の一斉射撃のような音（と感覚）だ。ドスドスの背後では、空気式のハンマーが鋼鉄のヘルメット越しに頭をかち割ろうとしているような音がする。イラク戦争の〝衝撃と畏怖作戦〟の医療バージョンといったところか。私はこの中に2時間も閉じ込められていた。

容疑者不在

私は昔から人の表情を読むことにかけては自信があった。しかし、このときの脳神経内科医の顔からは何も読み取れなかった。その事実を額面どおりに受け取るならば、〝相手に悪い知らせを告げなくてはならない人物が、職業的に身につけた無表情〟ということになる。

脳神経内科医は大きなコンピュータ画面の前にある椅子を私にすすめ、部屋の隅からフランシス用の椅子も運んできた。私たちが腰を落ち着けるのを待って着席した脳神経内科医は、唐突ににっこりと微笑んだ。

「診断結果についてご説明する前に、体内に悪性のものは一切、見つからなかったことをお伝えしておきます。ですから、どうぞ肩の力を抜いてください！」

私は、自分がずっと息を詰めていたことに気づいた。〝科学者ピーター〟は、最悪の宣告に備えて大量のアドレナリンを血中に放出していたようだ。私はチクチクとしびれるような感覚の中で、プロフェッショナルとしての仮面を取り戻した。

「ああ、それを聞いて安心しましたよ」落ち着け。声のトーンを下げろ。品評会で賞を獲ったペチュニアが、今年もきれいに咲きましたという話を聞かされているような調子を保つんだ。

「それで、いったい何が起きているんです？」

脳神経内科医は、私の脳画像の解説を始めた。

「見事な脳をお持ちですね」まるで自分の手柄でもあるかのような口ぶりだ。「ほら……これが頭蓋骨の内部です……まったくきれいなものですよ」そのフレーズが、私の著書の推薦文に使えるかどうかは微妙なところだが、彼が褒め言葉のつもりで言っているのはわかった。

それから、脊髄の断面が上から下に向かってゆっくり表示されていく。見事に大きさのそろった黒い円の外側を、椎骨《ついこつ》のでこぼこした輪郭が取り巻いている。モノトーンの抽象画のようだ。

そこには、何も不吉な兆候などなかった。せいぜい、脊柱が軽く彎曲《わんきょく》しているのが見つかったくらいだ。これで、なぜ私の骨盤は左右で高さが違うのかという10代からの疑問が解消された。

結論から言うと、あらゆる疑いは晴れた。脳に腫瘍なし、脊髄に腫瘍なし、多発性硬化症の兆候なし。運動ニューロン障害の可能性も除外された。神経が圧迫されている気配もない。まったく、なんの問題も見られないのだ。有力な容疑者が全員いなくなってしまったため、脳神経内科医は私のかかりつけ医に、私は何か非常に珍しい病気を患っているようだと伝えた。その結果、私はますますマニアックな検査に駆り出されることになる。

たび重なる検査

最初はごくつまらない胸部X線検査から始まったものの、すぐさま膨大な数の血液検査のフルコースが続いた。検査用紙に記された素っ気ない略号から察するに、エイズがらみの検査だけでも3つあった。自己免疫疾患と神経障害がしばしばよく似た症状を呈することを考えれば、大いに納得のいくセレクトだ。

すべての検査で〝陰性〟の判定が出た結果、さらに検査を増やすことになった。このときばかりは、病院の採血担当医もつい本音をもらした。「わあ、この中のどれにも該当しなければいいけれど。どの病気も最悪ですよ！」

しかし、それらもすべて陰性。もはや残された血液検査はマニアックというレベルを超えて、超現実《シュルリアル》の域に達している。それでも何も見つからない。

その後、いくつかの遺伝子検査（いずれも異常なし）を経て、脳神経内科医はすっかり途方に暮れてしまった。やけくそ感をほとんど隠そうともせず、彼は追加の病名候補を提示してみせ、このリストで本当に最後だと請け合った。そのリストを見て、いまや私の親友も同然になっていた採血担当医もまた、頭を抱えてしまった。

「こんなの、ほとんど聞いたこともありませんよ」検査可能な項目をコンピュータでチェックしながら彼女は言った。項目の２つは選択肢にすら入っていなかった。

彼女は何度か電話をかけ、やがてどこかにある謎のラボにたどり着くと、そこで検査が可能かどうか問い合わせた。おかげで、回答をせっつかれた先方の担当者は、データベース化されていない紙のファイルを引っかき回す羽目になった。

「これできっと、あなたの体で何が起きているのか、真相がわかるはずですよ」

そうであってほしいと心から願った。

私は注意深く自分の体調を観察していた。起きている異変がなんであれ、それが１週ごとに脚全体に広がっていくのを感じていた。じわじわと、情け容赦なく。診断が下されるまで、これを止める手立ては何ひとつない。

そして2週間後、診断結果が戻ってきた。

2 運命の日

すべての人間は、生まれながらにして宇宙を変える権利を手にしている。

16歳の誕生日を迎えるまでに、私はこの真理に到達していた。宇宙を変えるための必要条件は、既存のルールをぶっ壊していくことだ。私はこの考え方が気に入っていた。とはいえ、具体的に何をすればいいのかについては、ずっとあやふやなままだった。

誕生日からひと月が過ぎた5月。あのまばゆいほどに晴れわたった水曜日の午後、本能的に人生に歯向かおうとしなければ、今日の私は存在していないかもしれない。

したがって、まずはパブリックスクール時代の校長にありったけの感謝を捧げておくべきだろう。彼のことを、教師としても人としても評価したことなどなかったことを思えば、皮肉な話だ。校長は校長で、私の存在を神と人類に対する冒涜と見なしていた。

とはいえ、以下は事実として認めなくてはならない。あの日、校長が私の人生に踏み込んでこなければ、今ごろ私はいけすかないエスタブリッシュメントの一員として囲い込まれていただろう。そして、生ける屍《しかばね》になっていたはずだ。

未来予測

　私の人生を変えたその午後について語るには、英語の授業が終わりに差しかかった12時28分ごろから始めるのがいいだろう。私は年季の入った学習机のうしろに立ち、「未来」と題した作文を朗読していた。日頃の思索の成果をクラスメートに披露する機会だ。

　机に負けないほど年季の入ったわれらが英語の先生は、耳を傾けつつ笑みを浮かべ、励ますようにうなずいていた。幸いなことに、この作文はすでに先生から激賞の言葉と共に「Ａ＋」の評価をもらっていた。

「すばらしい想像力。未来がこれほど愉快ならいいのだが！」

　私がこの作文をフィクションではなくノンフィクションとして書いたことを思えば、いささか的はずれなコメントではあった。もっとも、先生に対して公平を期すならば、私の母も同じ誤読をしていたように思う。私が家に持ち帰った数々の作文の中で、母が亡くなるまで取っておいたのはこの1本だけだった。

「……僕の脳を電子の脳と接続すれば、２つを合計した以上の処理能力が得られるはずだ。結論を述べる。僕の五――」

　昼休みを告げるベルが鳴った。しかし誰も動かなかった。ベルは教師に向けた合図であって、生徒に向けられたものではない。先生は軽く手首をひねって、私に先を続けるよう促した。

「結論を述べる。僕の五感は無数の電子部品によって増幅され、僕の自我を進化させる。僕は人として進化を遂げるのだ。クルマを運転したり、巨大な船を操縦したりする代わりに、僕自身がそのクルマになり、その船になるのである」私は先生を見上げ、終わりの合図を送った。

「実にすばらしい奇想だよ、スコット！　いつか君は科学ファンタジーに一大センセーションを巻き起こすだろう！　見事な作文だ」先生は、一声を待ち構えている生徒たちを見渡した。

「解散！」

「この、ゴマスリ野郎！」左隣の席からシンプソンが立ち上がって言った。私の大ファンとは言いがたい相手だ。「全部、『ドクター・フー』のパクリじゃないか」

机の上を片づけながら、この中傷に対してはひとこと言ってやらねばならないと思った。「『ドクター・フー』に、さっき話した僕の未来予測に類似するエピソードは1つも登場していない。放送が開始された1963年11月23日土曜日の午後5時15分以来、1度もね」

「そうなのかい?」教室を出ようとする私たちに加わったのは、ちびでやせっぽちのコナーだ。なぜか私とシンプソンの両方と仲がいい、奇特な少年である。私はコナーのことが好きだった。それも、すごく。

「お前ってときどき、まじでクソ野郎《ワンカー》になるよな」シンプソンが言った。

「そうなんだよ」と私。「1日に数回かな【ワンカーには〝マスかき野郎〟の意味もある】」あけすけな言葉にふさわしいあけすけな笑みを、私はコナーに向けた。「一緒にというのなら、いつでも歓迎するよ……」

コナーは小悪魔のような笑みを浮かべた。まんざらでもなさそうな、からかうような表情で、愛らしいグリーンの瞳をくるりと回す。

「ポデクス・ペルフェクタス・エス！」そう言いながら、コナーは私の目をじっと覗き込んだ。

「愛してる」という言葉にこそふさわしい響きだ。しかし悲しいかな、直訳するとこうなる。

「君ってほんとに最低！」

「ポデクス・ペルフェクタス・ハベス！」私は愛情たっぷりに応じた。コナーの機嫌を取りつつ、ラテン語をひけらかそうとする意図も込めて――「君は完璧な肛門の持ち主だ！」

「このホモめ！」コナーは笑顔で言い返した。

「まったくイラつくホモだな！」と、会話に乱入してきたのはフォスターだ。私より5センチほど背が高く、スクラムを組むために生まれてきたような体格の持ち主である。私は彼が日ごろ周りから受けているであろう以上の敬意をもって、彼に接するようにしていた。ひとたびやり合うことになれば、フォスターは舌戦ではなく腕力に訴える男だったからだ。

支配階級《エスタブリッシュメント》

その日の昼休みは特に予定がなかったので、私はさっさと自分の活動を始めたかった。

主廊下の突き当たりにある巨大な扉から、〈グレート・ホール〉の建物の外に出る（この本館を、私はいつも赤レンガでできた大聖堂のようだと思っていた）。外はうだるような暑さだった。眼前に並んだいくつものテニスコートの先に、よく手入れされた芝生の運動場が広がっている。ここからは見えないが、運動場の右手には科学実験棟が長く延びている。運動場はさらにその反対側からプール棟に至るまで続いていた。

一方、私の背後には、グレート・ホール越しにウィンブルドン公園《コモン》、通称〈ザ・コモン〉の広大な緑地が広がっている。

私はこの豊かな環境を、ごく当然のものとして受け取っていた。上層中流階級《アッパーミドルクラス》が支配するロンドン郊外のウィンブルドンで、最も高価な土地に鎮座する赤レンガの大伽藍《がらん》。それがイートン・グループの一員たる名門、わがキングス・カレッジ・スクールだった。

私はそれ以外の世界を知らなかった。学校こそが私の居場所だった。私は3歳からキングス・カレッジ・スクールの付属幼稚園に通っていた。7歳になると、大半のクラスメートと共にグレーのブレザーを赤いブレザーに着替え、リッジウェイ通りの反対側にある小学校《ジュニアスクール》に通うようになった。

16歳の誕生日を迎えるころになって、ようやく私は恵まれた立場を自覚するようになった。私にこれほど高度な教育が許されていたのは（とりわけ、実家が労働党政権下で95パーセントもの所得税を取られていたことを思えば）、幸運にもエスタブリッシュメントの家庭に生まれたからなのだ——親族全員がそうであるように。

親戚の誰もが裕福で、社会的地位が高く、有力者とつながりを持っていた。そのことについて、私はなんの疑問も抱いたことがなかった。高等法院の裁判官もいれば、叙勲された者も複数いる。政府高官、大学役員、大勢の社長に会長たち。その全員が、いささか他人行儀な態度ではあったが、私への愛情を表明していた。

もっとも、この数年後には、1人残らず手のひらを返すことになる。

生徒代表

学校の敷地内を移動していると、スティンカー《クサい》先生とすれ違った。この親しみのこもったニックネームを先生につけたのは、何十年も前の小学校の生徒たちだ。その原因となったパイプを相変わらずふかしている。

「元気かね、代表!」

「先生!」私はいまだに〝代表〟扱いしてもらえたことに感動した。私が生徒代表《ヘッド・オブ・スクール》だったのは、まだ小学生だった3年も昔の話なのだが。

スティンカー先生の挨拶は、半年後には、ここシニアスクール【13歳から18歳が通う中高一貫校】でも監督生代表《ヘッドボーイ》に選ばれるだろうという自信を深めてくれた。

先生はいつまでも、私を代表と呼んでくれてかまわないのだ。数日後には、私はハウス【学生寮に由来する、学年縦割りのグループ】の監督生に選ばれるはずだった。それはつまり、ヘッドボーイの候補になるということだ。

講堂である〈リトル・ホール〉の窓から中を覗き込むと、奥にあるステージを端から端まで見渡すことができた。13歳の私は、全校集会が開かれるたびに、生徒代表として先生方と並んでこのステージに立ったものだ。

私が代表に選ばれたころには、この役職はほとんど名前だけのものになっていた。しかし生徒指導カードを渡す権限はまだ残されていた。このカードを食らった者の大半は校長室送りになり、鞭打ちによる罰を受ける――もっとも、低学年の生徒が鞭で打たれるケースは稀だったが。

昔はもっとひどかったらしい。過去の生徒代表の中には、自らの手下である監督生たちを一人残らず校長室送りにした者もいたという。古株の教師が楽しげにそう言っていた。ともあれ私の時代には、もはやこの権限は職務のハイライトとは見なされなくなっていた。


リトル・ホールという名前にしてはやや大きすぎる建物の脇を通り過ぎ、〈小修道院《ザ・プライオリー》〉と呼ばれている一角に向かう。するとウィギー《かつら》先生のおんぼろバイクに行く手をさえぎられた。フルスピードで角を曲がってきた先生に、あわや轢かれそうになったのだ。私は間一髪で飛びのき、衝突音に備えた。

幸いバイクは反対側に逸れていったが、あまり幸いでないことに、先生はもう少しで壁に激突するところだった。ハンドルを片手で握っていたのでは無理もない。先生のもう片方の手は、しっかりと頭の上に置かれていた。気流にあおられて、かつらがハタハタとそよいでいる。

それでも、数週間前に科学実験室で起きた事故よりは、大分ましな状況と言えた。その日、不運にも何かが爆発し、その衝撃で先生のかつらが完全に吹き飛んだ瞬間を私は目撃していた。

「気をつけたまえ！」いささか不当な罵声が飛ぶ。
「すみません！」

秘密の宝物

無傷でその場をあとにした私は、音楽棟のほうへ歩いていった。ヴィンテージの黒いロールス・ロイスがアーチ道に駐車されている。私は車の持ち主に挨拶しようと、建物の中へ入った。音楽棟の大広間は、私にとってなじみ深い場所だった。毎日のお祈りの時間の前に30分間、私の所属する聖歌隊の練習がこの部屋で行われていたからだ。

ウォーターズ先生の温かい笑顔が私を迎える。

「ごきげんよう、ピーター。ここで会えるとは、なんと嬉しい驚きだろう」

教師が生徒をファーストネームで呼ぶことはまずない。だが、人のいない場所では、ウォーターズ先生はいつもそうしていた。

「明日までオーボエをここに置かせてもらってもかまいませんか？」

「もちろんだとも、坊や」

しばし雑談を交わしたのち、私は先生に暇《いとま》を告げ、美術棟へ向かった。美術棟は、小修道院を突っ切って、図工室のある建物を行き過ぎた先にある。

上級生であることの最大の利点は、ブレザーの代わりにスーツを着てもいいこと、そして全校昼食に参加しなくてもすむことだった。私が目指していたのは、美術棟の上階にある教室だ。

使われていない大きなテーブルの上には、私がこの8カ月間、昼休みを利用して精魂を傾けてきた作品が保護シートに覆われている。まだ未完成ではあるが、この作品こそ、私にとって何よりも大切で、何よりも私的な宝物だった。

3 暗転する世界

私はカバンからサンドイッチを取り出し、羽ペンをインクに浸した。縦1センチ弱の極小のイラストの脇に、細心の注意を払って筆記体で注釈をつける。90×１２０センチ大の分厚い手漉き紙の上では、ほとんど見失ってしまいそうな絵だ。私はうしろに下がって、作品全体のバランスを確かめた。

「見事なものだな！」背後から唐突に声がした。

美術のラリー・フィッシュ先生だった。痩せ型でおしゃれな、40代の独身男性だ。私は彼のことをゲイだろうと踏んでいた。

「君が作業している最中に、音を立てて邪魔したくなかったんだ。で、〈アナラクスの炎〉とは何のことなんだい？」

ゲイであろうがなかろうが、フィッシュ先生は信用できる相手だとわかっていたので、私は本当のことを話した。

「アヴァロンが、初めてラハイランと恋に落ちる場所なんです」
「ラハイランとは、君自身のことだったな？　私の記憶が正しければ」
「ええまあ……」

世界を創造する

この話には込み入った背景がある。３年前、私は別世界の創造に着手した。架空の国、サラニア王国を主な舞台とするファンタジーの世界だ。

私はこの世界の地理を創造し、いくつもの文化を生みだし、言語と文字と、筆記体と記号も発明した。14歳の夏休みの大半は、サラニア風の竪琴の設計と制作に費やしたものだ。この竪琴は、今なお私のオフィスに堂々と飾られている。

なかでも最も重要な発明は、神話と英雄譚《たん》と物語詩《バラッド》だった。大好きだったトールキン作品の影響を受けているが、大きな違いが1つある。私が創作した英雄と魔法の物語は、必ず男性同士のラブストーリーを中心に回っていた。

情熱的でドラマティックでロマンティックな男性同士の恋のモデルが現実世界に見当たらないのであれば、自分の手でつくりだせばいい。そう思ったのだ。

このとき私が制作していたのは絵入りの古地図だった。中世の写本を思わせる、幻想的な作品だ。これまで夢想してきたあらゆる物語の舞台を1つひとつ記録したものだった。

どの地名にもエピソードがあり、どのキャラクターにも人生がある。ここ何カ月ものあいだ、私は次々と地図に新たな注釈を加えていた。フィッシュ先生はそのたびに、興味を引かれた語句やランダムに目についた語句を取り上げて、その由来を尋ねてきた。

私はブロンドの髪を持つ見習い魔術師《ウォーロック》のラハイランに、自分自身を重ねていた。先生もそれに気づいていた。私はラハイランと騎士アヴァロンの尽きせぬ物語を、先生に語って聞かせた。しかし、はっきりと2人が恋愛関係にあることを認めたのはこのときが初めてだった。

私は2人が全宮廷の前で愛を宣言した儀式について語った。彼らはみなが見守る中でキスを交わす。それ以降、2人の結婚は公が認めるものとして、王国中で祝福されることになるのだ。

科学と魔法

この展開を、フィッシュ先生はごく当然のことのように聞いていた。

「君はいつだって、君だけの世界を持っている」優しい声で先生は言った。「君が9歳のころ、美術で賞をとったときにもそう言ったよな？　君が大学の入試科目《Aレベル》で美術を選択しなかったのが、かえすがえすも残念だ」

この問題については、1年前にも先生と話し合っていた。大学の入試科目を3つ選択しなくてはならなかったときのことだ。

「よりによって英語まで外すとはね」ずいぶん前の議論を蒸し返して先生は言った。「君には絶対、芸術の道が向いているだろうに。あるいは物書きになるか。それとも……」何かを思いついたように、先生は言葉を切った。「……役者とか。ロジャーズ先生なんて、いまだに『聖女ジョウン』での君の熱演を絶賛しているよ。あの劇で君が演じたジョン・ド・ストガンバー役は見ものだった。なにせ毎晩、観客の前で号泣してみせたんだからね……」

「人前で泣いただけですよ。赤ん坊にだってできます」

「さてね。ロジャーズ先生は、来年の劇では君を主役に推すつもりのようだが」突如、堰《せき》を切ったように先生の言葉があふれ出した。「君は監督になったっていいんだ。映画でも、テレビドラマでも、なんでも！」

その顔には、苛立ちと、気恥ずかしさと、思いやりが同時に浮かんでいた。「君なら、その世界にぴったりとはまるだろうに」その言葉の真の意味をなんとか伝えようとしてか、先生は顔をゆがめた。

おそらく私は、先生が言いたいことを正しく理解していただろう。だが、そのまま進路について議論しているという体《てい》を貫いた。

「わかってます。僕は演劇部が大好きです。できれば入試科目に美術と英語も選択したかった。もちろん地理と歴史もです。以前、先生に言ったことがありますよね。僕は生まれる時代を間違えたんじゃないかって。ダ・ヴィンチの時代なら、科学と美術のどちらかを選ばなきゃならないなんてことはなかったはずなのに！　数学と物理と化学しか選択できないなんてひどい話ですよ。生物学さえ、外さなきゃならなかった——おかげで、僕は医者にはなれないんです」

「私が言いたかったのは、君はもっといろいろな人たちと出会えるだろうということなんだよ……」慎重に言葉を選ぼうとして、先生の話し方はゆっくりになった。「……君と同じように考える人たちと。君がアートの世界に進めばね」

「でも、僕にとってはいつだって科学がいちばんなんです。アインシュタインの時間の遅れの公式だって、7歳のときから暗唱することができました。その響きが好きだったから」

「どういうことかな?」

「時間の遅れの公式というのは、相対性理論の公式なんです。移動のスピードが速くなるほど時間の進みが遅くなることを示しています」

先生はますます困惑した顔になった。

「地球からロケットに乗って、1年がかりで宇宙を1周する旅に出たとしますよね。最初の6カ月は、物体が自由落下するときのレートで加速を続けることにします。残りの6カ月は、同じレートで減速します。すると、家に戻ってきたとき、僕の知り合いは1人も生きていないでしょう。その間、地球では何百年もの時間がたっているからです。

これって魔法みたいじゃありませんか? でも現実なんです。だから僕は科学が大好きなんだ。物事に説明がつくからといって、魔法が魔法でなくなるわけじゃないから」

「ほら、私はまさにそれが言いたかったんだよ! ピーター、君は科学の道に進もうとしている。でも、君の居場所は本来、ロマンスや愛や魔法の世界にあるはずなんだ。科学の対極にあるものだよ!」

「まさにそこがポイントなんです――僕は、対極にあるとは思ってない。同じものを別の角度から見ているだけの話なんですよ」

一瞬の間があいた。先生は負けを認めたらしく、今度は善意からの警告をまっすぐにぶつけてきた。「君と同じように世界を見ている人が、それほど多くはないということはわかっているんだろう？」

その言葉を、事実と捉えるべきなのか、私への称賛と捉えるべきなのか、批判と捉えるべきなのか、私にはわからなかった。

「かまいません！　そういう人に出会えたら、ちゃんとわかるようなテストを発明したんです。キャメロット・テストと呼んでいるんですけど」

フィッシュ先生は黙って眉を上げ、先を促した。

「キャメロット城の住人の誰になってもいいとすれば、先生は誰になりたいですか？　アーサー王？　それともランスロット卿？」

「たいていの人は、アーサー王を選ぶんじゃないかな？」

「そうかもしれません。でも、僕ならアーサー王や騎士たちではなく、魔術師のマーリンを選びます……」

先生はゆっくりと笑みを浮かべた。「君の言いたいことはわかった気がするよ。ただ、もう一度だけ確認しておきたかったのさ」先生は腕時計に目をやった。「ところで君は、ハウス対抗のフェンシング試合に出るのではなかったかな？」

私は自分の時計を見た。「しまった！」

「かまわない。行きたまえ」
私はカバンを掴んで、夢中で走り出した。それから半世紀を経た今もなお、私の人生において最大のトラウマとなっている出来事に向かって。

フェンシング

年に1度、私の学校では6つのハウスが競い合うフェンシングのトーナメントが開催されていた。あと少しで試合が始まってしまう。私は選手として参加することになっていたが、困ったことにまだ制服を着たままだった。

人気《ひとけ》のなくなったフェンシング場の更衣室に駆け込み、棚から装備一式を下ろして着替えを始める。

「〝粋な遅刻〟ってやつかな」いつもどおり嫌味たっぷりに近づいてきたのは、後にオペラのプロデューサーになるアンソニーだ。その顔には親しげな笑みが浮かんでいる。

「ニコルソンに勝てるなら、なんだってするさ！」

がっしりした体格のアンソニーは、私の1学年上で、別のハウスに所属している。両親はハンガリー人（母親はアウシュヴィッツにいたことがある）。科学に興味はなく、法律の道に進む予定だ。フェンシングにも興味なし。ガールフレンドは2人いる。そして私の親友だ。

多くの点で異なっていても、なぜか私たちはうまが合った。そしてアンソニーは、悪意あふれる物真似の名人でもあった。

「スコット！」私たちが大嫌いなハウスマスターの口調をうんと誇張してアンソニーが叫ぶ。

「また遅刻とは！　ハウスの恥、わが校の恥、世界の恥だぞ！」

私たちはげらげら笑った。笑いながら、私はフェンシング用の白いジャケットの肩についたボタンを留め終えた。

「問題ないかな？」

アンソニーはすばやく私の装備をチェックした。

「白衣の麗人だな」とコメントする。「健闘を祈るよ！」

「ニコルソンには勝てっこないよ。せいぜい、あまり無様な負け方はしないように頑張るさ」

私はマスクと剣《フルーレ》を掴むと、試合場へと走っていった。


それから約2時間後、私は決勝戦に残っていた。対戦相手は1学年上で、フェンシング部の主将を務めるニコルソン。明らかに私より強い相手だ。フェンシングのコーチは私たちがトーナメントの早い段階で鉢合わせしないよう、対戦表を調整していた。だからこそ、私はここまで勝ち進むことができたのだ。

蓋を開けてみれば、その日の私は絶好調だった。一方のニコルソンは調子を崩している。そのため試合は接戦となり、延長戦で1点を先に取ったほうが勝ちという展開になった。

延長戦の開始前、私は試合コート《ピスト》の端で激しく息をつきながら、クールダウンするためにマスクを取った。何かいい手はないものだろうか。これまでに試した作戦は、すべて見切られてきた。ニコルソンは勘が鋭く頭のいい選手だ。場数も踏んでいる。勝ち目はないように思われた。

私は深く息を吸い込み、落ち着けと自分に言い聞かせた。考えろ！　フェンシングとは本質的に、ものすごくスピーディに展開するチェスのようなものだ。点を取るには、敵の攻撃が届かないように相手の剣を受け流し、しかるのちに突き返す。これをパリィ・リポストという。受け流《パリィ》しの方法は、基本的に2つしかない。相手の剣を横に向かって強く弾くか、巻き捉えてから払いのける。問題は、相手もこちらがどう出るかを心得ていることだ。だから妨害するためにあらゆる手を打ってくる。しかも、ニコルソンの動きはめっぽうすばやい。どうすれば、彼を出し抜くことができる？

そのとき、私はニコルソンの癖に思い至った。試合開始直後は、比較的ランダムな手を打ってくる。しかし、追い詰められて直感に頼らざるをえなくなると、巻き取り型のパリィを好む傾向があるのだ。ともあれ、もはや時間切れだ。マスクを着けなくては。

「構え《アンガルド》！　はじめ《アレ》！」

開始直後から、私は立て続けにパリィと突き返《リポスト》しを決めていった。すべてのエネルギーを怒涛の運動へと変えていく。このままでは30秒ともたないだろうが、これは生きるか死ぬかの瀬戸際なのだ。

私は果敢に前進し、ピストの端までニコルソンを追い詰めた。そのとき、待っていた瞬間が訪れた。ニコルソンが、2回続けて私の剣を巻き取ろうとしたのだ。もう一度、同じ手を使ってくるに違いない。そう踏んだ私は、難なくそのパリィを封じ、ニコルソンの剣を払いのけて突きを入れた。

　ニコルソンは後ろに飛びすさり、かろうじて私の剣先を逃れた。しかし、ものすごいスピードで突きを入れたことで、私の上体は大きく前に押し出されていた。すかさず右脚に重心を移し、さらに10センチほど距離をかせぐ。

「突きあり《トゥシェ》!」

　コーチの声は、私と同じくらい興奮して聞こえた。その一声がかかるのと同時に、私はマスクをかなぐり捨てた。祝福の笑みを浮かべているニコルソンと握手を交わす。場内に歓声が湧き上がり、みんながこちらに押し寄せてくるのを、私はぼんやりと感じていた。

「いい試合だった、スコット!　君なら主将に適任だ」。ニコルソンは、心からそう言っているようだった。

　えも言われぬ嬉しさと誇らしさが込み上げる。パブリックスクール対抗のフェンシング大会でベスト8に残って以来、自分がニコルソンの後継者と見なされているのは知っていた。あとひと月もすれば大学入試が始まるため、ニコルソンはそちらに集中しなくてはならない。今、非公式にではあるが、そのバトンが受け渡されたというわけだ。

急転

　そのとき、わがハウスマスター――巨体で白髪の、威圧的な人物だ――が、人だかりを押しのけてこちらに向かってきた。嫌々ながらも私を称えにやってきたに違いない。

そう思いきや、なぜか私とは目を合わそうとせず、代わりにコーチに合図を送っている。2人は試合場の片隅で肩を寄せ合って何やら話しはじめた。ニコルソン共々、決勝戦の見物人にもみくちゃにされていた私は、ハウスマスターが戻ってきたことに気づかなかった。

「スコット！　私と一緒に来たまえ」


私はハウスマスターに続いて試合場をあとにし、更衣室へと向かった。

「それはここに置いていくように」私が左脇に抱えていた剣とマスクを指差すと、ハウスマスターは外へと飛び出していった。私がついてきているかどうか確認しようともせず。

私たちは黙りこくって校内を歩いた。テニスコートに差しかかったあたりで、私の無言の問いにハウスマスターが答える。

「校長がお呼びだ」

この言葉には、裏の意味がある。新米、古株を問わず、わが校の教師たちは自主性を重んじてきた。とりわけハウスマスターにその傾向は顕著で、彼らは独自の権限で生徒に体罰を与えていた。一部の教師（主に年寄り）などは、いまだに底の厚い部屋履きや古くなった体操靴で生徒を打ち据えていたほどだ。

しかし、〝鞭打ち〟による罰だけは、校長のみに許された行為だった。というより、大方の生徒はこう思っていた。僕らを鞭で打つことが、朝の集会に現れる以外の、校長の唯一の仕事なのではないかと。

私は決して歩みを緩めなかったが、突如として吐き気がこみ上げてきた。思わず口が力なく開く。

「理由を聞いてもいいでしょうか?」

「君にはしかるべき指導が必要だ」ハウスマスターはそう吐き捨てた。

4 障害者として生きる

私が受けたマニアックな血液検査は、いずれも「異常なし」で戻ってきた。

よい知らせは、血液検査で調べのつく病気のほぼすべてをあっさり除外できたこと。よくない知らせは、私の体はまちがいなくどこかがおかしいのに、もはや試すことのできる血液検査は1つも残っていないということだ。

異変はすでに、脚がひどく震えるというレベルをはるかに超えている。私はひどく消耗していた。メキシコにあるマヤのピラミッドの階段を上ることは、生死にかかわる問題になった。最初に症状が出てから6カ月後、右足の一部に生じた麻痺は、いまや膝のあたりまで広がっていた。なおかつ、この麻痺は両側性を持つようになっていた。つまり、右足に異変が起きて少し経つと、そっくり同じ異変が左足にも起きるのだ。あるとき、ノルウェーのフィヨルドをフランシスと観光しながら、私は自分が明らかに足をひきずって歩いていることに気づいた。

イギリスに帰国した私を待っていたのは、人数ばかりが増えたわが医療チームだった。相変わらず、私の病気については何ひとつ突き止められていないようだ。事態をポジティブに捉えるなら、除外された原因のリストはたいへんな長さに達していた。

一方、診断に失敗するたびに気まずさを募らせていたドクターたちは、次善の策に着手した。この珍しい症状にふさわしい、インパクトのある呼び名を内輪でつけることにしたのだ。以後、私の症状は〝痙性対麻痺《スパスティック・パラパレシス》〟と記録されることになる。平たく言えば、脚の筋肉が硬直して、部分的に麻痺を起こしているということだ。

この名称は、パブリックスクール時代のクラスメートであるフォスターとその子分たちを再評価するきっかけにもなった。

フォスターと、少数だが声の大きな彼の取り巻きは、私のことを〝イラつくホモ《クィア・スパスティック》〟というわかりやすい蔑称で呼んでいた。当時は、なんと幼稚な冷やかしだろうと片づけていたが、今にして思えば〝珍しい痙攣《クィア・スパスティック》〟とは、あまりにも的を射た表現ではないか……こんな偶然があるものだろうか？

気になる視線

このころになると、外出中に私がよろめくたびに、フランシスが腕を貸してくれるようになった。

成人してからの人生をほとんど共に過ごしてきたカップルとしては、ごく当たり前の姿だろう。私はそう自分に言い聞かせた。実際、高齢の小柄なご婦人が、ご主人にしがみつきながらヨタヨタと歩いている様子を街でよく見かけるではないか。ちょうど、うちの両親もそうしていたように。

とはいえ、両親は当時90代だった。私はまだ50代。しかも、実情に反して外見だけは健康そのものときている。通りすがりの人々の視線に、遅ればせながら私も気づき始めた（彼らの顔に、やたらと気づかわしげな表情や、うっすらとした嫌悪感が浮かんだときは特に）。

彼らは必ずしも私たち2人のことを、ベンチを目指して海沿いの遊歩道を歩く老夫婦と同じように見ているわけではない。彼らの目に映る私たちは、とうの立ったゲイのカップルですらなかった。そもそもカップルとは見られていなかったのだ。いまや、どこからどう見ても、フランシスは私の介護者だった。

わずか半年足らずのうちに、私はいつの間にか、知的障害を抱えた成人のような扱いを受けるようになっていた。生まれて初めて、〝障害者〟の仲間入りをしたのである。

この事実を、少なくとも4カ月は受け入れられずにいた。ようやく認める気になったのは、どうやらこれがほんの一時期の話ではすみそうになかったからだ。

障害者としてのヒリヒリするような生活を少しばかり体験してから、もとの快適なその他大勢としての生活に戻れるなら言うことはない、しかし、これからもずっとこのままなのだとしたら？　私は勇気を奮い起こし、いちばんの親友（もちろん、フランシスのことだ）に、自分は障害者なのかもしれないと告げた。それもきわめて深刻な障害かもしれない、と。

フランシスはひとこと「知ってた」と答えた。それを聞いて心の底から安堵したものだ。
とはいえ、やはりこれは大問題だった。私たちは決意を新たにした。これから２人の前に立ちはだかるであろう無知や偏見に、真正面からぶつかっていくのだ。「まあ、脚だけの問題でよかったよ」と軽口をたたきながら。

カミングアウト

実際に、障害者であることをカミングアウトしたところ、昔ゲイであることをカミングアウトしたときとは大きな違いがあることがわかった。みんな総じて親切なのだ。私は地中海のイビサ島で、このとことん献身的な人間の習性を最もわかりやすい形で体験した。

そのとき、フランシスと私は車が慌ただしく行き交う道路を横断しようとしていた。フランシスの腕にしがみついて歩いているところへ、信号機が急かすようなビープ音を浴びせかけてくる。この土地の信号機は、若くて生命力あふれるパーティピープル向けに設定されているのだろう。

道の真ん中までやってきたころには、同じタイミングで移動を始めた大勢の人々から大きく引き離されてしまっていた。私たちと一緒に道路に残っているのは、黒い喪服に身を包んだしなびた老婆のみ。彼女は私たちの先を歩いていた。見るからに、轢き殺されないうちになんとか道の向こう側へたどり着こうと必死になっている。

このとき信号の色が変わり、車がエンジンをふかす音がいっせいに聞こえてきた。２台のスクーターが奏でる蚊の羽音のようなデュエットがこれに重なる。まだ信号は黄色だというのに、スクーターは競い合うように猛スピードで近づいてきた。よりにもよって、まっすぐに私を目がけて。

　ここに至って、私たちの道連れであるおばあさん（この土地のシビアな交通事情に慣れっこであることは間違いない）はどのように行動したか？　亀がにわかに全力疾走するように、大急ぎで歩み去ったと想像しても不思議はないだろう。うしろの２人組に追いつかれさえしなければ、暴走スクーターは先にそちらに突っ込んで、勝手に止まってくれるはずだ。

　しかし、彼女はそうしなかった。車の集団が発する唸り声が次第にうるさくなっていく中で、立ち止まってこちらを振り返ると、私の片方の腕を掴んだのだ。フランシスとおばあさんは、私をエスコートしていった。まるで招かれざる客をパーティ会場から連れ出すセキュリティ・ガードさながらの、無駄のない動作だった。

　私が道の端まで無事にたどりついたのを見届けると、おばあさんは歯のない口でフランシスに向かってにっと笑った。スペイン語で２、３言、何かモゴモゴとつぶやくと、彼女はそのまま背を向けてヨタヨタと歩き去った。私とは一度も目を合わせようとしなかった。

　この出来事が分岐点だった。私は知らないうちに、人生の重大なターニングポイントを２つも通過してしまっていたのだ。

　１つは、持ち前の頭脳のおかげで、これまで周囲から少なくとも〝一目置かれていた〟私が、今ではただの阿呆も同然になってしまったこと。もはや私は、認識されるにも値しない人間なのだ。

そしてもう1つは、いまや自分の人生が、か弱いおばあさんの手を借りなければ道路ひとつ渡れないようなステージへと移行してしまったことだ。

杖のテクノロジー

さすがに、何か手を打たなくてはならない。そこで私が真っ先に思い浮かべたのは、モノによる解決だった。

ほどなくして私は、歩行杖のテクノロジーが、紳士用ステッキという形で19世紀末には早くも頂点に達していたことを思い知る。

イギリスに帰国後、私は運動指導医を通じて、国民保健サービス《NHS》が提供している歩行杖をレンタルした。この杖ときたら、長さを調節できる太いアルミのパイプに、灰色のプラスチック製の持ち手と、巨大なゴム製の石突きを付けただけの代物だった。持ち手は固くて手になじまず、びっくりするほど重い。安定性も悪く、少しでも体重をかけると持ち手がぐらぐらする。全体として見れば、アルバイトの配管工がデザインしたとしか思えないほど、ちゃちな製品である。

その杖を振ると、パイプの中でカラカラと音がし、歩くときにもカチャカチャと音が鳴った。何より気になるのは、キシキシと悲しげに軋むことだ。この杖の仕様にオーケーを出した人間は、実際に街中で使ってみたことなどないに違いない。

そこで私は、自分でステッキを購入した。黒檀《エボニー》の杖に銀の持ち手がついたアンティークだが、今なお完璧な安定感を保っている。シャーロック・ホームズの時代の洗練された空気が伝わってくる逸品だ。

１２０年後の現代でも、このステッキは後世のライバルをやすやすと打ち負かした。見た目のよさは言うまでもなく、そもそも敵がまともに機能していないからだ。

私がこの〝古くて新しい〟散歩の友を連れて初めて外出した日は、記念すべき1日となった。そのときの私の態度に、ややこれ見よがしなところがあったのは確かだろう。あるいは単に、脚を引きずっていたからかもしれない。いずれにせよ、いまや私は誰がどう見ても身体障害者であるらしかった。その証拠に、道行く人が私の目をふと覗き込んでは、やたら微笑みかけてくる。杖という身分証明書の効果てきめんぶりには、ただ驚くばかりだった。

5 痛み

どのようにして校長室の外にある控室までたどり着いたのか、私はまったく憶えていない。記憶にあるのは、勢い込んで部屋に入っていったハウスマスターが、先客を見つけて顔をしかめたことくらいだ。狭い部屋の中では、２人の少年がうなだれていた。その1人は私もよく知っている相手だった。

壁際のベンチに腰を下ろしているのは、同じ学年のローリングス。赤と青のラガーシャツに泥まみれのシューズという恰好だった。今まさに運動場から駆けつけてきたばかりなのだろう。その隣には、愛らしきわが友コナーが体操着のままで腰かけていた。クロスカントリーの競走から戻ってきたところらしい。

２人は一瞬顔を上げ、闖入者《ちんにゅうしゃ》に向かって驚いたような顔を見せた。数秒間、さまざまな思いを込めて私と視線を交わし合ったあと、２人は再び顔を伏せた。心を強く保つために。

ローリングスは背が高くがっしりしているため、実際よりも2つは年上に見える。彼は感情を抑えて静かに座っていた。

　一方、私よりもずっと華奢なちびのコナーは今にも泣きだしそうだった。それを見て、私の胸は張り裂けそうになった。ハウスマスターは、ただじっと立っている。部屋の中の誰も目に入らない様子だ。校長室の革張りの扉からは、一方的に叱りつける声がくぐもって聞こえてきた。

鞭打ち

　突然、その扉が開いた。そこに立っていたのはベルチェンバーだった。ローリングスと同じような体格の持ち主で、同じようにラグビーのユニフォームを着ている。2人の違いは、ベルチェンバーの脚は毛深く、そして瞳が涙に濡れていることだった。

　その背後には、校長が仁王立ちしている。高齢で痩身。薄くなりかけた灰色の髪、糸のように細い目。爬虫類を思わせる、なめしたような肌。

「次!」

　まっすぐに前を見据えたまま、ローリングスが立ち上がった。校長がベルチェンバーの肩を押して退室を促す。ベルチェンバーは足を引きずりながら、ヨタヨタと前に進んだ。膝を曲げることができないのか、脚が硬直しているように見える。

　彼はローリングスに向かって、ほとんどわからないくらい、かすかに首を振ってみせた。よくないサインだ。分厚い紺地のラガーショーツは、鞭を受けるのにふさわしくないと見なされたのだろう。ベルチェンバーは、ショーツを下げるよう命じられたに違いなかった。ローリングスの背後で扉が閉まった。くぐもった説教の声。そして静寂。心臓が音を立てはじめる。顔の表面がすっと冷たくなる。

ヒュウウウッ！

鞭のうなり。そして静寂。

ヒュウウウッ！

静寂。体がカッと熱くなり、吐き気がこみ上げてくる。

ヒュウウウッ！　それに続く、苦痛に満ちた叫び。

静寂。左側からすすり泣くような声がする。私は部屋の端に目をやった。愛しのコナーは怯えきっていた。彼を抱きしめてやりたかった。私のすべてがコナーを守れと叫んでいる。コナーはあまりにもか弱く、今にも壊れてしまいそうだった。

この1年、私はずっと彼にのぼせていた。しかし、このときのコナーに感じたのは絶望的なまでの惨めさばかりだった――なぜなら私もまた、怯えきっていたからだ。

私に鞭で打たれた経験はない。それでも、友人たちの話から鞭打ちがどういうものなのかは完璧に理解していた。

まず、椅子の上に覆いかぶさって、窓の外を見るように命じられる。そして待たされる。待っている時間が最悪なのだと誰もが口をそろえた。ここで1発目が降ってくる。その瞬間に感じた痛みは、2秒後には激痛に変わる。さらに2発目。どれほど屈強な少年も、この段階で泣きだしてしまう。長い間を置いて、3発目が降ってくる。ここに至って、ほとんどの少年は叫び声を上げる。

だがその後、すみやかに立ち上がり、手を差し出して校長と握手を交わし、こう言わなくてはならない。「感謝します、サー」と。

扉が開いた。「次！」

コナーが青白く、か細い両脚で立ち上がった。だが、放心したようにそこを動かない。ローリングスが、ぎくしゃくと校長室から出てきた。真っ赤な顔には奇妙な白い斑点が浮かび、鼻から血が流れている。

ローリングスが小鳥のようなよちよち歩きで控室を出ていく。ラガーブーツの鋲《びょう》がぶつかり合って音を立てていた。コナーはまだ固まっている。

「さっさとしたまえ！」ハウスマスターが癇癪《かんしゃく》を爆発させた。校長はコナーをちらりと見て眉をひそめた。

コナーにとっては、それで十分だった。

憎悪

私は依然として恐怖にとらわれていた。しかし、人生で初めて、もっと強い感情が恐怖を凌駕しようとしているのを感じていた。

現実に対する激しい憤り。不公平に対する怒り。残酷な制度に対する憎しみ。

これまで感じたことのないような冷えた感情が、パニックを麻痺させる。私はコナーの、そして自分自身の避けられない運命を前に、手も足も出なかった。にもかかわらず、いっそうの決意と責任感、自己犠牲への覚悟が湧き上がり、力がみなぎってくる。

　さまざまな思いが混じり合った未知の感情にどう向き合えばいいのか、私は途方に暮れた。ともかくも、恐怖以外の何かを感じていられることはありがたかった。

　コナーがよろよろと校長室に入っていき、扉が閉められた。そのとき、私は自分の決意の強さをあらためて自覚した。コナーの身代わりになることが許されるのなら、喜んで彼のために罰を受けただろう。コナーを大切に思っていたし、私は彼よりも強いのだから。新たに覚醒した私の精神の一部は「強さには責任が伴う」と、声高に叫んでいた。

　一方で、他の大部分はこう叫んでいた――お前にできることは何ひとつない。

　くぐもった説教が隣室から聞こえてくると、私は思わず歯を食いしばった。

　静寂が訪れ、顔の表面が凍りつく。

　ヒュウウウッ！　叫び。

　激しい憤り。

　ヒュウウウッ！　さらに大きな叫び。ハウスマスターが淡々と腕時計に目をやる。

　怒り。

　怒り。

　怒り。

ヒュウウウッ！　短い叫び。

憎しみ。

はらわたが煮えくり返っていた。憤り。怒り。憎しみ。せめてこれが最後の……。

ヒュウウウッ！　ただならぬ叫び。

くそ、やめろ！　なんだってこんなことができる？

ヒュウウウッ！　咆哮。そして嗚咽が続く。

お前を憎んでやる！！！

嗚咽。

僕の全細胞でもって、お前を憎んでやる。

ヒュウウウッ！　聞いたこともないような甲高い叫びと共に、16歳の少年が身も世もなく泣きじゃくる声が響きわたる。その音域は、テノールとボーイソプラノのあいだを行ったり来たりしていた。最後に大泣きした幼いころに戻ったかのように。

神様、お願いです。どうかこれ以上はやめてください！　追い詰められた私は、存在しないはずの聖なる存在に向かって、思わず懇願していた。

お願いです。お願いです。

くぐもった話し声が聞こえる。

これでコナーの受難は終わったということなのだろうか？　もはや叫び声は聞こえなかった。

静寂。

話し声が大きくなる。

決意

次の瞬間、扉が開き、そこにうるわしのコナーが立っていた。もはやそれほどうるわしくは見えない。口の両端は大きく下がり、見たこともないような半円を描いている。グリーンの瞳は血走って赤くなっていた。青白い頬は涙で濡れそぼり、本人にとってますます屈辱的なことに、その涙は私たちの前でも止まらなかった。

きつくコナーを抱きしめて、その涙をキスでぬぐってやりたくてたまらない。そしてこう告げるのだ――もう大丈夫だ、こんなことは二度とさせない、僕が君を守るから、と。

だが実際には、私たちは何秒間か目を合わせただけだった。励ますような笑顔の代わりに、なんとか視線に思いを込めて、ほんのわずかに頷いてみせる。コナーはこれを認めて、ほとんど気づかないくらいに頷き返してきた。そして目をそらすと、部屋から出ていこうとした。

自由に向かって、コナーはよちよちと前に進んだ。なんとか部屋の端にたどり着き、ドアのノブに手をかけようとこちらに背を向けたとき、彼のショーツの片側に小さな赤い染みが広がっているのが見えた。

私は努めて無表情であろうとした。しかし、感情をコントロールするのに忙しすぎて、顔筋までには意識が回らなかった。

校長は常に、この隔絶された世界の絶対的な指導者だった。だが、今となっては残忍な恐怖政治の専制君主でしかなかった。

それまでずっと、私はエスタブリッシュメントの世界で甘やかされ、洗脳されてきた。エスタブリッシュメントとは、善良で、価値があり、公正なものだと信じて疑わなかった。その世界が突如として、組織的ないじめの残酷さをむきだしにしている。しかも、誰もそれに歯向かおうとしないのだ。

これから起ころうとしていることを変える力が自分にないことは、よくよく承知していた。だが、黙って相手に降参するなんてごめんだ。戦いに赴く魔術師ラハイランと騎士アヴァロンも、そう考えただろう。恐怖を感じていたとしても、絶対に相手に気づかせてなるものか。僕は負けを認めたりしない。強くあらねば。コナーのために。

私は顔を上げると、振り返って校長をまっすぐに見つめた。

「次！」

6 ショックを受ける

病気の正体が一向に判明しないので、私もしびれを切らしはじめた。そこで試すことになったのが、本格的な電気機器を用いた、見るからにハイテクといった感じの検査だ。点滅するライト、電極、コンピュータ。ハリウッド映画でよく見るようなこれらの装置は、私の少年心を大いにくすぐった。

最初の検査は、ほとんどライトが点滅しているだけだった。〝視覚誘発電位検査《VEP》〟といって、目から脳への神経伝達が正常に行われているかどうかを調べるものだ。多発性硬化症の診断によく用いられる検査であることを考えると、ＶＥＰを試すのはごく当然のように思われた。というのも、私はずっと多発性硬化症こそが自分の病気の正体なのではないかと疑いつづけていたからだ。いまやそれに匹敵する候補はそう残っていなかった。

技術者がやってきて、大げさな見た目の電極を私の頭部に取り付ける。そして、私の目の片側を覆うと部屋から出ていった。しんとした部屋に1人取り残された私は、パターンを変えて点滅するライトを片目で眺めていた。技術者は再び部屋に入ってくると、今度はもう一方の目を覆った。旧ソビエト時代の洗脳実験は、きっとこんな感じだったに違いない。

電気ショック

その次の検査は、〝体性感覚誘発電位《SSEP》検査〟という、ますます大げさな名称で呼ばれていた。これは、手や足など体の各部位から脳への神経伝達機能を調べるためのものだ。これまた、旧ソビエト時代の尋問テクニックを発展させたものに違いない。体のあちこちに取り付けられた電極を介して、嘘や秘密がばれてしまう仕組みなのだろう。

そんなことを考えていると、突如として電気ショックが始まった。1秒に2回ほどのペースで、鋭い刺激が加わる。だが、耐えられないほどではない。

「どんな感じですか？」とドクターが尋ねる。まだ医者になりたてといった熱心さを感じさせる、若い女性のドクターだ。

「大丈夫です、ありがとう」ＳＳＥＰについてはさまざまな評判を耳にするが、この程度なら問題なさそうだった。

「よかった！　今のはテストで、本番の半分くらいの電圧なんです。ただ、あなたは平均より少し背が高いので、電圧も少し高めに設定しなくてはならないかも。私のために、ちょっと頑張っていただけます？」

ドクターの熱意につられて、私は思わず「もちろんですよ」と答えていた。ただし、歯を食いしばりながら。

電気ショックの威力は電流と電圧で決まる。電流が大きすぎると命にかかわるが、筋肉を収縮させるのは電圧のほうだ。熱心な若いドクターが電圧を上げると、私の体は痙攣を始めた。いまや、あらゆる刺激が飛躍的に不快になりつつあった。しかし、まだドクターの求めるレベルには達していないようだった。

「それでは、リラックスしてください」ドクターはさえずるような声で言った。

冗談であってくれと思い、私は彼女をまじまじと見つめた。残念ながら、彼女は本気だった。

「オーケー、ちょっと確認させてください。私は今、担架に固定されています。そのうえこれから電圧を限界まで（私の背が高いせいで、ことによると限界を超えて）上げられるんですよね。その状態でリラックスしろと？」

「そのとおりです。この検査で最良の結果を得るためには、あなたがリラックスした状態のままで、できる限り電圧を上げていく必要があるんです。力を入れないでくださいね。ただ筋肉をピクピクさせておいてください。そうすれば完璧です。準備はいいですか？」

ドクターは「最良の結果を得るために」という魔法の言葉を使った。そう言われると、〝科学者ピーター〟としては、こう答えないわけにはいかない。「もちろんですとも。どんどんやってください！」

電圧が、〝標準的なつらさ〟から〝記憶に残るつらさ〟へとレベルアップしていく。そんな中でも私は、もう少しこの検査について探りを入れようと頑張った。

「1回の検査では、何回くらい電気パルスを流すんですか?」内心の不安を悟られないように、あえて〝電気ショック〟という言葉は使わなかった。ちょっとした好奇心で聞いてみただけですというそぶりを貫いていたものの、実際のところ、私はドクターがなんと答えるのか戦々恐々としていた。

「そうですね、６００回くらいかな」ドクターは楽しげに答えた。「それから、部位を変えるんです」

「なるほど。ちなみに、全部でいくつの部位を検査するんですか?」

「4つです」拷問部屋への隠し扉を明かすような口ぶりに聞こえる。

〝パルス〟の強度は、もはや〝記憶に残るつらさ〟を超えて〝一生忘れられないつらさ〟の域に入っていた。私は検査の進み具合を尋ねることに慰めを見いだそうとした。かれこれ5分は通電されているはずだ。

「それで、この部位の検査にはあとどのくらいかかるんですか?」

ドクターは、拷問器具のつまみやボタンをいじりながらにっこりした。

「心配ありませんよ、あと1分くらいで……準備完了です」

拷問は続く

SSEPから放免された2週間後、ドクターの懸命の努力にもかかわらず、彼女がなんの手がかりも得られなかったことが正式に通達された。

そんなことだろうとは思っていた。検査中、私はひっきりなしにドクターに話しかけ、感触を探っていたからだ（いちばんきついときは、ほとんど声が裏返っていたが）。すでにＶＥＰ検査でも判明していたように、私の神経伝達機能はすべて正常だった。これで検査は終わりですとドクターが告げたとき、彼女は見るからにしょげかえっていた。

病院のお偉方がこれで満足するはずがないのは、予測してしかるべきだった。早くも1週間後には、私は再び囚われの身となっていた。

彼らが言うには、私が多発性硬化症でないことはよくよく納得したので、別の可能性を探りたいとのことだった。それは何かと尋ねると、まだわからないとの返事だ。とりあえず、運動ニューロン障害《ＭＮＤ》でないかどうかを、もう一度だけ確認しておきたいという。私は答えた——それはとっくの昔にＭＲＩでやったのでは？　それはそのとおりです、と彼らは言った。ともあれ、何か見落としていたものが出てくるかもしれないということで、私は筋電図《ＥＭＧ》検査にかけられることになった。

ＥＭＧ検査は、神経筋疾患の診断に用いられる検査だ。だが、その装置は病院よりも『００７』の映画に出てくるほうがずっと似つかわしいだろうと思われた。といっても、ジェームズ・ボンドの同僚であるＱの研究室の話ではない。悪者が隠れ家にしている豪邸のほうだ。

私が何を言いたいのかはおわかりだろう。高い天井と木製の壁に囲まれた〝紳士の書斎〟風の室内に、不釣り合いなハイテク機器がひとそろいと、白い病院用のベッドが置かれているイメージだ。当然ながら、拷問に使われるのである。拷問を担当するのはもちろん、少し古風な服を着た、化粧気のない、不気味なほどに無口な中年女性だ。

　びっくりするような偶然というべきか、私が目の当たりにしていたのは、まさにこのイメージどおりの光景だった。私が収容された〝隠れ家〟は、トーントン【イングランド南西のサマセット州にある地方都市】郊外にある田舎のクリニックを装っており、拷問官は白衣の指導医に変装していた。彼女は、はっきりどことは言えないが、東欧風のアクセントで静かに話す人だった。

　囚われ人の立場からすれば、ＳＳＥＰとＥＭＧはショッキングなほどよく似ていた。電気ショックを流されるだけ、という意味では。ただ、どうやって電気ショックを流すのかという点に違いがあった。

　ＥＭＧのほうは、もっと原始的なタイプの拷問だ。一方の電極を体の露出した部分にテープで固定するまでは同じだが、ＳＳＥＰで脳につながっていた軟弱な電極は、まったく別のものに置き換えられていた――それは、電気の流れる針なのだ。その針で、あちこちの筋肉を順番に、ゆっくりと突き刺していく。そして、電気刺激で痙攣させる。刺激が続くかぎり、痙攣も続く。情け容赦なく。

　ＳＳＥＰ担当のドクターからひそかにご注進があったのだろう。今回の〝苦痛の天使〟は、このゾッとするような取り調べのあいだ、私との会話に付き合うことを拒否した。

　彼女はじっとスクリーンを見つめると、私の体に針を抜き差しし、ショックを与えるときはそのまま放っておいた。やがて、何かに満足したように針を抜き取ると、別の部位の筋肉をそっと撫で、そこへおもむろに針を突き立てた。私の足と脚をいじめるのに飽きると、彼女は手と腕へ興味を移した。腕のほうにはなんの問題もないのだ、とは言わなかった——何を言っても取り調べは続くだろうとわかっていたから。

新たな容疑者《PLS》

この検査の結果が届いたとき、私はこれまで以上に大きな関心を持って受け取った。専門用語だらけの5枚に及ぶ手紙は、私の脳神経内科医宛てに書かれたものだ。私はそのコピーを送ってもらうように頼んでいた。

3枚目まで読み進んだあたりで、またしても結論は「特に異常なし」であることを私は悟った。ざっくり言うと、私の下位運動ニューロン（脊椎《せきつい》から筋肉へとつながる神経）を取り巻く絶縁体に損傷はなかったということだ。したがって、またしてもＭＮＤの可能性は消えた。ＭＲＩと同じ結果になったわけだ。

手紙の続きには、ＥＭＧ検査によって除外されたさまざまな病気のリストが並んでいたが、私はすでに興味を失いはじめていた。そのとき、リストの中に筋萎縮性側索硬化症《ALS》の名があるのが目に留まった。

ＡＬＳとはＭＮＤの専門的な名称である。私の記憶が確かなら、より正確にはＡＬＳはＭＮＤの一種だが、ダントツで症例数の多い病気だ。しかも、よりたちが悪い。アメリカではルー・ゲーリッグ病と呼ばれている。私がこれまでに会った医師たちは、こうした学術的な定義にはあまり気を止めず、ＭＮＤとＡＬＳをほとんど同じ意味で使っているようなところがあった。

　つまり、私はＡＬＳでもＭＮＤでもないというわけだ。まったく驚きはない。私は手紙の残りを流し読みした。そのとき、何かが私の注意を捉えた。これはなんだ？　突如として、ある文字列に私の目は釘づけになっていた。

　そこに書かれていたのは、まだうっすら可能性として残っているらしい病気の名前だった。これまで誰も指摘したことのない、まったく新しい病名だ。その難解な響きは、確実に私が生まれて初めて耳にするものだった――〝原発性側索硬化症《PLS》〟。

7 ぶち壊された世界

私は校長室に足を踏み入れた。処刑の宣告を受けた若き王子が刑場へと向かうような、毅然とした足取りを意識しながら。心の中では、激しい怒りが原始的な恐怖を抑え込もうとしていた。今にも暴れ出しそうな2つの感情を、私は意志の力でかろうじて制御していた。

私はまだ幼く、心の均衡を保つ訓練を積んでいなかった。だが、少年ならではの傲慢さが、そのときの私がまさに必要としていた力を与えてくれた――私は、自分の意志の力を信じていた。

ハウスマスターが背後からするりと部屋に入ってきて、扉を閉めた。少し頬を紅潮させた校長がデスクに向かう。そこに、それはあった。長さは1メートル弱で、私の指ほどの太さがある。高学年の生徒にだけ使われる、大型の鞭だ。

校長は、大きなサッシ窓を背にして私に向き直った。窓の外には、それまで私の全世界だった牧歌的なパブリックスクールの風景が広がっている。

忌まわしき者

校長が私にぎろりと目を据える。

「はい！」私は思わず返事をしていた。

ハウスマスターが背後から口を挟む。

「校長、彼は……」

「ああ、わかっている。実に嘆かわしく、汚らわしい所業だ、スコット。きわめて遺憾に思う」

「はい？」

どのように言葉を続けるべきか、校長は考え込んでいる様子だった。まばたきひとつしないその瞳は、獲物に襲いかかる好機を窺うヘビを思わせた。いざその瞬間が訪れたとき、校長の声はいつもの倍も大きく響いた。

「君は〝忌まわしき者〟になりたいのかね？」

くそっ！

まさか、その件だとは。私にはまったく心の準備ができていなかった。普通、人を呼ぶのに〝忌まわしき者〟などという表現は使わない。相手がわざと、聖書のレビ記を引き合いに出しているのでなければ。

「どうかね？」

頭の中が真っ白になった。この部屋に呼ばれた理由として、これは最悪だ。文字どおり〝のっぴきならない《ダミング》〟【〝地獄に落ちるべき〟の意味もある】状況と言える。私は機械的に答えた。

「断じてそんなことはありません、サー」

校長は、やれやれといった顔で首を振った。私の言葉をまるで信じていないのか、あるいは単に侮蔑を表明しただけだったのか。

「私が聞いている話とは違うようだな、スコット。ハウスマスターが聞いている話とも違う」

この言葉を、懲罰への参加要請だと解釈したらしいハウスマスターは、校長と並んでデスクの前に立った。２人のあいだには、何かの象徴であるかのように鞭が横たわっている。

「彼については、きわめて不穏当な評判が立っています。同学年の生徒たちだけではありません。低学年の寮生なども、夕食の席の冗談の種にしている始末です。実に、実に汚らわしい。彼は、到底受け入れるわけにはいかない、悪しき手本を全校に示しているのですよ、校長！」

私の脳は死に物ぐるいで、この発言の分析を試みた。少なくとも、ハウスマスターの情報源についてはおおよそ見当がついた。

キングス・カレッジ・スクールは寄宿制ではないが、ひと握りの生徒は寮で生活している。コナーもその1人だ。当然、コナーなら私について冗談を言うこともあっただろう。私たち2人で冗談を言い合うときとまったく同じように。

それにもちろん、噂話をすることもあっただろう。私はコナーから噂話を聞くのが大好きだった。当然、他の生徒の耳に入ることもあったはずだ。

この場合、ハウスマスターの耳にも入ってしまったと考えるべきだろう。

でも、コナーが悪いわけじゃない。

「スコット、君も心得ているだろう。男色者《ソドマイト》は――」校長は、その単語のすべての音節を、わざとはっきり発音した。「あるいは稚児《カタマイト》、同性愛者《クィア》というものは――」〝クィア〟という短い単語すら、わざわざ2音節に分けて強調する。「神と人類に対する冒涜なのだと。違うかね？」

知らず知らず、鞭に向かって視線が泳ぐ。私は深く息を吸って思考を落ち着かせた。なんと答えにくい質問だろう。

〝(女と寝るように) 男と寝る者〟については、聖書の中では2度しか言及されていない。いずれも旧約聖書、それも不寛容なことで知られるレビ記の記述だ。レビ記に言わせれば、貝を食べることも、タトゥーを入れることも〝忌まわしき者〟の所業ということになってしまう。処女でない花嫁や、反抗的な子どもは石打ちの刑に処されなくてはならない。

「サー、そのように書かれているのはレビ記だけだったと思いますが」

「聖書のどこに書かれているのかが問題なのではない！　そのような行いは、あらゆる良識に反する。神が定めた摂理を踏みにじる、醜悪きわまりない倒錯行為だ！」校長はひと呼吸置いた。「君は神を信ずる者だと考えていいのだろうな？」

これまた答えにくい質問だ。

「あいにく……僕は不可知論者なのです」

これはまったくの嘘だった。不可知論者とは、神が存在するかどうかはわからないという立場を取る者のことだ。私はといえば、15歳にして神は人が生み出したものだと確信していた。

〃大いなる真理〃

「ああ！」校長はしたり顔でハウスマスターを見た。「なぜ彼が道徳心を失ってしまったのか、これで合点がいったよ」そして再び私に向き直る。「だとすれば、少なくとも法に触れているという自覚はあるのだろうな？」

悲しいかな、それは事実だった。その6年前に、同性愛行為そのものは合法化されていた。だが、対象はあくまで成人、それも私的な空間での行為に限られる。

6年前の私に自分が当事者であるという意識はうっすらとしかなかったが、今となってはこの事実があまりに重く感じられた。21歳の誕生日は、はるか先のことのように思われた。

「イエス、サー」

「もしかすると君は、特殊な条件下では、こうした変質者たちが牢屋に行かずともすむようになったことを耳にしたのかもしれない。だがわかっているだろう。法に触れていないからといって、このような行為が許容されるわけではないということを」

判事か何かのつもりなのか、校長は明らかに自分のことを法解釈の専門家だと考えているようだった。私はこの哲学問答に、率直に答えた。

「いいえ。それは知りませんでした、サー」

このひとことで、校長の怒りは少し和らいだようだ。

「いいかな、スコット。君はおそらく混乱しているのだろう。他の少年たちに強い友情を感じるのは、君の年ごろではよくあることだ。だが信じてほしい。そんな時期は必ず過ぎ去るのだと。18歳になってこの学校を去れば、君はやがて伴侶となるべき女性を見つけ、子どもをもうけることだろう。その女性は君の家庭を守り、君の自然な男性的欲求に応えてくれることだろう。それが道理であり、真の男の生き方なのだ」

それは、〝男らしさ〟について校長が語った、これまでで最も長いスピーチだった。その一言一句が不快でたまらなかった。そのことが、私にさらなる力を与えてくれた。私は無表情で校長を見つめたが、これはかえって相手を調子づかせただけだった。

「それにひきかえ、ホモセクシュアリティは病《やまい》だ。性感染症の中でも、最もたちが悪い病気だ。約束された将来を悲惨なものに変えてしまうのだからね。ホモセクシュアルとは1人残らず、憐れむべき存在なのだよ、スコット。それも知らなかったのかね」

校長は少し間を置いて、私がこの〝大いなる真理〟を飲み込むまでの猶予を設けた。私はありがたくその時間を利用し、校長に対する嫌悪感をあらためてかみしめた。校長の考え方、そして校長のような人物を権力の座につけるエスタブリッシュメントのあり方。そのすべてが、唾棄すべき対象でしかなかった。

「いいえ、それも知りませんでした、サー」

「そうかね。では、この話は以上だ」とは言うものの、校長の話が終わったようには思えなかった。本題が終わっただけで、まだ先がありそうな気がした。「われわれが同じ考えの持ち主であることを嬉しく思うよ。わかるだろう、これは人生の選択の問題なのだ。君に指導を与える前に、こうして話ができてよかった」

罰

突如として、心臓が早鐘を打ちはじめる。取り乱すな。最初からわかっていたことじゃないか。一瞬忘れていただけだ。心を強く持て。やつを憎め。コナーを忘れるな。

「君にとってはつらい罰になるだろう。私は君に、簡単に忘れてほしくないのだ。人生の選択をせまられたときは、つねに今日のことを思い出してほしいのだよ。誤った選択をすればどのような代償を支払わねばならないのか、苦痛と共に記憶しておいてほしい。今日以降、君には道徳的な生活を送ってほしいと願っている。つらい体験になるだろうが、だからこそ一生忘れることはないだろう。今日という日が、君が心を入れ替えて新たな人生に踏み出した、記念すべき日であることを。私の言うことがわかるかね？」

勇気を持て。魔術師ラハイランならこれにどう立ち向かう？

「イエス、サー。完璧に理解しています」

校長は、デスクの上の鞭に向き直った。ハウスマスターが脇へと退く。

憤り。怒り。憎しみ。コナー。

だが、なんと不当な仕打ちだろう。

勇気を持て。

「スコット、この手紙は……」再び校長がこちらを向いたとき、彼は鞭ではなく1枚の紙を手にしていた。「この手紙はフェンシングのコーチからのものだ。君を次期主将に推薦している。だが当然ながら、もはやそれはありえない。君にわが校を代表する立場を与えることは、他の生徒に対する誤ったメッセージになりかねないからだ」

そういうことか。

ほんの何言か発しただけで、校長は私の世界を破壊した。鞭で叩きのめすのと変わらぬ力強さで。私はフェンシングを心から愛していた。私が得意とする、ただひとつのスポーツだったからだ。校長はそれを知っていた。

勇気を持て。

「それから、君にはただちに演劇部も退部してもらう。そちらの方面に進むのは、およそ望ましくないからな」

これは、私の心に振り下ろされた2発目の鞭だった。

大きなショックを受けながらも、校長がこれから何をしようとしているのかはっきりとわかった。突如として脳が覚醒し、相手の攻撃の癖を見切ったのだ。校長は間を置こうとしている。3発目を振り下ろす前触れに違いない。最も大きな苦痛をともない、誰であれ叫び出さずにはいられないような一撃を。

勇気を持て。

静寂。

勇気を持て。

「最後に、この状況を鑑みれば、いかなる理由があっても君を監督生に選出することは不可能だ。この点で、ハウスマスターと私は完全な意見の一致を見た。実に残念だ。私自身、君を来年度のヘッドボーイの本命候補だと考えていた。ご両親もさぞがっかりされるだろう」

全身から感覚が消え失せる。この短時間のうちに、校長はこともなげに、私が大切にしていたものすべてをぶち壊したのだ。自分が特別な存在だと信じさせてくれたものすべて、私が誇りにしていたものすべてを。

校長が手を差し出す。

「以上だ」

鞭打ちは終わった。

私は校長と握手を交わした。

「感謝します、サー」

8 自己発見

私は自分の置かれた状況をあらためて振り返ってみた。この8カ月で、私の両脚には確実に麻痺が広がっている。しかし、原因として考えられる可能性はことごとく潰されてしまった。脳と脊髄のＭＲＩは正常だった。どんどんマニアックに、広範囲になっていった大量の血液検査でも異常は見つからなかった。遺伝子検査も問題なし。ＶＥＰとＳＳＥＰ検査も問題なし。ＥＭＧ検査（合法的な拷問）も問題なし。

消去法の結果、残っているのは原発性側索硬化症《PLS》くらいだった。ＭＮＤの中では珍しい病気で、進行は遅く、症状も軽め。そんな病気があったとは知らなかった。

これはすばらしい発見だった。とりあえずＰＬＳだということにしておけば、しばらくは（文字どおり）生きていけそうだったからだ。ＰＬＳがきわめて珍しい病気で、詳しいことはほとんどわかっていないという事実も、私にとってはご褒美のようなものだった。私は執行猶予が永遠に延びた死刑囚のような解放感を味わっていた。

ＰＬＳとＡＬＳ

ここで私は、科学者としての本分を思い出した。そして、持ち前の好奇心を発揮し、ＰＬＳについて猛然と勉強を始めた。

ロボット工学の博士号を取るために論文を書いたときの文献調査を思い出す。当時、この分野のクリエイティブな可能性に胸を躍らせた私は、調査の成果を『ロボティクス革命』という書籍に昇華させた。この本は、私がＡＩの未来に関する考えをまとめた最初の1冊になった。

一方、今回の調査には、あのころよりも切迫した事情がある。しかし幸いなことに、学ぶべきことはそう多くはなかった。

ひとことで言うと、ＰＬＳとは上位運動ニューロンのみに障害が表れる病気だ。一方、ＡＬＳ（同じくＭＮＤの一種だが、ＰＬＳよりありふれているにもかかわらず、死亡率はもっと高い）の場合は、上位および下位運動ニューロンの両方に障害が表れる。

〝ニューロン〟というのは、要するに神経細胞のことだ。運動《モーター》ニューロンの形状は細長く（電気コードのようなイメージ）、脳と各部位の筋肉をつないでいる。おかげで、人は頭で考えるだけで筋肉を動かすことができるというわけだ（医療従事者も〝モーター〟という言葉をロボット研究者とほとんど同じような意味で使っている）。

下位運動ニューロンは筋肉から脊椎まで伸びて、ここで上位運動ニューロンに接続される。脊椎とは言ってみれば配電盤のようなものだ。上位運動ニューロンは脊髄の中を通って、随意運動を司る脳の部位へと接続される。

つまり、ＰＬＳという病気を日常会話的に表現すれば、〝脳から出ている電気コードが徐々に劣化している〟ということになる。それくらいなら、なんとか対処できるだろう。

本当に怖いのは下位運動ニューロンに障害が出ることだ。そうなると、筋萎縮が起こり、しかるべき処置を取らなければ呼吸困難で死んでしまう。片や、ＰＬＳなら歩きつづけることだってできるかもしれない。

これはすばらしいニュースだった。フランシスと私は有頂天になった。毒の仕込まれた弾を、間一髪でよけることに成功したような気持ちだった。

ＡＬＳの謎

３カ月の勉強を経て、いまや私はこれまでに会った指導医たちの誰にも負けないほどＰＬＳに詳しくなったという手応えを得ていた。彼らと対等にＰＬＳを論じることができるだろうという自信もある。

ただ1つだけ、気にかかることがあった――その気づきは私を困惑させた。といっても、何かが理解できないときのイライラするような困惑ではない。十分に理解はしているはずなのに、何かがしっくりこないという、奇妙にわくわくさせられるような困惑だ。

それは、長い年月の中で慣れ親しむようになった感覚だった。そもそも私を科学の世界に引きずり込んだのはこの感覚なのだ。

私はこの感覚が大好きだった。それは、とても目新しくて、だからこそエキサイティングな何かを嗅ぎ当てた可能性を示していたからだ。その発見が的を射ていて、他の人の賛同も得られたなら、それをきっかけに未来を書き換えることができる。実にうっとりするような感覚だ。オタクが研究室にこもりきりになる理由として、これ以上のものがあるだろうか？

そんなわけで、この種の困惑を感じたときは、直観的に謎解きに没頭してしまうのが常だった。だが、今回に限ってはそうはならなかった。

というのも、私がしっくりこないと感じていたのはＰＬＳではなく、比較的よく聞くＡＬＳのほうであり、そちらにはさほど興味がなかったからだ。

私がＡＬＳの知識を意図せずして身につけたのは、ＰＬＳがあまりにも珍しかったためだ。ＰＬＳに特化して書かれた医学論文はほとんど存在しない。ＰＬＳに触れた論文があったとしても、より広範なＭＮＤ研究の一部として言及されているにすぎない（それすら滅多に見かけなかったが）。それもたいていは、ＡＬＳとの比較という文脈で登場するだけだった。

手短に言えば、ＡＬＳについて多くを知ることなしに、わずかでもＰＬＳについて知ることは不可能なのだ。私もまた、そのようにしてＰＬＳについて学んだ。最初に症状が出てから11カ月後、私はＰＬＳについて知りえたことの少なさをかみしめていたが、ＡＬＳに関しては歩く辞書も同然だった。

そのうち私は、ＭＮＤの一般常識として説明されていることの多くが、科学の常識そのものとは一致しないことに気づいてしまったのだ。それも、きわめて重要なポイントにおいて。

たとえば、ＭＮＤは決まって珍しい病気だと説明される。だが、ひとたび疫学統計を深掘りしてみれば、私たちが人生のどこかでＭＮＤを発症する確率は３００分の1であることがわかる。

この数字が、さして珍しい部類に入るとは思えなかった。今現在、イギリスの平均的な中学校で学んでいる子どもたちのうち、各校でだいたい３人はいずれＭＮＤで死ぬことになる。保護者や教師はそれに気づいているのだろうか？　そう考えてみると、ＭＮＤはかなりありふれた病気だということになる。

〝不治の病〟

さらに私を困惑させたのは死亡統計だ。ＭＮＤの発症後1年以内に30パーセントが死に、２年以内に50パーセントが死に、５年以内に90パーセントが死ぬ。いったいどうしてそんなことがありえるのか？

実のところ、ＭＮＤが〝必ず死に至る〟という、よく耳にする言説は必ずしも事実ではない。同じくらいよく耳にする、ＭＮＤは〝不治の病〟であるという言説も、厳密には正しくない。

私が問題にしているのは、ＭＮＤ患者――正確にはその圧倒的な数を占めるＡＬＳ患者――は、餓死（食物を飲み込めなくなるため）もしくは窒息死（呼吸ができなくなるため）で命を落としているということだ。しかしなぜ、そんなことになるのだろう？

ＭＮＤになっても消化管は問題なく機能しつづける。したがって、胃に直接チューブで栄養を送り込むことで、容易に命をつなぐことができるはずだ。これはきわめて一般的な措置にすぎない。また、肺を膨らませる筋肉が衰えるだけで肺そのものは機能しているのだから、ポンプで空気を送り込んでやれば呼吸の問題も解決される。

　ということは、ＭＮＤ患者が命を落とす原因は、健康上の問題というよりも技術的な問題にあるということになる。

　私の目には、しかるべきテクノロジーを用いて適切にケアすれば、ＭＮＤによって死に至るようには見えなかった。どちらかといえば慢性疾患に近いのではないか。しかるべきテクノロジーを用いても、やがては死に至るだろう。しかしそれはＭＮＤのせいではなく、心臓病やがんのせいかもしれないのだ。

　にもかかわらず、なぜこれほど多くの人々が、これほど短期間のうちに亡くなっているのだろう？　どのような事情があるにせよ、ほとんどのＭＮＤ患者が、生き延びるためにテクノロジーに頼ろうとしていないとしか思えない。

　そもそも彼らは、そのようなテクノロジーが存在することを知らなかったのだろうか？　あるいは費用の問題から選択肢として提示されなかったのだろうか。それとも、生きつづけたくなかったのか？

　少なくとも、最後の理由はわかるような気がする。従来、ＭＮＤはきわめて苛酷な病気だと言われてきた。生命維持装置を使って生き長らえたとしても、やがて体の自由はきかなくなる。動かせるのは眼球だけだ。そこから見えるものと言えば、往々にして退屈な病院の天井ばかり。

とはいえ、ハイテクの発展によって状況は大きく変わった。最新の技術に目を向ければ、スティーヴン・ホーキング博士でさえローテクに見えるほどだ。まさか、世の中が劇的に変化していることをみんな知らないわけじゃないだろう?

このことについて、それ以上考えるのはよすことにした。探究のテーマとしては興味深いが、私の関心の的であるPLSとは無関係だったからだ。

そうは言っても、確かに心惹かれるテーマではあった。ある晩、私は赤ワインのグラスを傾けながら、このわくわくするような、しかしあまり役に立たない(少なくとも当時の私にとっては)発見をフランシスに語って聞かせた。他に分かち合う相手もいなかったからだ。

MNDの予後については恐ろしい量のフェイクニュースが出回っている。しかし本当のところは、MNDと共に生きようと思えば、うまくいく確率のほうが高いのだ。フランシスは同意し、このことがもっと語られていないのは奇妙な話だと言った。それに、なぜPLSについてこれほど情報が少ないのだろう?

ロンドンの病院へ

3週間後、フランシスと私がはるばるロンドンまで320キロを旅した背景には、こうした疑問があった。私たちは2日ほどロンドンに滞在し、再検査を受ける予定だった。

最初に症状が現れてから、そろそろ1年になろうとしている。この間、私は体中のあらゆる場所を調べられた。しかし、これらの検査から得られた手がかりは皆無だった。

そこで私はかかりつけの医者に頼んで、国民保健サービス《NHS》の世にもすばらしい特典を受けられるよう手配してもらった。大半のイギリス人はこのサービスについて知らないようだが、実を言うと、われわれは国中の好きな医療機関で検査や治療を受けることができるのだ。

そこで私は「国立脳神経内科・外科病院」での検査を希望した。これ以上の選択肢があるだろうか？　この病院には、外国からもわざわざ診断を受けにやってくる患者がいるほどだ。私などは、別の州《カウンティ》から移動するだけですむのに、足を運ばない理由はない。ここなら、私がＰＬＳだというお墨つきをくれるはずだ。そのためには、主だった検査をやりなおすのもやむをえない。あとは念のために、腰椎穿刺《ようついせんし》検査【髄液を採取する検査】もやることになるだろう。

そんなわけで、私は体の左側を下にし、両脚を胸に引き寄せた〝胎児のポーズ〟で横たわっていた。太古の昔より、絶対的な服従を意味する姿勢だ。一方で、私を威圧的に見下ろしている相手から自分の体を守ろうとするポーズでもある。いよいよこれから虐待が始まるというわけだ。

医者が手にしていたのは巨大な注射器で、その先には不安になるほど太くて長い針がついていた。なぜ、うしろを向いている私にそれがわかったのかというと、医者本人が先ほど自慢気に見せてくれたからだ——これから彼がやろうとしている検査の結果、私の体が永久に麻痺することになっても、決して訴えたりはしないという同意書に私がサインをしたその直後に。

実際に体験してみたところ、腰椎穿刺検査は世間で言われているほど恐ろしいものではなかった。見知らぬ相手（極端な話、どこかで白衣を盗んできたサイコパスが、医者のふりをして紛れ込んでいるのかもしれない。そうでないとは誰も言い切れないだろう）が、自分の背後に立ち、編み針のように太い針を腰のうしろに突き刺してきて、そこからポタポタと垂れる髄液を小ビンに集める――そう聞いただけで、多くの人は絶対にそんな目には遭いたくないと思うらしい。たしかに、映画の中での描かれ方を見れば、身の毛もよだつようなイメージを抱くのも無理はない。

だが、私にとっては悪くない経験だった。最初に局所麻酔を少々。それから押したり、触ったり、脊椎《せぼね》と脊椎の間に針を差し込まれたりするような感覚があって（はっきり覚えているのは、このとき「絶対に動かないでください」と念を押されたことだ。今ここで例の痙攣が起きたらどうなってしまうのだろうと不安になった）、それから「どんな感じがしますか？」と尋ねられ（その問いを、私は「まだ脚に感覚は残っていますか？」という意味だと解釈した）、それで終了だった。

検査が簡単にすんだのはよかったとして、その結果は報告するまでもなく「異常なし」だった（この検査の主な目的は、多発性硬化症の兆候を見つけることだ）。完全な時間の無駄だったわけだ。

電気ショック再び

もっとも、これで私がＰＬＳだという仮説がさらに説得力を持つことになった。ＭＲＩの再検査でも、異常は見つからなかった。その結果、まことに遺憾ではあるが、私は再び、痛みの限界に挑戦する羽目になった。検査予定表には、そのメニューが控えめにこう記されていた――「ＥＭＧ再検査」。

とはいえ、今回は少なくとも心構えができている。さらに、私を検査室の中へと迎え入れてくれた若いドクターは、話好きであることがすぐさま判明した。

私はごく当たり前のように、同僚のような態度で彼女に話しかけた。なぜ神経科学の道に？これからのキャリアをどんなふうに築くつもり？　ＥＭＧの機械はどのくらい正確なのか？ドクター対患者という力関係を払拭するために、私は思いつく限りのプロフェッショナルな話題を彼女にぶつけた。

かくして私は、あっという間にドクターとのあいだに信頼関係《ラポール》を築き上げた。これで、これからの40分間を多少は快適に過ごすことができるだろう。

ドクターは、検査を進めながら結果を実況解説し、私はそれに対して専門的な質問をする。このやりとりは、石のような沈黙の中で次の電気ショックをただ待つよりも断然よかった。

「あら、ここに軽い脱神経がある」ドクターは、私のふくらはぎに突き立てた針をじっと見て言った。この言葉が意味するのは、脊椎の〝配電盤〟から膝下の筋肉へと伸びている神経に問題があるということだ。神経を取り巻く絶縁体（ミエリン鞘と呼ばれる）が壊れかけているのである。

「面白い！」私は言った。実際、大いに興味をそそられる事態だった。前回のＥＭＧ検査では、絶縁体に問題はなかったはずだ。とはいえ、あの拷問のような検査からすでに何カ月もたっている。私は神経変性やミエリン鞘についてドクターとおしゃべりを続けた。

「うーん、別の部位にも問題があるみたいですね」

「本当に？　いずれにせよ、実に興味深いな。つい最近になって、何か変化が起きたのに違いない」別に平静を装っていたわけではない。ほとんど他人事のように、私は純粋に興味をそそられていた。

　そうは言っても、別の部分ではこんなことを考えていた。「おっと、これは予想外だったな。これでＰＬＳの線は消えたぞ。つまり、残っているのはＡＬＳということだ。こいつは超厄介だぞ。まだそうと決まったわけじゃないが……」

　私がしゃべりつづけているあいだ、ドクターは電気ショックを流しつづけていた。それから10分ほどは何事もなく過ぎた。それ以上、脱神経は見つからなかった。

　そうこうするうちに、私たちがたどり着いたのは親指と人差し指の付け根にある肉のかたまりだった。ドクターはその部分に鋭い針を突き刺し、少しだけクネクネと動かした。その間、彼女はどこかのスピーカーから発せられるノイズに耳を澄ませていた。

　私は、ノイズがすぐに聞こえてくるのはよいサインで、それも大きいほどいいということに気づいていた——ノイズを聞き取ると、ドクターは地獄の針を動かすのをやめるからだ。

　次はどこに電極を刺されるのか、その不安を紛らわせようと、私は乏しい解剖学の知識を動員してドクターに話しかけた。「へえ、第一背側骨間筋ですか。そこを調べるのは基本ですよね……」これは本当の話だった。やや症状が進んだＡＬＳでは、親指と人差し指の間隔が大きく開くことが知られている。その部分にある第一背側骨間筋が萎縮してしまうからだ。

「そうです」ドクターは言った。「やっぱり、思ったとおり……ええ、間違いなく脱神経ですね」

つまり、そういうことなのだ。

結論以外の何も聞かされたくなかったので、私はすぐさま踏み込んだ。「つまり、エルエスコリアル基準によれば、私は初期のＡＬＳということになるわけですね」

エルエスコリアル基準というのは、国際的なＡＬＳの診断基準の通称だ。たとえば、上位運動ニューロンの脱神経に加えて、下位運動ニューロンにも3カ所以上の脱神経（今回のＥＭＧ検査で発見されたようなもの）が認められれば、ＡＬＳと診断される。

ドクターはためらうことなく答えた。「ええ、そのとおりです」まるで、口頭試問中の医学生に話すように。これこそ、私が求めていた態度だった。

1秒、2秒と間があく。

「ああどうしよう！　言っちゃいけなかったのに！　本当にごめんなさい！　大丈夫ですか?」

私はたっぷり1分かけて、罪悪感にかられているドクターをなだめようと努めた。これは完全に予期していた結果であり、私はただ確証がほしかっただけだったのだと。それは嘘だったが、いずれにせよドクターは完璧に私の期待に応えてくれた。その意味で、私は本心から彼女に感謝していた。

PLSではなくやっぱりALSでしたという結論は、確かに大きな衝撃ではあった。とはいえ、私の中には、この病気を生き延びるにはどうすべきかという心づもりがすでにある（つまり、栄養チューブと人工呼吸器の話だ）。病気を抱えながらクリエイティブな生活を送るにはどうすればいいかというアイデアもある（つまり、ありったけのハイテク機器を導入するという話だ）。

思い上がり

はからずも私に診断を下すことになってしまったドクターが最終確認を行っているあいだ、私は寝台にもたれかかって、2つのことを考えていた。

1つは、これから必要になるハイテク機器のリストを早々につくろうということ。もう1つは、この診断をフランシスに伝えるには、どう話すのがベストだろうかということだった。

フランシスが取り乱したりするのは避けたかったし、そのせいで、このあと予定していたピートリー博物館への訪問が延期になるのもごめんだった。古代エジプトの出土品の宝庫であるこの博物館は、ちょうど病院の数ブロック先にあったのだ。

幸いなことに、フランシスは今回の診断を、私同様に淡々と受け入れてくれた。これまでの会話の内容と、自分でもネットで調べたことを総合し、彼の中でも心の準備ができていたのだろう（それ以上に、フランシスはとてつもなく大きな器の持ち主なのだ）。ピートリー博物館に向かう途中、「これは一大事だ」ということで私たちの意見は一致した。しかし、「ほかの人たちが思うほどには大事《おおごと》ではない」と。

この点がはっきりしたところで、私たちは心置きなく古代エジプト芸術を鑑賞することにした。ピートリー博物館は、ユニバーシティ・カレッジ・ロンドンの敷地内にある隠れ家的な博物館だ。上階にある2部屋ほどの展示スペースに、何万点もの宝物が展示されている。私たちは約2時間の鑑賞を大いに楽しみ、法外な値段の図録を買い求めさえした。

全体として、非常に勉強になった1日だった。あえてポジティブに考えようとすれば、むしろラッキーな1日とも言えた。ＡＬＳと診断されてもこんなにのん気でいられるのは、私くらいのものじゃないか？――近所のホテルに戻る道すがら、そんなことを考えていたのを憶えている。

だが、そんな思い上がりは、きっかり9時間半後に打ち砕かれることになる……。

9

人生の選択

私はぎくしゃくした足取りで、のろのろとゾンビのようにフェンシング場に戻った。その姿は、コナーと大して変わらなかったに違いない。白いズボンに血の染みこそついていなかったものの、私は言い知れない痛みに耐えていた。一生消えない心の傷を負ったような感覚だった。歩きながら考えていたのは、コナーのようにこっぴどく鞭で打たれたほうがマシだったのかもしれない、ということだ。少なくとも、コナーに対する辱めは終わった。私に対する辱めは、これからも永遠に続いていくように思われた。

自分の受けた罰について考えれば考えるほど、これまでの恵まれた日常を形づくっていた枠組みが崩壊していくようだった。もはや確かなものは何ひとつなかった。私の将来を約束していた輝かしい要素はすべて消え失せた。

更衣室には誰もいなかった。脱ぎ捨てたままの制服が、かつてのお気楽な自分をあざ笑っているようだ。私は放心したまま着替えを始めた。一緒に校長室を出たハウスマスターは、私を振り返るとこうのたまった。「もう少し普通にしていたまえ、スコット！」そして職員室へと戻っていった。

「君が戻ってきているんじゃないかと思ったよ」不意に声をかけてきたのは、フェンシングのコーチだった。その表情は読み取れない。苛立っている？　当惑している？　あるいはその両方だろうか？

「主将の件は残念だった。君が気落ちするのも当然だと思う。だが、学校の立場も理解しなければならないよ。ほかの生徒に示しがつかないし、評判に傷がつくのを恐れてもいるのだろう。いささか時代遅れな考え方だというのはわかっている。私自身は、男たちがハムステッド・ヒース【ロンドン市内にある広大な公園。同性愛者の出会いの場としても知られる】で何をしようと、彼らの自由だと思っているのだがね」

思いがけないコーチの言葉に、私は思わず熱を込めて答えていた。

「はい、コーチ！　まったくです！　僕もそう思います！」

「だが、君も今回のことでわかっただろう。誰もが私と同じように考えているわけじゃない」

少しのあいだ、コーチはその場に立ち尽くしていた。ほかにかけるべき言葉があるだろうかと考え込むように。だが、特にないという結論に達したらしく、ポケットから鍵を取り出して私に差し出した。

「出るときに、鍵をかけていってくれたまえ」

これは、コーチなりの餞別なのだろうと思った。更衣室に施錠するのは、フェンシング部の主将だけに任された役目だったからだ。

「ありがとうございます、コーチ」

帰宅

着替えを終えた私は、フェンシングの用具入れを肩に提げ、更衣室の鍵をかけた。運動場を迂回して〈スリップ〉の入口に向かう。スリップというのは運動場を突っ切る細長い公道で、その両側には高いフェンスが張り巡らされている。

ここを通るのが、家に帰る近道だった。私は腕時計に目をやった。17時15分を少し過ぎたところだった。

３分後、私は生まれたときから住んでいるアパートに戻ってきた。玄関がガラス張りになった１９３０年代の建物だ。エントランスホールから古ぼけたエレベーターに乗って最上階まで上がると、そこに両親と暮らす部屋がある。

ただいまの代わりに母の頬に軽くキスをすると、私は日課にしている3時間の自習を口実に、自分の部屋へと引っ込んだ。心の中ではまだ嵐が吹き荒れていた。無理やり物理の予習に集中し、ほかのことを頭から追い払おうとするものの、すぐさま砕け散った現実に意識が引き戻されてしまう。

そのうち父が帰ってきた。スーツを着替えに寝室に向かう途中で、こちらにただいまと手を振ってくる。父は小さなベンチャーキャピタルで働いており、毎日ダイムラーに乗って通勤していた。

父の帰宅は、夕食の時間を知らせるサインでもあった。ほどなくして、部屋の外を父が通り過ぎる気配がしたので、私もあとに続いてダイニングルームへ向かった。母はちょうど、ディナーの皿を並べているところだった。

母はかつて医者を志していたが、結婚と同時にキャリアを諦めた。私が覚えている限り、主婦としての母の腕前はそれほどでもない。料理のバリエーションも乏しかった。ウィンブルドンの目抜き通りで買ってきた野菜と、ハロッズの食品売り場から配達されてきた肉類に依存した献立だ。その日は水曜だったので、メニューはニュージーランド産のラムチョップと決まっていた。付け合わせはマッシュポテトとニンジンとグリーンピースだ。

優しい両親

デザートが終わると、ロバーツ社のラジオをつけるのが両親の毎夜の習慣だった。だが、私にはその前に2人に尋ねたいことがあった。本心を言えば、告白したいことがあった。

一連の出来事によるショックから自暴自棄になっていたのかもしれないし、むしろ背中を押されたように感じていたのかもしれない。いずれにせよ、私はこれまで決して近づいたことがなく、近づく必要もなかった領域に踏み込もうとしていた。

なぜなら状況が変わったからだ。その日1日で、私の世界は大きく傾いてしまった。したがって、新たな地軸の角度を知る必要があったのだ。

「今日、面白いディベートをしたんだ。賛成と反対の立場に分かれてね。一方の主張は『ホモセクシュアリティとは、きわめて妥当な〝生き方〟の1つである』。もう一方の主張は『ホモセクシュアリティとは、神と人類に対する冒涜である』。父さんと母さんならどう思う？　どちらの側も、熱い主張を展開したよ」

母の顔には、すぐさま困惑の色が広がった。私が必要としているときには必ず手を差し伸べてくれる、愛情深く頼もしい母である。もちろん、父もそうだ。2人とも私に惜しみないキスとハグを与えてくれた。少なくともこれまではそうだった。

だが、いまや彼らは2人して、早々と守りの姿勢に入っていた。

「それは本当なの？　どちらの側もですって？　とんでもない話だわ。お父さんもそう思うでしょう？」母は、助け舟を求めるように父を見た。

「えーと、そうだね。そう思うよ」母がもの言いたげに見つめているので、父はこう付け加えた。「まったく、君の言うとおりだ」

「まさか、先生方からも両方の意見が出たわけじゃないでしょうね？」

「それが出たんだ。少しだけど」

「なんて恐ろしい話なの。本当に恐ろしい！　子どもたちに間違った考え方を教えるなんて、こんなひどい仕打ちはありませんよ。明日、校長先生に電話して苦情を言うべきかもしれないわね」

「やめてよ！　そんな大した話じゃないよ。ただのディベートさ」

「あなたがそう言うのなら仕方ないけど。それにしても、そんな話題を生徒の前に持ち出すなんて、ほとんど犯罪ですよ。子どもたちが深く傷つく可能性だってあるでしょうに」

「たしかに、僕みたいに親身になってくれる家の子でなければ、ちょっとつらいかもしれないね」

「どういうことなの、ダーリン？　何があったの？」

母はいつだってひどく聡明で、何かを察するのも早かった。ときには早すぎるほどだった。気がついたとき、私たちは崖っぷちすれすれのところまで来てしまっていた。

「ううん、なんでもないよ！　ただ、親身に話を聞いてもらえない子の場合、すごく混乱するんじゃないかと思っただけさ」

「なら、あなたは心配ないわね！」

母はようやく肩の力を抜いた。父はといえば、割といつも肩の力の抜けた人だった。母は手を伸ばすと、私の手の上に置いた。

「何も気に病むことはないわ」母はきっぱりと言い切った。「混乱することなんて何ひとつありませんよ。お父さんもそうおっしゃるだろうけど、疑問の余地は一切ないのだから。もちろん、ホモセクシュアリティは冒涜ですよ。そうよね、あなた？」

「もちろん、そうだとも！」

「安心なさい」母は私の手を軽く叩いた。「うちの親戚に、ホモセクシュアリティと関係のある人なんて、1人もいませんよ」私の手を離すと、母は胸に手を当てて大げさに身ぶるいしてみせた。

「なんて情けない話かしら！　つまり、親御さんにとってという意味だけど。みんなに気の毒がられて、さぞ悔しいでしょうねえ。母親にとっては特に屈辱的ですよ。最近の研究だと、母親が支配的で父親の立場が弱い家庭だと、そういうことになりやすいそうだから。考えただけでも惨めじゃないの。ねえ、あなた？」

私は両親に、今晩中に予習をすませなくてはならないのだと告げ、笑顔で席を立った。

部屋に戻り、ドアの鍵をかけ、そして泣いた。世の中の不公平さと残酷さに対して。かつては王様も同然に振る舞っていた、居心地のいい学校生活が失われたことに対して。そして、ほかでもない両親が、私のことを完全には理解していないばかりか、私のような人間を〝忌まわしき者〟と考えているに違いないことに対して、私は泣いた。

その夜はほとんど寝つけなかった。思考は延々止まらなかった。一度出した結論を何度も再考しては捨て去り、そのたびに思い悩み、そのまま朝まで起きていた。5時になる少し前に、夜が明けるのを眺めていたことを鮮明に覚えている。長い夜の終わり、私はついに決意を固めた。

「心を入れ替えて新たな人生に踏み出せ」

よし、校長のアドバイスに従ってやろうじゃないか。

最初の反乱

36時間後、私は合唱団の放課後練習を終えて、アンソニーと肩を並べて歩いていた。

「ニュー・ルックだ！」アメリカのテレビCMのような声色でアンソニーが言う。私はポーズを決めてみせた。「髪型もスーツもおニューさ」

髪は思い切りセンター分けにした。ネイビーのスーツは、大きく尖った襟がついたジャケットと、とびきりワイドなフレアパンツのスタイリッシュな組み合わせだ。

「髪はもっと伸ばすつもりなんだ。ちなみに、ヒールはどう思う？」

私はパンツの裾を引っ張り上げて5センチのヒールを披露した。この靴を履くと、私の身長は180センチを超えた。アンソニーがハウスマスターの物真似で応じる。

「なんという恥さらしな恰好だろう！　いったい君は、どうしてしまったのかね？」

「校長《あいつ》が言ったことを、そっくりそのまま実践しているのさ、アンソニー。僕は新たな人生に踏み出したんだ」

「なんにせよ、すごく似合ってるぜ」アンソニーは心からそう言っているようだった。

「こんなのはまだ序の口だよ。もっとたくさん計画があるんだ」

「ひゃあ、待ちきれないな！　その計画とやらを洗いざらい教えてくれよ。明日のフェンシングの練習時間にでも」そう言ってから、アンソニーは一瞬固まった。このときばかりは普段の声に戻る。「フェンシング部の主将の話は、本当に残念だった」

アンソニーに最新の決断を伝えるのは、今しかないという気がした。私たちは、校内を貫く長い私道の半分あたりまで歩いてきたところだった。リッジウェイ通りに出て別れ別れになるまでには、まだ十分な時間がある。

「実を言うと、明日のフェンシングの練習に出るつもりはないんだ。というか、もう二度と出ない」

「なんだって?」アンソニーは立ち止まった。

「この2カ月くらい、放課後に空手のドージョーに通っていたんだ。ドージョーというのは日本語で〝学校〟という意味なんだけど。日本国外で黒帯の最高段位を持っている先生がやっているんだ。極真会館という、空手の中でもすごくハードな流派でね。フルコンタクトで、パンチもキックも直接相手に当てるのさ」

「それで?」

「体育の先生と交渉して、空手道場に週10時間通いたいから、フェンシングをやめたいと言ったんだ。両方やる時間はないからと言ってね。唯一の心残りは、フェンシングの公式試合に出られなくなることだと言ったら、先生もようやく何かを察したようだったよ。それで、快く納得してくれた。最後は温かい励ましの言葉までもらったよ」

「そりゃあ、納得するしかないだろうな。で、その〝格闘場〟はどこにあるんだい?」

「レインズ・パークだ。バイクで20分しかかからない。それに、あそこに通っている人たちは本物なんだ。学生は僕しかいないんじゃないかな。少なくとも、ほとんどの人は僕より年上だ。そこがいいんだよ」

「ブルース・リーの世界だな……」当時は格闘技映画の全盛期だった。とりわけ、セクシーなブルース・リーが主演する『燃えよドラゴン』は、絶対的な金字塔だった。

アンソニーは再び歩きだした。「演劇部のあとはどうするんだ？　役者生命が絶たれた今、君の次なる計画は？」

「何を言うんだ、人生そのものが舞台じゃないか！」

「そうとも、あらゆる人間は役者でしかない！　けど、僕が言いたいのは、演劇部の代わりに何をやるつもりなのかということだよ」

「コンピュータを勉強するのさ！　これからはコンピュータの時代だよ」

「コンピュータだって？」アンソニーはまたしても立ち止まった。

「コンピュータ部に入ることにしたんだ」

「待てよ、うちの学校にコンピュータ部なんてない……わかったぞ。ニューヨークの同好会にでも入るんだろ？」

「これまではなかった。でも、ビリングス先生がアクセスできるＩＢＭのコンピュータがあるんだ。それを僕らの何人かが週に1度、使わせてもらえることになったのさ」

「そのコンピュータは、いったいどこにあるんだい？」

「マートン・ポリテクニック【ポリテクニックは専門学校の一種】だよ」

「ポリテクニックとは！」またしてもハウスマスターの物真似だ。「実に嘆かわしい！　あそこの生徒はラテン語もできないし、言葉遣いはめちゃくちゃだし、〝オックスブリッジ【オックスフォード大学とケンブリッジ大学の併称】〟のつづりもわからないときている……」

「それってすごくイカしてると思わないか？　ちょっとくらい荒っぽい連中と恋に落ちるのも悪くないかも！」

「その前に、やつらにボコボコにされるぞ、ピーター！」

「そこで、空手の出番というわけさ……」

変身

アンソニーの顔いっぱいに、ゆっくりと笑みが広がった。私のセクシュアリティ、始まったばかりの反乱、スポーツの種目替え――そのすべてが彼の中で1本につながったのだろう。

「学校側は、自分たちが何を野に放ったのか気づいてもいないだろうな！」

「真面目な話、鎖から解き放たれたような気分だよ！　僕は一から自分を再発明するんだ」

そう口にすると、あらためて実感が湧いてきた。アンソニーの熱心な反応も、私が心から必要としていた自信を取り戻させてくれた。

「変身《メタモルフォシス》だ！」

「そうさ！　メタモルフォシスという言葉はまさにぴったりだ。エスタブリッシュメントの世界は、ありのままの僕を嫌った。これからの僕が、どんなふうに変身するか見ているがいいさ！　やつらは、僕みたいな人間には会ったことがないはずだ。自分たちが何を相手にしようとしているのかもわからないだろうね！」

「君が戦おうとしている相手は、学校じゃないのかい？」

「とんでもない」劇的な効果を狙って、私はひと呼吸置いた。「僕は全世界を相手に戦うつもりさ！　以前、フェンシングのコーチに言われたことがある。『ピーター、いつだって星々を目指すんだ。そうすれば、少なくとも月には到達できる』ってね。その言葉を思い返すたびに実感するよ。自分は石ころだらけの月面を探索したいわけじゃないんだってことをね。僕は、宇宙をワープで旅したいんだ！」

　このときはアンソニーも何も言わなかった。彼は立ち止まって、探るように私を見つめた。

「これからの僕は、不公平な現実に耐えることを拒否する。代わりに現実を変えてみせる。殴られて降伏させられるのも、選択肢を奪われて服従させられるのもごめんだ。弱みを強みに変えて、新たな選択肢を創造するんだ。

　いじめに屈することも徹底的に拒否する。たとえ相手がどれほど大きな権力を持っていても。これからの僕は、エスタブリッシュメントの世界に攻撃されるたびに、何度だって、何度だってやり返してやる。いつか、やつらが降参するまで」

「そして、和平交渉をするんだな！」

「違うよ！　無条件降伏を勝ち取るのさ！」

　アンソニーは声を上げて笑った。この計画が大いに気に入ったらしい。再び歩き出しながら、彼は感想をひとことでまとめてみせた。

「大乱闘《バトルロイヤル》になるな！」

私は立ち止まった。アンソニーも立ち止まった。

「乱闘だって？」と、わざとらしく叫ぶ。「これは戦争だよ！」

10 朝を迎えて

不意に目覚めた私は、とっさにベッド脇の見慣れない時計に向かって目を細めた。時刻は3時5分だった。瞬時に頭が冴え渡り、それまで悪夢にうなされていたことに気づいて愕然とする。

そのとき私を支配していたのは圧倒的な無力感だった。一生忘れることはないであろう、16歳のあの日と同じ感覚だ。校長室の外で、ひたすら待ちつづけたあの時間。真っ青な顔で、力なく口を開き、胃のむかつきと暴れる心臓に耐えながら、革張りの扉越しに聞こえてくる、かすかな音に耳を澄ましていたあのとき——くぐもった声。静寂。一撃、二撃、三撃。くぐもった声。扉が開く。「次！」

何の前触れもなく、夜中につきもののパニックが襲ってくる。パニックの波は次から次へとやってきた。やがて私はすっかり打ちのめされてしまった。

お前は死ぬんだ！

いいや、死なない。栄養チューブと人工呼吸器があれば平気だ。

哀れなやつだな――それじゃ全然足りない。それだけで生きられるのなら、ＭＮＤ患者はみんなそうしているだろう。なのに、彼らは死んでゆく。いずれお前もそうなるように。彼らがお前と違うのは、避けられない運命を受け入れる勇気を持っていたってことだ。

避けられない運命なんかじゃない。ただ、体の自由を奪われても生きつづけるという選択をしない人が少なくない、それだけの話だ。

バカなことを言うなよ、この思い上がった妄想家め！　お前は科学者の恥さらしだ。統計を信用しろ――お前はきっと2年以内に死ぬ。ほかのみんなと同じように。

スティーヴン・ホーキングが生きられたのなら、僕だって生きられるはずだ。

やれやれ、そうきたか。偉大なるスコット-モーガン博士は、ご自身が地球上で最も高名な宇宙物理学者に匹敵する存在だとお考えのようだ。なんたる傲慢、なんたる恐れ知らず！

ホーキング博士が人工心肺《ベントポンプ》を装着したのは、１９８５年のことだった。

ホーキング博士は、お前よりずっと若くしてＭＮＤを発症した。病気の進行も、お前よりずっと遅かった。ホーキング博士はお前よりずっと裕福で、最高レベルの24時間ケアを受けることができた。お前はあらゆる意味でホーキング博士とは違うし、今後、博士のようになることもない。お前はごく平凡で、平均的な、避けられない死を迎えるんだ。気に留める人間は誰もいないだろう。

ホーキング博士ほど長くは生きられないにしても、あと5年は生きられるはずだ。10パーセントのMND患者は、診断から5年間生存している。

それはそうだ。でも、その人たちのMNDは、進行が緩やかなのかもしれない。お前のほうが早く悪化する可能性だってあるだろう。仮に5年、生き延びられたとしても、全身が不自由になって目玉しか動かせなくなるんだ——生きている限り、完全に無力なまま、自分の肉体という究極の拘束衣の中に囚われることになる。

それでも闘っている人はいる。

お前には無理だ。お前の感覚は機能しつづける。あちこちに痒みを感じるのに、自分で掻くこともできないんだぞ。

それでも闘っている人はいる。

お前には無理だ。閉所恐怖症になるのがオチだ。恐れ知らずの学生だったころ、狭い洞窟のトンネルの中でつっかえたときのことを覚えているか？　お前はいつも、自分がどれだけ冷静に、あの窮地から抜け出すことができたかを自慢していたよな。だが、今回はそうはいかないぞ。こうなったら、お利口な頭脳や高等な教育なんて少しの役にも立たないんだ。そうだろ？話せなくなることだけでも、お前には耐えられないはずだ。これまでお前が延々しゃべりつづけるのを我慢して聞いていた人たちは、ようやくお前が黙ってくれて大喜びだ。それだって、お前にとっては苦痛だろう。

そうかもしれない……。

お前は周りの人たちの生活も台無しにしようとしているんだ。耐えられなくなるのは自分だけじゃないぞ。最初の症状が出てからまだ1年しか経っていないのに、お前はすでに立派な障害者だ。人の輪の中に入っていこうとすれば、誰もが目をそらすだろう。お前は邪魔者だ。フランシスにとっても邪魔者なんだ。

わかってる。

こんなことのために、彼はお前と結婚したわけじゃない。

わかってる。

なのにお前は、肥大した自我を優先している。どんな犠牲を払ってでも生き延びるという自分勝手な計画を一心不乱に進めようとしている。そのせいで、お前をいちばん愛してくれている相手がどんなひどい目に遭うか、まるで気に留めようともしていない。

そうだ。

彼にはもっと幸せになる権利がある。

そうだ。

ほんの欠片《かけら》でもいい。お前が日ごろ伝えている愛情が本当に存在するのなら、フランシスが苦しむのは望まないはずだ。

お前の体が役立たずの物体になり果てるまで、ゆっくりと朽ちていくのを彼に見せたりするな。これまで一緒に楽しんできた活動の1つひとつに別れを告げながら、やがてお前が手の届かない場所へ行ってしまうのを、彼に見送らせたりするな。本当に愛しているなら、彼を守ってやれ。

そうだ。

でなければ、いずれフランシスはお前に苛立つようになり、いつか去っていくだろう。年寄りが詰め込まれた小便臭い介護施設に、お前を放り込むだろう。そして、お前を独りぼっちで死なせようとするだろう。

なんだって!? そんなばかな話があるもんか。

内なる対話

夜はまだとっぷりと更けていた。私の潜在意識が、この病気の恐ろしさと真正面から対峙したのは、このときが初めてだった。深呼吸をして心を落ち着けろ。なんとか切り抜ける方法を考えるんだ。

少しずつ、隣で穏やかにいびきをかいているフランシスの存在が感じ取れるようになっていった。なんと頼もしい息づかいだろう。

フランシスはいつだって私の隣にいた。どんな戦いのときも。世界を相手に戦うフランシスとピーター。私の鼓動は、もうそれほど暴れてはいなかった。呼吸も穏やかさを取り戻し、暗がりに潜んでいたはずの恐怖もいつしか姿を消していた。

代わりにそこにいたのは、もっとちっぽけな存在だった。

私の内面で、意識と潜在意識が問答を続けているうちに、両者の力関係は完全に逆転していった。いまや私が相手をしているのは、小さな男の子も同然の存在だった。校長室に呼び出される何年も前の私自身だ。部屋の隅に膝をかかえて座り込み、裸のままで震えている。冷や汗まみれの私と同じように。

僕、怖いんだ。

わかってるさ。怖がってもかまわない。それが当然なんだから。でも、朝になればちゃんと陽はのぼるし、フランシスも目を覚ます。２人で素敵な朝ごはんを食べれば、ずっと気分もよくなるはずだ。

それから2人で世界に決闘を挑んで、そして勝つんだ。だから、今のうちに強くなっておかなきゃならない。

でも、ＭＮＤのほうが強いよ。

そんなことはない！　ＭＮＤなんてただのいじめっ子だ。エスタブリッシュメントのいじめっ子の親玉みたいなやつだ。われらスコット－モーガン軍は、いじめには決して屈しない。君も知ってのとおりね。

でも、打つ手はないんだろ？

打つ手なんて、いくらだってあるさ。

ハイテクによる処置は、医療による処置ではないというだけで、その可能性を無視されている。ＭＮＤはあまりにも長いあいだ、誰の抵抗に遭うこともなく人々を虐げてきた。だから、無条件にＭＮＤを恐れることが習慣になってしまっているんだ。患者はみんな、魔法のような治療法が登場して自分たちを救ってくれるのをただ待っている。

でも、僕はもっと別の可能性を信じているんだ――根本的に新しい、圧倒的にすばらしい可能性を。誰も見たことがないようなテクノロジーをもってすれば、ＳＦの世界も現実になる。僕にはわかるんだ、それは夢物語なんかじゃないって。

それって、楽しい？

なんだって？

新たな決意

自分の脳からの唐突な問いかけに、私は不意をつかれた。それから10秒ほど、あるいはもっと、私はまったく両極端の感情を同時に味わうという、えも言われぬ感覚に浸っていた。

恐怖や怒りや絶望は、まだ私の中に居座っていた――しかし、同じくらい強烈に、興奮や喜びや希望も感じていた。

すると次第に、新たに湧いてきたポジティブな感情のほうが優位に立ちはじめた。体の芯から力が湧いてくるような、温かい感覚だった。心の中にこだましていた恐怖の残響にも、もはや動じることはなかった。

乾きかけた涙で頬がひりひりするのを感じながら、私はひとり微笑んでいた。活力がみなぎってくるようだった。

これから私は、チャールズ・ディケンズが言うところの「最良の時代、かつ最悪の時代」【『二都物語』に登場するフレーズ】を地で行くことになるのだろう。それだって、すばらしい体験になるはずだ！　そのためにはまず、この銀河系の片隅で入手しうる、超最高にクールなテクノロジーを探しださなくてはならない。

冒険に出るんだね！　冒険は大好きだ！

統計的には、私はあと2年で死ぬことになる。つまり、未来を書き換え、世界に革命をもたらすのに、あと2年の猶予があるということだ。

行く手には戦いに次ぐ戦いが待ち受けていることだろう。生死を分かつような戦いに違いない。結果は2つに1つ。私たちが勝って世界のあらゆるルールを変えるか、あるいは無残に打ち負かされるか。休戦はありえない。しかし、敗北もありえない。

MNDは私に死んでほしいらしい。

だが、断る。

同様に、私は生ける屍のような形で〝延命〟することも拒否する。

そして――このとき、もやもやとした思考の中から、まったき啓示がにわかに形をとりはじめた――私はほかのすべてのMND患者を置き去りにすることも拒否する。2年の余命宣告に怯え、死の恐怖にすくみ、生きることに怖気《おじけ》づいた人々を見捨てたりするものか。われわれは軍を組織し、ムーブメントを起こすのだ。これは反乱だ！

MND患者に限った話じゃない。

これは、病気や事故、老化によって生じた極度の身体障害を、最先端のテクノロジーで解決しようという挑戦だ。

自由な思考を持っているにもかかわらず、不自由な肉体に囚われてしまったすべての人々に関わる話だ。

そして、もっと強く、もっと立派な、今とは違う自分になりたいと願ったことのある、すべてのティーンエイジャーと大人たちのための戦いなのだ。

私たちが目指すのは、〝人間である〟ことの定義を書き換えることだ。

そうと決まれば、どうやって生き残るかということばかり考えて時間を無駄にしている場合ではない。余命を伸ばすための手段などには、もはや少しも興味が湧かなかった。

今夜は、とっておきのシャンパンをフランシスと開けることにしよう。生き残り策など考えない。そう決めたことを、２人で祝うのだ。

これからは、私のような人々が本当の意味で繁栄するための方法を探求するのだ……。

11

アメリカ建国200年祭

頭が窓にぶつかる音で、私は再び目を覚ました。ハイウェイ1号線を疾走するグレイハウンドバス【アメリカ全土を結ぶ長距離バス】が、またしても穴ぼこの上を通過したらしい。何千キロも前に買い求めた安い空気枕は、すっかりしぼんでいた。私は自分が笑みを浮かべているのに気づいた――それまで、ブラッドの夢を見ていたのだ。

隣のアンソニーを起こさないよう気をつけながら、体をそろそろと伸ばす。アンソニーは私の肩に頭をもたせかけて眠っていた。私たちは日替わりで窓際の席を交代していた。

長距離バスの旅

こんなふうにアンソニーと旅をするようになって、そろそろ2カ月になる。アメリカが建国２００年を迎えた１９７６年の夏のことだった。路上の消火栓は、すべて赤と白と青に塗り直されている。

ニューヨークを出発点に、フィラデルフィアではフォード大統領が臨席する盛大な独立記念日式典に居合わせた。そこから長距離バスで大回りをして大陸の反対側に向かい、西海岸を南下してから再び大陸を横断。つい先日は、フロリダにあるテーマパークを訪れたところだった。

それ以上に私にとって大きなイベントだったのは、ケープ・カナベラルへの訪問だ（個人的には、いまだに〈ケープ・ケネディ〉という呼び名のほうがしっくりくる。この土地は、私の中でアポロ計画の月ロケットと分かちがたく結びついているのだ）。そして今、私たちはアメリカ本土の最南端、南国の香りただようキーウエストに向かっていた。


ブラッドという名のスリムな若者が私たちのバスにぶらりと乗り込んできたのは、セントルイスでのことだった。タイトなジーンズにカウボーイブーツ、タイトで首元が大きく開いたTシャツというスタイルで、本物のカウボーイハットをかぶっている。ブラッドは持ち物を荷棚に載せると、通路を挟んで私とアンソニーの隣に座った。ラッキーなことに、この日はアンソニーが窓際の席を使う番だった。

そこから100マイルほど移動したあたりで、ブラッドと私はおしゃべりを始めた。日はすでに暮れて、窓の外の景色は薄闇にぼやけている。アンソニーがひと眠りしたいと言ったので、私はうるさくしないために反対側の列へと席を移動した。

ブラッドは私より1つ年上の19歳。ロデオの競技に出たり、本物の暴れ馬を乗りこなしたりと、私とはまるで違う世界の住人だ。いかにもアメリカ青年といった感じで、ものすごく魅力的だった。

隣の席に移って30分ほどたつと、ブラッドの手が私の脚に触れてくるようになった。バスの中は暗く、アンソニーは眠り込んでいた。それをいいことに、ブラッドと私はキスを始めた。親戚以外の男性とキスをしたのは、人生でこれが初めてだった（親戚の場合は無論、舌は入らない）。真のカウボーイにふさわしく、ブラッドはずっとカウボーイハットをかぶったままだった。

ブラッドは真夜中にカンザスシティで下車した。窓の外に目をやると、彫像のようにたたずんでいる彼の姿が見えた。バスが走り出しても、彼はその場に立っていた。うっすら笑みを浮かべ、私に向かって軽くうなずく。そして無言の別れを告げるようにカウボーイハットのつばに手をかけた。やがてバスは角を曲がり、ブラッドの姿は見えなくなった。

このときになってようやく、私は初めての本格的なキスに夢中になるあまり、自分からはブラッドの脚に触れようともしなかったことに気づいて愕然とした。脚に触れるのはおろか、ブラッドの引き締まったウエストより下にある、いかなる部分にも触れていない。そんなことは思いつきさえしなかったのだ。

人工知能

下水のような臭気が漂ってきた。バスの両側には海が広がっているので、下水処理場の付近にいるとは考えづらい。私はアンソニーを肘でこづいた。

「おならしただろ！」

アンソニーは寝ぼけまなこで眼鏡を手で探った。

「今どこだ？」

「セブンマイル・ブリッジの近くだと思う。世界最長の橋の1つだから、見ておく価値はあるぞ。それにしても、この朝焼けを見ろよ！」

ほんの数分のうちに、空はコーラルオレンジに染め上げられ、灰色だった海は突如として深いターコイズ色をたたえていた。こんな光景は見たことがなかった。

「こんなの見たことないや」私の心の声に応えるように、アンソニーが声を上げる。「ちなみに、僕が悪臭を放ったという先ほどの中傷的な告発に対しては、正式に否認させてもらうよ」

紆余曲折を経て、アンソニーは大学で法律を学ぶことになっていた。私たちは魔法瓶に残ったコーヒーを分け合った。マイアミで調達したコーヒーはすっかり冷めていたが、アンソニーの眠気を覚ますには十分だったようだ。「卒業してからキングス校に行ったことはあるかい？　なつかしの校長先生にうっかり遭遇したことは？」

「いいや。かの神聖なる学び舎には一度も戻ってないね」サンゴ色に染まった水面が車窓を流れ去るのを眺めながら、私は答えた。それから、ふと思い出して付け加える。

「そういえば、2人の先生から露骨な課外授業のお誘いを受けたよ。ありがたくお断りしたけれど――1人が誰だか、君には想像もつかないだろうな！　もう3人の先生とは、実際に会って親密な飲み会をした。おかげさまで、『ごちそうさまでした。でも、お酒を飲んでセックスはしない主義なんです』的な言い訳がずいぶん得意になったよ……」

おいしいゴシップを私に洗いざらい白状させたあと、アンソニーはしばらく考え込んでいた。そして、唐突にこう言った。「僕はいまだに、君が言う〝人工知能の問題〟をよく理解できていないんだ」

ワーグナーのオペラの複雑きわまりないプロットを瞬時に理解できるアンソニーが、なぜそんなこともわからないのだろう。私は不思議でならなかった。でも口にはしなかった。

「つまりこういうことさ。これまでに何度も説明しているように――」アンソニーは神妙な顔で聞いている。「――コンピュータはこれからどんどん賢くなっていく。そのうち自分が話している相手が、人間なのか機械なのか区別がつかないような時代になる」

「チューリング・テストだ！」話はちゃんと聞いているぜというアピールなのか、アンソニーは声を張り上げた。

「そのとおり――チューリング・テストだよ。いまや誰もが、こう考えている。知性を持つマシン（あるいは複数台の知性を持つマシン）の力をもってすれば、さらに高度な知性を持つマシンを生み出せる日が遠からずやってくるってね」

「そうそう、そこまではわかってる。で、昔から言われているのは、機械がものすごく賢くなれば、いずれは人間に取って代わるだろうということだ。だが、君の果てなき知性は別のことを望んでいる。君は機械を使って――」

「人の知性を増幅させたい」と、私は口を挟んだ。

「そうだ。自分の脳と機械の脳を連結させれば、ＩＱと寿命を無限にのばすことができると君は考えている。それは人類の進化における次のステップだ。星々を旅したり、宇宙に住んだり、ＳＦに出てきそうなあらゆることが実現できるってわけだ。それもわかる。じゃあ、君が問題だと考えていることはなんなんだ？　もちろん、現にある最高のコンピュータでさえ、ナメクジほどの知性しかないという点はさておいて」

「ナメクジほどの知性があるかどうかも怪しいところだけど、それはいったん脇に置いておこう……僕が問題にしているのは、知能増幅の研究を進めている数少ない科学者が、根本から考え違いをしていることなんだ。彼らの主張はこうだ。いつの日か人類は、炭素系物質である生物学的な脳をスキャンして、シリコン系物質でできた機械の脳にデータを移せるようになる。そうすれば、人類は限りある命から解放される」

「それのどこが間違いなんだい？」

「うまくいくはずがないからさ！」

アップロードの問題

「たしかに、今はうまくいっていないようだ。でも、実現するのは時間の問題なんだろ？」

「いや、うまくいくわけがないんだ。理論的に不可能なんだよ」

「どうしてそんなことがわかるんだい？」

「なぜなら、その脳がコピーだからだ。彼らが得意げに吹聴している〝不滅の〟シリコン脳とやらは、オリジナルの脳のコピーだ。たしかにそれはオリジナルとまったく同じ記憶を持っていて、永遠に生きつづけることも可能だ。

だが、不幸にも自分がオリジナルのほうだった場合は、普通に寿命を迎えて死ぬしかない。さらにまずいのは、データをスキャンする過程で生物学的な脳の神経細胞が一つひとつ破壊されていくことだ。そうだとすれば、データを移した時点でオリジナルは死んでしまう！　これを僕は〝アップロードの問題〟と呼んでいる」

「ああ！　君が昨日言っていたのは、そのことだったのか？　『スタートレック』のカーク船長はエンタープライズ号からワープするたびに死んでいるとかなんとか」

「そうさ！　まさしくその話だ。エンタープライズ号の転送装置は、人体をスキャンすると同時に非物質化し、その情報を宇宙に飛ばす。そして転送先の惑星で人体を再構成しているだけなんだ」

「僕も『スタートレック』は観ていたけど……」

「子どもの目にも、毎回、カーク船長のコピーが再構成されているんだってことは明らかだったけどね。なぜなら、オリジナルを非物質化しないことには、カークが2人同時に存在することになってしまうからだ——1人はエンタープライズ号の上、もう1人はどこかの惑星に。実際、あるエピソードではそういうことが起きたんだ。つまり脚本家たちも、毎回カークと仲間たちを殺しているのは自覚していたってことだよ」

「毎回、新しく役者をそろえるのは、すごく高くついただろうな——」

「おい見ろよ！　ペリカンだ！」

論理と愛の法則

私もアンソニーも、キーウエストに夢中になった。長距離バスの停留所でさえ、ほかの街とは格が違った。

アメリカをグレイハウンドバスで旅行する、その知られざるメリットの1つは、街の中で最も物価が安い（つまり貧乏な）エリアに停留所があることだ。反対に、観光名所のたぐいは街の物価が高い（つまり裕福な）エリアに集中している傾向がある。つまり、一方からもう一方へと移動するだけで、その街の経済的なグラデーションを概観できるのだ。

「ところで、このあたりにホームレスはいないのかな？」アンソニーが困惑したように言った。

彼はちょうど、ワシントンに行ったときのことを話題にしていた。1日の大部分をホワイトハウスやリンカーン記念堂を見学するのに費やしたのち、私たちはスラムのような地区（少なくともウィンブルドンからやってきた2人の若者にはそう見えた）にたどり着いていた。

「あのとき、カフェでハンバーガーにかじりついたところだったんだよな！」と私。

「別に吐き出さなくてもよかったじゃないか」

「だって、ガラス越しとはいえ、もろに顔に向かって小便をひっかけられたんだぜ」

数時間後、キーウエストのバス停留所から旧市街にやってきた私たちは、すっかりこの土地に恋に落ちていた。「なあ、こんなところに住めたらって本気で思うよ」私たちは派手な色の

2人乗り自転車を借りて島を巡っていた。この島の魅力を味わい尽くすには絶対に必要だと地元の人に説き伏せられたのだ。

キーウエスト港にたどりつき、これからヘミングウェイの行きつけだった〈スロッピー・ジョー〉で一杯やろうかと考えていると、アンソニーが言った。

「アメリカで暮らせたらすばらしいだろうなあ、絶対に」

「その場合、アメリカの法律を勉強し直さなきゃならないんだろ?」と私。

「法律を勉強するのは、単におふくろを安心させるためさ。いざとなれば堅い仕事にも就けるからってね。でも、僕にとってはオペラがすべてだ。オペラこそ、僕が夢中になれるものなんだ」

「そうだろうとも。もちろんそれが正しい。君は本気でオペラを愛してるんだからな。君なら法廷弁護士になってもうまくやるだろう。けど、芸術プロデューサーとしてはもっと活躍できるはずだ。ほかの〝地に足のついた〟仕事なんかより、君がオペラの道を選ぶのは必然なんだ。僕が最近考えた〈論理《ロジック》と愛《ラブ》の法則《ロー》〉からしても、そうなる」

「頭をLでそろえたのは気がきいてるな。それは認めよう。で、いったいどんな法則なんだい?」

「世の中がどのような理屈で動いているのかを説明するものだ。僕らが人生を一変させるような決断をするとき、そこには動かしがたい暗黙のルールが介在している。論理はどこまでも僕らにつきまとう。けれど、ひとたび真実の愛と対決することになれば、必ず愛のほうが勝利するというルールだ……」

自由を勝ち取る

だらだらと暑さが続く夏のイギリスに帰国してから7週間後のこと。私は両親が運転するダイムラーにたくさんの箱や袋を詰め込んで、サウスケンジントンにやってきた。ロンドンの中でもラグジュアリーな地区だ。インペリアル・カレッジ・オブ・サイエンス・アンド・テクノロジーは、この（とても便利な）エリアにキャンパスを構えていた。

私はオックスフォードやケンブリッジには目もくれず、インペリアル・カレッジへの入学を決めていた。これはエスタブリッシュメントに対するきわめつきの反逆行為だ（わがハウスマスターに言わせれば「きわめつきの愚行」ということになる）。

当時、インペリアルはイギリス国内で唯一、コンピュータ・サイエンスの学位が取れる全日制のコースを設けている大学だった。その意味ではきわめて理にかなった選択と言える。未来はコンピュータの時代になると、私は確信していたのだ。

一方で、わがハウスマスターはこう確信していた。この選択は、エスタブリッシュメントの暗黙のルールに対する許しがたい違反行為であると。彼いわく「多少なりとも知性を持ち合わせた人間」であれば、誰もがそう考えるだろう。自らの意思でオックスブリッジ以外の大学を選ぶなんて、「学校に対する、ご両親に対する、そして何より君自身に対する裏切り」だというわけだ。

「すばらしい立地じゃない、ダーリン」——それが、母が下した判定だった。「ウエストエンドの真ん中だなんて！　公園を突っ切ればオックスフォード・ストリートに出られるし、サーペンタイン池の脇を歩いていけば、ケンジントン庭園にも行けるでしょ。逆の方向には劇場街があるし。ナイツブリッジも目と鼻の先ね。食べるものがなくなっても、いつだってハロッズの食品売り場に行けるわ」

私の新しい住まいは、学生向けの下宿が集まっている一角にあった。ほどよい広さのあるワンルームだ。荷物を運び終えると、私たちは新しく買った電気ケトルと昔から使っているティーカップでお茶を淹れた。

ベッドの脇にある小さな流しでカップを洗ったところで、そろそろ両親がウィンブルドンに戻る頃合いになった。両親を車まで送っていき、さよならのキスをして、去っていく車に手を振る。そして、下宿の寝室係（毎日ベッドメイキングと部屋の清掃を担当してくれる、母性にあふれた下町のおかみさん２人）に挨拶をしてから、自室に戻った。

私は机の脇に立ち、大きな窓から庭を見下ろした。顔が裂けんばかりの満面の笑みが広がっていく。僕は脱出したんだ……もはや、郊外のアッパーミドルクラスを支配する面倒な慣習や偏見、世間体を気にするメンタリティに悩まされることはない。

かつて愛した学校の輝かしさも残酷さも、年々憎むようになっていったエスタブリッシュメントのシステムも、すべては過去のものだ。

私のような人間を忌み嫌っているくせに、私という人間の本質を知らないせいで、私のことを愛していると言い切ってきた両親や親戚たちの手も、もはや届かない。

私の育った環境が、私にさまざまな機会を与えてくれたことを否定するつもりはない。それに対しては感謝の気持ちしかない。

だが、その代償は？　ありのままの自分でいることが許されないのなら、そんな機会になんの意味があるだろう？

突き動かされるように、私は渾身の雄叫びを上げた。窓に踵を返し、もぎ取った勝利の高揚感に顔を紅潮させながら、新天地である大学へと向かう。

僕は、自由なんだ。

12 ふざけるな！

「今回わかったのは、どうせ不治の病だと診断されるのなら、ＭＮＤを選ぶべきだということだね……」

30年来の旧友であるヘレンとは、ロンドンのバークレー・スクエアにある会社に勤めていたころからの付き合いになる。彼女はその会社で社長秘書をしていた。

ヘレンは声を上げて笑ってから、一瞬しまったという顔をした。そしてまた笑った。彼女はラテをひとくちすすると、説明を求めるように眉を上げた。

「本当さ！」私は熱弁した。「慢性的な痛みもなければ、吐き気もない。身辺を整理する時間もたっぷりある。突然事故に遭った人や、脳腫瘍で倒れた人なんかと違ってね。それに……」思わせぶりに間を置く。「……決定的に重要なのは、〝末期〟の部分なんだが……」

その続きをどうやって説明すればいいのか、私はまだ迷っていた。どのように表現すれば、最も関心を持ってもらえるだろう？「……ここに〝交渉の余地〟があるということなんだ。誰にでも生き延びるチャンスがあるんだよ」

私たちはロンドンのＮＨＳ病院【国民保健サービスが運営する医療機関】内にある、レストランとは名ばかりの食堂で待機していた。ＭＮＤ部門の責任者と面談の予約を入れてあったのだ。

ついに、ＭＮＤであることを面と向かって告知されることになる。もっとも、そのドクターからはすでに、私の自己診断を裏づける主旨のメールを内々に受け取っていた。検査結果が出る前から、私はいち早く彼に問い合わせていたのだ。

「でも、ＭＮＤってよく〝世界でいちばん怖い病気〟なんて言われているでしょう？」ほかの誰も触れようとしないところへ遠慮なく踏み込んでいくのが、ヘレンの美点だ。

「そうなんだが、今のところ僕には、なぜそう言われているのかがよくわからない。個人的には、末期の脳腫瘍なんかよりよほどましだと思うよ。四六時中、体が痛かったり、吐き気がしたりするのもごめんだ。もちろん、正気を失うのもね。世の中には身の毛もよだつような死に方が山ほどある」

「それはわかるけど、じゃあなぜ〝世界でいちばん怖い病気〟なんて呼ばれているの？」

「さあね！　たしかにＭＮＤだって最悪だ。患者がどれほど苦しむことになるのか、疑うつもりはないよ。家族にとってもつらいことだろう。ただ、もっとひどい状況だってあるんじゃないかな。それに、僕は完全に身動きできなくなるまでに、うんと先手を打って対策を講じるつもりだ。これから会うドクターは、その手助けをしてくれるはずなんだ」

今にして思えば、ヘレンの目には、私が現実を直視することから逃げているように見えたのかもしれない。「それはもちろん、誰だってそう考えるでしょうね。ドクターはきっとマニュアルか何かをくれるだろうと思うわ。それが国民保健サービス《NHS》の得意技だもの」

思わぬ拒絶

「そのようなことに巻き込まれるのはお断りします！」

面談がなごやかに、和気あいあいと進んだのは最初の5分間だけだった。室内の空調は完璧なのに、いまやドクターは頭から湯気を立てていた。

「どうしてです？　私はただ積極的に、先を見越した治療を行っていきたいだけです。先ほどもお話ししたように、常に病気に対して先手を――」

「そこに私を巻き込まないでいただきたいと申し上げているのです」ドクターが口を挟む。その剣幕に私は呆気にとられた。「ＭＮＤは予測のつかない病気です。先手を打つことなど不可能です。後手で対処するしかないのですよ！」

このクソばかやろうと言ってやりたいのをこらえ、私は穏やかに答えた。その意見はたいそう興味深い。しかし、せめてドクターの知見をお借りして、今後症状がどのように進行するのか予測を立てることはできないものだろうか？　可能性の高いシナリオを複数想定しておけば、最良の備えができるだろうから、と。

「断じて無理です」とドクター。その理由を、彼は明快に説明してみせた。「そんなことを認めてしまえば、ＭＮＤ患者全員にそうしなくてはならないではありませんか！」

　それはそれで、興味深い取り組みではないだろうか――個人向けにカスタマイズされたＭＮＤの治療というわけだ。食いしばった歯を引きつった笑みでごまかしながら、私は忍耐強く交渉を続けようとした。

　しかし、完全に時間とエネルギーの無駄だった。25分後、私はきわめて残念な結論に達した。イギリスきってのＭＮＤの専門医は、なるほど診断を下すことにかけては名医かもしれないが、決定的に〝科学者の精神〟を欠いている。彼にとって、ルールとは当たり前のように存在するものであり、それを破る方法など存在しない。挑戦する価値すらないというわけだ。

　ドクターは、病気の先手を打ちたいという私のアイデアに積極的に反対しただけではなかった。悪化していたクローヌスの症状（ときどき、両脚が制御不能なほどに震えるのだ）についても見当外れな判定を下した。「全然、薬が足りていませんね！」

　すぐさま彼は処方箋を書き上げた。バクロフェンという筋弛緩剤を、病院外での管理が許可されている限界量まで出すという。それはたいへんご親切なことだった。しかし、そもそもまともに動いていない筋肉を劇的に弛緩させることに何の意味があるのだろう。私は疑問を覚えずにはいられなかった。

　頼もしき相棒である私の杖にすがりながら、診療室を出て、よろよろと病院の表玄関へ向かう。つまり、こういうことだ――私はただ、病気が進行していくのを、指をくわえて見ているしかない。避けられない運命に屈し、エスタブリッシュメントのルールに従うしかない。ＭＮ

Ｄとは不治の病であり、効果的な治療法など存在しないという医学界の定説を受け入れるしかないのだ。

玄関の自動ドアがシューッと音を立てて開いたとたん、外の冷気にしたたか顔を殴られた。私は思わず、胸にしまっていた言葉を大声で叫んでいた。

「ふざけるな！」

暗黙のルール

そんなわけで、〝人間である〟ことの定義を書き換えるのはおろか、ＭＮＤのルールを書き換えることさえ、一筋縄ではいかないようだ。

「とてつもなく面倒なことになりそうだよ」先ほどの面談の様子をかいつまんでフランシスに話して聞かせながら、私はそうコメントした。

「そりゃそうさ！　医療の世界では、君が言うところの〝暗黙のルール〟が何よりも大事なんだから」

「それどころか、どこの会社よりも病院は暗黙のルールに囚われていると思うよ。そういえばＮＨＳや、アメリカのいくつかの病院について分析したことがあったけど——」

「そこだよ！　君は暗黙のルールのエキスパートだし、その壊し方まで知っている。病院がどういう理屈で動いているのか知り尽くしているじゃないか。仮に今は知らないとしても、知る手段を知っているはずだ。

世界を変えるのに、その知識を使えばいい。それが、君がクライアントへの売りにしていたことだろう？　その力を証明してみせるんだ。君がこれまでやってきたことを、今度は自分のためにやるんだよ。それと、その恩恵を受けるすべての人々のために」

フランシスの言うとおりだ。経営コンサルタントを引退する前の私は、会社組織から国際機関までのあらゆる組織を動かしている不文律を解き明かし、これを書き換える方法を研究していた。このテーマで何冊か本も書いている。

これほどあからさまにプロとしてのプライドをくすぐられては、尻尾を巻いて逃げるわけにもいかない。私はロンドンの名医を謹んでクビにした。そして、慣れ親しんだ地元デヴォン州のＮＨＳへと戻ってきた。

都会から距離を置くことの潜在的なメリットには、うすうす気づいていた。肥大化した都会の大病院では、医師が評判を気にしすぎる嫌いがある。石橋を叩いて壊してしまうようなケースもあるだろう。実験的な手法を試すなら、西部のＮＨＳのほうがまだ適しているのではないかという予感があった。

トレイシー

そんなわけで、私たちはある日、地元のＮＨＳからやってきた1人の魅力的な女性をわが家のリビングに招き入れることになった。〈ＭＮＤ専門主任臨床看護師・南西部エリア担当、介護ネットワーク・コーディネーター〉という立派な肩書きの持ち主だ。名刺を判読するのに5

分も使ってしまったので、私は単刀直入に要点を伝えることにした。

「トレイシー、お会いできて本当に嬉しいです。よろしければ、時間を節約するために、僕のほうからかいつまんで事情を説明させてもらえませんか？」

トレイシーはソファから身を乗り出して２枚目のビスケットをつまむと、うしろにもたれかかって、期待のこもった表情で微笑んだ。

「ご存じかと思いますが、診断日から逆算すると、僕はこれから22カ月以内に死ぬことになります」私がそう言ったとき、トレイシーはちょうどビスケットにかじりついたところだった。ぼろぼろとクズをこぼしながらも、彼女はその場にふさわしい、神妙な表情を保っていた。「あなたはまだ、僕のことをよく知らないでしょう。でも、試しに今、じっくり観察してみてもらえませんか。プロとしてどう感じたのかを知りたいのです。あなたから見て、僕は統計の期間内に律儀に死ぬタイプの人間でしょうか？」

トレイシーは頭をぶんぶんと横に振って、ビスケットをほおばったまま「んー、んー！」と答えた。

「さて、あなたも僕も知ってのとおり、ＭＮＤに決定的な治療法が登場するのを待っていても、ほとんど見込みはありません」

トレイシーは、はいともいいえとも言わずに眉を上げた。そこで、私はそのまま核心に切り込んだ。

「ＭＮＤのためのチャリティや、アイスバケツ・チャレンジのたぐいは、世界中で行われています。それらはすべて、医学的に有効な治療法を発見するための研究資金を募るものです。ところが、この50年のあいだに完成した薬といえばリルゾールだけ。それだって20年も前に登場したもので、われわれの平均寿命を2カ月延ばすだけの効力しかありません。

なお悪いことがあります。たしかにチャリティ団体や研究者は必死で頑張っています。でも、現在進行中の研究の中に、すでにMNDと診断されている患者を救うのに間に合いそうなものは1つも見当たらないのです」

「現在進行中の臨床試験についてもご存じなのですか?」

「もちろん把握しています。ですが、どれかがうまく行ったとしても、せいぜい筋萎縮の進行速度を少し抑えることができるくらいでしょう。それにしたって、5年以内に完成する薬は1つもない。僕と同時期にMNDと診断された人の90パーセントは、その前に死んでしまいます。ましてやMNDが破壊していったあとを帳消しにするような治療法など望むべくもない。僕の筋肉と運動ニューロンと大脳皮質を元の状態に戻すような治療法が登場するのは、何十年も先のことになるでしょう」

トレイシーは唇をきゅっと結んで、こっくりと頷いた。

「だから僕は、まったく違う方法を探ることにします。そのためにはあなたの助けが必要だ。僕がいつまでも生きられるように、胃に栄養チューブを挿入し、気道に呼吸器を取り付ける手助けをしてほしいのです。

僕の両親は2人とも健康なままで、90代まで長生きしました。僕自身、病気で仕事を休んだことは一度もありません。したがって、体の自由がきかなくなってからも、僕は数十年間は生きつづける可能性が高い。それを前提に、介護のプランを考えるべきだと思うのです」

なぜかトレイシーは口を動かすのをやめて、数秒のあいだ、ビスケットにかかったチョコレートをなめていた。彼女が咀嚼を再開したのを見て、私は話を続けた。

「ところで、僕はロボット工学の分野で博士号を持っています。おわかりかと思いますが、これは僕にとって実地で研究を行う、またとない機会でもあるのです」

トレイシーが無表情になったので、私は彼女が退屈しているのではないかと心配になってきた。念のため、わざと熱を込めて言いつのる。

「身動きできなくなっても日常を思いきり楽しめるよう、ありったけの最新技術を試すつもりです。僕にとっては文字どおり〝人生をかけた〟実験なんですよ！」

私は微笑みかけたが、トレイシーの表情はぴくりとも動かなかった。

「以上を短くまとめると、末ながく実りあるお付き合いを心から願っているということです」

おそらくトレイシーは、初めての患者と会うたびに同じようなセリフを聞かされているはずだ。だが面白いことに、彼女は取り立てて前向きな反応は見せなかった。実際、私の口上のクライマックスである最後の30秒間も、その顔からはなんの感情も読み取れなかった。彼女は大したポーカーの名手に違いない。

よいニュースと悪いニュース

トレイシーの名言が飛び出したのはこのときだった。「それは……とても助かります」

そこから先の会話は、実にスラスラと進んだ。おおよそ1時間が経過したころ、話題は必然的に、私の身体機能をどう維持するかということに移っていた。

トレイシーが〝例の言い回し〟を初めて使ったのは、このタイミングだったと思う。臨床ケアのプロがMNDと診断されて間もない患者と初めて面談するときは、ほぼ必ずこの言い回しを使うらしい。私はずいぶんあとになってそれを知った。

「よいお知らせは、病気が進行しても、排泄はご自身でコントロールできるということです」

トレイシーはこの情報を、いかにも朗報だといわんばかりに口にした。だがこれは、究極の〝よいニュースと悪いニュース〟の前フリなのだ。

「スコット-モーガン博士、よいお知らせというのは、あなたがこれからもご自分で用を足すことができるということです。悪いお知らせは、遠からず自力ではトイレまでたどり着けなくなるということです」

実は、この点については何週間も前に気づいていたので、私なりの解決策も考えてあった。だが、どうやらこの分野が専門領域らしく、トレイシーが実に機嫌よくしゃべっているので、私はしばらくこのまま聞き役に徹することにした。すべてのMND患者がまったく同じ問題を乗り越えてきたことを思えば、何が標準的な解決策とされているのか、知っておくのも悪くはないだろうと思ったのだ。

「なるほど！　それでは、麻痺が進行してトイレに行けなくなった場合、臨床ケアとしてはどのような措置が取られるのですか？」

「介護者がつきますよ」とトレイシー。

「ほう。それで、介護者は何をするんです？」

「あら」何を当たり前のことを聞くのだといった調子でトレイシーが答えた。「もちろん、下のお世話をするんですよ」

さて、〝下のお世話をされる〟側にとって、それはどんな状況を意味するのか。読者がご存じなのかどうかはわからないが、私はたちまち子どもじみた反発心を覚えた。少なくとも、わくわくするような解決策だとは思えなかった。とはいえ、ここは辛抱することにして、答えのわかりきっている質問を重ねる。

「いずれ私が肺炎を発症して、強力な抗菌薬で治療することになったら、下痢を起こすこともあるでしょう。そういう場合は、介護者は何をしてくれるんです？」

いまやトレイシーは、ほとんど満面の笑みを浮かべていた――明らかに彼女は答えを知っているのだ。

「そのために、尿もれパッドがあるんじゃありませんか！」

今こそ、私が考えてきたアイデアを披露する、いいタイミングかもしれない。

「よければ、もう少し違う方法を提案させてもらえませんか？」

13

不死身になる

「本気でチビりそうだったよ！　冗談じゃなく、人生で最高に〝にっちもさっちもいかなくなった〟瞬間だった。その洞窟はものすごく狭くて、肘をぴったり脇につけてようやく這っていけるような状態だったんだ。ヘルメットは天井をこすりまくっていたしね。そのとき、このバカが――」

私はビールのグラスをちびのニックに向かって傾けてみせた。にやりと笑い返してきたニックは、びっくりするほど、あのコナーに似ていた。「――叫んだのさ。『引き返すしかない！この先は狭すぎる！』って。で、おとなしく従おうとしたんだが、なんと引き返せないことに気づいてしまったんだ。体が前にしか動かないんだよ！」

学生会館のバーで友人たちに取り囲まれた私は、調子に乗って武勇伝を語っていた。九死に一生を得て生還した人間はハイテンションになるのだ。

何より私は19歳で、人生の春を謳歌していた。その夏と初秋の大部分をアウトドアで過ごしていたため、いまや肩まで伸びた髪は白っぽく変色し、肌もすっかり日焼けしている。首元の大きく開いた白いTシャツに、ぴっちりしたリーバイスのジーンズ。ジーンズの裾はカウボーイブーツの中に入れている。４人の学友の誰かがテーブルの下を覗き見る程度に私のファッションに関心を持っていれば、それが見えたはずだ。私はこのスタイルを「ジェームズ・ディーン風」と称していた。しかし実際のところは、グレイハウンドバスで出会ったカウボーイ、ブラッドへのオマージュなのだった。

「ニックはなぜ動けたんだ？」そう聞いたのはジョンだ。すでにほかの連中より1パイント酒が進んでいる。ジョンとはその夏、共にラシャム飛行場でグライダーのライセンスを取ったばかりだった。

「ニックがもぐらサイズのクソちびだからだろ。このバカ」これは1学年上のバスターだ。あらゆる発言に悪態を挟み込むことで、電気工学の期末試験が迫っている喜びを表現しているらしい。

バスターとは、スラクストンの飛行場で軽飛行機の1日操縦体験をしたことがあった。機体から脱出する訓練では、翼上へ出て、飛び降りた瞬間から大きな声で6秒数える。その間にパラシュートが開かなければ、腰に下がっている緊急用のパラシュートを作動させなくてはならない。

このときバスターはこう叫んでいた。「クソッ1、クソッ2……」彼のパラシュートがようやく開いたのは、「クソッ5」を数えた直後のことだった。地上で見ていた人たちは胸をなでおろしたに違いない。

「クソッたれ!」とニックがやり返す。相変わらず笑顔がキュートだ。

「忘れてもらっちゃ困るのは……」私は話を先に進めた。「ずっと水たまりの中を泳いできて、僕の体は冷え切っていたってことだ」

「どういうクソ状況だよ、それ?」言うまでもなくバスターの発言だ。

「トンネルの中に水があふれている場所があって、そこを通り抜けるには泳いでいくしかないんだ」ベテランの洞窟探検家であるニックが解説する。「洞窟の水って、年中いつでもめちゃくちゃ冷たいんだよ」

「で、どうやって脱出したんだ?」ジョンだけは、話のなりゆきに純粋な興味を持っているようだった。単にアルコールが入ってご機嫌だっただけなのかもしれないが。

「運がよかったのさ」と私。「まさにその瞬間、このニックが相当な量のメタンガスを放出したんだ」全員で男子高校生のように笑い転げる。

「君がつっかえてるんじゃないかって、本気で心配したんだぜ」ニックが弁解がましく言う。

「こっちだって、君が爆発性可燃物になったんじゃないかと本気で心配したよ！　ほんの少し火花が散れば、洞窟ごと吹き飛んでいたかもしれない」

「で、結局どうやって脱出したんだよ!?」ジョンが食い下がった。

「〝今そこにある危機〟が、僕に本気を出させたのさ。息を止めて、なんとか抜け出すことに成功したってわけだ」

私たちは笑い合い、めいめいがビールをすすった。とはいえ、私の語りの最後の部分は完全なる嘘だった。妙な意地から本当のことが話せなかったのだ。

窮地を抜け出す

実際のところはこうだ。頭上に何十メートル分もの岩石が積み重なった、ほぼ真っ暗な空間の中で、私は完全に身動きが取れなくなった。それに気づいたときはゾッとした。前にいるニックも、私が道を塞いでいるせいで脱出できない。うしろから足を引っ張ってくれるような人間も誰一人いない。

人生で初めて、私は心底怯えた。閉所への恐怖に押しつぶされる思いだった。人生で初めて、圧倒的なパニックが押し寄せてくる。頭の中が沸騰した湯であふれかえっているようだ。私は自制を失いかけていた。

かろうじて正気を保っていた脳の一部は、必死になってその場をコントロールしようとしていた。これは一大事だ。ここでパニックになったら、ますます危機的状況になるぞ。

数年前にも、私は危ない目に遭っていた。あわや感電死するところだったのだ。

放課後の学校に1人きりでいるとき、むき出しになった通電中の電気コードを両手でつかんでしまったのである。身動きできなくなってしまった私は、死に恐怖するというより、ただ茫然としていた。視界の端が暗くなり、視野が狭くなっていく。その中心には、私を殺そうとしている平凡な電気スタンドがあった。

私は最後のあがきで、電気スタンドを揺すってみた。何度か揺するうちにスタンドがぐらつきはじめる。スタンドが倒れ、スイッチが切れるのと同時に、私は気を失っていた。

あのときも、自分でなんとか切り抜けられたじゃないか。今回だって同じことだ。一瞬の間を置いて、私は落ち着きを取り戻した。いつもトラブルに対処しているときと同じようにすればいい。

私は自分に言い聞かせた。落ち着け。ほかのことは考えるな。この調子でパニックをはねのけろ。自分なりの脱出法を考えるんだ。私はようやく集中しはじめた。

だが不運なことに、集中がピークに達しようとしたとき、ニックが大きな音を出して放屁した。なんとかうしろに下がろうとしていたからなのか、文字どおり〝窮地〟にはまってしまったせいなのか。悲しいかな、私の語りの一部は事実だったというわけだ。

その音は、洞窟全体を揺るがすというほどではなかったが、石棺の中にいるような静寂の中では、ものすごく大きく響いた。

「ごめん！」

私は再び集中状態に入った。まずは体をくねらせてみる。だがうまくいかなかった。次に、肘を使って体をうしろに押し戻そうとした。これもうまくいかなかった。

焦燥感にかられた私は、3つの動作を組み合わせた動きを編み出した。肘をつっぱり、つま先に力をかけて、体をアーチ状に曲げるのだ。すると、体が少しうしろに下がった。

うまくいったぞ！　生き返ったような思いが湧き上がる。そこから先は、同じ動作を何百回も繰り返すだけの話だった。関所への恐怖は心の底からの安堵に取って代わった。

「やれやれ」私のすぐあとから表に出てきたニックが言った。「思っていたより楽に出られたな」

雪山でのピンチ

ここで、私の意識は回想から学生会館へと引き戻された。

「冗談じゃないぜ」このときばかりは、バスターも冗談を言っているようには聞こえなかった。

「それってクソみたいに危険じゃないかよ！　２人そろって死んでたかもしれないんだぜ！」

「いやあ、それはあり得ないね！」ここで初めて声を上げたのはハンサムなタフだ。ウェールズなまりで歌うように話す彼は、私より2学年上。地質学というマイナーな学問を専攻している（ウェールズに暮らす彼の一族の中で、初めて大学まで進んだのがタフだった。それを知れば、この選択の重みはいっそう増す）。私とタフは、特に仲がよかった。

「なぜって、ピーターはすでに死んでるからさ」タフが声をはずませる。「あまりうまい死に方じゃなかったけどね。まだ初心者ってとこかな。なにせ、本人はまだ生きているつもりだし」

タフがこの話をするのは前にも聞いたことがある。この場にいるほかのメンバーも聞いたことがあったかどうかは思い出せなかった。

「フランスでの話だっけ？」とジョン。

「そうだよ」タフが答える。「ピレネー山脈にスキー合宿に行ったんだ（ちなみに雪はほとんど積もっていなかったのだが、それはまた別の話だ）。そのとき、何人かで山歩きをしようということになってね。深い深い谷を見下ろす峠まで歩いていったのさ」タフが〝谷《ヴァリー》〟と発音するときのウェールズなまりはとりわけセクシーだ。「眺めを楽しもうと立ち止まったとき、ピーターが僕たちに華麗なグリセードを披露すると言い出したんだ」

「クソ意味がわかんねえ。その〝グリス・エイド〟ってのは英語なのか？」バスターが、持ち前の知的好奇心を全開にして尋ねる。

「雪の斜面をスピーディに滑り降りるテクニックなんだ。中腰になって、片足に軸を置きながら、その足をスキー板代わりに滑るんだけどね」私は丁寧に説明した。

「山を降りるにしちゃクソばかばかしいやり方だな。まあいいや、続けてくれよ」バスターに促され、タフは話を再開した。

「ピーターがなかなか見事なグリセードを見せてくれたとき、僕はこう考えていたんだ。『斜面がちょっと急すぎるけど、まあいいか』って。加速していくのを見ても『ちょっとスピードが出すぎているけど、まあいいか』と思っていた。それからピーターは、ほかの場所と比べて少し光って見える一角に突っ込んでいったんだ。突然、くるくる回りだしたもんだから、氷の上を滑ってるんだということに僕らも気づいた。『なんてこった！』と思ったね」

話の先を見越したようなクスクス笑いが広がる。しかし、全員がタフの一言一句を聞きもらすまいとしていた――その後の展開を知っている私とジョンでさえ。

「いまやピーターは、どんどん加速しながら山の斜面を滑り落ちていた。頭を下にしてね。完全に制御不能だった。そのとき僕は初めて、彼が猛スピードで崖っぷちに迫っていることに気づいたんだ。言っておくけど、洒落にならない高さの崖だよ。谷底までは１００メートル以上あるだろう。さすがの僕も『クソ、クソ、クソやばい！』と思ったね。

そのとき、崖なんてどうだっていいということに気づいてしまった。なぜなら、ピーターの頭のすぐ先に岩があって、崖から落ちる前にそっちにぶつかって死ぬだろうと思ったからさ」

「まさに『クソ、クソ、クソやばい！』って状況だな」バスターがぼそっと言った。

「その1秒後のことだ」タフが話を続ける。「誓って言うけど、僕はピーターの脳天がまともに岩に激突するのをこの目で見たんだ。岩っていうのは、本当にごつい岩のことだよ。話を盛っているわけじゃないぜ。

するとピーターの頭が跳ねて、体ごと宙に投げ出された。地面でバウンドして90度回転してから、横向きに2秒ほど滑っていったんだ。それから、映画のワンシーンみたいに、そこでスーッと停止したのさ――ウソじゃないぜ――崖まで2メートル足らずというところでね。

さて、僕はこう考えていた。『皮肉なもんだなあ。すでに死んじまってるのに』って。するとどうだい、こいつは起き上がってこっちに手を振ってるじゃないか！」

信じられないという顔をしている2人と、したり顔で笑みを浮かべている2人を前に、タフは私がいかに死から生還したのかを語ってみせた。

あのとき私は、自分の頭があわや巨岩にめり込むところだったとは露ほども知らなかった。

崖から放り出されなかったことに胸をなでおろしつつ、友人たちのところへ戻ろうと山の斜面を上っていくと、彼らのほうからこちらに降りてくるではないか。少し妙に感じはしたが、親切なやつらだくらいに考えていた。

斜面を4分の1ほど上ったあたりで私たちは合流した。そこで私は、悪態とハグと握手の嵐に迎えられた。その後、私はうしろを向いて、自分が〝死んだ〟場所で何が起きたのか検証するよう求められた。

私の不死身ぶりは、単純な物理法則によって簡単に説明がつく。それと少しの運といったところか。

真横から見ないとわからないのだが、問題の巨石の片側には、ちょっとした雪の吹き溜まりができていた。ちょうどスキースロープのような感じだ。岩に直撃したように見えた私の頭は、実はこのスロープを滑り上がって、そのまま体ごと宙に飛んだというわけだ。その間、私自身は多少ガタガタと揺れるような感覚を味わっていただけだった。

「運が悪けりゃ、重傷を負った君の体はサイボーグに改造されていたかもしれないぜ。『以前の君より賢く、強く、すばやく……』」ドラマ『600万ドルの男』のオープニングで流れるナレーションを真似てニックが言う。

「……われわれには、そのためのクソ技術がある！」バスターがナレーションを締めくくった。

「その話なんだけどさ」と私。1年前に全員で『スター・ウォーズ』を観に行って以来、私にはずっと友人たちに聞いてみたいことがあった。「ダース・ベイダーがどうやって飲み食いして、どうやってトイレに行くのかを疑問に思っているのって、僕だけなのかな？」

お前だけだ、というのが友人たちの一致した意見だった。

「実際、なかなか興味深いテーマじゃないかと思うんだ。テクノロジー上の課題としてはね。ダース・ベイダーを生かしているのは、人工の管に違いないよ」

「やれやれ、実に参考になる情報だ」とバスター。「いつか俺がクソ・ダース・ベイダーになったときのために、ぜひ心に留めておくよ」

14 旗を掲げる

「つまり、私もまたダース・ベイダーと同じ問題に直面するだろうということです」

このたとえはトレイシーにはピンとこないようだった。私は論点を明確にすることにした。

「食べる、飲む、排泄する。これらは医療上の問題ではありません。メンテナンス上の問題です。したがって、メンテナンス上の解決策があるはずです。実のところ、きわめて単純な解決策がね。しかもその方法によって、私は自由になれるんです」

今のはトレイシーの関心をひいたようだ。

「体内の〝改修工事〟を行う――それが私の提案です」

今度こそ、トレイシーは大いに関心を持ったようだった。

「3つの手術がセットになっているんです。胃に直接栄養を送り込む〝インプット〟のチューブ。排尿用に膀胱《ぼうこう》につなぐ〝アウトプット1号〟のチューブ。排便用に結腸につなぐ〝アウトプット2号〟のチューブ。この3つを通すわけです」われながら実にシンプルな説明だ。シンプルすぎたかもしれないと思い、念のために付け加える。「胃ろう、膀胱ろう、結腸ろうの造設を一気にやってしまおうということですね」

「ああ……」

「もちろん――」私が「もちろん」と言ったのは、トレイシーがベテランの看護師であり、彼女なら理解してくれると思ったからだ。「――ありきたりな手術をするつもりはありません。一般的な結腸ろうの造設では、元の腸を30センチも残しますよね。したがって、腸粘液を排出するために、数日おきに〝下のお世話をされる〟必要があるわけです。私はこの30センチも、すっかり取ってしまいたいんですよ。地下室の不要な配管を撤去するのと同じことです」

私はポーカーでロイヤルフラッシュを出したかのように、どうだといった顔でトレイシーを見た。しかし反応はなかった。またしても、あのポーカーフェイスだ。ややあって、彼女はようやく口を開いた。

「ええ、それはとても助かります」いい反応だ。「ですが……」おっと！　それからトレイシーは、とても、とても、とても丁寧に国民保健サービス《NHS》側の事情を教えてくれた。この地球上のどの外科医が私の願いを聞き届けてくれるよりも先に、NHSの資金調達委員会のメンバーが大挙してやってきて、なんとか手術をやめさせようとするだろうと。

結局のところ、私の膀胱も結腸も、それ自体はなんの問題もないわけだし、今後問題が起きそうな気配もない。完璧に健康な臓器を、なぜわざわざ取り除かなくてはならないのか？　というわけだ。

しかしながら、続く言葉でトレイシーは私の信頼を永遠に勝ち得たのだった。「ともあれ、やってみましょう」

呼吸器専門医

厄介な問題がもう1つあった。2年たって私の肺に空気を送り込んでいる筋肉が機能しなくなったあと、どうやって呼吸を続けるかだ。

　この件について、私は地元のＮＨＳの呼吸器専門医と見解をすり合わせておきたかったので、最速で面談の約束を取りつけることにした。この専門医は名前をジョンという。すばらしい名医だという評判だったので、私は彼に会うのを楽しみにしていた。

　フランシスと連れ立って広々とした診察室に入っていったところ、ジョンと名乗る人物の脇にはもう2名が控えていた。呼吸器科のチームがそろって私の話を聞きに来たことに一瞬感動しかける。しかしすぐに、トレイシーから何かご注進があったのだろうと察した。だからジョン医師は、私と話をするのに助っ人がいたほうがいいと考えたに違いない。

　私の中に、恐ろしい疑念が広がった。よもやトレイシーは、〝ＭＮＤ患者の自立〟を主張する面倒な男がいると、あらゆる関係者に触れ回っているのではないだろうか。その気持ちはわからないでもないが。

　時間は無駄にしたくない。形式的な挨拶をすませると、私はこの新たな友人たちに、呼吸に関する自分の考えを早々に伝えておくことにした。そのほうが彼らも安心するだろうと思ったのだ。

「すでにトレイシーから聞いておられるなら、私がなぜ、なるべく早いうちに気管切開《トラキオストミー》【気管に直接穴をあけて、気道確保のためのチューブを通すこと】の手術を受けたいと考えているのかおわかりでしょう。さらに強調しておきたいのは、私自身はこの事態を前代未聞のチャンスだと考えているということです。私の体はいずれ完全に動かなくなるでしょう。それは避けられない。その一方で、自分の体を実験台に、身体機能の拡張に関する最先端の研究を行うことができるのです」

話しながら、私はジョン医師と仲間たちの表情を注意深く観察した。そして、おそらく彼らもトレイシーに匹敵するポーカーの名手なのだろうと結論づけた。やがて、全員を代表してジョン医師が口を開いた。

「お話はわかりました。ただ気管に関して言えば、そう結論を急がずとも、まだたっぷり時間はありますよ」

「おやおや」と私。「どうやら私について、何もご存じない？」

それから30分後、ようやくジョン医師と仲間たちは、私の考えをそれなりに理解するようになっていた。

「ちょっと確認させてください」フランシスが、大事なことを言いますよというトーンで切り出す。「気管切開を行えば、何か不幸な事故でも起きない限り、彼はずっと呼吸を続けることができる。それは間違いないでしょうか？」

「ええ。一部には、気管切開のあとで原因不明の急変によって亡くなる患者さんもいます。肺炎も問題になりえるでしょう。ですが、基本的にはおっしゃるとおりです。われわれのサポートがあれば、ピーターさんはずっと呼吸を続けることができます」

「その場合、彼は何が理由で死ぬことになるんです？」

ジョン医師は肩をすくめた。

「それはわかりません。心臓病？　がん？　あなたがたの計画がうまくいったなら、少なくともMNDではないでしょうね」

まさかの転倒

背の高いグラスにキンキンに冷えたビールを注ぎ、朝の11時から楽しむ。そんなデカダンなひとときに、私は酔いしれていた。

バーカウンターの向こうに、白い砂浜がカリブの日差しの中で揺らめいている。犬が1匹、飼い主の手から離れて、ターコイズブルーの水辺を気ままに散歩していた。その様子に一瞬目を留めたのち、私は隣で楽しげに人間観察をしているフランシスの姿を心に刻んだ。

背中には、まだ鈍痛が残っている。その前日、無謀にも急な斜面に車椅子で乗り上げた私は、そのままうしろに転倒したのだった。石畳に頭をまともにぶつけることは回避したものの、背骨は無傷ではなかった。

バリアフリーの考え方は言うにおよばず、そもそも安全衛生という概念自体、まだカリブ諸島までは広まっていないのかもしれない。あるいは単に、この土地には障害者が存在しないのだろうか。

いずれにせよ、私はいまや車椅子に〝閉じ込められた〟状態だ。縁石スロープから車道に下りて、道路を渡りきったら反対側にはスロープがなく、車が慌ただしく行き交う中を立ち往生……といったことも十分に起こりえる。

この痛みをともなう経験は、私にとってはいい警告になった。

この旅行に出発する前、私は新たに下された診断について、旅行保険会社にひとこと伝えておくべきだろうと考えた。ここ10年ほどは、ロイズ社の通年旅行保険ですべての旅行をカバーしている。ちなみに、私が30年にわたって銀行口座を保有しているのもロイズだ。

そんなわけで、彼らに対して筋を通そうと考えた私は、代理店の担当者に1時間かけて状況を説明した――当面の問題は、歩行ができないことくらいです。ええ、主治医も私が旅に出るのはなんの問題もないと言っていますよ。いいえ、医療チームによると、ＭＮＤが原因で短期的に起こる問題はないそうです。ええまあ、世間的には死に至る病気と言われていますが、必ずしもそうではないんですよ。

その数日後、出発日の直前になって、私は旅行保険の加入不可を通達する形式的な手紙を受け取った。正確に言えば、そこには一見、心のこもった調子でこう書かれていた――これまでどおり私を健常者として扱う。しかし、ＭＮＤに由来すると疑われる事故やトラブルに関しては、なんであれ一切保険の適用外とさせていただく、と。

これにはかなりショックを受けた。私が予期していた返答は、最悪でも保険料が少し上がるという程度のものだったからだ。ＭＮＤと診断されたばかりで、なんとか現状に折り合いをつけようともがいている人間に対して、傷口に塩を塗るような仕打ちではないか。保険会社の対応は残酷なばかりでなく、まったく非科学的でもあった。

そんなわけで、私は無保険で旅に出ることになった。そうするしかなかったのだ。ＭＮＤ患者をカバーしてくれるような旅行保険を探している猶予はなかった。そもそもそんな保険が存在するのかどうかさえわからなかった。

それに結局、脚が動かないことを除けば、私はきわめて健康だった。本来、脚の調子がよくない程度で保険会社に申告する義理などない。つまり、現状では私がＭＮＤであろうと、保険の契約を断るどころか値上げの理由にさえならないはずなのだ。

ともあれ、これまで一度も保険金を請求するようなトラブルには見舞われなかったことを考えれば、おそらく今回もそうなるだろう。フランシスと私は、そう自分たちを納得させた。仮にそのようなトラブルが起きたとしても、ＭＮＤとは無関係のはずだった。

そう思っていたところへ、車椅子の転倒である。もし頭蓋骨にヒビでも入れば、どうなっていただろう？

これは純粋に車椅子の事故であり、健康な人物でも十分に起こりえる話だと主張することはできる。しかし、私が車椅子を利用していたそもそもの理由がＭＮＤではないと相手を納得させることは、果たして可能なのだろうか？

もし専門病院に搬送されるようなことにでもなって（必然的にアメリカ本土行きということになる）、巨額の医療費を請求され、医療専用機で帰国させられることになっていたら――しかも私は無保険なのだ。となれば、破産するしかない。

マニフェスト

そんな想像を、私は冷たいビールで流し去った。バーの奥は、ありがたいことに日陰になっていたが、それでもノートパソコンの画面の字を読むには周囲がまぶしすぎる。

そこに表示されている文面は、私が世界中に散らばっている友人たちに向けて送ったメールだった。私の病気に関する最新報告と共に、今のところはつつがなく過ごしていることを知らせるためのものだ。その結びは声明文《マニフェスト》のような響きを帯びていた。

> 外から見れば、僕が先日、運動ニューロン疾患の診断を受けたという事実は、悲惨なことのように思えるかもしれない。
>
> 　これから数年かけて、脳を除く僕の全身は少しずつ機能を失っていき、やがて呼吸ができなくなる。人工呼吸器の力を借りて生き延びても、やがて身動きができなくなる。自分の体に閉じ込められるというわけだ。
>
> 　しかし、これは完全に誤った方向からの見方だと僕は思う。代わりに、僕の脳の視点から物事を眺めてほしい。肉体から解放された僕の頭脳は、これから壮大な旅に出ることになる――この

僕自身（の自我の部分）を道連れに。

運が悪くなければ、僕の脳は当面のあいだ、完璧に機能しつづける。

とはいえ、僕が手にしているのは〝暗黒の虚空〟への片道切符だ。その異様な旅路は、前に進むほどに孤独さを増していくだろう。この虚空から、現実世界に向かって情報を発信することはきわめて難しい。

また、現実世界から情報を取得する手段にしても、せいぜいウェブカメラの映像を見るくらいだ（僕の目と耳がきちんと機能しているという前提で）。他の患者がたどった道にならえば、そのために、いささか退屈な介護施設の天井をずっと見上げる羽目になる。

だが、幸いなことに今は21世紀だ！　僕は有史前から大勢の人間を飲み込んできた（と思われる）〝暗黒の虚空〟に向かうコースからは逃れられない。だとしたら、せめてこの機会を利用して、本格的な発見の旅に出る準備をしようじゃないか。とことん科学的に考えるんだ。

僕は、手に入る限りのハイテクなツールを虚空の中に持ち込もうと思う。ただ生き延びるだけなんてごめんだ。僕は人生を謳歌したいんだ！

自分でも、いささか血気にはやっていることは認めよう。今も昔も僕のスローガンは変わらない――**ルールなんてぶっ壊せ！**

それが、僕の反乱の狙いだ。遠くに行きすぎてしまう前に、僕は信頼のおける生命維持装置を導入しておこうと思う――呼吸をはじめとする身体機能の維持に関わるのは、医療というより、主に機器の問題だからだ。

虚空の内側と外側をつなぐ、強力なコミュニケーションシステムもほしい。また、最新のセンサーやロボット装置も取り入れていく。そうすれば、失った機能を取り戻すだけでなく、僕の脳がもともと持ち合わせている処理能力のすべてを開放することもできる。ヒトの脳はすべて、この世で最高のコンピュータよりもはるかに高い処理能力を持っているのだから。

僕はまた、〝暗黒の虚空〟に力づくでも光を取り込もうと思う。虚無に抗《あらが》い、サイバースペースや仮想現実《VR》、拡張現実《AR》、人工知能《AI》といったものを投入するのだ——現代のテクノロジーをもってすれば、僕が1人寂しく、退屈に余生を過ごさなくてはならない道理はない。

僕は生涯、物を書くことを愛し、音楽や美術に触れることを愛してきた。これからは、文学や音楽や美術を新たな高みに導く手助けができるかもしれない。

自分の体という究極の拘束衣に囚われたまま、ただ外界からの刺激を受け取るだけで飢えた脳を満足させるつもりはない。

僕は自分でも論文やスピーチを執筆する。作曲やグラフィックアートも手がけよう。未知のパラレルワールドに1人飛ばされた人間の複雑な心境を表現するのだ。僕はこの世界で紀行文をつづり、『交響曲：暗黒の虚空より』を作曲し、〈メタモルフォーゼ〉と題したアート作品を創作する。

それを、君たちに送り届けようと思う。

人類に十分な知恵があるなら、僕の奇妙な片道旅行の行き着く先は侘しい独房などではない。そこは自分の家のように感じられる場所になるだろう。バーチャルな家とはいえ、僕が引き離された元の家よりも居心地よく、快適で、安全で、充実した空間になるかもしれない。

しかし何より、僕は人類の知の領域を押し広げていきたいと考えている。それはすべての創意ある科学的探求の目標でもある。うまくいけば、何百万人、あるいは何億人もの人々を救うことができるかもしれない。

この探求からは、さまざまな副産物が誕生するだろう。事故や病気で体が麻痺してしまったすべての人々に対して、生き方を改革するための解決策を提示できるのは言うまでもない。深刻な障害や孤独は、単純な老化によって引き起こされることも多いものだ。この問題についても幅広いメリットが期待できる。

それ以外にも、ほとんど誰も気づいていない、隠れた副産物がある。人間とＡＩをシームレスに接続する方法を模索できるということだ。

ＡＩが今後、加速度的に洗練されていく中で、その必要性は高まっていくだろう。ＡＩと連携すれば、人間本来の知能を増幅させることも、認知症の問題を現実的に解決することも可能になる。逆にこの探究を怠れば、種としての人類は機械に取って代わられる恐れがある。

僕がこれから試そうとしている先進的なサポートシステムは、すべてコンピュータがベースになっている。

このことは、先に述べた潜在的な副産物すべてにとって、大きなアドバンテージになるだろう。なぜなら、コンピュータは飛躍的に進化しているからだ。現在の進化のペースを考えれば、今日の世界で10万ドルという法外な値段がつく装置でも、10年後の世界では３０００ドル程度で手に入ることになる。
つまり、僕の旅から得られた副産物は、一般の人々の手にも届くはずなんだ。この輝かしい目標があればこそ、虚空への旅も耐えがたいものではなくなる。むしろ、やりがいさえもたらしてくれるだろう。少なくとも僕自身はそう考えている。

この旅の効能：僕は決して孤立せずにすむ。
この旅の意義：ある、と僕は断言する。

僕は今、文字どおり〝人生をかけた実験〟として虚空に旅立つ準備を進めている。そんな中で、絶えず僕の頭をかすめている1つの考えがある。
ハイテク機器による24時間のサポートを受けた結果、もしも僕がＭＮＤと診断されなかった場合よりもずっと長生きしたら？　そしてもっと多くのことができるようになったら？　それってすごく愉快なことだと思わないか？

PART

2

ルールをぶっ壊す

Humans matter because they Break the Rules.

15 主導権を握る

私の血気盛んなマニフェストに対する反応はさまざまだった。すばらしいものもあれば、率直に言って最低なものもあった。私たちが巡ってきたカリブ海の島々がそれぞれ大きく異なっていたのと同じだ。

大半の返信は、厚い見舞いの言葉で始まっている。フランシスを気遣う言葉がつづられているものもあった。だが、共通しているのはそこまでだ。

日ごろは疎遠で、ほとんど面識すらないのに、わざわざサポートを申し出たり、アドバイスをくれたりした人もいた。かと思えば（誓ってごく一部ではあるが）私の診断を聞いて気が重くなったと言ってくる親しい友人もいた——このような重大事を知らせてくるのなら、ほかにもっとふさわしいやり方があるだろうと言わんばかりの口ぶりで。

昔の仕事仲間の何人かは、とても長い返事をくれた。しかしその内容は、ほとんど私が書いたことをそのまま繰り返しているだけだった。

私があれほど心を込めて書き上げたマニフェストについてはちらりと触れただけで、その後はまったく関係ない話を延々と書いてきた人たちもいる。だが、少なくともこの手の反応は、私たちにはすでにおなじみだった。

ヴィニーという、私たちの20年来の親友だった男がいる。私たちは彼に病気のことを打ち明け、状況をざっと説明しながら、でも何も心配することはないのだと請け合った。ヴィニーは熱心に聞いていたが、突如顔を引きつらせると、ようやくコメントを発した。

「俺もたまに足がしびれるんだ」

「なんだって?」

「たまに、手の感覚がなくなることもある」フランシスと私はぽかんとしていたが、ヴィニーはそれを話の先を促すサインと受け取ったようだ。「眠ったとたんに起きてしまうこともあるんだよ」

我慢できなくなったフランシスが口を挟む。

「俺たちの話、ひとことでも聞いていたかい?」

「ああ。だから俺も何かの病気なんじゃないかって心配なんだよ!」

こんなことは、ヴィニーと話していればよくあることだった。彼にはたくさんの長所があったが、時として自己中心的になりすぎる嫌いがあった。フランシスの母親が亡くなったときも、その知らせを聞いたヴィニーの第一声はこうだった。

「俺も最近、頭痛がひどいんだけど……」

そんなヴィニーとはまったく対照的に、言葉よりも具体的なサポートを申し出てくれた友人たちもいる。今でもシカゴでオペラの監督をしているアンソニーは、ミュージックセラピーの医師を紹介してくれた。

サノフィ社（偶然にも、私が服用しているMNDの薬、リルゾールの製造元だ）で重役をしているスヴェンは、私の計画に関係のありそうな現在進行中の研究事例を世界中から集めて分析してくれた。スヴェンとは、彼が経営コンサルタントだったころからの長い付き合いだ。

メディアを味方につける

また、私自身が経営コンサルタントだったころからの友人であるミシェルは、彼女なりのやり方で私の力になろうと、何百マイルも車を飛ばして私たちが住むトーキーに駆けつけてくれた。

「世界に向けてメッセージを伝えなくちゃ！　重い障害を持つ人たちの生き方を変えるために必要な研究を盛り上げていくには、あなたの考えをもっと積極的に発信していくべきだと思う」

「問題は、僕のつてがまるっきり時代遅れだということだよ。古い知り合いの誰一人として、僕がこれから誰にコンタクトを取るべきなのか、見当もつかないようなんだ」

「オーケー、あなたに相手がわからないのなら、向こうからあなたに連絡してくるようにすればいいの」

私がミシェルと最初に出会ったのは15年前のことになる。英国放送協会《BBC》の〝暗黙のルール〟を分析するために、同社の社長に招かれたのがきっかけだ。

それ以前から、ミシェルはＢＢＣのニュース番組の責任者として、１日にのべ60時間分のニュースコンテンツを手がけてきた。確かに彼女なら、連絡を取るべき相手を心得ているはずだ。

「いいえ、私自身にはまったく当てがない。だから少し時間をちょうだい。また連絡するから」

約束どおり、ミシェルはその数日後にはメールをくれた。週刊誌『ザ・タイムズ・マガジン』【日刊紙『タイムズ』の姉妹雑誌】でコラムニストをしているメラニー・リードに、まずは連絡を取ってみるのがいいだろうという。

リードは何年も前の交通事故で首と背中の骨を折る大けがをして以来、手足が麻痺してしまった。現在、彼女は障害者としての日常をつづるコラムを連載しており、このコラムで賞もとっている。

ミシェルが言うには、直接リードにコネクションがあるわけではないが、編集部が彼女のメールアドレスを教えてくれるかもしれないという。問い合わせてみる価値はありそうだ。

さらに、ミシェルはパット・ヤングという名の人物にも連絡を取るつもりだという。ＢＢＣで付き合いのある、〈シュガー・フィルムズ〉という羽振りのいいテレビ制作会社の社長らしい。このヤング氏が何かいいアイデアを持っているかもしれないし、ことによると喜んで協力してくれるかもしれないというのだ。

そして、ミシェルの最後の提案は「ソーシャルメディアに進出する」というものだった。

発信されたメッセージ

私はまず、「ＭＮＤと共に繁栄する」という私のビジョンがなるべく短い文章で、かつ説得力をもって伝わるようなメールを書き上げた。これには果てしない時間がかかった。

それから『ザ・タイムズ・マガジン』編集部に連絡し、先方からそれなりに質問も受けたあとで、ようやくメラニー・リードのメールアドレスを入手した。さっそく連絡を取ろうと試みたが、メールはエラーで戻ってきてしまった。２日後、ミシェルが別のアドレスを調べてきたので、今度はそちらを試してみた。しかし返事はなかった。

メールの通知音が鳴ったのは、それから２週間後のことだ。メラニーがとても親身な返事をくれたのである。それをきっかけに、私たちはいかにも21世紀らしい交流を開始した。私たちの対話は、すべてメールを介して行われた。情報と発見をふんだんに含んだ、刺激的でありながらも心温まるやりとりだった。

メラニーと連絡を取り合うようになってから約1カ月後、ちょうど私の誕生日の直前に、『ザ・タイムズ・マガジン』の２０１８年４月14日号が発売された。私のストーリーを紹介するメラニーのコラムが掲載された号だ。

背景について簡潔に触れたあと、メラニーはこう書いていた。

ピーター・スコット－モーガンの挑戦にはわくわくさせられる。それは彼がロボット工学の研究者であり、作家であると同時に、私たちの社会を陰で動かす〝暗黙のルール〟を知り尽くした、組織論の専門家でもあるからだ。

彼は常に、自由な思考で偏見と闘ってきた（2005年には、パートナーと共にイギリスで初めてシビル・パートナーシップに登録したゲイカップルとなり、本格的な披露宴まで開いている）。ピーターは着実に進行していく病気を受け入れつつ、困難な状況をどこまで快適なものに変えることができるか、身をもって試そうとしている。

私はそれを〝勇気ある態度〟と呼びたい。もっとも、本人は〝合理的な態度〟と呼ぶのだろう……。

その記事は丸1ページ続いていて、次のように締めくくられていた。

世の中を変えるには、あらゆる場面において、彼のような〝先駆者〟が必要なのだ。

私のメッセージはついに世に放たれた。

それからわずか数日間のうちに、3つのテレビ制作会社から問い合わせがあった――その1つは、ミシェルの友人の会社である〈シュガー・フィルムズ〉だ。3社のうち私が本当に伝えたいことに対して真剣に興味を持ってくれたのは、どうやらシュガー社だけだった。ほかの2

社は、お涙ちょうだいのストーリーのほうに関心を持っていた。ＭＮＤという病気の恐ろしさや、それに立ち向かうフランシスと私の勇気といった切り口だ。

なので、私はシュガー社と契約することにした。ほどなく彼らは、私の取り組みに密着するプライムタイム向けのドキュメンタリー番組を制作することになった。放送局はチャンネル4（イギリスのテレビ局大手）だ。

この番組がオンエアされれば（1年か2年後になるだろう）、そのときこそ、私のメッセージは真に拡散されることになる。

ＭＮＤ協会

それは本当にすばらしいことだ。だが一方で、そんなに長くは待っていられないという気持ちもあった。できればこのドキュメンタリー番組にかこつけて、企業の協力を取りつけたい。私の計画の嚆《こう》矢《し》となる研究をサポートしてもらうのだ。

また、今すぐ私のメッセージを発信できる場所を、ほかにもいくつか確保しておく必要があるだろう。

「あの女の人が言ってたみたいに、ＭＮＤ協会の理事に立候補するっていうのはどうなんだい？」

その発想はまったくなかったので、一瞬、フランシスが冗談を言っているのだと思った。

彼が言うように、私は先日、ＭＮＤ協会の地元支部の代表者から、次の理事選に出てみないかという打診を受けたばかりだった。もっとも、そのときの私の返事は煮え切らないものだった。

「第一に、投票権のある5000人の委員の誰も僕のことを知らない以上、僕が当選するわけがない。第二に、あの女の人が言うには、現職の理事のほぼ全員が再選に向けて立候補し、彼らはほぼ当選確実らしい。新たなポストが空く確率は実質的に5分の1。したがって僕が当選するわけがない。第三に、結局のところMND協会は幻の治療法を発見することにこだわっていて、テクノロジーによるケアにはなんの関心も持っていない。協会のウェブサイトのどこを見ても、テクノロジーにはまったく触れられていないんだ。つまり、僕がやりたいことと彼らの活動にはまったく接点がない。したがって、僕は当選などしたくない。第四に――」

「待て待て待て！　テクノロジーの重要性をまだ理解していないからといって、彼らにとってテクノロジーが必要ないというわけじゃないだろう。君がテクノロジーに感じている可能性について、君以上にうまく説明できる人間がどこにいるんだ？　理事に立候補すれば、MNDと共に繁栄するための最先端の研究への近道になるかもしれない。君のほうから協会に働きかけることもできるし、協会のほうから君の助言を求めてくるかもしれない。それでも彼らがわからずやのままだったら、辞任すればすむ話じゃないか」

しばしの議論ののち、私はフランシスに降参した。そして、先日のマニフェストから要旨を抜き出すと、それを叩き台にして所信表明を書き上げ、正式に理事選に立候補した。それからようやく、ソーシャルメディアで発信する準備に取りかかった。

トリプルオストミー

ちょうどこのころ、地元のNHS病院から連絡が入った。大腸の専門医が私の手術計画についてぜひ話をしたいと言っているという。これは大きな一歩だ。

私はさっそく面談の約束を取り付けた。数週間後の小春日和、私は車椅子を転がしてそのドクターの診察室に入っていった。

「ピーターさんですね！」ドクターは手を差し出した。「あなたのことは、いろいろ聞いていますよ。あなたの計画についてもね」

私のほうでも彼について調べていた。どうやらこのドクターは、世界中のどの病院に所属していても、わが道を行くタイプと見える。私の計画について相談するにはうってつけの相手と言えそうだ。

「ニック先生！　お会いできて本当に嬉しいです」

彼とよい関係が築ければと願った。それ以上に、彼には私と同等の熱意を持って、このプロジェクトに取り組んでもらわなくてはならない。彼の同僚であれば眉をひそめるにちがいない提案にも耳を傾けてもらう必要がある。われ知らず、私は彼とのやりとりを〝科学者同士の対話〟に持っていこうとしていた。

つまり、私自身について話すのではなく、MNDという病気そのものについて話すことにしたのだ。私は患者の生活の質《QOL》や、心身一体的《ホリスティック》な視点を取り入れた臨床ケアなどについて意見を述べた。そのあと、ニック医師が納得してくれればいいがと思いながら、次のような言葉で締めくくった。

「……つまり、私たちは世界に先駆けて、ＭＮＤ患者の選択的手術【自由意思で選択する手術】に挑むという、すばらしい機会を目の前にしているわけです。これまで、ＭＮＤ患者には選択の余地も希望もありませんでした。しかし、私たちには〝トリプルオストミー【オストミーとは人工の肛門や膀胱を設ける手術のこと】〟という選択肢があります」

〝トリプルオストミー〟という造語は、その前日に考えついた。これまで使っていた〝改修工事〟という言葉より、もう少しアカデミックに聞こえる言葉があってもいいと思ったのだ。少なくとも〝改修工事〟よりは説得力があるだろう。

ニック医師はいくつかの点について私に確認すると、首をひねりはじめた。それから大きく破顔した。

「そんなのはお安いご用ですよ！　もちろん、手配はNHSのほうでやらせてもらいます。執刀チームを組んでしまえば、すぐにでも手術できますよ」

私自身は、ＭＮＤの治療に対する自分の考え方に疑いを持ったことはない。それでもなお、医療のプロがこの考えに賛同し、実行に移すと言い切ってくれたのは心地よい驚きだった。

約束どおり、ニック医師は腕利きの麻酔医、上部消化管外科専門医、泌尿器科医から成るチームを編成した。これ自体、大きな成果と言っていい――イギリスでは専門の異なる医師同士は、会話を交わすことはおろか、廊下ですれ違うことさえ珍しいのだ。

執刀チームは、単に３つの手術を組み合わせるのではなく、もっと頭のいい、１つの大きな流れとしての手術を考案した。これにより、複数のリスクを軽減することが可能になる（とはいえ、重大なリスクはまだ残っている）。

また、手術は負担の少ない鍵穴式で行えるとのことだった。これだけでもすごいのだが、この手術の本当にすばらしいところは、麻酔の独創性にあった。

ＭＮＤ患者に麻酔をかける最適な手法を調べた研究はほとんどない。私がこれから受けるような、大がかりな手術に関する研究はましてない。なぜなら、そのような大手術が行われることはまずないからだ。

医師の心情を代弁すればこんな感じだろう――「こういうとき、普通なら心臓のバイパス手術を行うだろう。でも、どうせこの患者はすぐ死んでしまうのに、わざわざ手間をかける必要があるのだろうか？」そんなわけで、結局バイパス手術は行われない。

私のトリプルオストミー手術を最良の環境で行うために、いつもの手順はまったく参考にならない。したがって、麻酔医のマリーは一から麻酔のやり方を考えなくてはならなかった。その作業量を考えると、いまだに目まいがするほどだ。

一般的な麻酔方法のいくつかは、ＭＮＤの症状を悪化させる恐れがあるため、除外されることになった。想定外の反応を引き起こすリスクがあるため、筋弛緩剤も使用できない。

最大の懸念事項は、麻酔が切れても喉の筋肉が麻痺したままだったら、そのまま人工呼吸器の世話になるしかないということだった。二度と自力で呼吸できなくなってしまうかもしれないのだ。

マリーはフランシスと私に椅子をすすめ、深刻な様子で口を開いた。

「この手術によって、手術をしなかった場合よりもずっと早く、人工呼吸器が常時必要になるかもしれません」

この件については、ずいぶん前に考え尽くしていた。結論ははっきりしている。フランシスにしても同様だった。

「私はこれから長い時間をかけて、少しずつ自分の体に閉じ込められていくことになります。でも、それよりもっと長い時間を、閉じ込められた状態で過ごすつもりなのです。私が最も重視するのは、長期にわたるＱＯＬです。閉じ込め状態になる前のことは、正直あまり気にしていません。

今回の手術の最悪のシナリオは、自発的に呼吸ができなくなるということでしたよね。その場合は、ただちに私を手術台に連れ戻して、気管切開を行ってください。私は１日に４つのオストミー手術を受けた記録保持者としてギネスブックに載ることでしょう。どちらにしても悪いことなんてありませんよ」

16 愛する人

私の人生における最も重要な決断は３つある。思い返せば、すべて同じ年になされたものだ。いずれも、あり得ない偶然に導かれた決断だった。一生起こらなかったとしても不思議はない。そのすべてが私の人生に計り知れない影響をもたらした。３つ全部がそろわなければ、サイボーグになった現在の私は存在していないだろう。

根っからの科学者でなければ〝運命の年〟とでも呼びたいところだ。しかし私が根っからの科学者である以上、ここは〝嘘みたいな年〟と呼ぶに留めておこう。それは、１９７９年のことだった。

クリフハウス・ホテル

下のほうから振り返っていこう。人生で３番目に重要な決断は、ほとんど気まぐれの産物だった。ある日、１つの電話番号が目に留まったのだ。

どんよりとした2月のイギリスでも、ひときわ気が滅入るような1日のことだった。私はいまだに童貞を捨てていなかった。そろそろ理想のパートナー、すなわち私にとっての騎士アヴァロンに巡り会いたいと心の底から望んでいた。

当時のゲイ社会では、ロンドンにある2軒のゲイパブで相手を探すのが〝暗黙のルール〟になっていた。しかし私に言わせればそんなものはただのナンパであり、まるで魅力を感じなかった。

私が求めているのは、生涯の恋人だ。そのためには、1人の相手とじっくり真剣に付き合う必要がある。

焦燥にかられた私は、自分の部屋の机から、引き出しの中身を1つひとつ取り出していった。引き出しの底から出てきたのは、一見、なんの変哲もない封筒だ。その中には、一見、なんの変哲もない雑誌の切り抜きが入っている。

だが、その正体は『ゲイ・ニュース』のバックナンバーから切り抜いた秘蔵の記事だった。これまで1冊しか手に入れることができなかったこの月刊誌こそ、イギリスのゲイコミュニティに関する唯一の情報源だった（パブリックスクール時代の音楽の先生が、例の〝飲み会〟のときにくれたのだ）。

とはいえ、記事はすっかり古くなっていて役に立ちそうにはなかった。どこに行けば運命の相手に出会えるのか、なんのヒントも書かれてはいない。

ふと記事をひっくり返すと、裏面は縦半分に切れた広告記事になっていた。「クリフ・H、ホテ」という字が並んでいる。さらに小さい文字で「トーキー市」と書かれており、5桁の数字が添えられていた。電話番号に違いない。

この数字こそ、私をゲイの世界へと導く、ただ1本のか細い糸だ。私の人生で3番目に重要な決断とは、この番号に電話をかけることだった。

「すみませんが、番号違いじゃないですかね。うちはホテルじゃなくてレストランですよ」

私は謝って電話を切ろうとしたが、そのとき突然ひらめいた。電話の向こうにいる相手には、私が誰でどこから電話をかけているのか知りようがない。つまり、私が何を尋ねようが、詮索される心配はないということだ。

私は、どこでその番号を見かけたのか相手に説明した。

「そりゃあ情報が古いよ。お客さんが知りたいのはアランのホテルのことじゃないかな。クリフハウス・ホテル。今じゃゲイ専用になってる。番号ならすぐにわかりますよ」

ゲイ専用のホテル！　そんな場所が存在するとは知らなかった。デヴォンの海岸沿いにあるというのも魅力だ。素敵な土地だし、何よりロンドンから遠い。

私は手帳をめくり、3月の末に連休があるのを確認すると、さっそくホテルに電話した。電話に出たのは、愛想のいい副支配人だった。ええ、うちはゲイのお客様専用のホテルです——きっとイギリスに1つしかないでしょうね。かしこまりました、週末に3泊ですね。絶対に気に入ると思いますよ。なんなら僕が個人的にご案内しましょうか。わかりました、約束ですよ……。

騎士アヴァロン

クリフハウス・ホテルは、壮麗なヴィクトリア様式のヴィラだった。トア湾の青い海を反射して白亜に輝いている。

正面玄関へと続くアプローチを歩きながら、私はその完璧なたたずまいに見入っていた。思わず笑みが浮かぶ。足取りも軽く、私は両開きのドアを開いてエントランスホールへと足を踏み入れた。

見たところ、中には誰もいなかった。がらんとしたホールで、私は誰かが出てくるのを待った。ホテルの内装は、全体的に緑っぽい印象だ。

声を出して呼んでみると、50代くらいの男性が現れた。彼も全体的に緑っぽい服を着ている。この男性が、ホテルのオーナーであるアランだった——いえ、副支配人は今ちょっと外しています。お約束があるのなら、もちろん彼に案内させますよ。ええ、戻り次第お知らせします。いえ、ほかのお客様のほとんどは、まだお着きになっていません。ええ、この週末は満室ですよ。いえ、お客様と同年代の方は、ほかにはいらっしゃらないと思います。

このとき、私の右手に見えている広々としたラウンジの奥から、４人の男性がくすくす笑いながら現れた。年配の、どことなくなよなよした集団だ。

アランはすぐさま彼らのジョークの輪に加わった。ずっと話を聞いていたわけでもないのに、見事な溶け込みっぷりだ。４人組は女子高生のようにキャッキャとはしゃぎながら港のほうに散歩に出かけていった。アランはお気をつけてと声をかけている。

その間、私はぼーっとしていたが、突如として、とんでもない間違いをしでかしたのではないかという気持ちになってきた。

私の部屋は、厩舎を改装したと思われる長い建物の2階にあった。20分後、中庭を見下ろす大きな窓のそばで、私は自分の不運を呪っていた。

あろうことか〝老人ホーム〟に来てしまうとは！　月曜までここにいなくてはならないというのに、今はまだ金曜だった。最悪なのは、私を案内してくれると言った副支配人も年寄りに違いないということだ。そいつと一緒に3日間も過ごさなくてはならない。

そのとき、私は騎士アヴァロンの姿を見た。

彼は、高い塀に設けられた目立たないドアから半地下の中庭へと続く、長い石の階段を下りていくところだった。そのドアは城の秘密通路の出口を思わせた。

そこから登場した彼は、若き騎士のように見えた。というより、赤みがかった豊かな金髪を肩まで伸ばしたその姿は、私の騎士そのものだった。若くして父を亡くし、王位継承者となる直前のアヴァロンのイメージだ。

彼はスリムで筋肉質だった。しかも、遠くから見る限りでは私と同年代のようだ。やがてその姿は、母屋の裏手に回って見えなくなってしまった。

霧雨が降ってきた。窓ガラスに雨粒が集まり、雫となって滴り落ちていくのを眺めながら、私は窓際に立ち尽くしていた。少し混乱しているようだ。いや、正直に言うと、私は無謀にも期待していた。もしかすると、アヴァロンはホテルの客なのかもしれない。だったら、知り合いになれるかもしれない。もしかすると……。

ここで、私の脳の分析的な部分がしゃしゃり出てきた。宿泊客が秘密の出入口を知っているわけがないだろう。それに、アヴァロンは何か用事があってやってきたに違いない。あちこちよそ見したりはしていなかったからだ。きっと何かを運んできたか、回収しにきただけだろう。ホテルの関係者でさえないのかもしれない。ということは、ストレートである可能性が高い。見るからにそうじゃないか。

中庭越しに真正面を見ると、1階の大きな窓からホテルの内部が見えた。おそらくキッチンだろう。最初に外を見ていたとき、キッチンの中で人が動いている気配はなかった。だが、今回は彼がいた。こちらに背中を向けているが、間違いなくアヴァロンだ。あの髪。あのスリムでしなやかな体つき。

なぜ彼がそこにいるのかはよくわからなかったが、私の心臓は即座に音を立てはじめた。うきうきするような、幸福な気持ちが湧いてくる。彼がどんな理由でそこにいようが、もはやどうでもよかった。

そのとき、彼がこちらを振り返った。やかんを手にして私のほうに向かってくる。窓辺にあるシンクまでやってくると、彼は蛇口をひねった。そしてこちらを見上げた。

一瞬、彼と目が合ったように思った。だが、微笑みかけようとした刹那、彼の視線が私からほんの少し脇にずれた場所に向けられていることに気づいた。

私は一切の動きを封じ、覗き魔のように彼の様子をうかがった。ものすごくハンサムだ。そのとき初めて、私は彼の顔をまともに見たのだった。やかんが水でいっぱいになるまで、ものの数秒しかかからなかったが、そのあいだに私は恋に落ちていた。彼は下を向いて蛇口を閉めると、再びこちらに背を向け、視界の外へと歩き去っていった。

これからどうすればいいのだろう？　私は彼が再び登場するまでしばらく待った。５分たっても彼は現れなかった。

でも、ホテルの中にはまだいるに違いない。彼を探さなくては。ただし、こんな格好じゃだめだ。ロンドンを出てきたときの服装のまま、私はまだ着替えていなかった。

スーツケースの中身を吊るした小さな衣装だんすの前で熟考を重ねた末に私が選んだのは、それなりに目を引くコーディネートだった。ぴっちりした赤いズボンに、胸に張りつく真っ白なＴシャツ。その上から、22世紀の宇宙飛行士が着ていそうなシルバーのブルゾンを羽織る。70年代後半としては、ものすごくイケてるファッションだ。

輝く瞳《ブライト・アイズ》

私は中庭からラウンジへと続く長い廊下をゆっくり歩いていった。ＢＧＭはホテルのスピーカーから聞こえてくる音楽だ。

　母屋に足を踏み入れた瞬間、ＢＧＭが変わった。アート・ガーファンクルの〈ブライト・アイズ〉。情感あふれるイントロが流れ出す。当時、私がいちばん好きだった曲だ。これはいい予兆なのだろうか？

　ダイニングルームとテレビルームを覗き、念のためにエントランスホールも確認したが、彼の姿はなかった。残るはあの巨大なラウンジだけだ。入口から覗いた限りでは、誰の姿も見えなかった。私は中に入ってみた――そこに、彼がいた。

　ラウンジのはるか片隅の、フランス窓のそばに置かれた小さなテーブル。彼はそこで、オーナーのアランと向かい合い、こちらに背を向けて座っていた。赤味がかった金髪が流れるように肩にかかっている。彼の手元にはティーポットとカップが並び、足元では金色のラブラドール犬がまどろんでいた。ラウンジの中では、ＢＧＭはいっそう大きく聞こえた。

　私に気づいたアランが近寄ってきて、（思わせぶりな態度で）私のアヴァロンを指さす。「あれが、うちの副支配人のフランシスです」そうささやくと、アランはショーが始まるのを待ち構えるような、わくわくした表情でうしろに下がった。

　私はその場に立ったまま、笑顔で彼に感謝を伝えた。私の全細胞が、人生最高のパフォーマンスを発揮しようと待機している。なんと言っても目の前に、10代のころからの夢と憧れを具現化したような相手が存在しているのだから。私は彼に近づいていった。いよいよショータイムだ。

あまり近づきすぎないようにしなくては——彼をギョッとさせたくはない。大きな声を出さないように、落ち着いて、フレンドリーに話しかけよう。温かみのある、優しげな雰囲気で。

「こんにちは！　約束どおりやってきたんだけど……」

無意識のうちに、私は音楽とタイミングを合わせようとしていたのかもしれない。あるいはただの偶然かもしれない。いずれにせよ、彼が振り向いたその瞬間、ＢＧＭの音量が上がって〈ブライト・アイズ〉の力強いラストコーラスが流れてきた。

まさに輝くような瞳《ブライト・アイズ》が、私を射抜く。目が覚めるような青い色だ。その瞳はひたと私の瞳に据えられ、そのまま離れようとしなかった。そして、彼は微笑んだ。そのとき私は、騎士アヴァロンが魔術師ラハイランにどんな顔をして微笑みかけるのか、それまで本当の意味では知らなかったことを悟った。

アランの説明を聞いて、フランシスは私との電話を思い出したようだった。そして、その日の残りずっと、約束を守ってくれた。

人生には何度か、よくできた台本を役者として演じているような感覚になるときがある。このときもそうだった——何もかもがうまく進むのだ。

フランシスは私と違って16歳で学校を出たが（彼の母親いわく「十分、背丈が伸びたので」）、私と同じように大きな夢を抱いていた。

あるいは、私と違って世知に長け、ストリート仕込みの知恵を身につけていたが（貧しい労働者階級から脱出しようと努力した成果だ）、私と同じようにゲイであることに誇りを感じていた。

さらに、私と違って童貞とは程遠かったが（たった2歳しか違わないのに）、私と同じように真実の愛を探し求めていた。それ以外に重要なことなんてあるだろうか？

初めて会ってから1時間もしないうちに、フランシスは私に尋ねた。「一目惚れって信じるかい？」

答えはすでに明白だった。「もちろんさ！」

数秒後、彼は静かに手を伸ばすと、私のウエストを抱え込んで引き寄せた。そして、終わりのないキスの雨を降らせはじめた……。

初恋

それからの3日間、私は10代の孤独と禁欲を埋め合わせるかのような時間を過ごした。同時に、恋に落ちた相手に関するあらゆる情報を、どんな小さな欠片《かけら》でも、むさぼるように求めていた。

根っこの部分では、私たちは実によく似ていた――ゲイ、野心家、『007』ファン、無神論者、愛の探究者。

しかし、それ以外の共通点はまったくと言っていいほどなかった。まず、私はフランシスが学校でラテン語を習ったことがないということに驚いた。たったの一学期も。彼の友人たちもラテン語を学んだことがないと聞いて、私はますます驚いた。フランシスの世界では、明らかにそのほうが〝普通〟なのだ。

目からうろこが落ちる思いだった。フランシスがきわめて聡明な人物であることは疑いようがない。共通の関心事について話すとき、彼はバックグラウンドの違いをまるで感じさせなかった。

お互いに自分のことを包み隠さず打ち明けあう中で、私は理解した。フランシスは本格的な教育というものをほとんど受けていないにもかかわらず、高度な知的水準を有している。そのような人物に、私はこれまでの人生で一度も出会ったことがなかった。私が「フェンシングをするのが大好きだった」と話したとき、フランシスは「柵《フェンス》をつくること」だと思っていたくらいだ。

私が当たり前のように受け止めていた多くのことが、フランシスにとってはそうではなかった。そんなとき、彼は嬉々として私に説明を求めるのだった。そのたびに、思ってもいなかったような形で、自分の無知、無学ぶりを突きつけられるような思いがした。

一方、私がまったくと言っていいほど知らない学問以外の広範な分野について、フランシスはすばらしく深い知識を持っていた（こちらについては、なぜかショックを受けたりはしなかった）。

彼は、当時のヒットナンバー〈リビング・イン・ザ・リアル・ワールド《現実世界を生きる》〉を地で行く生活をしていた。片や私は、自分でも気づかないまま、修道士のような隠遁生活を送っていた。だからこそ、フランシスによってもたらされた新たな学びがとびきり新鮮に、そして解放的に感じられたのだろう。

じきに気づいたことだが、解放感に浸っていたのはどうやら私だけではなかった。その週末にホテルにやってきた客の大半は同じように感じていたようだ。高齢であるにもかかわらず(ほとんどが父くらいの年齢で、残りは祖父くらいの年齢だった)、彼らは私をネタにして、相当にあけすけなおしゃべりを繰り広げていた。

「ふうん！　パブリックスクールの出身なのか。実にエロティックじゃないか！」こんなふうに、彼らはいつも私に直接話しかけるのではなく、私のことを聞こえよがしに話すのだ。「パブリックスクール出身者の難点は、そのうちただの高学歴なクソどもに成り果ててしまうことだよ」

この点については同意せざるをえない。

「あら！」甲高い声を上げたのは、フェミニンな物腰の男性だ。つけまつげの存在を知らなければ、そのまつげの濃さに面食らったことだろう。「あのコって、顔もよければ頭もいいのね！」彼はフランシスに向かって話していたが、指は私のほうをさしている。「あのコは手放しちゃだめよ、ダーリン」男性は思わせぶりにささやいた。

「もちろん、手放すつもりはありませんよ！」

永遠に

この天国のような3日間で、私はどんどん恋の深みにはまっていった。しかし、ついに元の生活に戻らなくてはならない日がやってきた。

ようやく巡り会ったソウルメイトを残して去るのは身が切られるような思いだった。せめてもの慰めは、必ず戻ってくるという固い約束をフランシスと交わしたことだ。

そのときこそ、私たちは一緒に暮らすのだ。私が21歳になったら。それはほんの3週間先のことだった。残るささやかな障害は、両親にカミングアウトすることと、インペリアル・カレッジに無期限の休学を認めてもらうよう掛け合うことだった。

鉄道でパディントン駅まで戻ってきた私は、地下鉄のディストリクト線に乗り換え、ウィンブルドンに帰り着いた。スーツケースをかつぎあげ、坂を上ってリッジウェイ通りに向かう。駅から家までは歩いて1・5キロメートルほどの距離だ（その週いっぱいを、私は実家で過ごす予定だった）。

実家の敷居をまたぐやいなや、私は両親の寝室に飛び込み、約束どおりフランシスに電話をかけた。寝室の電話を使ったのは、話を聞かれない用心のためだ。

1時間ほど話したあたりで、母がドアの向こうから顔を出し、父が仕事から戻ってきたことを告げた。そろそろ電話を切ったほうがいい頃合いだった。

ただそれだけのことが、びっくりするほどつらかった。ようやく2人して「じゃあね……」

と口にしたものの、どちらも受話器を置こうとはしなかった。

沈黙を破ったのはフランシスだった。「まだそこにいる?」

私は残りの人生すべてをかけて答えた。

「いつだって！　永遠に君のそばにいる」

17 分かれ道

「普通の人たちは、どうやっているんだろう？」唐突にフランシスが言った。彼はちょうど、トーキー港に面した障害者専用の駐車スペースに、レンジローバーを停めようとしているところだった。

何十年にも及ぶ付き合いを経て、私たちはほとんどテレパシーで意思疎通ができそうな域に達していた。しかし、このあまりにも漠然とした質問に対しては、私もなんと答えていいのかわからなかった。

「えっ？」

「どうやってブルーバッジを手に入れているのかってことだよ」

フランシスは、障害者用駐車スペースの利用証《ブルーバッジ》をヒラヒラさせてから、外からも見えるようにダッシュボードの上に置いた。「ほとんどの人たちは、君がやったようには役所を説得できないと思うんだ。最近は、なかなか許可が下りないらしいね。ブルーバッジはほとんど幻のアイテムになっている。俺なんか、申請書の設問を読むだけでギブアップだよ。まして記入するなんて絶対に無理だ。全部で何ページあるんだっけ？」

「６ページだったかな」

「ほら！　で、実際に申請内容をぎっしりタイプしたら何ページ分になった？」

「20ページちょっと」ブルーバッジの申請書は、これまでに私が作成してきた何通もの申請書の最初の１つだった。ある遺伝子専門医から「重度の障害を抱えている」とあっさり診断されたのをきっかけに、私は障害者として大量の申請を行うことになったのだ。

「そこだよ！　君は大事なことを覚えていられるし、物事を筋道立てて説明するのも得意だから、相手はなかなか論破できない。でも、俺には無理だ。思うに、確実にブルーバッジをもらう資格のある人の大半が、そのことを証明できないでいるんじゃないかな。君がいなければ、俺だってその１人になるかもしれない」

　フランシスは車から降りると、うしろに回って車椅子を下ろした（アクティブユーザー向けの高級品だ。国民保健サービス《NHS》からの補助金を充てても、ものすごく高くついた）。それを助手席の脇につけて、私が乗り込むのを助けてくれる。

　午前中の早い時間なので、旅行者はまだ宿泊先にいるのだろう。めいめいのホテルやゲストハウス、Ｂ＆Ｂ【朝食付きの民泊】で、本格的なイングリッシュ・ブレックファストを楽しんでいる頃合いに違いない。彼らが海岸にあふれ出してくるまでにはまだ時間がある。

　しかし、太陽はすでにまぶしく、水面は日差しを受けて輝いていた。海から吹くそよ風はなま暖かく、椰子《やし》の木はサワサワと音を立てている。

「桟橋から回ることにしないか？」と私が提案する。私たちの散歩のコースは、桟橋か入り江のどちらかからスタートするのが決まりだった。

ほんの2年前の夏には、20分もあれば海沿いを一周することができた。しかし最近では、私がゆっくりとしか移動できなくなったため、1時間はかかるのが普通になっていた。

「樽クラゲが見られるかもしれない」樽クラゲとはゴミ箱ほどの大きさもある巨大クラゲで、ここ数年、トーキー周辺で夏を過ごすという新たな習性を身につけていた。

「ＰＩＰはどうだ？」フランシスはまだ、申請書の話にこだわっていた。彼が話題にしているのは、新たに導入されたばかりの障害者向け自立支援制度のことだ。「あれの申請書も長いんだろ？」

「ああ。あれはすさまじかった。質問票だけで20ページはあったっけ！」

「それで、記入したら何ページ分になった？」

「40ページは余裕で超えたよ」

私たちはプリンセス・ガーデンを横切り、海沿いの遊歩道に出ると、右に向かって進んだ。

「そうだろうとも。そんな、ちょっとした本1冊を書き上げるなんて、ほとんどの人にとっては無理難題だ」

「正直なところ、僕にとってもこれまで作成した書類の中でいちばん手強かったよ。そもそもあの制度自体、なるべく申請を通さないことを前提に設計されている。だから質問に答えるときも、そのつもりで挑まなくちゃならない。僕は医療関係者でも納得させられるようにあらゆる証拠をそろえたんだけど、ひどく苦痛な作業だったよ」

「ところが、君とまったく同じボートに乗っている人々の大半は、そんなことをやってのける時間もエネルギーも文章力もない。そう考えると怖くなるよ」私たちのすぐ前を、老人が1人、2本の歩行杖を使ってゆっくり歩いていた。老人を追い越しているあいだ、フランシスはしばし黙っていた。「俺たちは本当にラッキーだ」

世界を変える

「すごくラッキーだ」そのとき、それまで真剣に考えたことはなかったアイデアが、唐突に口をついて出てきた。「なあ、僕はいつも、僕ら2人で世界と戦うんだと思ってきた。僕ら2人で1つの島みたいなもので、残りの世界は必要なかった。世界のほうでも僕らを必要としていなかった。でも、今になって、世界が僕らを必要としているんだとしたら……」

私たちは、ヴィクトリアン桟橋《ピア》の入口に到着した。通りの反対側にはプリンセス劇場がある。ここで左に曲がると、ウッドデッキになった桟橋に入っていけるのだ。デッキの隙間から、海面がちらちらと覗いている。

「いったい、なんの話だい？」

「僕が言いたかったのは——すごく偉そうに聞こえるのはわかっているけど——僕らはこれからの2年間で、世の中の役に立てるんじゃないかということなんだ。これまでの全人生を足した分よりもずっとね」

「見ろよ！　あそこだ！　青いボートのそばにいる」

ほとんど透明な巨大クラゲが2匹、水面のすぐ下を泳いでいた。私は演説を中断し、5分ほどクラゲの姿に見入った。

「で、急にチャリティ活動でも始める気になったのか？」

「まさか！　それはないよ」

「ふーん。ということは金儲けが目的かい？――そっちのほうがマシかもしれない」

「いや、お金でもない。冗談で言ってるわけじゃないんだ。僕たちが力を合わせれば、変化を起こすことができる。世界を変えることができるはずだ」

「君がまだ元気でいられるうちに、あと何回かの夏を2人で楽しむという選択肢もあるけどな！　今みたいな時間はもう二度と手に入らないんだ。君の体力と俺たちの時間を、よくわからない大計画に費やすなんてごめんだよ。そうなったら最後、誰からも感謝されないのに、生活のすべてを捧げる羽目になってしまう」

フランシスにどのような反応を求めていたのかは自分でもわからない。それでも、彼の言葉を聞いて、私は少なからずがっかりした。

「わかってる。きっとバカげた考えなんだろう。でも、僕らの結婚式のときと似ている気がするんだ。最初は地味にやるつもりだったけど、実は大勢の人たちが僕らに期待していることがわかった。僕らみたいにラッキーではなく、強くもない人たちがね。僕らは世の中に対して

『クソ食らえ』と言える立ち場だったし、実際にそうした。そんな自分たちをすごく誇らしく思ったじゃないか。そのときと同じような感覚なんだ。それだけさ」

私たちは、桟橋が折れ曲がるポイントまでやってきた。その先は階段になっていて、いつものように数人の男たちが釣り竿を手にたむろしている（女性は見たことがない）。彼らはうつろな目つきで、桟橋の土手に沿って垂れ下がる細い糸に見入っていた。

２人で過ごした日々の中で、フランシスと私はいつだって、この先にある灯台まで足を延ばしたものだ。しかし、そんな日々は終わりを告げた。フランシスは腰をかがめて私の手を取った。

「なあ、君の計画に絶対反対というわけじゃないんだ。ただ、よく考えもしないままに、何かに飛び込んでいくのは避けたいんだよ。もし行動を起こすんだったら、正しいやり方で起こさないと」

その瞬間、フランシスが私に賛成してくれるつもりなのだということがわかった。実際に何をしようとしているのか、フランシスはもとより、私自身にもよくわかっていないのに。フランシスは再び立ち上がった。「で、俺たち２人で世界を救うための、君の計画を教えてくれよ」

こういうときのフランシスが、私はいちばん好きだった――勇敢だが注意深く、豪気だが無謀ではない。

２つのルート

「僕が１９８４年に『ロボティクス革命』を書いたとき、その最後の章で、こう主張したことを覚えているかい？　僕らは生きているうちに〝分かれ道〟に差しかかる。どちらの未来を選ぶかで、人類の未来は大きく変わってしまうだろうって」

「たしか、その章を削除しろと圧力がかかったんだよな」

「幸い、そうはならなかったけどね。一方の未来では、ロボットの知能は独自に発達していく。純然たる人工知能がどんどん賢くなっていき、人間の地位は相対的にペットや虫けら同然に成り下がる。こちらのほうが、ありそうな未来だ。つまり、今のままでは未来はそちらに向かっていく」

「ハリウッドの映画でよく見る、ゴミみたいな未来だな」

「そのとおり！　その代わりに僕は、人類がＡＩと融合するという別の未来を提唱したわけだ。その未来では、僕らの能力は増幅され、ヒトだけでも、ＡＩだけでも不可能なことが実現できる。つまり、人類とＡＩのコラボレーションだよ」

「その未来こそが、ＭＮＤをはじめとする難病患者や、高齢者が抱える問題を解決できる。君はそう考えているんだよな」

「そうさ！　僕らはすでに道が分かれる地点まで来てしまった。今こそが選択のときなんだよ！　世間はまだ気づいていない。政治家も気づいていない。でも、ＩＴ業界は気づいている。

なのに口をつぐんでいるんだ。ＩＴ業界にとっては、起きていることを世間に知られないほうが都合がいいのさ」

「それで結局、何が起きているんだい？」

「僕らは今、〝ＡＩが独自に発達する未来〟に向かって猛スピードで突き進んでいる。なんの議論もなされていないし、まして誰も賛成していない。でも、勝手にそちらに向かっているんだ。これまでに、別のルートや別の未来が存在する可能性を指摘した人間はほとんどいない。このままでは、じきにそちらのルートに入るタイミングを失ってしまう。高速道路の出口を通り過ぎてしまうようなものさ。いったん通過してしまったら、二度と引き返すことはできないんだ。したがって、そちらの未来を選択することは不可能になる」

「いやはや」

「もう１つの未来が選ばれる可能性は、どんどん低くなりつつある。とはいえ、少なくとも〝ＡＩとのコラボレーション〟か〝独立したＡＩの活用〟のどちらかを、誰もが必要に応じて選べるような未来を導くことはできると思うんだ」

「その筋書きは、ハリウッドでもウケそうだな！」

「間違いないね――これまでにないシナリオなんだから。何が言いたいかというと、僕がこの１年かけて考えてきた〝ＭＮＤと共に繁栄する〟ための計画こそがカギなんじゃないかということだ。僕の取り組みは、万人のための〝ＡＩとのコラボレーション〟について研究し、その成果を示す恰好の機会になるだろう。考えてもごらんよ――難病を抱えている何百万もの人々の繁栄、あるいは何十億もの高齢者の繁栄という目標に対して、反対できる人間がどこにいる？」

「いないだろうね。まあ、〝お前は神にでもなったつもりか〟とか言い出す連中はいそうだけど」

「たしかに、恐れ知らずな目標ではある。10年以内に月へ行くと宣言したケネディと同じくらいにはね。でも、MNDの問題は簡単には解決できないからこそ、AIとのコラボレーションを実証するにはうってつけだ。バックグラウンドを考えても、僕はモルモット役に適任だろう。もしかしたら、一流の研究者や企業がこの計画に関心を持って、協力してくれるんじゃないかと期待しているんだ。そうなれば、すべてが変わるはずだ」

「わかったよ。とはいえ、なぜ君と俺が、残り少ない貴重な時間を犠牲にしなくちゃならないんだ？　こういう問題を考えるために安定した給料をもらっているやつらに、全部任せてしまってはいけないのか？」

「なぜなら恐ろしいことに、僕はこう予感しているからだ――僕たちがやろうとしているようなことができる人間は、僕たち以外に存在しないんじゃないかって。世間を見渡しても、誰一人として試そうとしている様子もない。まして、MND患者で同じ発想を持っている人など皆無だろう。対照的に、現状の路線を維持しようという暗黙の圧力は強大だ。

でも、僕たちが向かっている未来は、誤った結末を前提に導かれたものだ。そうである以上、僕らはなんとしても道筋を変えなくちゃならない。僕らには、もう1つの未来を提示するチャンスが残されている。もっと安全で、もっと人を傷つけない方向に進む方法を示すことができるんだ」

もう1つの未来

豪華なヨットが1隻、停泊所を離れて外港へ向かっていた。巨大な白い帆が、そびえるようなマストに沿ってゆっくりと上昇していく。クルーが忙しげに行き交う様子をしばし眺めたあと、フランシスは私を振り返った。

「そろそろ戻ろうか」彼は微笑んだ。「〝もう1つの未来〟は、待ってるだけじゃやってこないからな！」

突然、幸せな気持ちでいっぱいになる。私たちはヨットの動きにスピードを合わせて桟橋を引き返していった。ヨットが右旋回し、マリーナを出ていくのとほぼ同時に、左に曲がってビーチへと向かう。

「君が言う〝もう1つの未来〟が、俺たち2人にとってどんなものになるのか、きちんと説明してほしい。いったん、ほかの世界のことは忘れてさ。もちろん、俺たちだけの話じゃないことは理解してる。でも、俺が知りたいのは、2人にとっての〝もう1つの未来〟なんだ」

右手に大きなナツメヤシ、左手に朝の日差しを受けた青い海を見ながら、私たちは遊歩道を進んでいった。

「まず、君も知っての通り、僕は実質的にサイボーグになる」

「君は最初に会ったころから、そんなことを言っていたよな。ただ、君がやろうとしていることを知れば、大勢の人は嫌悪感を抱くだろう。君にとってはすばらしいアイデアでも、彼らにとっては不気味で、ゾッとするような考え方なんだ。そんなのはＳＦの話じゃないかってね」

「でも、フィクションなんかじゃないんだ！　実現可能だとわかっていることの、ほんの一部でも実行に移すことができれば、僕は人類史上初の完全なサイボーグになる」

「昔から、臓器移植をした人たちのことをサイボーグと呼んでいたんじゃなかったっけ？」

「それはそうだ。サイボーグの定義次第では、ペースメーカーを着けた人だって〝人工的な生命体〟ということになってしまうかもしれない。でも、僕の場合は全取っ替えだ。元には戻せないことを前提に、僕に属するほとんどすべてが交換される——体も、脳も」

「おや、〈ザ・ラウンジ〉がちょうどオープンしたようだ。コーヒーでも飲んでいかないか？」

私たちは道を渡り、表に並べられたテーブルの合間を縫って、両開きのドアが２つ並んだ店の入口へと向かった。細長い間取りの店内は、ぼろぼろの壁にむき出しの空調、雑多な絵画や鏡、家具などがアクセントになっている。まるでニューヨークのロフトのようなムードだ。

テーブルが２つしか空いていなかったので、私たちは入り江を見晴らす大きな窓際の席を選んだ。店の真ん中にあるこの席は、普段から私たちのお気に入りだった。

ヒップスターふうのウェイター（若くて、スリムで、ふさふさとしたひげをはやしている）が、注文を取りにやってくる。カフェラテのダブルショットを２つ頼み、私は話を続けた。

「今さら言うまでもないけど、僕が現実世界と物理的に接触するための手段は、すべてロボットに置き換えられていく。その結果として、僕がもともと持っていた五感は必然的に強化されていくだろう」

「必然的に、ときたか！」

「それよりずっと重要なのは、僕の脳の一部と、外的人格のすべては電子に置き換わるということだ――つまり、完全に人工の産物になる」

「よくわからなくなってきたぞ」

「〝元の僕〟、あるいは〈ピーター1・0〉の性質そのものが変化するということだ。〝新しい僕〟、つまり〈ピーター2・0〉とは、元の脳の大部分（基本的には動作を司っている部分なので、最終的には使い物にならなくなる）に、人工頭脳による拡張機能をたくさん追加したものだ。一方、僕の体そのものは、眼球を例外として、単に脳を動かすためだけに存在することになる」

「要するに君は、ラボの実験台に取り出された脳みそのような存在になるってことだな――いつも言っていたように！」

「まあ、大体においてはそれに近い形で世界と交流することになるだろうね。遠くにいる相手と、インターネットを介したり、ロボットを遠隔操作したりして」

「でも俺は、君自身と触れ合いたいんだ。君が世界とどう触れ合おうが、そんなことはどうだっていい。俺が触れ合いたいのは、生涯の伴侶として選んだ君自身であって、ロボットじゃない」

「別の言葉で説明させてくれ。僕が言おうとしていたのはこういうことだ――将来的に、僕の一部はロボットになる。でも、それこそが本物の僕なんだ。機械《ハードウェア》の体と生身《ウェットウェア》の体が半々、デジタルとアナログが半々というわけさ。僕が僕でありつづけるためには、この方法しかありえない。おしゃべりしたり、冗談を言ったり、笑ったり、しかめっ面をしたりする、僕の人格はなんとか存続させたい。そのためには、僕は変わらなくちゃならないんだよ、ダーリン。たしかに、君が実際に相手にできるのは、僕のロボットの体と人工の脳だけだ。でも、その奥深くには元のままの僕がいることが、きっとわかるだろう」

幸い、この高度に哲学的で、かつ心を乱される会話は、背の高いグラスに入ったラテの到着によって中断された。

ウェイターは豆の生産地について説明したそうな顔をしていたが、私たちはあえて尋ねなかった。ウェイターに礼を言い、持ち手の長いスプーンでラテをかき混ぜてから、てっぺんの泡をすする。そうしているうちに、2人とも少し心に余裕が出てきた。

不意に私は悟った――たった今、私が口にしたような途方もない話をまるごと飲み込むには、少しばかりの時間が必要だったのだと。実際、ここに至って初めて、ようやく自分の思考がクリアになっていくような気持ちがした。

「オーケー」やがて話を再開したのは、フランシスのほうだった。「君の考えていることを、洗いざらい教えてくれないか」

18 暗黙の未来

「ＢＢＣのディレクターから聞いた、サッチャー首相の話はしたっけ？　サッチャーがテレビのインタビューに答えるときは、必ず片耳にイヤホンを着けていたんだ。イヤホン越しに彼女のチームが教えてくれるのさ。正しい統計の数字とか、賢そうに聞こえる答えとか、気の利いたキャッチフレーズなんかをね」

「ああ。たしかカメラに映らないように、右耳に着けていたんだよな」

「僕の生活もそんなふうになればいいと思ってるんだ！　僕がイメージしているのは、世の中で起きていることをキャッチして教えてくれるＡＩのシステムだ。カーナビみたいな感じで、条件を変えて３パターンくらいの提案を出してくれる。それからもちろん、僕そっくりの声を合成するためのシンセサイザーも必要だ」

「へえ！　てっきり、ホーキング博士みたいな声でしゃべるつもりなのかと思っていたよ」

「ホーキング博士は、ずいぶん前にもっとマシな声にアップデートすることだってできたんだ。

でも、最初のバージョンの声があまりに有名になったものだから、それを変えるのを嫌がったのさ。

僕はまだ自分の声がしっかりしているうちに、最高の音質でサンプルを残しておこうと思うんだ。つまり、ちゃんとした録音スタジオで、考えつく限りの音の組み合わせを記録しておく。そうすれば今後数十年間、その時々の最新の技術を使って、僕の声が時代遅れにならないようにアップデートできるだろうからね」

知能をＡＩで補強する

「まだよくわからないのは、どうやってＡＩに新しいことを言わせるのかという点なんだ。つまり、オリジナルの君でなければ言えないようなことを」

「僕が考えているのは、会話の出だしはボイスシンセサイザーに任せておいて、その間に言いたいことを目でタイプして――」

「待ってくれ！　〝目でタイプする〟というのはどういうことだ？」

「前にも話した、目の動きを追跡《アイトラッキング》する技術を使うのさ。眼筋は麻痺しないから、目玉はずっと動かすことができる。キーボードを見れば、視線の先にどのキーがあるのかをコンピュータが判定するという仕組みだ。それなりに高度な技術が必要だけどね」

「オーケー、わかった」

「さて、会話の出だしはＡＩが提案してきた文章をボイスシンセサイザーにしゃべらせておく。

一方、僕は視線追跡を使って、定型文の合間にカスタマイズした文章を挿入していくんだ。もちろん、高度な予測変換技術も活用してね」

「スマホの予測変換みたいな？」

「もっと高性能なやつだ。僕がいる場所、周りで起きていること、あるいは単純に僕の好みなどを考慮してカスタマイズされた予測変換さ。ＡＩがもっと賢くなれば、僕が選んだ言葉を元に、どんなトーンの合成ボイスを使えばいいのかも判定できるようになると思うんだ。くだけたトーン、真剣なトーン、親しみやすいトーン……みたいな感じで」

「ちょっと待てよ！　未来の君、つまり〈ピーター２・０〉とやらが口にする言葉の大部分は、君自身じゃなくてＡＩがしゃべっているってことなのか？」

「そうでなきゃダメなんだ。このやり方こそが、人と自然な会話を交わすために僕に残された唯一の希望なんだ。そうでなければ、ほんの数言を目でタイプするだけでも、相手を1分は待たせることになってしまう。現状で実現している最先端の技術をもってしても、視線入力にはものすごく時間がかかるんだ」

「ということは、実際に君が話しているのかどうかわからないじゃないか」

「いや、いつだって僕が話しているんだよ。たしかに、映画監督が役者にアドリブを言わせるような感じで、ＡＩに任せきりになることだってあるだろう。でも、僕の映画であることに変わりはない」私はここで、こう付け加えようとした。「『愛してる』という言葉を聞くたびに、君にはわかるはずだ——そこには僕がちゃんといるって」しかしそのとき急に涙がこみ上げてきて、口にすることはできなかった。

このところ、とみに涙もろくなっている自覚はあった。たった3カ月のあいだに両親を続けて亡くしたときの感じに似ている。そのときも今も、理由の大部分がストレスにあることはわかっていた。

一方で、いわゆる〝情緒不安定〟というやつなのではないかという疑いも消えなかった。悲しいときに笑ってしまうような、場違いでコントロールのきかない感情のことだ。MNDの症状として一種の認知症を発症することがあり、情緒不安定はそのサインの1つなのである。

幸い、今のところ私の高次精神機能はまだ影響を受けていないようだった。胸を打つ映画のワンシーンで泣いてしまうことはあるが、それは今に始まった話ではない。少なくとも、その場面で笑ってしまうようなことはないから大丈夫だろう。

私は涙で目の奥がチクチクするのをごまかすために、下を向いてカフェラテのカップを覗き込んだ。ラテをひとくちすすると、再びフランシスの目を見て話の続きができそうな気がしてきた。

「もちろんAIがしゃべる内容は、僕が自発的にしゃべるときと多少は違うかもしれない。反応の仕方や、表現や、考え方なんかがね。その点は僕も認識している。でも、それでいいんだ。AIのおかげで僕がもっと賢く見えたり、もっと愉快な人間になったり、あるいは単に物忘れがマシになったりするなら万々歳だよ。

何より喜ばしいのは、僕が決して何かの物真似をしているわけじゃないってことだ。ずっと言いつづけているように、〈ピーター2・0〉は唯一無二の存在なんだから」

私はこの話を冗談めかして、ほとんどついでのようにしゃべっていた。しかし実のところ、フランシスがそれをどのように受け止めるかが、何よりも心配だった。

これは私一人の問題ではない。フランシスと私の関係性の問題であり、2人の未来の問題なのだ。

私たちの関係は、不公平な非対称性を帯びはじめていた。ピーターは当然の権利であるかのように、自らを〈ピーター2・0〉にアップグレードしようとしている。一方でフランシスはどうなる？　単に年老いていくだけなのか？

20代のころからずっと、私たちは共同戦線を張ってきた。愛し合うカップルとして一心同体で過ごしてきた。

しかし今、私がぶち上げた壮大な計画が、2人の関係を根底から揺るがそうとしているのだ。フランシスが恋に落ちたのは、生身の私であってサイボーグではない。彼は、私が今のままであることを望んでいるかもしれない。

「賢くなるってのはいいね。愉快になるというのも、すごくいい……」

「会話がたどたどしくなる代わりに、知性が増したと考えればいいのさ！」

「ユーモアが増幅されるという考え方も、気に入ったよ」

どうやら私たちは、最初のハードルを楽々と飛び越えたようだ。これは朗報だった。というのも、私の認識では、越えるべきハードルは少なくともあと6つあるからだ。「世界を変える」という最終計画までカウントするなら、あと7つ。そこまでフランシスに余裕があればの話だが。

アバター

「ならきっと、2つ目の計画も気に入るぞ。目的は、僕が笑ったり、ニコニコしたり、ボディランゲージを使ったりできるようになることだ。それによって人間らしさをキープしようというわけさ。そこで、アバターをつくろうと思っているんだ」

「映画の『アバター』みたいな？」

「まさに！　ただし、僕にそっくりなアバターだ。といっても、筋肉を失う前の、3年前の僕だけどね。まあ、ひとまずは頭部だけでいいだろう。

マンガっぽいキャラクターにするつもりはない。誰が見ても、直感的に本物の人間――つまり僕――だと認識できるようなアバターにしたいんだ。それを、リアルタイムで動かすためのソフトウェアとハードウェアが必要だ。本物そっくりのアバターをリアルタイムで動かすのが難しいうちは、用意しておいたコンテンツをアバターにしゃべらせる形でもいいだろうね」

「アバターにスピーチをさせるみたいな感じかい？」

「そのとおり！　それ以外のときは、リアルタイムで動かせるような解像度の低いアバターを使えばいい」

「いいね！　君の笑った顔や、君が話すときに表情が動くのを、ずっと見ていられるのはずごくいい。実物大の頭部のアバターを映し出したスクリーンを、胸のあたりに置くっていうのはどうだろう？　人の顔をプリントしたTシャツを着るような感じで。でも、君の場合はその顔が動くんだ！」

「そりゃあ、すばらしい！」実際、それはすばらしい考えだった。当初私がイメージしていたのは、自分の顔の前にスクリーンを置くことだったが、フランシスのアイデアのほうがずっとフレンドリーだ。

「ゆくゆくは、合成ボイスがしゃべる内容に連動して、アバターが自然な表情をつくれるようになるだろう。さらに、ＡＩが提案する表情――つまり感情――も取り入れたいと思っているんだ。ＡＩは会話の内容や急な物音に反応するだけでなく、周りで起きていることを常に観察しながら、表情をつくっていく。人の動きを捉えてその意味を解釈したり、顔見知りの人に反応したりしながらね」

「ＡＩにずっと見られていると知ったら、話している相手は落ち着かない気持ちになるんじゃないか？」

「アレクサとかグーグルホームとかシリを使うのと何が違うんだい？　あれだって、ずっと盗聴されているようなものだ。ＡＩというのはそういうものなんだよ。これからの時代、僕らはもっと多くのデバイスに監視されることになるだろう。少なくとも僕のシステムにとっては、聞きつづけ、見つづけることが必要なんだ。でないと、自然な会話ができなくなってしまう」

「君のシステムは『数日前と言っていることが違うのでは？』みたいなことをいちいち言い

出したりしないだろうな。そうしたらスイッチを切ってやるから！」

「誓ってそんなことはしないよ！　でも、僕にアバターがあったらと想像するだけでわくわくしてこないか？　講演をするときには、講堂のスクリーンにアバターを映し出すんだ。ほとんど全身が麻痺した〝物言わぬ〟僕自身の姿を映し出すよりよっぽどいい。スカイプで通話するときも、ポッドキャストに出演するときも、人々が目にするのは〈ピーター２・０〉のアバターだけだ。なんなら直接会って話をする場合でも、生身の〈ピーター１・０〉ではなく、ソフトウェアの〈ピーター２・０〉が相手をすることになるだろう」

「実のところ、今の話を聞いてほっとしているんだ。君はいずれ、話す機能を失ってしまう。目玉を動かす以外は、感情を表現することもできなくなってしまう。でも、実はそうじゃないってことなんだな！」

「こんな挑戦は、これまで誰もやったことがないだろう。あと2年もすれば、僕は目に見えない国境を越えることになる。完全に人工的な窓口を通じて、人々は初めて本当の僕に触れることができるんだ」

フランシスは笑いだした。

「そうか。今、俺の目の前にいるのは、〈ピーター２・０〉の原型ってことなんだな」

「そうさ。そして原型と違って、僕のアバターは決して年をとらない」

死を超える

「なんだか楽しくなってきたぞ……そうだ！　このことは考えてみたかい？　つまり、君が死んだらアバターはどうなるんだ？」

もちろん考えた。それも何度も。この件については、真剣に向き合うべき重要な論点があった。

実を言うと、例の〝アップロードの問題〟を回避する手段が不意に見えてきたような気がしたのだ。40年以上も前のアメリカ旅行中、グレイハウンドバスの中でアンソニーに解説した、あの問題のことだ。とはいえ、今日のところはそこまで踏み込むのはやめておこう。

「僕の予想では、〈ピーター２・０〉のＡＩはどんどん賢くなっていく。ある日僕が突然死んだとしても誰もそのことに気づかないくらいにね。２日もすれば、君は僕にこう尋ねるかもしれない。『何かにおわないか？』って。すると、アバターがこう答えるんだ。『いや、何も』って。理屈のうえでは決して嘘を言ってるわけじゃない……」

私たちはコーヒー代を払って、再び表に出た。

「なあ、もし君がいつか死んだら……」フランシスが話を続けた。「つまり、君が死んでしまったあとも、俺がまだ生きているとしたら……」

「そんなのは、僕が耐えられないよ」私は常々、フランシスより数日間でも長生きしたいと願っていた。愛する相手を失うという恐ろしい悲劇から彼を救うために。

「ああ、だが俺が言いたかったのは、アバターの意義がだんだんわかってきたということなんだ。少なくともアバターがいれば、俺はいつでも君に話しかけることができる。君のアバターは俺が忘れていたことを思い出させてくれたり、テレビを録画するように教えてくれたりするだろう。それは俺にとって、ものすごく大きな慰めになると思うんだ」

「本当かい？」私は歓喜した。そして心の底から安堵した。このところ私は、今後起こりうることについて幾通りもの可能性を考えていた――いや、正直に言ってしまおう。私が信じられないような幸運の持ち主だった場合に、万が一なら実現するかもしれない、ある可能性について考えていた。

私が生きているうちに、ＡＩで動く私のアバターが、私の想像が及ぶ限りの賢さを身につけたとしたら？　そして、そのあとで私の寿命が尽きたとしたら？

そんな、嘘みたいなシナリオが現実のものになったとき、私のＡＩをどうするべきか？　もちろん、最優先されるべきはフランシスの意思だ。「僕が逝ってしまったあとも、本当に僕と一緒にいたいと思う？」

「もちろん、君を失うのは怖いよ。それが君の一部であっても。でも、どんな形であれ君が存在しつづけるのなら、君を完全に失ってしまうより断然マシだ。それだけは言っておく」

とっさに私は思った――フランシスは幸いにも、そうとは知らずに倫理観の地雷原を無傷で通り抜けたのだと。

だが、次の瞬間に悟った。彼は自分の言葉が持つ重みを完璧に理解していた。だからこそ、何気ない会話の中で私にゴーサインを出したのだ。私は死の定義を曖昧にすることによって、古びたタブーの数々を打ち破ろうとしている。そんな私の挑戦に、フランシスは賛同してくれたのである。私はこの決定的な約束を、きちんと言葉にしておく必要があると思った。

「そういうことなら、僕は不死身になるためにあらゆる手を尽くすよ」

「ぜひ、そうしてくれ」

VR

海沿いには少し人出が増えていた。早起きな一部の旅行者が、サンダルをつっかけてビーチへと向かっていく。私たちは遊歩道を左に折れて、元来た道を引き返した。別の方向から眺めると、入り江はいつもまったく違う表情に見えた。

「次は、これまでの話を全部、進化したVRと合わせて考えてみるんだ」

「まだあるのかい？　さっきので終わりだと思っていたよ！」

「まだいくらでもあるぞ。実にわくわくしてくるじゃないか！」日が高くなり、気温が上がるにつれて、私の気分も上がっていった。「とはいえ、たった3つの要素——つまり合成ボイス、アバター、そしてVRを組み合わせるだけでも、僕の処理能力では手に余るだろう。すべてを目玉の動きでコントロールしようとするのは無理がある」

「君が指示を出す方法は、本当に目玉を動かすだけなのか？」フランシスが割り込む。

「脳とコンピュータを直接つなぐインターフェースが発達すれば、もっと早く指示を出すことも可能だ。でも、それが実現するのは10年以上も先のことになるだろう。今のところは、視線認識がいちばん手っ取り早いんだ。ホーキング博士は頬の筋肉を動かして意思伝達していたけれど、そっちはもっと遅い。

でも、僕は会話だけでなく、もっといろいろなことを同時にコントロールできるかどうか試したいんだ。これまで誰も試したことがないくらい多くのことをね。そして、それこそが問題なのさ。というのも、今も言ったように、会話と感情表現、さらに追加でＶＲ内でのアバターの動作を同時にコントロールしようとするだけでも、僕にとっては精いっぱいだからだ」

「つまり、それ以上は不可能だということかい？」

「イエスでありノーだ。１つ考えているのは、僕のオリジナルの脳がＡＩに対して使おうとしているのと同じ手を使うことだ。つまり〝丸投げ〟だよ。ものすごく賢いＡＩなら、僕が意識のレベルで高次の命令（たとえば〝どこどこまで移動しろ〟とか）を出しただけで、以後は僕からの干渉なしに、その命令を最後まで実行することができるだろう。君が今、無意識に歩いているのとまったく同じようにね」

「あるいは、君がよくやるように、何も考えないまましゃべりつづけるとか……」

「それを言うなら誰だって、顔のどの部分の筋肉を動かそうか、なんてことはいちいち考えないまましゃべっているわけだ。〈ピーター２・０〉の場合、なるべく多くの判断をＡＩに任せることになる。そうすれば、たとえば地球上の別のどこかで行われているミーティングにバーチャルで参加するような余裕も持てるだろう」

「なら、ホテル代が浮くな」

「それどころじゃない。バーチャルな宇宙なら、別の惑星でミーティングをすることだってできるぞ！」

「そりゃよかった。ただ、どうやって動きまで〝丸投げ〟できるのかがわからないんだ。君が実際に手本を見せたりすることもなく、どうやってアバターに複雑な動作を再現させるんだい？」

「さっき、自然な会話を実現するために、カーナビみたいなシステムを使うという話をしただろう？　3つくらい選択肢を提案してくれるというやつだ。あれの身体バージョンみたいなものをイメージしている。周りで起きていることを考慮したうえで、僕が取りそうな動きを予測して、VRの中で提案してくれるのさ」

　私たちは桟橋を通り過ぎ、〈バンジョー〉と呼ばれている円形の大きな広場にやってきた。ここから階段を数段下りていけば、限りなく海に近い、うっとりするような歩行路に出られる。そこから海を眺めると、外洋船の舳《へ》先《さき》に立っているような感覚が味わえるのだ。

〈バンジョー〉が今のような形に改修されるずっと前から、フランシスと私はここにやってくるたびに、遊歩道から右にそれて階段を下りていくのが習慣だった。だが、今回初めて、私たちは左へ向かった。それは暗黙の了解だった。このとき、また1つの扉が静かに閉ざされた。

　幸いなことに、その日は〈バンジョー〉にフランス物産展の屋台が出ていた。おかげで、かつて愛した眺めを目にすることが叶わなくても、しばし気を紛らわせることができた。

集中しろ。私は自分を叱りつけた。まだできることに集中するんだ。二度とできないことが増えていっても、気に病んだりするな。

チーズやぬいぐるみ、化石や工芸品の屋台が並んでいる。その合間を縫って、長い半円状のコースをたどり、私たちは再び海の近くに戻ってきた。

マリーナのこの一角には、これから海に出ていこうとしているスピードボートが停泊している。左手に折れ、洒落たボートが並んでいるのを物欲しげに眺めながら、私たちは無言で歩いた。

初めて会ったころから、いつかはボートを買おうというのが私たちの合言葉だった。1年前には、ついに1隻を手に入れる寸前まで行っていた。病気が発覚してからも夢を諦めたくなかった私たちは、いつにも増して無茶な計画を必死に検討した。しかし、結局は購入計画を白紙に戻した。つい最近の話だ。

今できることに集中するんだ。フランシスのために、そして自分自身のために。私は嘘偽りのない希望や前向きさを行動で示す必要があった。それが、2人が前へ進みつづけるための唯一の道だったからだ。

私たちは港の事務所の前を通り過ぎた。地元の漁師がその日の朝に仕掛けたロブスター取り用のかごと網から、潮っぽい、魚っぽいにおいが漂ってくる。私はいつでも、活気あふれる港の香りに心をそそられてきた。

しかし、気管に人工呼吸器を通すことになれば、においはわからなくなる……集中しろ。カモメの声に耳を澄ますんだ。まだ、カモメの声を聞くことはできる。

サラニア王国へ

押し寄せる感情の波にしばらく抗ったのち、私は自分を立て直した。

「ディズニーワールドで乗ったアトラクションのことを覚えているかい？　これからの僕の毎日は、あんな感じになるだろうと思っているんだ。僕がイメージしているのは、本物のコクピットの中にいるみたいに感じられるフライトシミュレーターとか、遊園地のアトラクションと同じレベルのＶＲだ。デイヴィッドが持っていた、家でも遊べるＶＲゲームじゃなくてね。あれはあれで、すごかったけど」

「誰が持ってたって？」

「甥っ子のデイヴィッドさ。あいつが持ってきたゲームがあっただろう」

「ああ！　あれはめちゃくちゃ面白かったな！　サメが本物みたいだった」

「パリの上空を飛び回ったりね……ともかく、僕はものすごくハイテクな車椅子と一体化することになる。車椅子ごと僕を傾ければ、重力のシミュレーションができるし、ＶＲの中で感覚を再現する実験もできるだろう。ＶＲの中にいるとき、現実の僕は顔の下半分だけは表に出しているから、温かさやそよ風の感触の再現だって簡単にできる。その過程で、ＶＲの可能性はますます広がっていくはずだ。僕としては、どこかのゲームプロデューサーと協働できないかと思っているんだけどね。

そしていつの日か、僕はバーチャルな多元宇宙《マルチバース》を創造したいんだ。そこでは難病を抱えている人も、そうでない人も、誰もが同じ条件で暮らすことができる」私は一瞬、黙り込んだ。10代のころの夢を思い出したからだ。「君と僕は、ついにサラニア王国を一緒に冒険できるかもしれない……」

「それも、最初に出会ったころから言ってたよな。俺がアヴァロンのイメージに瓜ふたつだと教えてくれたときに」

旧港の手前までやってきたところで、少人数の集団に視界をさえぎられた。その集団はフェンスの周りに群がって、すぐ下の海の中にいる何かを指差し、携帯電話で動画を撮っている。私はフランシスを見上げた。

「僕には素朴な夢があるんだ。いつの日か、君と僕とでサラニアの高地を歩いて渡る。僕らが飼っているフェニックスが啼きながら上空を舞っている。行く手にはマックスフィールド・パリッシュの絵から抜け出したようなすばらしい景色が広がっている。僕らはそそり立つ断崖のふちまで歩く。そこで手に手を取って、銀河のはるか彼方にある見知らぬ土地の、ほとんど耐え難いほど美しい風景を眺めるんだ。そこから僕らは、どこかの山頂へひとっ飛びで移動して、ターコイズ色の海から双子の太陽が昇るのを眺める。ありえないほど完璧な日の出のシーンをね。そこでは、僕らはずっと自由なんだ……」

フランシスは何も言わなかった。そして、疲れたような笑みを浮かべると、私にキスをした。

「彼らは何を見ているんだい？」しばらくして私は尋ねた。フランシスは私をその場に残して、軽く様子を見に行った。集団をすり抜けてフェンスに近づき、ほんの数秒ほど海に向かってかがみ込むと、体を起こしてこちらに戻ってきた。

「樽クラゲが2匹いるんだ。土手のすぐ近くだから、車椅子からは見えないだろう。どのみち、クラゲならさっきも見たしな！」

本当なら、フランシスは1日中だって樽クラゲを眺めていられるのだ。もちろん私も。でも、私たちはそれ以上何も言わなかった。クラゲに夢中になっている集団を避け、干し網の列の横を通り過ぎ、ミレニアム・ブリッジを渡って入り江の反対側に向かう。ステンレスの橋塔が朝の日差しを浴びて輝く様子は、港の景観とはまったく合っていなかったが、間違いなく美しかった。

トーキーとブリクサムの港町を行き来するフェリーが視界に入ってくる。ちょうど外港に入ってスピードを落としたところだろう。

「ほとんどの人は、人生から逃げる手段としてＶＲを使おうとする」私は、まだクラゲを独占している幸運な集団にちらりと目をやった。目を細めて、水の中にいるものの姿をなんとか捉えようとしたが、逆光で何も見えない。ふとフランシスのほうを振り返ると、彼は私の視線に気づかないまま、覚悟を決めたような顔で前を見ていた。

「僕は、僕らの人生を取り戻すためにＶＲを使いたいんだ」

19

人生の選択は続く

私は自分の部屋にあるＨｉ‐ＦｉレコードプレーヤーをリピートHere再生にセットした。レコードはアート・ガーファンクルの〈ブライト・アイズ〉。曲が始まってから３分57秒後、プレーヤーの針が持ち上がって元の位置に戻り、ゴトリと音を立ててディスクの端に落ちる。するとまた、オーボエの音色で始まるイントロが流れ出すのだ。

　このレコードは、私がトーキーから帰宅した翌朝に送られてきた。うっとりするようなフランシスの写真と一緒に。トーキー駅で私と別れた直後に買って、ポストに投函したのだろう。

　私たちは、汽車が音を立てて動きはじめても、窓越しにいつまでもキスを交わしていた。駅員は狂ったように笛を吹き、公序良俗をまるっきり無視した不心得者たちをなんとか引き離そうと躍起になっていた。

　私はフランシスの写真をこれ見よがしにレコード棚に飾った。写真のなかのフランシスは、黄金色の胸毛もあらわにフェロモンを発散させている。アート・ガーファンクルのレコードはこの人物から贈られたものだと、母には説明してあった。

私はこのレコードを相当なボリュームでかけつづけていた。また、毎日1、2時間は写真の人物と電話で話し込んでいた（電話の相手が誰なのか、私はそのつど母に明言していた）。これだけあからさまに振る舞っていれば十分だろう……。

こうした行動を取りつづけていれば、さすがの母も何か普通でないことが起きていると気づくはずだ。そして詮索を始めるに違いない。だが、たくさんの話をしたにもかかわらず、母は用心深く何も尋ねてはこなかった。

盗み聞き

幸いなことに、母の強靭な忍耐力も長くはもたなかった。アート・ガーファンクルによる〝音害〟に3日間悩まされたのち、母は燃えるような好奇心に負け、唯一の調査手段に手を出した。日課となっていた私とフランシスの電話での会話を盗み聞きしたのだ。

わが家に電話は2台あった――居間に1台と、両親の寝室に1台だ。その日も私は、比較的プライバシーが保たれている寝室の電話のほうを使っていた。

一方、母は居間のソファに腰をかけ、もう1台の受話器を取り上げたいという誘惑と闘っていたに違いない。そして、実行に移したようだ。母はそれをものすごく静かにやってのけた。

それでも突然、会話にエコーがかかるようになったことに、私はすぐさま気づいた。

だが、私はそれにはかまわずイチャイチャした会話を続行した。これは最高の作戦のように思われた。風呂場で話しているような、くぐもった会話を10分ほど続けたあたりで、母は名人芸とも言うべき手つきで音も立てずに受話器を置いた。途端に、回線は再びクリアに聞こえるようになった。はるか昔にわが家の回線を設置した旧逓信《ていしん》省も、この音質には満足したことだろう。

半時間後、私はようやく受話器を置いた。そして、母と対決すべく廊下に出ていった。

だが母は、一切何も言わなかった。

カミングアウト

それから丸1日がたって、私たちはキッチンにいた。母が突然、沈黙を破ったのはそのときだ。

「つまりあなたは、いわゆる〝ゲイ〟になろうって言うの?」

〝ゲイ〟という言葉を吐き捨てるように発音するのは、意外と難しい(唇と口蓋の位置が問題なのだ)。これは心配性の両親に同性愛者であることをカミングアウトしようとしている大勢の子どもたちにとっては、幸いなことだ。

母は、果敢にもその難題に挑もうとした。とはいえ、そう口にするだけで疲れ切ったと見える。それから5分ものあいだ、私は穏やかに説明を試みた。それを聞きながら、母は顔面蒼白で、半開きになった口を少しすぼめて沈黙を保っていた。

この瞬間を私は長いあいだ待ち望み、このときのために準備もしてきた。私にとっては、本当の意味で母の理解を得ることが重要だったから。私なりに、可能な限り言葉を尽くしたつもりだ。

「なるほどね！」それが、母がようやく口にした言葉だった。

母が本当に理解しているのか、私には確信が持てなかった。だからさらに10分を費やして、自分が10代をどのように過ごしてきたか、さらに大人になった今、どのように前に進んでいきたいと考えているかを話して聞かせた。

「なるほどね！」今度の言葉には、はるかに説得力があった。母がようやく何かを本当に理解したときに使う「なるほど」だ。「……ええ、あなたがとんでもなく混乱しているのはわかったわ」

このとき私が感じたのは、怒りというよりも虚しさだった。

「違うよ！　本当に違うんだ」

「何が違うものですか！」なだめるようなつくり笑いを浮かべて母が言う。「その年で、いったい何がわかるっていうの？」

「へえ？　僕くらいの年のとき、母さんは男の子が好きだって知らなかったんだ？」

母は少しうろたえたように見えたが、ほんの2、3秒で立て直した。

「あなたくらいの年だと、そんなことには興味もありませんでしたよ！」

これはいささか苦しい反論だった。私の計算では、ちょうどそのくらいの年齢で、母は父と結婚したからだ。だが、深追いはしないでおこう。

「そうかい。僕は13歳のときには気づいていたけどね！」

「ばかばかしい！　あなたはそのいやらしい男に、間違った道に引き込まれようとしているんですよ。なんて汚らわしい。きっとずいぶん年上の男なんでしょう？」

この質問はどうにもわざとらしかった。おそらく母は、虫眼鏡でも使ってフランシスの写真をじっくり調べたに違いないからだ。

「彼は僕より2歳と6カ月14日、年上なだけだよ！」

母は頭をグイとうしろにそらし、フンと鼻を鳴らした。どうやらこの新情報は、議論には必要ないと判断したらしい。

「それはさておき、その男がホテルで働いているって言わなかった？」またしても、吐き捨てるように発音するのに苦労しつつ（Hで始まる単語は難しい）、母は最大限の侮蔑をその言葉に込めてみせた。

「すごく優秀なスタッフなんだ。それに、素敵なホテルだよ」

「ホテルじゅう、ホモセクシュアルだらけだって言ったじゃないの！」

「そういう場所なんだよ！」私は次第にイライラしてきた。「ゲイ専用のホテルなんだから。僕みたいな人間にとっては聖域のような場所なんだ。今の母さんみたいに無知で、悪意に満ちた偏見をぶつけてくる人間はいないからね！」

母は平手で打たれたかのようにあとずさりした。大きく息を吸うと、小鼻がきゅっとすぼまる。抑えた声でゆっくりと母は言った。

「あなたのその態度、吐き気がするわ」

1週間前なら、その言葉に打ちのめされていただろう。だが、愛という鎧を手に入れた今の私は少しの痛みも感じなかった。

私は心の中で肩をすくめた。母を説得しようとするのは無駄な努力だったのだ。少なくとも今のところは。私は母以上に冷静な声で、彼女の一撃に報いた。

「今日の母さんの態度にも、心底吐き気がするよ」

そう言い捨てると、私は踵を返して自分の部屋へ戻っていった。

決裂

それから3日間というもの、母と私は徹底的にお互いを避けた。磁石の同じ極同士が反発し合うみたいに。会話は一切なく、相手の姿が目に入ると行く先を変えた。父とはたまに話すこともあったが、無論、取るに足らないことしか話題にしなかった。

「ピーター!」それは、ダイニングルームに母の姿を発見し、その前を素通りして自分の部屋に戻ろうとしていたときのことだった。

母は普段、私を名前で呼んだりしない。いかにも他人行儀な態度だったが、少なくとも私の存在を認めることにしたという意思表示だろう。返事もしないのは大人げないと思ったので、私は廊下を引き返してダイニングルームの前に立った。

「ピーター、あなたを理解しようとすることにしたの。私だって、こんなつらい思いをしたまま、年をとっていくのは嫌ですからね」明らかに、前もって用意されていた言葉だ。ともあれ、意思表示には違いない。

「お父さんに感謝なさい。お父さんはこうおっしゃったの。『それでも、私たちのピーターであることには変わりない』って。もちろんそのとおりですよ。だからこそ、あなたの話はショックだったわ。お父さんも私も、あなたが10代のころに感じていたような孤独や疎外感とは無縁でいてほしいと願っているの。あなたの力になりたいのよ」

　突如として安堵が押し寄せてくる。このとき私は初めて、自分がどれほど切実に母からの承認を求めていたのか気づいた。母の声は次第に、心を落ち着かせるような、包み込むような柔らかさを帯びていった。

「そのためには、あなたからも歩み寄らなきゃならないわ。分別のない行動はおやめなさい。あなたの……その……性癖がなんであれ、うまくやっていけるように私たちが力を貸すから。ただし、今みたいにあからさまに振る舞うのは許しませんよ。誰かにちらりとでも嗅ぎつけられたら最後、一族の人間ばかりでなく、世界中があなたの敵になるのだから。そうなったら、お父さんにも私にもあなたを守ることはできないわ。だから、お互い譲歩しましょう。そのフランシスとかいう人のことは諦めて、ノーマルのふりを続けるの。それしか道はないわ」

「なんだって?」

「それが唯一の選択肢なのよ」

「絶対に、彼のことを諦めたりするもんか!」

「今のあなたは、子どもみたいにのぼせあがっているだけよ！　知り合って何日もたっていない相手のために、あなたの人生、これまで一生懸命に努力してきたこと、当たり前のように恵まれてきたこと、その全部を危険にさらすなんて。世間というのはとても残酷なものよ。彼らを敵に回そうなんて考えるべきではないわ。あなたはきっとズタズタにされてしまう。お父さんと私には黙って見ていることしかできないの」

　母の言葉にショックを受けたのを憶えている。もちろん、それが母の狙いだった。

　私はなぜか、両親がついに私の真実を知ったとき、事態を受け入れるのに苦労するのは父のほうだろうといつも思っていた。母のほうはこれまでと変わらず、愛情深く頼りになる存在でいてくれるだろうと。

　しかし実際には、２人して強硬手段に訴えようとしていた。そして、当然のように私が降伏すると思っていた。

　このとき一瞬、母方の祖父がまだ生きていたら、どのように反応しただろうと考えたことを憶えている。大好きな祖父だった。それに祖父は無神論者でもあった。炭坑作業員の息子に生まれた祖父は、ヴィクトリア朝の習慣にならって父親から厳しくしつけられた。殴る蹴るも日常茶飯事だったという。

　しかし、明晰な頭脳と強い意志を持ち合わせた祖父は、やがてそんな日常から抜け出し、地質学の学位を取って、当時美人と評判だった祖母と結婚した。祖母もまた意志の強い人で、ただ愛しているからという理由だけで「うんと身分の低い」男との結婚を貫いた。

そんな祖父母の自由思想も、いまやすっかり影が薄れてしまっている。私は慎重に言葉を選んだ。

「ストレートに言ってもらおうか」状況を考えれば、あまり使いたくない表現ではあったが、口に出してしまったものは仕方がない。「つまり母さんは、フランシスを諦めるか、家族や慣れ親しんだ環境や僕の将来を丸ごと諦めるか、２つに1つだと言うんだね」

「わかるわよね、ダーリン？　あなたにとってはつらいことだろうけど、ほかに選択肢はないの。その男《ひと》のことは諦めなさい。現実的に考えれば、そうするしかないのよ」

もちろん、母の言うことは正しかった。誰にだってわかることだ。

「フランシスと未来を生きるのか、過去のすべてを手放さずに生きるのか、そのどちらを選ぶかだって？」私は両方の重さをはかるふりをした。「僕は、未来を選ぶよ！」

母はそれ以上、私を説得しようとはしなかった。私の答えを聞いて驚いたそぶりさえ見せなかった。その顔には一瞬にして失望と諦めの色が広がった。

「あなたの頑固さときたら、お祖父さまそっくり！」この言い争いの中で初めて、母は私から目をそらした。それから再び目を上げ、最後の猛攻を浴びせてきた。「あなたは何もかも失うのよ！」

母の渾身の一撃も、私に致命傷を負わせることはできなかった。なんとか笑みを浮かべて宣言する。

「彼には、その価値があるんだ！」

ロボット工学

私を支えてくれるよう両親を説得するのには失敗した。しかしそれとは対照的に、インペリアル・カレッジに休学を認めさせるのは楽勝だった。

私は大学でコンピュータ・サイエンスを専攻していた。最終学年に進むにあたっては、専門テーマを選択しなくてはならない。その前に、無期限のサバティカル休暇が必要だと大学を説得したのだ。自分にふさわしい進路を探ったうえで、それが本当に自分の望む道なのかを確認するための時間がほしい、と言って。

唯一の難題は、魅力的かつ説得力のある進路をひねり出さなくてはならないことだった。もちろん、そんな曖昧な課題について教わるべき相手など自分以外にいない。したがって、私はイギリス中のどこにいても問題はないのだ――もちろん、デヴォンでも。

私の人生で２番目に重要な決断（３番目に重要な決断と同じくらい、完全なる偶然の産物）に大きく寄与したのは、アイザック・アシモフ博士の存在だった。

デヴォンに向かう汽車の中で、そしてロンドンに戻る車中でも、私はアシモフのＳＦ小説『われはロボット』を読んでいた。

とても面白かった。何より、ロボットとコンピュータは切っても切れない関係にある。これぞ、魅力的かつ説得力のある進路と言うべきものだろう。それに、ロボット工学はあまりに複雑な学問であるため、インペリアル・カレッジにもまだ専門の学科は置かれていなかった。完壁じゃないか。

それから2週間とたたず、私はロボット工学の研究を目的とした無期限のサバティカル休暇を大学から取り付けることに成功した。私が21歳の誕生日を迎える前日のことだった。


その晩、ビッグ・ベンの鐘が真夜中を告げる中、私は大きなスーツケースを携えてウェストミンスター橋の上にいた。大学の友人たちも集まっている。

私の成人を祝ってシャンパンのコルクが抜かれた。それは同時に、ようやくほかの男性と合法的に寝ることができるようになったことへの祝い酒でもあった。

2本目のボトルも空になると、みなでそろって地下鉄の駅へ向かい、抱き合って別れを惜しむ。私は1人、深夜便でパディントン駅まで行き、牛乳輸送車《ミルクトレイン》の乗客用車両に乗り込んだ。そしてニュートン・アボット駅で乗り換え、ついにトーキーにたどり着いた。

そこでは、フランシスとの新たな人生が私を待ち受けていた。

デヴォン暮らし

春の終わりから夏にかけてのデヴォンはとにかく最高だ。少なくとも、１９７９年当時はそうだった。今のように観光客が押し寄せてくることもない、のどかな田舎だったのだ。

フランシスと私は、熱烈な恋愛の初期につきものの多幸感を味わい尽くしていた。私がこれまでの人生で過ごしたどの４カ月よりも、濃密な４カ月だった。

幸福な思い出は増えていくばかり。私はデヴォンの海と断崖とビーチのすべてを愛した。そしてダートムーアの湿原を愛した。そのころは、日当たりのいい丘の上にブランケットを敷いて寝転んでいても、野生のポニー以外に邪魔をしようとするものはいなかった。

さらに、クリフハウス・ホテルに集う風変わりな客たちの自由奔放さを愛した。私はここで、社会のさまざまな層の人々と初めて直に接することができた。

のちに〈ボベイ・カースル〉として有名になる高級ホテルでは、贅沢なアフタヌーンティーを楽しみながら、私たちが生きているうちに人類はサイボーグ化していくだろうという持論をフランシスに話して聞かせた。これは現実的な科学の話であって、決してＳＦの話などではないのだ。私がそう言ったとき、フランシスは嬉しそうに、それならいつまでも一緒にいられるなと言ったものだ。

その言葉を私は愛した。そして何より、全身でフランシスを愛していた。

なので、ついに彼の母親に紹介されることになったとき、是が非でも好印象を与えたいと思ったのは当然だろう。

「イア・マーバック・ウズィルビー・グウェン・クウォップ・ドレクトリー！」

その女性は、何かを期待するように微笑みかけていた。そこで私も満面の笑みで、こう返した。

「いいですね！」

彼女はバタバタと台所に入っていった。足元にまとわりつくジャック・ラッセル・テリアに毒づきながら、玄関の鍵を探している。それを見ながら、私はフランシスに通訳を求めた。

「ああ、そのうち聞き取れるようになるよ。デヴォンなまりで話すってことは、君のことを気に入ったんだな。でなければ、もっと気取った話し方をするだろうからね。おふくろはこう言ったんだ。『こんにちは、お若い人《ヒア、マイバック》』『これからすぐ、コープに行きますからね《ウィ・ウィル・ビー・ゴーイング・トゥ・ザ・コープ・ダイレクトリー》』。ちなみに『すぐ』というのは『あと少ししたら』くらいの意味なんだけどね」

「コープというのは?」

「生活協同組合だよ」私がまだよくわからないという顔をしていたせいか、フランシスは親切に付け加えた。「店の一種さ」

8月になると、日差しが陰ることのない毎日が続いた。ホテルの庭には満開の花々が咲き誇り、学問の世界は別の宇宙のことのように感じられた。

確かに私は、ロボット工学に魅せられていた。違った状況でなら専門家になりたいと思ったかもしれない。だが今、この人生ではない。

大学院に進むのはおろか、大学を卒業することさえ、私は放棄しようとしていた。ただ、フランシスと一緒にいられればよかった。

フランシスは、クリフハウス・ホテルを中心に回っている彼の世界を愛している。私だって同じだ。私たちは2人で、いつまでもデヴォンで暮らすのだ。それだけが大事なことだった。

ところがある晩、ベッドの中で、フランシスは唐突に私の夢を打ち砕いた。

「本当にすまない。でも、もう限界だ。君はここを離れて、ロンドンに戻るべきだよ」

20 世界と戦う《コントラ・ムンダム》

一瞬、ショックのあまり脳の処理が追いつかず、フランシスが何を言っているのかよくわからなかった。彼は、前もって準備していたらしい言葉を続けた。

「俺はこれまでの人生で、博士号を取れるような人間に会ったことなんてなかった。だから、それがどんな意味を持つのかもわかってなかった。それがどれほど恵まれたことかなんて、考えてもみなかったんだ。

でも、今ならわかる。そして君がどういう人間なのかもわかってる。君は立派な研究者になるに違いない。だから、そうすべきなんだ。そうなるために生まれてきたんだよ。君を愛しているからこそ、俺には君の進路を邪魔することなんてできない。君は絶対に大学に戻って卒業して、それから博士号を取るべきなんだ！」

反論しようとしたが、フランシスは私の唇に優しく指を当てると、話を続けた。

「君が学位を取るまで、あと5、6年くらい、俺たちは貧乏暮らしに耐えなくちゃならないだろう。どこで家を探せばいいのかもわからないけれど――」俺たち？　貧乏？　家だって？
「――でもなんとかなるさ。俺はどこかで仕事を見つけるよ。何かしらすることはあるだろう。これからもずっと一緒に、２人で前に進んでいくんだ」

そうだ。もちろん「２人で」に決まってる――最初から疑う余地などこれっぽっちもなかったのに。脳と口を接続する回路がようやく復活する。

「でもダーリン、どうして君にここを離れることができるの？　この場所は君にとってのすべてじゃないか。君はここでの仕事をこのうえなく愛しているのに」

「君のほうがずっとずっと大事なんだよ。君は俺のためにすべてを捨ててくれた。今度は俺がお返しをする番だ」フランシスは言葉を切って、初めて心配そうな顔を見せた。「君は本当に、俺とずっと一緒にいたいと思ってくれてるんだよな？」

フランシスの問いかけに冗談めかして答えようとしたものの、まだ信じられないという思いが声には表れていたに違いない。実のところ、私はずっと不安だったのだ。

「そんな言葉、一生聞けないと思ってた……」

屋根裏部屋

夏の終わりの涼しさを感じるようになった1カ月後。私たちは、たまたまロンドンに住んでいたせいで標的になった不運な友人たちの家を順番に訪ねていった。ある友人の家では空いている部屋で数晩を過ごし、別の友人の家ではソファの上で一夜を過ごし……といった具合だ。

わが親族が所有する立派な屋敷には、広々とした空き部屋がいくつもあるはずだ。しかし、こちらに泊めてもらえる見込みは、言うまでもなくゼロだった。まして、ウィンブルドンの実家の私の部屋を使わせてもらえるわけもない。

友人宅でとりわけ居心地の悪い思いをしたある晩、一応電話で確認はしてみた。そして公衆電話に無駄金を投入したことを後悔した。

毎日、私たちは早朝に起きると、最寄りのニューススタンドに走った。賃貸物件の広告で埋め尽くされたタウン誌を買って、朝食をとりながら熟読するのだ。

それから、小銭を入れた小さなビニール袋を掴み、空いている電話ボックスに２人分の体を詰め込むと、印をつけた広告に片っ端から電話した。ほとんどの場合、会話はきわめてあっさりと終了した。

「すみません、もう決まっちゃったんですよ」

ときには内見の予約が取れることもあったが、いつも部屋の条件が聞かされていたものとは違う。間取りが違ったり、場所が違ったり、家賃が違ったり、あるいは単に大家が男性２人組には部屋を貸したがらなかったりするのだ。

私たちを歓迎してくれそうな友人知人の家をあらかた訪ね尽くしてしまったころ、ようやく手ごろな家賃の物件が見つかった。

この物件なら、インペリアル・カレッジから徒歩２マイル圏内にあるので、地下鉄代が節約できる。ヴィクトリア様式の５階建てタウンハウスの最上階にあるその部屋は、誇張抜きの屋根裏だった。しかし、小さな窓からロンドン名物のチムニー・ポット【煙突の先端に取り付けた通風管】が点々と見える様子は、すばらしくロマンティックでもあった。

この部屋の難点は、恐ろしく冷え込むことだ。秋の夜が日に日に肌寒くなるにつれ、私たちもそのことに気づきはじめた。

夜には体が震えるほどの寒さを感じるようになったころ、私は大学に復学した。フランシスは重度の知的障害を抱えた人々をサポートする仕事に就いた。

フランシスにとっては家の中が寒いという状況も慣れっこだった。しかし私にとっては完全に未知の体験であり、早々に、これはしなくてもいい経験だという結論に至った。そこで私たちは大巻のセロハンテープを買ってきて、窓枠をすべて目張りしていった。これで、ますます突き刺すように冷え込んでいく冬場の隙間風を締め出すのだ。

こうして私たちの住まいは完全に密閉され、〝人間工学的にコンパクト化された多目的部屋（リビング、ダイニング、キッチン、ラウンジ、食器洗い場、食料貯蔵室の一体型）〟となった。この部屋で、私たちはガスストーブの前に身を寄せ合い、実際に火をつけたらどれほど暖かいだろうかと想像した。ガスメーターに振り分ける予算は1日1シリングと決めていた——20日間で1ポンドだ。

問題は、ソファの脇にあるガスコンロで料理もしなくてはならないことだ。それも計算に入れると、どれだけ火力を抑えても、1日2時間までしかストーブが使えないことがわかった。もちろん、2時間もたてば部屋中の酸素を大方使い切ってしまい、頭が痛くなってくる。そこで、まだ体が温かいうちに凍えるようなベッドの中に入り、ゆっくり寝床を温める。これは、短い夜を締めくくる、理にかなったやり方のように思われた。

歩み寄り

それでも、ストーブがじわじわと熱を放出し、かじかんだ指先がゆっくり溶け出していくあいだ、私たちはおしゃべりに興じることができた。ほとんど毎晩のように、私たちは将来の目標を立て、さまざまな計画を練り、夢を語った。

博士号を取ったら――多分5年以内には取れるだろう――僕らは自由にXできるんだ。Yもできるだろう。あるいはその両方ができる。ついでにZだってできるかもしれない。なんにせよ、最高の未来になるのは間違いない。

時には必要に迫られて、現在の試練や苦境を話題にすることもあった。いまや、本当に2人きりであることを私たちは悟った。母が断言したように、親戚一同は抜かりなく、かつ冷徹に私から距離を置いていた――一族の黒い羊ならぬ虹色【LGBTの象徴】の羊から、いかなる汚点をつけられることもないように。

振り返れば、私はどこかで、親戚たちはここまで容赦なく私を切り捨てることはないだろうと高をくくっていたように思う。少なくとも何人かは。だが、私は間違っていた。それ自体、胸の痛む事実だったが、両親がもっとつらい目に遭っているのもわかっていた。一族から哀れみの目で見られるという屈辱に耐えなくてはならないのだから。

「君が彼らを失ったんじゃない。彼らが君を失ったんだ」フランシスは言い放った。

「あの人たちが愛していると言っていた相手は、明らかに僕じゃなかった。だから事実、僕は何も失っていない。少なくとも母さんと父さんは平和的だったし」

「とても感じのいい人たちだったよ！　状況を考えると……」

多少の時間はかかったが、両親とのあいだには外交関係が開かれつつあった。その糸口になったのは、ウィンブルドンにお茶でも飲みにいらっしゃいと私たちを招待する、おずおずとした招待状だ。

お茶会は、実に品よく、控えめに進行した。母はとっておきのティーカップとジョージ王朝時代の銀のティーポットを出してきて、小さなカップケーキ《フェアリーケーキ》をふるまった（母がこの皮肉【フェアリーには同性愛者の意味がある】を楽しんでいたかどうかはわからない）。

両親は最大限の努力を払って、礼儀正しさを顔に貼り付けていた。しかしその奥からは、なんとも言えない居心地の悪さが透けて見えた。ともあれ、私たちと語らう義務を感じているのだとすれば、それは歩み寄りの姿勢だとも言えた。そこにはまだしも希望がある。

「僕たちは世界を相手に戦うんだ」私は締めくくった。「フランシスカス・ペトルスク・コントラ・ムンダム！」これが、私たちのモットーの第一声だ——フランシスとピーターは世界と戦う。

「世界は用心したほうがいいな！」

「コニウンクティ・ヴィンセスムス！」私はモットーの後半を高らかに叫んだ——われら共

に征服せん。

大晦日

　私たちの下宿の大きな利点の1つは、比較的貧しいエリアにあったとはいえ、ロンドンのど真ん中で暮らせるということだった。文字どおり、どこへだって歩いて行ける。

　そんなわけで、大晦日の晩のそろそろ日付も変わろうかという時刻に、私たちはトラファルガー広場《スクエア》へと向かっていた。広場には、新年と同時に新たな10年の到来を祝おうと大勢の人々が集まっている。

　気分が盛り上がってきた私たちは、手に手を取って街を歩いた。私はこれまで、ほかの男性カップルが手をつないで歩いているのを見たことはなかった。だからこれは、１９８０年代を迎えるのにふさわしい、斬新なやり方のように思えた。

　人ごみの中で、時計が真夜中を告げるのを待つ。私はこの日、夕方6時のラジオニュースが始まるピッピッという音を聞きながら慎重に針を合わせていた。その腕時計によると、真夜中まではあと1分を切っている。気の早い集団が歓声を上げているが、彼らがフライングしているのはわかっていた。まだ時間は残っている。

　新年を迎える前に、この9カ月ちょっとで徐々に理解するようになったことを、きちんと言葉にしておきたかった。

　フランシスと出会うまで、私はあまりにも長いあいだ、1人で戦いつづけてきた。戦わなければ心が折れてしまいそうだったからだ。そのせいで、誰の力も借りずに生きていけると思い込んでいた。16歳で反乱を起こしてからというもの、私は誰を相手に、何を相手に戦うにしても、自分1人でやっていけると自負していた。

だが、フランシスが少しずつ私の尖った部分を滑らかに均《なら》し、世間的な常識に欠けていた部分を埋めてくれた。

私は、現実世界に対する自分の態度が、これまでどれほど限定的なものだったかを悟った。自分の能力と心の強さには自信があった。だから自分の弱さ、無力さ、視野の狭さに気づいたとき、それを受け入れられるようになるまで、少なくとも半年かかった。

それは、自分を守っていた薄い膜を洗い流されてしまうような経験だった。しかし、いったん現実を飲み込んでしまうと、これからの人生をどう生きればいいかは明白だった。とても科学的とは言えないが、これまでで最も人間的で、最も重要な決断だ。

それは単に、フランシスとずっと一緒に暮らすというだけの話ではない。

フランシスをソウルメイトと定め、彼のためならすべてを犠牲にする価値があると認めるだけの話でもない。

子どものころから築き上げてきた鉄壁の守りを解除し、率先して弱さをさらけ出し、変化に対してオープンになるという、それだけの話でもない。

私の人生を変えた決断の本質とは、心から進んで自分の一部を手放し、フランシスと融け合うことだ。対等なパートナーとして、私の一部である彼と、彼の一部である私が融合する。

そして、２人より偉大な1人になるのだ。

「忘れないでほしい。君なしでは、僕は何者でもないってことを。でも、宇宙がどんな難題をぶつけてきたとしても、２人一緒なら、僕らは無敵なんだ！」

21 ダートムーア

それは唐突に、なんの前触れもなく起きた。

最初に感じたのは、喉の奥のムズムズだった。普通なら、気にも留めないようなムズムズだ。咳払いをすれば、一瞬で消えてしまうような。

私たちはヘイトア【ダートムーア国立公園内にある巨大岩】を車で通過し、ゆっくり坂を下りていた。時折、放牧中のポニーのそばを通り過ぎる。息を飲むほど美しいダートムーアの景観が、雲ひとつない地平線に向かって広がっていた。

行く手は輝くような青い空と、緑に覆われた湿原《ムーア》の二層に分かれている。その随所にワラビやハリエニシダ、牧草、ヒースの群生が、黄色や紫色のアクセントを添えていた。

私は咳をした。

ムズムズはまだ残っていた。遠くに見えているのは5頭の牛だろうか。それともポニー？

私はまた咳をした。ポニーだ——長い首が見えたから。またしても咳。おや、あそこに生まれたばかりの子馬がいるぞ！　もう1度、咳。ムズムズと同時に、少し痰が絡まっているような感じがする。今度は、礼儀正しい家来が主君の注意を惹こうとするときのように、わざとらしく咳払いをしてみた。しかし、ムズムズは残っていた。

それから1分もたたないうちに、咳が止まらなくなった。数秒ごとに咳き込んでしまうのだ。

「大丈夫か？」フランシスが尋ねる。心配しているというより、不思議そうな様子だ。

「息が――」無理にしゃべろうとしたのはとんでもない間違いだった。

それまでは、咳の合間に息を吸い込むことで、何とか持ちこたえていたのだ。なのに、その貴重な一瞬を話すことに充てようとしたせいで、余計な空気を使うことになってしまった。そして、次の息を吸い込む間もなく、咳の発作が始まったというわけだ。

しかも、決まって2回続けて咳が出る。こうなると、もはや手のつけようがなかった。肺の中身はすでに空っぽだ。本能のかたまりと化した私の体は、少しでも酸素を取り入れようとしてむやみに喘いだ。

気道の一部が塞がれている。首を絞められているような感覚だ。

私はゼイゼイと息をした。映画の中では、水の中に長時間いすぎた人物がようやく水面に顔を出し、わざとらしく酸素をむさぼるシーンでよく聞く音だ。医療用語では〝喘鳴《ぜんめい》〟という。たいていの映画では、主人公が九死に一生を得たことを強調するための演出として、この苦痛に満ちた音声が一度だけ使われる。その後、主人公は何事もなかったように息をする。しかし、私の場合はそうはならなかった。あいかわらず咳は止まらない。

最悪なことに、咳をするのに十分な量の息を吸い込む前に、次の咳がやってくる。私は無我夢中で再び喘《あえ》いだ。間髪入れず、次の咳がやってくる。ゼイゼイ。ゴホゴホ。ゼイゼイ。ゴホゴホ。ゼイゼイ。私の遺伝子が非常事態だと叫んでいる。

フランシスが車を路肩に寄せ、サイドブレーキをかけた。ゴホゴホ。ゼイゼイ。喘鳴はますますもって激しくなり、私は悶絶した。ゴホゴホ。フランシスがすばやく右手を伸ばし、助手席前の小物入れを探ってペットボトルの水を取り出す。ゼイゼイ。フランシスはキャップを外した。ゴホゴホ。こちらに向き直り、左手で私の髪をつかむ。ゼイゼイ。頭が後ろに引き倒される。ゴホゴホ。

その次のゼイゼイがおさまるのを待って、フランシスはペットボトルを私の口にあてがった。弱々しく咳をしているところへ（もはやゲッゲッと音を出すのが関の山だった）水が流し込まれてくる。そのほとんどは膝の上にこぼれてしまい、一瞬私は、自分がもらしたのではないかと思った。

だが、ごく少量の水は飲み込むことができた。この2分間で初めて、私は前よりも大きく息を吸い込むことに成功した。まだゼイゼイと喘ぎながらも、肺の痛みがおさまりつつあるのが感じられる。焼けつくような胸の感覚も、多少はマシになっていた。

フランシスが、さらに水を流し込んでくる。うっすらと記憶しているのは、彼が始終、穏やかな声で大丈夫だと言いつづけていたことだ。ひとくち分の水を飲み込めるようになったころには、制御不能だった咳を制御できるようになっていた。喘鳴はまだ続いていたが、次第に苦しげなゲホゲホになり、やがて荒い呼吸へと変化していった。

死の恐怖

ＭＮＤと診断されてから初めて、私はショックを受けていた。それは、根拠のあるショックだった。あらためて、ゾッとするような恐怖が込み上げる。隣にフランシスがいなかったらどうなっていただろう？　あるいは自宅でフランシスが下の階にいて、助けを呼ぶこともできなかったら？　もしくは、車の中にたまたまペットボトルの水がなかったら？

「今のはいったいなんだったんだ？」親身で、愛情に満ちた、心配そうな声だ。

「息ができなかったんだよ！」

「それくらいはわかるさ！　なんでそうなったんだ？」

科学的ないい質問だ。答えを考えているうちに、私は落ち着きを取り戻した。

「喉の奥に〝喉頭蓋《こうとうがい》〟というフタがあるのは知ってるだろ？　食べ物を飲み込んだときに、間違って気管のほうに入らないように、入口にフタをするんだ。その喉頭蓋に、何か違和感を覚えたんだよ。痰が絡んでいたのかもしれないし、さっき食べたサンドイッチのカスが、歯の間からこぼれてくっついたのかもしれない。理由はなんであれ、喉の奥がムズムズして、それから咳が止まらなくなった。それで、息ができなくなってしまったんだ」

「でも、いつかそういうことが起こるだろうというのは、前からわかってたんだろ？」冷静かつ現実的な指摘である。

「それはそうなんだが、こんなに早く起こるとは思っていなかったんだ。あるいはこんなふうに起こるとは考えていなかった。一般的に、嚥下《えんげ》障害というのは、飲み込む機能が衰えたときに起こるものなんだ。もしくは咽頭反射【喉の奥に異物を感じたときに吐き気を覚えること】が失われたときに起きる」

「少なくとも君は、吐き気をコントロールする名人だもんな。ドライブの続きは明日にして、今日は家に帰ろうか？　顔色が悪いぞ」

「いいのかい？」

私が尋ねるのとほぼ同時に、フランシスはエンジンをスタートさせた。「当たり前だろ！」

フランシスは車をUターンさせた。道の反対側にいるはぐれ羊をもう少し脇へ追いやろうと頑張っている。そのあいだ、私はこのところ「ごめん」とか「ありがとう」と言う回数がめっきり増えたなと考えていた。

引き返す道すがら、はるか遠くに海を眺めながら、私の頭の中にはある疑問が渦巻いていた——窒息プレイで快感を得ることができる人間なんて、本当にいるんだろうか？

ロボティック・モビリティ

「では、リベンジといこうか！」

その翌日のこと。前日、道半ばで引き返した急な坂の途中で、フランシスは慎重に車を道の脇に寄せた。ゴツゴツした岩をよけながら、低木林の比較的平らな場所に車を停める。

その場所からは、美しい渓谷が一望できた。目と鼻の先ではポニーが、遠くの丘では牛たちが草を食《は》んでいる。真下に望むのはウィデクーム・イン・ザ・ムーアの村だ。聖パンクラス教会の堂々たる尖塔がひときわ目を引く。その威容は小さな村には不釣り合いながらも完璧に美しかった。

フランシスは車のエンジンを切って、窓を開け放した。車の中に座ったまま、2人でしばらく周囲に耳を澄ませる。遠くを走るトラクター。時折交じる牛や羊の鳴き声。耳先をサッとかすめていくミツバチの羽音。そして静寂。

「さて、君の〝ロボットの声〟以外に……」

「正確には〝サイボーグの声〟だけどね」

「わかった。サイボーグの声と、サイボーグのアバターと、仮想現実《VR》の中で暮らすことと、その全部をAIでコントロールすること。この4つ以外に、君の〝世界を変える計画〟にはどんなものがあるんだい?」

時間は少なからずあったので、私の考えも先日よりはまとまっていた。

「前にも話した3つのテーマを研究の柱にしたい。自然な会話を実現すること、僕のパーソナリティを維持すること、仮想空間の中で自由に生きる《バーチャル・リベレーション》こと、その3つだ。僕の考えでは、あと4つテーマがあるんだけど――」

「4つも?」

「どれもアイデアとしては単純なんだ。それでいて、どれもほかにはない重要性を持っている。

わかりやすい例を挙げると〝ロボットによる移動《ロボティック・モビリティ》〟とかね」

「君自身がロボットになるんじゃないのか？」

「ちょっと違う。今話しているのは、〈チャーリー〉をロボット化するという話さ」

手元に届くのは数カ月先のことになるが、先日注文したペルモビール社の車椅子〈Ｆ５コルプスＶＳ〉に、私はチャーリーという名をつけていた。〈生活向上のための外骨格型ロボット兼サイバネティック装置（Cybernetic Harness and Robotic Life-improving Exoskeleton）〉の頭文字を取ったものだ。

私はペルモビール社を説き伏せて、この起立機能付き電動車椅子にあっと言うような改造をほどこす協力を取り付けていた。私の計画では、いつの日かチャーリーは〈ピーター２・０〉の人工部分の中枢になるのだ。

「問題は、僕の手がそのうち動かなくなるということだ——実はすでに、小指の感覚はなくなりかけている。つまり、現実的に考えれば、あと1年かそこらで僕はジョイスティックでチャーリーを動かすことができなくなるんだ。

僕はチャーリーに、もっといろいろなことを任せたいと思っている。ただし、視線追跡ですべてをコントロールするのは、あまりにも時間がかかりすぎる。これはさっきの3つのテーマについても言えることだけどね。だから、チャーリーにはほぼ全自動で、僕の移動を任せたいと考えているんだ。僕自身の脚や体が、かつてそうしていたように」

「〝丸投げ〟の話はこのあいだもしたよな。俺たちが何も考えずに歩けるのは、脳に処理を投げっぱなしにしているからだって」

「まさにその話だよ。あのとき僕は、ＶＲの中でアバターを動かすのに、複数の選択肢をＡＩに提案させようという話をしていた。でも、君の言うとおり、ＶＲでも現実世界でも理屈は同じなんだ。どちらにせよ、ＡＩがまともに機能するためにはうんと学習が必要になるけどね。要するに、ロボティック・モビリティというのは、ＡＩで車椅子を動かそうという程度の話だよ」

「わかりやすい説明だ。テレビ向けの練習かな？」

「念のためにね」

「まあ、何があるかわからないしな……」フランシスはいつでも私に優しい。

「たとえば、僕らが外出していて、ＷＡＶに乗っているときに――」

「ちょっと待った。ＷＡＶってなんだ？」

「僕らのバンのことだよ。改造して〈車椅子対応カー（Wheelchair-Accessible Vehicle）〉になったじゃないか。そのＷＡＶに乗っているときに、僕が目線を使って〈寝室〉のアイコンをクリックしたとする。そうするだけで、僕は安全にベッドまで運ばれる。ＷＡＶを降りてから家の中に入り、リフトに乗って寝室に入るまで、全部チャーリーが自動で処理してくれるというわけさ」

万一の蓄え

ＭＮＤ患者の生活にどれだけお金がかかるのか、私たちに教えてくれた人は誰もいなかった。先々のことなど知りようもなかった私たちは、ちょうど診断を受ける1年前に、フランシスの甥のアンドルー（デイヴィッドの兄）が住む家の隣に一軒家を買っていた。

アンドルーは元軍人で、今はプライベートジェットでＶＩＰをエクセター空港へと送迎する仕事をしている。隣家にはアンドルーのパートナーのローラ、じきに3歳になる息子のオリー、そしてまだ生まれていない男の子か女の子も一緒に暮らしていた。

こうした環境は、私たちの喜びの源泉だった。ただ、１つだけ問題があった。わが家は3階建てで、なんなら庭でさえ2階にあったのだ。

脚の自由がきかなくなるにつれて、私はやむなく家の中でだけは歩行器を使うことにした。フランシスは、車椅子丸１台と介護者１人が入れる大きさのエレベーターを家の中に増設することを考えついた。これは寝室２部屋を潰す大工事となり、３カ月の期間と3万ポンドを要した。

さらに、ＷＡＶの件もある。助手席から車椅子への移動が困難になると、車椅子ごと私を運べる車が必要になってきた。これは完全に想定外だった。

しかも、いろいろ探してみても、タイヤの上に箱を乗せたような不格好な車や、霊柩車みたいな車しか見当たらない。最終的に私たちが選んだのは、ワンボックスに毛が生えたような１

台だった。この車でオフロードを走って湿原《ムーア》に出かけるのはまず無理だろうし、行けたとしても戻ってくることは不可能だろう。まあ、この車には多少の馬力があったし、スピードを出したときにひどく揺れることもなかったので合格としたのだ。

とはいえ、やはり手を加える必要はあった。昇降用のリフトを取り付けなくてはならなかったのだ。この手の込んだ改造車に、また3万ポンドかかった。

私たちの〝万一の備え〟は底をついた。しかも、今後も出費はやみそうにない。

「すごく大事な話じゃないか！　家の中を自由に動き回れたり、ＷＡＶに自由に乗り降りできたりするのはすばらしいことだ。でも、君が外にいるときはどうなるんだ？　初めて行ったような場所にいるときは？」

「土地勘のない場所でだって、安全かつスピーディに動き回れるようにしたい。自動車についている衝突防止システムの高性能なやつを使えば可能なはずだ。障害物だらけの場所をスイスイ進んだり、高級磁器のショールームを全速力で突っ切ったりすることだってできるかもしれない——」

「おいおい、ダーティントン・クリスタル【高級クリスタルメーカー】のショールームを突っ走るのだけはよしてくれよ！」

瞬間移動《テレポート》

「ただの思考実験さ！　でも、こんなシーンを想像してごらんよ。障害物だらけのコース、もしくは陶器屋の店内（わかった、ダーティントンはやめておく）を全速力で通り抜けようとしている僕自身は、ＶＲのゴーグルを装着しているんだ。そのとき、僕の目に見えているのは拡張現実《ＡＲ》だ——つまり、僕の〝増幅された知能〟がフルスピードで捉えている映像なのさ」

「待て待て、ちょっと確認させてくれ。君はＶＲの中にいながら、現実世界を体験しているということか？」

「そうさ。だって僕にとっては、その２つはびっくりするほど同じなんだ。どちらにしても、難しいことは全部ＡＩが処理してくれる。僕はただ、最終目的地を指定するだけだ」

「了解！　自分で操縦しないのなら、見えているのが現実世界だろうがＶＲだろうが、変わりはないってことだな」

「おっしゃるとおり。あるいは、同じシステムを使って現実世界で行われているミーティング（別の惑星で行われているＶＲのミーティングではなく）へ瞬間移動《テレポート》することもできる。向こうの現場にいる〝テレプレゼンス・ロボット〟を操るという形でね」

「またわからなくなってきたぞ……」

「ただの遠隔操作できるロボットだよ。このロボットを介することで、僕はまるでその場にいるかのように見聞きができる。その場にいる人たちにも僕のアバターが見えるし、アバターの声が聞こえる。僕は部屋の中を動き回ったり、人のうしろについて廊下を移動したりすることもできるだろう。ちっちゃなオリーがリモコンカーを追いかけていくようにね。トーキー港の上空を飛んでいるドローンにテレポートしてもいいな。いわば僕の〝地球外身体〟だ。そこから僕は、君と一緒に港にいる僕自身の姿を見下ろすことができる」

「俺なら〝テレポート〟とか〝地球外身体〟みたいな言い方はしないね。すごく胡散くさく聞こえるからな。なぜ普通に〝リモートコントロール〟と言わないんだ？　シンプルがベストだよ」

「なぜなら、こういう考え方が大好物な人間もいるだろうと思うからさ。少なくとも、いればいいなと思ってる。大事な点は、これは単なるリモートコントロールよりもはるかに深い話だということなんだ。たとえば、こんな場面を想像してくれよ――チャーリーはこれまでどおり、家の中を動き回っている。一方、僕自身はベッドの中にいる。そんな僕はＶＲの中で、チャーリーに乗って動き回っているんだ。わかるかい？　うまくいけば、人が認識できる〝現実〟の領域を完全に書き換えるきっかけになるだろう……」

「やれやれ、君がこの手の話を楽しんでいるようで何よりだ。もし俺だったら耐えられないだろうからな！　俺がテクノロジー嫌いなのは知ってるだろ」

「ＭＮＤになったのが、君じゃなくて僕でよかったと思う点はそこだよ」

「俺のほうが料理上手だからじゃないんだ！」

私の脳内は、いまやあふれ出てくるアイデアでいっぱいになっていた。ぜひフランシスにも話して聞かせたかったが、あまり脱線してフランシスを混乱させたくなかった。

「テクノロジーってやつは、進化するほど使いやすくなるって知ってたかい？　今後10年で、もっと使いやすく、もっと高性能になるはずだ」

「だろうね。でも俺は君とは違う。不老不死のロボットと結婚して、世間を騒がせるので十分だよ」

「ロボットじゃなくてサイボーグだって言ったろ。でも、思いつきで言うんだけど、これが全部うまくいったらどうする？」

「全部うまくいく、とは？」

「僕としては、自分がどんどん自由になっていくのに、君がどんどん自由でなくなっていくのを見るのはいやなんだ。もし港の上を飛び回ることができるんだとしたら、君と一緒に飛びたいんだよ！」

「高いところが苦手なのは知ってるだろう」

「たとえばの話だよ」

私たちはこの点について、数分じっくりと思いを巡らせた。トラクターの音、牛や羊の鳴き声、ミツバチの羽音を耳の奥で味わいながら。

やがてフランシスはイグニッションをオンにすると、車をそろそろとバックさせて車道に引き返した。車の中で、私はぼんやり考えていた――オフロードをドライブするのは、これで本当に最後になるかもしれない。

5分後、私たちは歴史あるパブ〈ジ・オールド・イン〉の前を通過した。ウィデクームの村を抜け、ハウンドトアに向かう道に通じる十字路を目指し、一方通行の長い道を走っていく。

「で、君の途方もない計画の続きは？」

22

途方もない計画

「どうやら、体の一部を機械にしなきゃならないようだよ……」

「また始まった！　そういう言い方をされると引くって言っただろう。ＳＦじゃあるまいし。怖がる人だっているかもしれない」

「でも、これはＳＦじゃない。少なくともフィクションであるべき理由はないね。なんとか動かす方法を見つけないと、僕の手足は一生このままだ。もっと悪いのは、このまま何も感じることができないことだよ。何にも触れることができないなんて最悪だ。せめて機械の腕とか、指先と手のひらにセンサーがついた籠手《こて》みたいなものを装着したい。そうすれば、物の表面に触れて、その感触を確かめることもできるだろう。

それができないのなら、感覚が残っていてもまるで無意味じゃないか。僕は周りのものに触れて回りたいんだ。腕を伸ばして、君に触れたいんだよ！」

「うっかり俺を殴り倒さなきゃいいけどね！」

「だって、今じゃ誰も僕に触れようとしないだろ」

「俺は触れてるじゃないか！」

「ああ、もちろん君はそうだ。でも、ほとんどの人はそうじゃない。それに気づいてしまったんだよ。みんな握手を求めてくるし、ハグしてくることもある。でも、そのあとは、僕に向かってバカみたいに手を振るだけなんだ」

「君とどう接すればいいのか戸惑っているんだよ。君のすぐそばまで近寄ってもいいのか迷っているんだ。学校じゃ、車椅子の人との接し方なんて教えてくれないからね。しかも相手が身動きもできないとくればなおさらだ……」フランシスは一瞬黙ったが、その青い眼はひたと私を見据えていた。「……君がいずれそうなるように」

機械の体

「まさにそれが、僕が言いたいことだよ。だから、僕は体を動かしたいし、腕を伸ばして握手をしたいという意思を相手に伝えたいんだ。ちなみに、機械の首も必要になるだろう。誰かに向かってうなずいたり、あたりを見回したりできるようにね。永遠に前しか向いていられないなんて、そんな癪にさわることってないだろう？」

「ほかのMND患者みたいに？」

「ああ、あるいは四肢麻痺の患者みたいに。ただ、ここに問題がある。部分的にロボット化した体を動かすだけでも、僕の目だけで指示を出すのは大変だろうということだ。そこで例によって、僕はＡＩから選択肢を出してもらおうと考えている――ＶＲの世界に没入しているときと同じようにね。
つまり――ちょっと待った、僕は何を言おうとしているんだろう？――僕にとっては現実世界での体験も、サイバースペースでの体験もまったく同じということになる。行動の選択肢が同じになるわけだからね。考えてみれば、なぜ物理的世界と仮想世界が違ったものでなくてはならないんだ？」

「物理的世界こそが現実だからだよ！」

「それはそうだ。しかしコンピュータがつくり上げた現実の中でも、物理法則が支配する現実の中でも、僕はまったく同じように行動する。ドアのハンドルを回すにしても、両腕を連動させて何かをするにしても、手を伸ばして大事な人に触れるにしてもね。わかるかい？　どちらの世界も僕にとっては、拡張された現実なんだ」

「ジェイの墓だ！」

フランシスはブレーキを踏んで速度を落とした。言われなければ素通りしてしまいそうな小さな墓が、運転席側の窓の外に見える。

はるか昔、キティ・ジェイという名の女性の墓所としてこの十字路が選ばれたのは、どの道を行けば村にたどり着くのか、彼女の幽霊にわからないようにするためだったという。自ら首をくくった報いとして、彼女は教会の墓地に眠ることを許されなかったのだ。

苔むした墓には今も摘んできたばかりの黄色い花が供えられている。私がフランシスと住むためにこの土地に移ってきたころからずっとそうだった。何世紀も前から語り伝えられてきたように〝名もなき手〟によって。

「黄色い花だ」フランシスが言う。

「黄色い花だね」と私。

フランシスはアクセルを踏んで、墓をあとにした。「もちろん、自分の指先で直に物に触れることが、君にとって大事だというのはわかるよ」

「いや、話が面白くなるのは、むしろここからなんだ」

「やっとか！」フランシスは退屈そうに言ったが、やがて声を上げて笑いだした。私は彼に微笑んだ。もっとも、運転中の彼は私のほうを見てはいなかったが。

「ほとんどの人は、機械の体というものは、僕らのような人間が物理的世界に接触するためだけにあると考えている。でも、僕はそれと同じくらい重要な、第2の目的を想定しているんだ。これは本当に頭のいいアイデアで――」

「自分で言うなよ」

「つまり、機械の体によって、僕はVRの中でも感覚を持つことができるんだ。随意筋がまったく動かない以上、僕が何をしようと（機械の腕を動かしたり、何かにぶつかったり、引っ張られたり、跳ね返ったり）、どちらの世界でも得られる感覚は完全に同じだ。はたから見れば無粋な機械を装着しているだけでも、僕にとっての現実は、あらゆるVRゲーマーの羨望を集めるようなサイバースーツをまとった僕なのさ！」

「君がＶＲの世界に入り浸っているあいだに、俺は何をしていればいいんだ？」

「君も一緒にいればいい！」

「嫌だね！　俺は現実世界にいたいんだ。サイバースペースなんかにいたくないよ」

「ブラッド・ピットもいるんだけどな……」

「ブラッド・ピットだって？　20代の？　それとも今の？」

「君が望むままに」

「両方で頼むよ。そんな世界だったら最高だ！　ぜひ参加させてもらいたいね」

インターネットの一部になる

「それはよかった。というのも、次なる研究のテーマはまさにそれなんだ。つまり、〝サイバースペースへのフリーパス〟さ」

「また、わかりにくい言い方を……」

「でも、僕がイメージしているのはその言葉どおりのものなんだ。言い換えれば、サイバースペース全体からあらゆる電子端末にシームレスにアクセスできる世界だ。それも直観的な操作によってね」

「インターネット全体から、という意味？」

「近い将来、インターネットに接続されることになる膨大な数のデバイスやシステムも含めてだ」

「それは、いわゆる〝モノのインターネット《IoT》〟のことかい？」

「そのとおり！　そして、僕はその〝モノ〟の1つになりたいのさ。物を見たり、聞いたり、においを嗅いだりするための感覚センサーをありったけチャーリーに搭載する。そして、物理的世界との差を感じることなくサイバースペースの世界に没入するんだ。そのうちに、僕は自分の身体機能が大きく拡張したように感じるだろう」

「それって〝サイバー肥満〟というやつでは？」

私は声を上げて笑った。「何が言いたいかというと、インターネットの一部やそこに接続されているモノが、最終的に僕の麻痺した体の代用品になればいいと思っているんだ。周りの環境に触れるというより、僕自身が環境の一部になっていくようなイメージだ」

「そのあたりの話は、『ロボティクス革命』の中でも書いていなかったか？」

「ああ。僕の考えはずっと変わらない。そうなるのが当然なんだから。時がたつにつれ、僕はサイバースペース（あるいはサイバースペースを介してアクセスできる物理的世界）を自分の体の一部だと認識するようになるだろう。脳が持つ可塑《かそ》性という性質のおかげでね。メールを送信したり、エレベーターを呼んだりするのも、指を動かしたり、眉を上げたりするのと同じ感覚でできるようになるはずだ」

「そのとき、君はもう、麻痺した体に閉じ込められているようには感じないんだな！」

「それどころじゃない。僕の体はすでに麻痺してはいないんだ。僕の新しい体は、あらゆる領域に広がっていくポテンシャルを秘めている。現実世界ばかりでなく、無限に広がっていくバーチャルな宇宙のどこにでもアクセスできるんだ。それって想像できるかい？」

「俺なら、台所のトースターと一体化するだけでも精いっぱいだろうな。でも言いたいことはわかった。君は世界の一部になるってことだろ」

「そして僕は、機械の知能と人間の知能のあいだにある障壁《バリア》を壊していくんだ。機械と競争するのではなく、融合するんだよ」

「君がずっと言いつづけているようにね……ところで、テレビを録画する担当はどうなる？　俺たちの晩の楽しみのために、君が引き続き録画を担当してくれるんだろうな？　そうだったら、俺にとってこれまでの話もぐっと受け入れやすくなるんだが」

「もちろんだとも。今の生活環境の中での動作なら（特にわが家のように慣れ親しんだ場所でなら）、目の動きだけでこなすことができるだろう。ほとんど手でやっていたのと同じくらい直観的にね――テレビは言うに及ばず、たいていの家電は操作できるはずだ」

「今だって、家電なんて使ってないじゃないか！」

「そうなんだけど、理屈上は問題なく使えるだろう。リフトを呼ぶのもドアを開けるのもお任せだ。そして当然ながら、そのころには機械翻訳もフルに使えるだろう。よって、僕が中国語で会話ができないと考える理由も何ひとつない」

「中国語なんて話したこともないくせに！」

「そうさ！　中国語をまったく知らないにもかかわらず、〈ピーター２・０〉はアバターを通じて、スカイプ取材を中国語と日本語の両方で受けることができる――しかも同時に！」

物理的世界へのフリーパス

分かれ道にさしかかると、フランシスは車の速度を落とした。左に曲がり、ハウンドトアの向かいにある細長い駐車場に入っていく。

ハウンドトアは、『バスカヴィル家の犬』に登場することでも有名な巨石スポットだ。以前なら、フランシスと私はここで車から降り、でこぼこした草むらを歩いて岩《トア》へと向かったものだった。

時には花崗岩《かこうがん》の岩肌を登り、雨に濡れているときは滑らないように気をつけながら、トアの頂上を目指すこともあった。頂上に立つと、吸い込まれそうな湿原《ムーア》の風景を３６０度のパノラマで見渡せる。今のように大勢の観光客がいなかったはるか遠いある夏には、頂上で情熱的な10分少々を過ごしたこともあるほどだ。

だが今回は、私たちはただ車の中に座っていた。フランシスは窓を開けた。年配のカップルが車から降りて、互いに支え合いながら、ゆっくりとトアに向かって歩いていく。

私は思わずフランシスに向かってこう言いそうになった。「本当にすまない」だが、言わなくても彼にはわかっていた。

「あんなヨボヨボの夫婦ですら、僕らの岩にたどり着けるのに。この僕には無理なんだ」

「そういう言い方はよせよ！　過去は振り返らず、未来のポジティブな面にだけ目を向けるはずだろ――」

「わかってるよ。愚痴を言いたかったんじゃないんだ。僕はただ、あの2人は僕の計画の最終目標の重要性を象徴しているなと思ったのさ――僕はそれを〝物理的世界へのフリーパス〟と呼んでいる」

「その表現は気に入ったよ。俺だって、もう一度ナイル川で船下りをしたいと思っていたんだ。中国や日本にも君と行ったことはないだろ。シドニー湾もだ。アメリカにだってもう何年も行ってない。それに――」

「そのとおりだ。僕らがまだ行ったことのない場所や、もう一度行きたい場所はたくさんある。僕はまさにそのことを言おうとしてたんだ。計画の最終目標の焦点はそこなんだよ。ちょっと複雑な話なんだけど、我慢して聞いてくれるかな」

「車椅子でムーアを移動したり、階段を上ったり、飛行機に乗れるようにするという話なら、そんなに複雑じゃないと思うが」

「まあ、その部分についてはそうだ。実際にやってのけるのはものすごく難しいけれど、コンセプトそのものは単純だ。ただ、障害者の移動を阻んでいる巨大な障壁を壊すには、やらなくてはならないことが山ほどあるけどね」

「俺たちが飛行機に乗れない最大の理由が、客室にチャーリーを入れてくれる航空会社が1つもないからだっていうのは、本当にばかげた話だと思うよ」

「貨物室に入れられたら、チャーリーのインターネット接続は切れてしまう。心身ともに〝命綱〟を切られるのと同じだよ。仮に長時間のフライトをなんとか乗り切ったとしても、現状の統計を見るに、僕の手元に戻ってくる前にチャーリーが破損している可能性はかなり高い」

「今ちょっと思ったんだが、サイボーグの君が飛行機に乗るときは、機内モードにしなきゃならないのかな?」

「それは考えてなかったな! となると、飛行機の中では話すことができない。そもそも、携帯電話やノートパソコンを機内で使ってはいけないというルール自体、科学的に大した根拠はないんだ。法律上、都合がいいというだけでね。そんなふうに言論の自由を奪うなんて人権の侵害だよ! サイボーグだからといって僕を差別するなんて……」

「まさか、サイボーグの権利を求めて運動を起こそうとしているんじゃないだろうな!」

「そのまさかかもしれないよ! 今回もまた、無遠慮で、組織的で、往々にして無自覚な差別が横行するだろうからね。70年代と80年代のゲイが直面してきたように——」

「90年代とゼロ年代もだ」

「君の言うとおりだ。法律とは往々にして、進化に大きく遅れをとるものなんだ」

「すばらしい!」フランシスの声は、さほど熱心には聞こえなかった。実を言うと、サイボーグのための人権運動というアイデアには、私もさほど気乗りがしなかった。もっとも、必要とあれば仕方ないかもしれないが。

「話を戻そう。僕だって、障害者に優しくない都会の街中を楽に移動できるようになりたいと心底思ってる。アンドルーたち一家と一緒に田舎を散歩したり、階段を安全に上ったり、ボートに乗ったり、氷や雪の上を移動したり——」

「それこそ大事な話だよな」

脳と存在

「でも――これから言うことに、君は反射的にこう感じると思う。僕の考え方は、一線を超えているんじゃないかってね。でも、全然そんなことはないし、むしろすごく重要なことだ。つまり、どうして僕の生物学的な脳は、毎回わざわざ移動しなくちゃならないんだ？　そう決めつけることで、僕らの行動はがんじがらめにされてしまうのに」

「やれやれ！」

「ちゃんと聞いてくれ。ここからが大事なんだ。つまり、僕が実際にいるのが物理的現実の世界なのか、拡張現実の世界なのか、完全にバーチャルな世界なのか……なんてことは、そのうちどうでもよくなるだろう。たとえて言うなら、映画を映画館で観るのか、テレビのライブ配信で観るのか、ノートパソコンにダウンロードして観るのか、その程度の違いだってことさ」

「その3つは全然違うよ……」

「でも、最終的に重要なのは、どんな映画を観たかということだけだろ。それと同じで、僕が存在するのが物理的現実の中なのか仮想現実の中なのかは大きな問題ではなくなる。大事なのは、そこで経験していることがどれだけリアルかという一点だけだ。複数のリアルが存在する多層現実であっても、僕は一向にかまわないね」

「君はいつも言っていたよな。俺たちが生きているのが、ＡＩがつくりだした世界の中じゃないと証明することなんて不可能だって。どの現実の中にいても違いがわからないのなら、この際どこにいるかは問題じゃないってことかな」

「まったくそのとおりさ！　そう考えれば、世界がとんでもなく広がるぞ！　想像してもごらんよ。多層現実の中では、君と僕は前みたいに手をつないで山のてっぺんまで登れるし、僕は夏のそよ風や、早朝の日差しを肌に感じることもできるんだ。そのとき、僕の本体はトーキーの家にいて、君の隣にいるのはチャーリーのサブ機だったりするのかもしれない。そいつは僕の分身として、僕と山頂を電気信号で接続してくれるのさ」

「つまり、俺は山にいるけど、君はいないってことかい？」

「かもね。もしかすると、僕の本体も４本足の歩行マシンなんかに乗って、その場に存在しているのかもしれないけれど。それとも、その歩行マシンも僕の分身の1つで、やっぱり僕はトーキーにいるのかな。あるいは、君は超小型の中継機を動かしているのかもしれない。そいつはドローンみたいに空を飛んで、目線の高さで君についてきて、僕が君の隣にいるかのように感じさせてくれるんだ。あるいは結局、僕らは2人ともトーキーにいるのかも……」

フランシスはじっと黙って、私の言葉のすべてを飲み込もうとしていた。彼方を見れば、例の年配の夫婦がトアの頂上にたどり着き、誇らしげに岩の上に腰を下ろして、３６０度の風景をわがものにしていた。

「それが実現するまでに、すごく時間がかかるんだろうか？」

「そうとも限らない。あと一歩で実現するかもしれない。技術的にはどれも手が届くはずだ。

ただ、誰もやろうとしていないだけさ。僕は、そっちの方向にみんなの関心を向けさせたいんだ。研究者がこのテーマに取り組むためのきっかけをつくる必要があるんだよ。ＡＩやロボット工学や電気通信の力を結集すれば、物理的世界の限界を突破することもできるはずだ。そうなれば、本当の意味で、人間であるということの定義が塗り替わるだろう」

「あいかわらず限界に挑もうとするんだな。すごいことだと思うよ。そして君は、きっとやってのけるだろう。ただ、ほとんどの人にとっては、その最後の部分は到底受け入れがたいだろうね。猛反発を覚悟しておいたほうがいい」

タイムマシン

「君の言うとおりかもしれない。だったら、これ以上に大それたアイデアは話さないほうがいいだろうな」

「まだ何かあるのか？」

「ただこう考えていただけさ――チャーリーを、タイムマシンに改造できないかってね」

「勘弁してくれよ！」フランシスの顔には、いつもの「ついていけない」という表情が今にも浮かびそうだった。

「いやいや、これはすごいことになるぞ！　ひと工夫すれば、拡張現実を使って時間をさかのぼることが可能になる。過去はすべて記録されているから、当然もう一度体験することもできる。それも、前回とそっくり同じことをね。ひょっとすると最初の体験のとき、僕はその場に実際にいたのかもしれないし、いなかったのかもしれない。どちらにしても、まったく同じように体験できるはずだ。

さらにすごいのは、僕が望めば体験を上書きして、改良することもできるということさ。過去のくだらないパートはカットして、〝最高の〟体験に変えてしまうんだよ」

フランシスはぽかんとした顔をしている。私は彼を納得させるため、わざと熱を帯びた口調で言いつのった。

「それよりもっとすごいこともできる！　もし、最初の体験がＶＲの世界で起きたものだったとしたら、時間をさかのぼって過去の出来事の結末を変えることもできるんだ。『ドクター・フー』みたいにね。子どものころ、あのドラマにはすっかり夢中になったものさ。つまり、僕が言う多層現実というのは、物理的現実と仮想現実の境界をなくすだけでも、過去と現在の境界をなくすだけでもない。あらゆる異なる時間線の境界までなくしてしまうんだ！」

「ついに」イグニッションをオンにしながら、フランシスは宣言した。「頭がおかしくなったかな」。車をバックさせ、向きを変えて駐車場の出口へと向かう。「でも、誰かがそれを実現できたら……」私たちはムーアを突っ切って家路についた。

分散された知性

「実は、もう少しだけ続きがあるんだが……」フランシスはまったく無反応だ。私はそれを、このうえなく集中して聞いているサインだと解釈することにした。

「1つ思考実験をしてみよう。近い将来、ことによるとほんの数年先の話かもしれない。僕がニューヨークでジャーナリストから取材を受けていたとする。インタビューが終わって、僕は記者と握手を交わしたばかりだ。実はこの瞬間、僕は北京の学会で講演を終えたばかりでもある。講演のほうは中国語だけど、話した内容はまったく同じだ。僕は中国語しか話さない学会の主催者に紹介され、今度は彼と握手を交わそうとしている。この間ずっと、僕の生物学的な脳はトーキーにある。さて、〈ピーター2・0〉は、厳密にはどこにいるんだろう？」

「もちろんトーキーだろ。今、君が言ったとおりさ！」

「イエスでありノーだ。それほど単純な話じゃないと思うね。この思考実験において、〈ピーター2・0〉とは、遠隔から分身を2つばかり操作できる生物学的身体というだけの存在ではないんだ。ニューヨークの記者がやりとりしている僕の声とアバターの人格は、その瞬間、ニューヨークでリアルタイムに生み出されているのだからね。トーキーから発信されているのは、ごく基本的ないくつかの指示だけだ。映画監督が遠隔地から『アクション！』と声をかけて、現場では俳優が即興で演じているのと変わらないよ」

「オーケー。つまり君はこう言いたいんだな。君の一部はニューヨークに存在すると」

「実際そうなんだよ！　北京についてもまったく同じことが言える。もっとも、中国語への機械翻訳は、クラウドのどこかで行われているのかもしれないけど」

「それでも、君自身は自分がトーキーにいるとわかっている」

「かもしれない。でも、よく考えてみよう。僕は、北京とニューヨークに存在している自分を実感することができるだろう。一方で、トーキーだけが、そうとは実感できない場所なんだ。北京とニューヨークの人々にとっても同じことだ。彼らが僕のことをトーキーにいる人間だと感じることはない。仮に、僕の生物学的脳がどこにあるのかを彼らが知っていたとしてもね」

「それで結局、君の考えでは、この場合、君はどこにいるんだい？」

「正解はたぶんこうだ――〈ピーター2・0〉は、さまざまな場所に同時に存在する」フランシスがうめいたが、私はかまわず続けた。

「僕のペルソナのさまざまなパーツ――全体として〝僕〟を形づくっている小片の数々が、異なる場所に散らばっているのさ」最後のくだりを聞いたフランシスは、今度はうめき声をもらさなかった。私はそれを納得のサインと受け取った。「こうした状況では、僕は純粋に分散された知性になる。僕の生物学的脳は、もはや僕を規定するものではない。思うままに動かすこともできない、僕の生物学的身体と同様にね」荒唐無稽なようだが、これが真実なのだ。

変身《メタモルフォシス》

ムーアに生息する野生のポニーが1頭、道路の脇でまどろんでいた。注意深く車を迂回させながら、フランシスは無言のままだった。

「ダーリン、僕は死ぬわけじゃない。変身するんだ。さっきの思考実験の解答に疑う余地はない。それをこの場で受け入れてもらえないのが信じがたいよ。これは、真のパラダイムシフトの前兆なんだ。あらゆるものは変化し、過去の前提はすべて疑われることになるだろう。それが、ごく近い将来に起きることだ。ＭＮＤ患者の生き方が変わることによって、人間のあり方そのものが、永遠に変わってしまうんだ」

「そんなふうに言われると、確かに一生に一度の偉業みたいに聞こえるな」

「一生に一度なんてもんじゃないさ――１３８億年の宇宙の歴史の中で、誰もやったことがないんだから！」

「明日の心の準備はできているのか？」

フランシスの唐突な質問は、私たちがこの大胆なアイデアについて議論し尽くしたことを告げているようだった。

「もちろんだとも！　ちょっとした休暇に入るようなものさ」

「大手術で入院するっていうのに、そんなに気楽でいられるのは君ぐらいのものだよ！」

「2週間もベッドでダラダラできるんだ。いったい何が不満なんだ？」

「そうかもしれない。ただ、忘れないでくれ。君の具合がひどく悪いときでも、そこにはカメラを構えた誰かがいて『ご気分はいかがですか？』なんて聞いてくるんだ。観客がいれば、いつだって全力で〝ショー本番〟用のモードに切り替えなきゃならない。君はきっと体力を使い果たしてしまうだろう。本当は、すべての体力を回復するためだけに振り向けるべきなのに。それが俺には気に入らないんだ」

「心配ないさ。君が側にいてくれるんだろ。取材陣には君から話してくれればいい」

「俺に何を話せというんだよ？　彼らは君の話を聞きたがっているんだぜ」

「制限ラインを超えて僕に近づいてこようとする連中を追い払うのに、いつも言っていることを言ってやればいい。『失せろ！』とね」

23 トリプル オストミー

〝腸の前処置《プレップ》〟は、思っていたほど愉快な体験ではなかった。思うに、その言葉の気楽な響きに惑わされていたのだろう。

学校に通っていたころは、ラテン語から生物学まで各種の予習《プレップ》を毎晩2時間、習慣づけていたものだ。なので、私の脳はなんの迷いもなく、この新種の〝プレップ〟も同じカテゴリーに分類していた。「今晩は腸のプレップで『たのしい肛門病学』の第5章を読んでおこう」みたいなノリだ。

だが実際のところ、プレップとは腸外科医の策略に違いない。結腸ストーマ（人工肛門）の増設手術を控えた患者が迷いを断ち切れるよう、二度と普通のやり方ではトイレに行きたくないと思わせるための細工だ。その目的からすると、効果は絶大だった。

入院

その1日は、ごくごく穏当に始まった。真昼ごろ、フランシスと私はお供のテレビクルーを引き連れて、トーベイにあるNHS病院の表玄関に到着した。

病院側のメディア担当職員の出迎えを受けると、数が増えた取り巻きを連れて目的のフロアに向かい、やがて病棟の入口にたどりつく。そこで、〝状況設定《エスタブリッシング》ショット〟を撮影するために、もう一度到着シーンをやり直した。3回目の到着シーン（これは反対方向から撮影された）のあと、私はようやく新たな住まいに入ることを許された。

その途端、計画がいささか予定外の方向に進みだした。フランシスと私が責任者だと思っていた女性の、そのまた上の責任者であるらしい女性が、私たち2人を呼び寄せる。彼女は、予定になかった打ち合わせを〝イン・カメラ〟で設けたいと言って私たちを戸惑わせた（私がカメラクルーを連れていることと、その一方で〝イン・カメラ〟がラテン語で〝内密に〟を意味することを考えると、カメラにいてほしいのかいてほしくないのか判断できなかったのだ）。

幸いなことに、この〝カメラ抜きのイン・カメラな打ち合わせ〟は、そう長くはかからなかった。責任者の女性は、私が求めている手術は、ゴーサインを出すにはリスクが高すぎると熱っぽく主張した。

「私は、MNDの患者さんがたった1度の手術で再起不能になったケースをいくつも見てきました。あなたの場合、実質的に3度の手術を受けることになるわけです。それでも手術を受けるとおっしゃるなら、私たちも全力でサポートします。ですが、回復までには長い道のりになることを覚悟していただかなくてはなりません。さらに、完全には回復しない恐れもあります」

フランシスも私も、リスクについては十分に心得ている。これから起こりうる大きな問題についてはあらゆる議論を尽くした（それこそ〝死〟についても）。いまや2人の心は1つになっていた。

私たちは息の合ったチームワークで、この土壇場で降って湧いた反論を迎え撃った。歯切れよく、だが断固とした口調で、私たちが考える〝長期的かつ総合的なQOL〟とは何かを述べる。相手の気遣いに対して感謝の気持ちを伝えることも忘れなかった。この話し合いは、おそらく相手が想定していたよりも早々に決着がついた。

再び取り巻きのもとに戻ると、一時的に責任者になったと思しき新顔の女性が待っていて、私たちを主病棟とは離れた一角にある小さな個室へと案内してくれた。集中治療室から戻ってきたあとは、この部屋に一時滞在することになる。

一般病室からアップグレードされたのは、私が撮影班を引き連れていたからではない（私が持ち込んだ機材の多さに病院が気づく前から、病室の割り当ては決まっていた）。国民保健サービス《NHS》のデータに、私が〝ゴールド・スタンダード〟の患者であると記録されていたからのようだ。

てっきり、ウィンブルドン出身（のエスタブリッシュメント）だから、ゴールド認定されたに違いないと考えた私は、恥ずかしながら少々誇らしい気持ちになった。だがそれも、〝ゴールド・スタンダード〟が、終末期ケアを意味することに気づくまでの話だった。

前処置《プレップ》

2時間後、テレビ向けの最初のインタビューが終了した（ええ、気分はすごくいいです。いいえ、病院は嫌いじゃありませんよ）。クルーは撤収し、フランシスは私にお別れのキスをすると家に帰っていった。

立ち去る前に、フランシスはなかなかお洒落な病衣を私に着せた。そして病院から指示されていたとおりに、室内用便器の上に私を座らせた。便器の上では何もすることがないので、私は携帯電話をいじってニュースを見ていた。

「腸の前処置をさせていただきますね」感じのいい看護師がやってきて、励ますような笑みを浮かべる。彼女はほんのり色のついた液体が入った大きなプラスティック容器を、私の隣にあるテーブルの上に置いた。

翌日の手術に備え、腸の中をできるだけ空っぽにしておかなくてはならないことはわかっていた。浣腸されるのを覚悟していたので、液体を飲むだけで事がすむなら万々歳だ。

「で、私にどうしろと？」

「そこのコップの水を捨ててきますから、それで容器の中身を飲んでいただきたいんです」

その液体はヘンな味がした。看護師はもうひと口飲むようすすめた。ますますヘンな味がする。コップが半分空になったところで、ちびちび飲むには不愉快すぎる味だという結論に至った私は、残りを一気にあおった。

「世界一おいしい飲み物とは言えませんよね？」ありがたいことに、いまや空っぽになったコップをテーブルの上に戻しながら、私は嫌味を言った。

「残念ながらね。これから30分以内に、容器の中身を全部飲んでください。1時間くらいで効き目が出てくるはずですよ」

そう言い残すと看護師は部屋を出ていった――容器とにらめっこしている私を後に残して。


半時間後、こみ上げる吐き気と闘いつつ、私は義務を終えた。爽快な気分とは言いがたいが、少なくとも目の前の容器を空っぽにした達成感はあった。

「あら、飲み終わったんですね！　上出来ですよ」看護師は前にもましてニコニコしながら、容器を取り上げ……そして、なみなみと満たされたそっくりの容器を代わりに置いた。「この容器も空になったら、楽にしていていいですよ」

1時間後、私は〝楽にしている〟どころではなかった。２つ目の容器の中身をいやいや飲み下し、ひたすら待つ。だが、胸がますますムカムカしてきた以外に、特に何も起こらない。

その後、私の腹部に人工肛門の位置をフェルトペンでマークする担当の女性がやってきて、準備はいいかと尋ねてきた。ちょっと前に、もう少し時間がほしいと彼女に頼んだことをすっかり忘れていた。前回より少しばかり切羽詰まった調子で、私はもう少し待ってくれと頼んだ。彼女は、翌朝早くに戻ってくると言って出ていった。

そして、それが始まった。突然、ポタポタと滴り落ちてきたと思ったら、次の瞬間には大洪水だ。その後、しばしの凪《なぎ》が訪れる。私にできることは、すべてが終わるのを座して待つだけだ。

医療用語で排便のことを、腸を〝空にする《エバキュエート》〟と言う。その理由がようやく理解できたような気がした。自分が〝空になる〟感覚を、まさしく私は味わっていた。再び大洪水。そして凪。さらなる激流。

そのとき、携帯電話が鳴りだした。発信者を確認すると、ＭＮＤ協会の理事長だ。理事長は親切にも、私が理事に当選したかどうか、電話で知らせると申し出てくれたのだった。ちょうど凪が訪れたタイミングだったので、私は思い切って電話に出てみることにした。

この決断は、よい結果とよくない結果を同時にもたらした。

前者は（私にとってはまったく予想外なことに）、ＭＮＤ協会の総会において、私が理事に選出されたという知らせだった。完全なる部外者である私が、はるかに知名度の高いほかの候補に勝ったのだ。テクノロジーと共に繁栄しようという私のメッセージが純粋に評価されたのである。

後者については、電話をかけてきた理事長のアルンが気さくな人物で、私を祝福する気満々だったということに尽きる。実際、私は革新的なメッセージを発信し、見事に逆転勝利をおさめたのだ。そんな相手と、もっと深く語り合いたいと彼が考えるのも当然だろう。アルンはいくつかの助言をくれ、私の計画について質問した。フランシスはどうしているかと尋ね、彼自身の近況についても話してくれた。

それは本当に素敵なことだったし、私はアルンに対して心から好感を抱いた。彼との会話を、失礼な形で切り上げるような真似は断じてしたくなかった。

同時に、携帯電話がきわめて高性能なマイクを備えているのではないかと不安でたまらなかった。会話に異音が混じるのを避けるのは、電話で話すときの最低限のマナーだろう。

だが、それはどんどん困難になっていった。私の声は、いよいよもって切羽詰まって聞こえたはずだ。もっとも、相手はその理由を知るよしもない。電話が切れるのと、腸の我慢が限界を迎えたのは、ほぼ同時だった。

指輪とアンク

翌朝早く、晴れて〝アウトプット2号〟の最適位置が腹の上にフェルトペンで書きこまれた。次に、別の病院職員が私から貴金属類をふんだくるためにやってきた。時計以外に私がいつも身につけているものといえば、結婚指輪と、細い金のチェーンにぶらさがった金のアンクくらいだ。

アンクとは古代エジプトの生命のシンボルだ。ラハイランが魔術の競技会で獲得した賞品も、ちょうどこんな形をしていた。このアンクは、私たちの25年目の記念日にフランシスが贈ってくれたものだ。指輪もアンクも、最初にフランシスにつけてもらったときから一度も外したことはない。

科学的に考えればバカげている、しかしロマンティックに考えればごく当たり前の理由から、私はどちらも外したくはなかった。私の脳の原始的な部分は、これらの愛情のこもったプレゼントに何かしら神秘的な力が宿っていると信じたがっていた。科学者としての研鑽と、自分が信じるもの（あるいは信じないもの）すべてをもってしても、この気持ちは否定できなかった。あるいは、私にそう思わせていたのは遠い昔にサラニア王国に置いてきた脳の一部だったのかもしれない。そこでは、私はラハイランとして最上無比の魔力を誇り、永遠にアヴァロンと共にある。いずれにせよ、私は指輪もアンクも手放したくはなかった。

ややあって冷静になった私は、お前は科学者だろうと自分に言い聞かせ、アンクを職員に手渡した。しかし結婚指輪については、きつくて指から外せないと嘘をついた。その場合、上からテープを巻かなくてはならないとのことだったので、そうしてもらった。

撮影班は、私に簡単な手術前のインタビューを行った。私は、手術中に万一のことが起きても、科学はその失敗から学ぶことがあるだろうし、それが研究というものの本質なのだと強調しておいた。

続いて、フランシスと私がお別れのキスをするシーンの撮影がすむと、私は車椅子で手術室へと運ばれていった。手術室では、麻酔医のマリーが私の手首から動脈カニューレを挿入しているあいだ、彼女と心楽しい会話を交わした。

手術前の検査で、私の肺活量がいまや76％まで落ちていることを除けば、特に異常はないことが確認された。なんにせよ手術を受ける意思に変わりはないことを私があらためて表明すると、マリーは大してあいだを置かず、私を眠りに落としたのだった。

ＩＣＵにて

フランシスは待った。愛する相手の手術が終わるのを待つ人がみなそうであるように、ただひたすら待ちつづけた。やがて電話が鳴り、私がＩＣＵに移ったことを知らされると、フランシスもほどなくＩＣＵに到着した。

一般的な流れと異なるのは、マリーの計画にしたがって、私にはプロポフォールとレミフェンタニルという2種類の麻酔が使われており、1つずつ順番に効果が切れる点だ。気管切開の手術が必要になったとき、ただちに手術台に戻れるようにするための工夫である。

まず、プロポフォールが私の体から完全に抜けるまで待つと、次にレミフェンタニルの投与が止められた。レミフェンタニルの効果は、約10分で切れることになっている。カウントダウンが始まってからほぼきっかり10分後に、私は意識を取り戻した。

ＩＣＵの看護師がフランシスに言うには、これまで見た中でいちばんすばやい覚醒だったそうだ。もちろん、重要なポイントはそこではない。フランシスをはじめ、その場の全員が最も気にしていたのは、私が再び自発的に呼吸できるのかどうかということだった。

意識が戻ったあとの最初の記憶は、フランシスと再会し、手術の成功を知らされたことだ。病室の中は明るく、とてもモダンで、たくさんの人が周りにいた。

私の顔には、なんとなく防毒マスクを思わせる大きな酸素マスクが、ストラップで固定されている。自発的に呼吸しようとするのをマスクが邪魔するのが気に入らなかったので、私はマスクを外してみたいという意思を身ぶりで示した。

なぜかこのとき、フランシスが携帯電話で動画を撮影することを急に思いついた。その場にいた病院の偉い人も、なぜかそれを許可した。その結果、マスクが取り外される決定的な場面が、後世に残されることになる。

その瞬間、私は自らの力で深く息を吸い込んでいた。

夜中になると、担当の若い看護師が薬を持ってきた。彼女は夜の8時から、ずっと私の様子を見てくれている。私たちは何時間もおしゃべりを続けた。トリプルオストミーのこと、ＭＮＤのこと、〝喉頭蓋〟のエピソード、ＭＮＤ患者が繁栄するための計画、フランシスとの関係――私の目はすっかり冴えていた。

看護師がくれた薬は、1種類を除いてすべて錠剤で、私はそれらを水で飲みくだした。飲み込む能力が手術で損なわれなかったことに、心からの安堵が湧き上がる。

最後の1種類は液体の薬だった。先々のことを考えれば、錠剤を喉に詰まらせる危険を冒すより、液体のほうがずっと理にかなっている。私は使い捨ての小さなコップからその薬を飲んだ。シロップのような味がする。飲み込もうとしたとき、喉の奥がちょっとヒリヒリするのを感じた。

次の瞬間、ものすごくヒリヒリした。こらえきれずに咳込むと、ドライブ中に経験したときよりもずっと早く、喘鳴《ぜんめい》が始まった。ゼイゼイ、ゴホゴホ、ゼイゼイ。とても息を継いでいる間がない。自分が窒息しかけているのがわかる。あらゆる鎮痛剤を投与されているにもかかわらず、肺が焼けつくように痛む。

肺はいまや、酸素を求めて悲鳴を上げていた。ナースは完全に不意をつかれて動揺している。何か喉に詰まりました？　それともアレルギーの発作ですか？

絶体絶命の中、私は肺に残った最後の空気を絞り出すように、かすれ声でささやいた。

「コウトウガイ！」

退院

2週間後、私は生まれたばかりの大甥のエディーを腕に抱いていた。

この子は健気にも、私が退院するその日まで、この世に生を受けるのを母親の子宮の中で待ってくれていた。そして今、エディーも無事退院し、取り巻きを連れて、隣の家まで私たちに会いに来てくれたというわけだ。

「そのナースには、なんの意味だかわかったの？」義理の家族の1人が勢い込んで尋ねる。すぐに答えを聞かないと、私が死んでしまうとでもいうように。

「2秒ほどぽかんとした顔をしていたけど、すぐに僕の話を思い出してくれたよ。たぶん〝喉頭蓋〟なんて単語を聞いたのは久しぶりだっただろうからね。慌てて水を持ってきて飲ませてくれた。その先はご存じのとおりだ」

「一歩間違ったら、大変なことになっていたかも！」別の1人が口をはさむ。

「それはそうなんだが、もし窒息するなら、ＩＣＵほど最適な場所はないよ」

「あなたが前例をつくったおかげで、これからはほかの患者さんもＮＨＳでトリプルなんとかの手術を受けられるの？」

「そのとおりだ！　もちろん、依然としてリスクはある。僕の手術がこんなにうまくいったのはラッキーだったんだ。でも、ＭＮＤに対する有効な選択肢を示すことはできたと思っているよ」

「トレイシーから聞いた話をしてやりなよ」フランシスが促す。

「ああ、そうだった。愛すべき僕らの友人トレイシーは、イギリス南西部のすべてのＭＮＤ患者に対して、ＮＨＳでの治療をコーディネートするのが仕事なんだ。だから、ＭＮＤと診断されたばかりの人がいると、すぐさまその人の家まで訪ねていくのさ。

さて、ある日彼女は、とあるおばあさんとの最初の面談に出かけていった。ひとしきり挨拶が終わったあとで、おばあさんはこう言ったらしい。『ねえあなた、そういえばピーター・スコット－モーガンとかいう人のことをご存じ？』当然、トレイシーは用心ぶかくこう答えた。『名前は聞いたことがありますけど……』『それはよかったわ！　私もその人みたいに、栄養チューブのほかに、〝恥骨上カテーテル〟とかいうのをつけたいの』トレイシーは鼻高々だったそうだよ！」

24

バークレー・スクエア

30歳の誕生日にフランシスが贈ってくれたカルティエの腕時計に目をやると、時刻はもうすぐ7時半だった。濃紺のスリーピースのベストのボタンを留め、鏡をちらりとチェックする。フランシスからつくりたてのサンドイッチを受け取ってブリーフケースに入れると、私は彼に派手なキスをして家を出た。

地下鉄のオスタレー駅は家から歩いてすぐの場所にある。足取りも軽く、駅には電車の時刻ちょうどに着いた——その日が波乱万丈の1日になろうとは、そのときは知るよしもなかった。

オスタレーは、新しい生活に打ってつけの立地だった。東に行けばメイフェアにある職場に、西に行けばヒースロー空港に、どちらも地下鉄で同じくらいの時間で着く。どちらのほうを多く利用するかは、週によってまちまちだった。

ロンドンの中心部から45分離れた駅に住む利点は、早起きをするという条件つきで、ほぼ毎朝電車の中で座れることだ。数駅過ぎれば、どんどん立つ人が増えてくる。

アーサー・D・リトル

この日、私は東に向かう電車の中で、プレゼンテーションの脳内リハーサルを行っていた。約半時間後に到着したのは、職場のあるバークレー《B》・スクエア《S》・ハウス《H》。威圧的なエントランスをくぐり、エレベーターを呼んで、９階――すなわち最上階《ペントハウス》行きのボタンを押す。このフロアは私のような、社のはみ出し者のすみかになっていた。

アーサー《A》・D《D》・リトル《L》は、世界に名を馳せるテクノロジー系の経営コンサルティング会社だ。そのロンドン支社は、ＢＳＨの６階と９階にオフィスを構えるいっぷう変わった配置になっている。

社の中枢である６階のオフィスは広大だ。一方の９階は、この界隈の家賃が高騰したときに抜け目のない大家が屋上に増築したもので、面積はずっと狭い。私のオフィスからは分厚いガラス越しにロンドン中心部のパノラマが見渡せた。しかしこの絶景にもかかわらず、狭くて空調も悪い６階の個室と私の個室を交換したがる同僚は１人もいなかった。

というのも、６階こそがＡＤＬの〝権力の回廊〟だったからだ。その先はロンドン支社長であるマイケル（社員はみなファーストネームで呼び合うのが、この職場の習慣だった）の角部屋につながっている。もっとも、私自身は自分の置かれた境遇に満足しており、特に６階に移りたいとは思っていなかった。

９階の住人は、言ってしまえば組織のメインストリームから外れた、異端児やはみ出し者の集団だった。しかし本人たちはそのことを楽しんでいた。

私たちにオフィス――それも、かなり素敵なオフィス――があてがわれている事実は、会社が私たちの働きから利益を得ており、私たちを手元に置きたいと考えていることの証左にほかならない。会社としては、私たちを機嫌よく遊ばせておくのが得策だった。ただし、あまり自分たちに近すぎない場所で。

私は９階の住人の中でも群を抜いて若かった。ＡＤＬに入社してまだ4年しかたっていなかったので、最も社歴の浅い社員でもあった。これは、大半の社員が入社から2年以内に丁重に退社を求められるからだ。つまり、私は一応〝期待されていた〟ということになる。その背景には、私がオフィスで唯一の博士号保持者だったという事情も関係しているかもしれない。

はみ出し者

その日、ロバートの個室の前を通りかかった私は、すりガラスのドア越しに大きな声であいさつした。ロバートは私より20歳以上も年かさで、煙突のようにタバコを吸う、フロアきっての野生児だ。

彼の武勇伝を挙げればきりがないが、そのほとんどに女性か、酒か、クスリのいずれかが絡んでいる。時にはその３つが同時に絡んで目も当てられないことになっていた。

だが、顧客はロバートをたいそう気に入っていた。また、ＡＤＬ社もロバートを大いに買っていた。お気に入りのやんちゃな甥を１００回叱りつけては、１００回許して忘れる愛情深いおじさんさながらだ（その直後にまた新たな罪状が加わるわけだが）。

さらに、みんなの話からすると、ロバートは秘書からもモテた。それもしょっちゅう。私自身、それが事実であることを少なくとも1度は確認している。

1年ほど前のこと、自分の部屋に戻る途中で、ロバートの部屋のドアの前に同僚の1人が立っているのを見かけた。こちらの姿に気づくと、彼はせわしなく手招きをして私をそばに呼び寄せた。

「6階に新しく来た秘書とヤッてる最中みたいだぜ！　10分前に2人で部屋に入っていくのを見たんだ」

背後の個室からもれ聞こえてくる音声から察するに、同僚の出した結論は正しいように思われた。しかし、窓一面がつやつやした白い紙のようなもので覆われているため、いかんせん事実かどうかを確かめようがない。私たちの視界を遮っているものが何なのか、私は近寄って観察した。

「いつも壁に張ってあるポスターだ。壁からはがして、粘着ラバー《ブル・タック》で窓に張りつけたんだな。プライバシー保護のためにね」

その場を去ろうとしたとき、私たちはあることに気がついた。ブル・タックはすぐれた製品である。しかし経年劣化したうえにエアコンの強風にさらされつづけると、悲しいかなその粘着力のいくらかを失ってしまうのだ。

今まさに、そうしたことが起こっていた。ポスターの角の1カ所は、もはや窓にはくっついていない。私たちが見守っていると、反対側の角もはがれはじめた。ブラインドがゆっくりと下りるように、ポスターがしなだれていく。

やがて、下部を支えるブル・タックも力尽きたところで、ポスターはついに床に滑り落ちた。その結果、同僚が音声を頼りに導き出した推論は、完全に正しかったことが証明されたのだった。

ポスターの裏切り行為に明らかに狼狽した様子のロバートは、顔を上げてこちらを見た。だが、いかにも彼らしく、そのままコトを続けた。私たちの存在を認めたことのささやかな証しに、にんまり笑って親指を上げてみせはしたが。

非凡な組織

１９８０年代後半のＡＤＬは、まさしく非凡な組織だった。テクノロジーに深く根を張り、革新的で、数々のテック企業を成功に導き、軌道に乗せてきた。テクノロジーによって革命を起こす方法を知り尽くしている会社というだけでも、私にとっては十分に魅力的だった。さらに、入社後ほどなく、私は自分自身がコンサルタントの仕事を大いに楽しんでいることに気づいた。

同時に、自分がとてつもない幸運に恵まれたことをすばやく感じ取った――この会社で、少しばかり慎重に行動していれば、私のような人間でも出世できるに違いない。

ＡＤＬは、伝説的な創業者であるアーサー・デホン・リトル博士その人のように自由な思考の持ち主を、1世紀にわたって重用してきた。豚の耳から取ったゼラチンを材料に人工シルクを合成し、〝豚の耳で絹の財布はつくれない〟【素材の悪さは変えようがない、の意】という諺を文字どおりひっくり返してみせたこともある（そのためには荷車1台分の豚の耳が必要だった）。

その栄光に甘んじることなく、半世紀後には〝鉛の風船〟【「鉛の風船のように飛ばない」は「大コケする」という意味の成句】を実際に飛ばしてみせた（高く飛ばしすぎて、ボストンのローガン空港から危険物扱いされたほどだ）。

においを分類するためのすぐれた手法を編み出したのもADLの功績である。これは〝100万ドルの鼻の持ち主〟と称された科学者アーネスト・クロッカーが、ある難病に侵された少年の命を救う手助けになった。大勢の医師がさじを投げる中、クロッカーは少年の体臭を手がかりに、その病名を突き止めたのだ。

ランチタイムが始まる前に、私は持ってきたサンドイッチを食べ終えた。ほかの同僚は近所の店から昼食を調達していたが、弁当を持参すればどれだけの節約になるか、フランシスと私はきっちり計算していた。

私たちにとって、貧乏暮らしの記憶はいまだ鮮明であり、同じ思いをするのは2度とごめんだった。同僚たちはみな、せっかくの高給を使い果たしているように見受けられた。しかしフランシスと私は、可能な限り節約に励み、住宅ローンの返済に充てていた。

攻防

その日に関して言えば、私が向かおうとしている6階の会議室には、月例会議のためにあらゆる種類のサンドイッチが用意されているはずだった。

とはいえ、プレゼンの主役は私自身である。話が終わるころには目ぼしい品、あるいはベタベタと触られていない品は1つも残っていないことが予想された。

実際、私がプレゼンを開始して40分もたつと、料理はすっかりどこかへ消えていた。口いっぱいに頬張っていたベーコンだのアボカドだのエビだのサーモンだのカッテージチーズだのを飲み込んでしまうと、参加者は口々に質問を始めた。

やがて、ブリュッセル支社のパトリスがその輪に加わった。ＡＤＬの重役でもある、いわゆる大御所の1人だ。加えて彼は、グローバル技術革新部門の責任者でもあり、その意味では私のいちばん上のボスだった。

パトリスはこの日のために飛行機でロンドンに来ていたが、いまやわざわざ立ち上がって私に質問しようとしていた。ほかの参加者は座ったまま質問していたので、何か意図があるのだろう。パトリスは並外れた長身と、きわめて緻密に刈り込まれた髭の持ち主だ。その外見に、ベルギー風のアクセントがぴたりとマッチしている。

「ピーター、君が言う〝暗黙のルール〟のテクニックとやらは、つまるところ企業カルチャーを解析するための手法だということでいいのかな？」

「ええと、それはあくまで副産物のようなものです。このテクニックの主眼は、たとえば何万人ものスタッフを抱える組織のような、きわめて複雑なシステムをひもとくことです。それによって、組織の内側でどのような見えざるルールが働いているのかを理解するのが狙いなんです」

「なるほど。だが、君が解き明かそうとしているのは結局、フワフワした曖昧なカルチャーなんだろう？」

「そういうわけではありません。この分析手法では、あらゆるステップにおいて厳密なロジックを適用します。その過程で、おっしゃるように〝フワフワしている〟という理由で見過ごされがちな事柄に説明をつけることも可能でしょう。

ですが、それは追加ボーナスのようなものです。重要なのは、このテクニックを用いれば、わが社が提案した優秀なアイデアの一部が、なぜ、あるいはどのようにして失敗に至ったのかという謎をついに解明できるという点です。そうすれば、アイデアをそのままクライアントに押し付けて突き返される代わりに、アイデアを改良し、実際にその会社に適用させることが可能になります」

「まさにそれが、フワフワした話だと言っているんだ。私が心配したとおりだよ」

パトリスは、判事に訴えかける凄腕弁護士のような物腰で、ほかの面々をぐるりと見渡した。

このままではマズい。

「ですがパトリス、〝暗黙のルール〟のテクニックの本質は、企業のカルチャーを解析することではありません。言うなれば、未来を解析するのが主眼です。変革の邪魔になる、見えざる障壁を取り除くのが本来の目的なのです。それが、ひいては未来を変えることにつながります。クライアントはそういう言い方をしませんが、未来を変えることこそ、彼らの究極の望みです。そのためにわれわれは雇われているのではありませんか？」

「ああ。だが、組織のカルチャーを変えたいとは望んでいないだろう」パトリスは私の話をまったく聞いていないようだった。「君の提案に、われわれのクライアントが興味を持つとは思えない」

「持つに決まってますよ！　僕らはしょっちゅう、理屈の上ではまともだけれど、現実的には機能しないソリューションをクライアントに提案しているじゃありませんか。そもそも僕がこのテクニックを思いついたのも、フィリップス・エレクトロニクス社に提案したアイデアの一部が機能していない原因を分析したのがきっかけでした。それはよくご存じですよね」

これは駆け引き上、最良の一手ではなかったかもしれない――というのも、頓挫したのはパトリス自身のアイデアだったからだ。

「だからといって、フィリップスは社風の監査や評価のたぐいを求めているわけではないだろう。すまないが、君の提案は何もないところから綿菓子をつくりだすようなものだとしか思えないね」

またしても判事に訴える弁護士モードでパトリスは言い放った。「極端な話、君の〝暗黙のルール〟のテクニックが有効だろうが、そうでなかろうが、関係ない。それはアーサー・D・

リトルが手がけるべき仕事ではない」

そう言い終えると、パトリスは着席した。入れ替わりに支社長のマイケルが立ち上がり、〝型破りな《マーヴェリック》〟若手による〝刺激的な〟プレゼンに対して礼を述べた。そしてミーティングはお開きとなった。

暗雲

私がOHPのスライドをかき集め、9階のオフィスへ戻る準備をしていると、わがメンターであるブルースが近づいてきた。役職こそロンドン支社の副社長だが、ブルースもまたADLの大御所の1人だ。

定年を間近に控えたブルースは、かんしゃく持ちの、融通のきかない完璧主義者として悪名高く、難解な文章を書くことでも大勢を困らせてきた。彼と同棲している強面の女性は、かのマッキンゼーで史上初の女性パートナーにまでなった人物だ。私はブルースが大好きで、心の底から彼を尊敬していた。

「簡単な感想戦と行こうか?」ブルースがぼそっと言う。

私たちは、支社長マイケルのオフィスの隣にあるブルースのオフィスへと向かった。ゆったりとした足取りのブルースと並んで歩くのはひと苦労だ。うっかり早足になると、いかにもこちらが慌てているように見える。オフィスに入ると、ブルースは私に椅子をすすめ、自分も腰を下ろした。

「パトリスをまともに相手にしてはいけないよ。彼は確かに優秀だが、自分と同じくらい優秀な人間がいることに耐えられないんだ。まして、自分の立場を脅かすような真似を、他人に許すわけがない」

「でも、僕だって彼の部下なんですよ。〝暗黙のルール〟のテクニックはパトリスの信用を上げるでしょうが、その逆はありえません」

「ふむ。だが、そのアイデアを考えたのはパトリスではないだろう？　それだけで、彼の中では検討に値しないのだよ」

「すみませんが、もしおっしゃるとおりならばかげた話です。それって嫌がらせですよね。僕は、嫌がらせには屈しないと決めているんです！」

「落ち着いて、落ち着いて。何もむきにならなくてもいいだろう。君のアイデアをクライアントに売り込むんだ。金を稼いでくる以上に、有効な説得法などないのだからね！」

「でも、パトリスのクライアントには近づけません」

「なら、パトリスの裏をかけばいい。別のところに売るんだ。ブリティッシュ《B》・ペトロリアム《P》には売り込んであるんだろう。反応はどうだね？」

「まだ返事はありません。もうずいぶんたつんですが。ＢＰの担当者によると『スコープを検討中』なんだそうです。それに、ゴーサインが出るまでにはすごくたくさんの人の承認がいるらしくて」

「なるほど。その担当者は遠回しによくない知らせを伝えているのかもしれないな。今のところはなんとも言えないがね。ともあれ、いつか君は大きな契約をものにするだろう。そうなれば、この会社での君の立場は安泰だ。もはや単なる、アイデア勝負の〝型破りな〟若手ではなく――」ブルースは、先ほどのマイケルの言葉を引き合いに出してにっこりした。しかし彼自身、その言葉を否定しているわけではないことはわかった。「――わが社のジュニアパートナーの候補としてね」

数週間前にも、ブルースはその可能性について、こっそり教えてくれた。2カ月後には、年に1回のパートナー選考会が開かれる。そこでジャーヴィスというやや年長の同僚と共に、私の名前が候補に挙がっているというのだ。といっても、わずかな見込みがあるという程度の話だが。

「まあ、あまり期待はしないでおきます」私は笑った。

「前にも言ったが、もし今回の選考で君に決まったら、わが社の歴史上、最年少のジュニアパートナーが誕生することになる。なので、たしかに過剰な期待は禁物だ。とはいえ、君にまったく見込みがないのであれば、そもそも最初から推薦などしないよ」

「本当に感謝しています」

「優秀なシニアコンサルタントがきちんと出世できるように取り計らうのが、私の仕事だからね」ここでブルースは言葉を切った。次に続けるべき言葉を、慎重に探るかのように。「その意味で、私はいささか憂慮しているんだ――君の私生活に関する噂をね」

暗黙のルール

25

　突如として、キングス・カレッジ・スクール時代の記憶がフラッシュバックする。またしても、校長との〝ちょっとした話し合い〟が再現されるのか。

　ブルースには、これまで私生活について話したことはなかった。その半面、私はパブリックスクール時代にもましてゲイであることに誇りを感じていた。だから、そのことについて尋ねてきた同僚には包み隠さず話していた。

　ブルースは何も聞いてこなかったし、それは支社長のマイケルにしても同じだった。しかし私は、両者の秘書と親しくしている（マイケルの秘書であるヘレンとは特に仲がよかった）。彼女たちは私のプライベートについてかなり詳しくなっていたので、2人の上司もその断片くらいは知っているだろうと思っていた。

　ただ、面と向かって話題にはしないだけだ。ということは、特に問題はないということだろう。そのときまで、私はそう考えていた。

「今からするのは、ここだけの話だ。なので、君にはいっさい行動を起こしてほしくない。ただ、ジャーヴィスがパートナーたちとの会話の中で、君が昇進にふさわしいのかどうかを問題にしているようなのでね」

「なんですって？」

ブルースは愛情あふれるしぐさで手を振り、私をなだめた。

「どうやら彼は、ジュニアパートナーに昇進できるのは君らのどちらか1人だけだと思っているようだ――そして、その座を君に譲るつもりはないらしい」

自分でも意外なことに、まったく驚きはなかった。〝口のうまさと抜け目のなさを武器に、露天商から成り上がったロンドン証券取引所の豪腕トレーダー〟。それが、私にとってのジャーヴィスの一貫したイメージだったからだ。

「正確には、僕の〝私生活〟について、彼はなんと言っているんです？」

「悪口などではないよ。君を批判しているわけでもない。ただ、ちょっとした当てこすりさ。いかにも君を気遣っている体《てい》でね。どういう感じなのかは、君にもわかるだろう」

「いいえ、わかりません」もちろん、想像はついたが。

「こんな感じさ。『これはピーターじゃなくて、僕の問題なんです。ただ、彼のライフスタイルをどうしても受け入れられなくて。もちろん、プライベートと仕事は完全に別物です。ピーターがすばらしく優秀で、会社にとってかけがえのない人材であることも承知しています。でも、われわれのクライアントはどう思うでしょう？　僕はそれが心配なんです。結局のところ、一部のクライアントは実に保守的ですからね。ピーターの人生の選択について、われわれがどう思っていようとも、優先されるべきはクライアントの感情だと思うのですよ』……ジャーヴィスにしちゃ、なかなか頭のいいやり方じゃないか」ブルースは、ジャーヴィスのＩＱをあまり高く買っていなかった。「マザー・テレサみたいなそぶりで、君の背中に毒を塗ったナイフを突き立てようっていうんだからな！」

たしかに、賢いやり方だ。ブルースと私は、打てる手は特にないということで意見の一致を見た――ただ、仕事で勝つ以外は。

朗報

ブルースとの話し合いを終えた私は、社の中枢である6階にジャーヴィスのオフィスがあるという事実を重く受け止めつつ、9階に戻っていった。

それから2時間ほどは、いささか意気消沈して過ごした。翌日にはダブリンでクライアント向けのプレゼンが予定されている、その仕上げにかかっていると、私の秘書が興奮した様子でドアの向こうから顔を突き出した。そして、未決箱に書類を入れながら、仕入れてきたばかりのニュースを私に伝えた。

「たった今、ファックス室から内線がありました。あなた宛てのファックスが届いたそうですよ。緊急案件らしいんですが、あいにく事務の男の子が用紙の買い出しで留守にしているんですって。それにしても、途中で用紙切れにならなくてラッキーでした。あなたのぶんの印刷が終わった瞬間、ブザーが鳴り出したそうですからね。

そんなわけでファックスは無事に届いたんですが、今すぐここまで持ってこられる人が誰もいないんです。私が下まで行って取ってきたほうがいいですか？　もし待ってもらえるのなら、先にこの書類のチェックを終わらせたいんですが。今日はあと1時間でここを出なくちゃならないんです。こないだ話したイタリア人の男の子とデートなんですよ。家に帰ってから少なくとも30分は支度にかかるし――」

「どこから来たファックスなのか聞いてないよね？」

「あっ、すみません。ＢＰ社です」

私はすでに半分立ち上がっていた。秘書の脇をすばやくすり抜けながら、彼女に声をかける。

「大丈夫、自分で取ってくるよ」

いったんエレベーターへと急いだが、到底待っていられないと思い直した。非常階段を３段飛ばしで駆け降り、受付に飛び込む。

「大忙しね！」完璧な身なりの受付係が声を上げる。

「任務遂行中、って感じ！」もう1人が声をそろえる。私は満面の笑みを彼女たちに向けると、駆け足を早足に切り替えた。角を曲がって大廊下を突き進み、脇の廊下にそれると、テレックス、コピー機、ファックス２台が置かれている一室に入っていく。その部屋の主は、中年の女性社員だった。

「すみません、僕にファックスが届いているはずなんですが」

「届いてますよ。どうぞ」

私はつやつやと光るファックス用紙を受け取った。彼女はひと続きの感熱紙を切り離して、元の２ページの手紙に近い体裁に整えてくれていた。だが、用紙切れの手前だったせいで紙が丸まっていて、一度に1段落しか読むことができない。

ざっと最後まで読んでから、改めて机の上に紙を広げ、丸まらないように押さえつけた。そしてもう1度最初から目を通す。

「いい知らせなの?」

その声に振り向いた私は、勝ち誇って宣言した。

「この世界は僕のもの、ですよ!」

逆転

丸まったファックス用紙をひっ掴み、〝権力の回廊〟を直進してブルースのオフィスへ向かう。オフィスのドアが閉まっていれば、この勝利の行進も肩透かしに終わるところだったが、幸いドアは大きく開いていた。私に気づいたブルースが手招きしたので、立ち止まることなく部屋の中に入っていく。

口を開くより先に、私はファックスを手渡した。ブルースがすばやく目を通していく。１ページ目を読み終えるころには、その顔には笑みが浮かんでいた。２ページ目を読み終えたところで、ブルースは宣言した。

「これですべてが変わるぞ!」

そう言うが早いか、椅子から飛び上がると、これまで見たこともないような早足で隣のオフィスへと入っていき、秘書のヘレンに尋ねる。

「マイケルと話せるかね?」

「あいにく、パトリスと打ち合わせ中です」

「ますます結構!」

ブルースは形ばかりのノックをすると、応答を待たずにマイケルのオフィスに突入していった。

「君にぜひ見せたいものがあってね」と、闖入に対する口上を述べる。パトリスはむっとした表情を見せたが、やがて諦めたように邪魔者を受け入れた。だが、ブルースの背後に私がいるのを見つけると再びむっとした顔になる。対照的に、マイケルは私が同行していることに興味を持ったようで、にこやかに迎え入れてくれた。

「さて、これは何かな?」

マイケルはファックス用紙を受け取ると、大きなデスクの上に広げた。雑多なアイテムで紙の端を押さえ、目を通していく。

「これはこれは!」

ＢＰ社は〝暗黙のルール〟の手法による分析を、彼らの拠点のどこか1カ所ではなく(それが当初の私の提案だった）、なんと10カ所について依頼してきた。このときマイケルが読んでいたのは、その部分に違いない。

「やったじゃないか！」

マイケルは顔を上げて私に笑いかけると、再び目を落としてファックスをざっと読み終えた。最後の部分には、この案件に対してＢＰ社がいくら払うつもりなのかが明記されている——そこには、短い数字のうしろに十分な数のゼロが並んでいた。しかも諸経費は別だ。

さすがのパトリスも、好奇心を隠せなくなってきたらしい。

「私にも、朗報の内容を教えてもらえませんかね？」

ブルースは、相手をぎゃふんと言わせるチャンスを見逃さなかった。

「やあパトリス、嬉しいことに、今日のランチで君が心配していたことは杞憂だったようだよ。ここにいる若きピーターは、実に見識豊かで、かつ金払いのいいクライアントを見つけたんだ。彼らは君のベルギーチョコレートより、ピーターの綿菓子のほうが気に入ったらしいぞ」

パトリスが困惑した表情を見せると、ブルースはこう付け加えた。

「それも、ありったけの綿菓子さ！」

転機

数週間後、フランシスと私はシャンパンで祝杯をあげていた。グラスを鳴らして、フランシスが高らかに言う。

「最年少のジュニアパートナー誕生を祝って！」

「知ってるかい？　来週、僕のオフィスは6階に移動するんだ。支社長のオフィスから4部屋しか離れていないんだよ」フランシスがいかにも感銘を受けたようだったので、「たまたま部屋が空いただけなんだけど」と白状する。「だから、そんなに大した話じゃないんだ。ともあれ、ジャーヴィスのオフィスはもっと離れているからね！」

「やったな！」フランシスはシャンパンをすすった。「それで、君の〝暗黙のルール〟のアイデアはこれからどうなるんだ？　君にとっては何が変わる？」

「まずは、みんなが僕の言うことをもう少し真剣に聞いてくれるようになるだろう。ちゃんと稼いでくる限りは、社内の居場所も増えるだろうしね。それに、ジュニアパートナーになったからには、多少は好きなように行動できる」

「何を今さら。君はいつだって、自分の好きなようにやってきたじゃないか！」

それから2年のあいだに、人生の節目となる出来事があと2回あった。1つは私たちの12年目の記念日で、この日をもって私たちの名字は正式に「スコット-モーガン」になった。これほど幸せなことはなかった。

唯一心配だったのは、この出来事を両親がどう受け止めるだろうかということだった。しかし意外にも、2人はすんなり受け入れた。母に至っては、私たちが偏狭な世間と闘って成し遂げたことに胸を張るべきだとまで言ってくれた。

それを聞いて、ここまで両親が歩んできた道のりの遠さを思わずにはいられなかった。私たちの関係を認め、祝福できるようになるまで、どれほどの葛藤があっただろう。

　私にこそ面と向かって口にはしなかったが、母はフランシスに初期の非礼を詫びた。さらに私たち2人の勇気を称え、フランシスとの出会いは私の人生にとって最高の出来事だったと語った――このときほど母の言葉に賛同したことはない。


　もう1つの出来事も、インパクトでは劣らなかった。というのも、私たちの生活そのものを変えてしまう出来事だったからだ。

　そのころ、私はボストンのＡＤＬ本社から1週間の出張を要請された。希望者に対して〝暗黙のルール〟のレクチャーを行うのが目的だ。よい提案のように思えたので、私は深く考えることなくこのリクエストに応じた。

　出張も終わりに近づいたころ、北米全域を統括する女性幹部が、あるミーティングの最中に軽い調子でこう言った。「今度は6カ月間、ロンドンにチームを派遣しようと思っているの。彼らにも〝暗黙のルール〟の分析手法をみっちり指導してちょうだい」

　この提案を予期していたわけではなかったが、1秒とたたずに私の脳は人生を変える決断を弾き出した。あまりに当然のことのように思われたので、あえて検討する必要すら感じなかった。私はその場でこう答えていた。

「いや、僕がアメリカに6カ月間滞在するほうが、ずっと効率的ですよ。それなら、希望者全員にトレーニングを行うことができます」

彼女は二つ返事で了承した。

フランシスに電話をすると、彼もその場で承諾した——もちろん、彼も一緒についていくという、当たり前の条件付きで。帰国後、あらためてこの件について話し合ったが、フランシスの意見ははっきりしていた。

「これは君にとって大きなチャンスだ。僕らは全力で飛び込むべきだと思う。結局、ロンドンみたいに本社から離れた場所じゃ、デカいことなんてできっこないんだ。でも、アメリカなら何が起きるかわかったもんじゃないだろ？　残りの人生を『あのとき○○していれば……』なんて後悔しながら過ごすなんてまっぴらだ。このチャンスは、絶対にモノにすべきだと思う」

そんなわけで、フランシスは仕事を辞め、私たちは家を売りに出し、飼っていた2匹のシェットランド・シープドッグの里親を探した。マサチューセッツ州ボストンに引っ越す準備だ。私たちが描いていた大きな計画とは、アメリカで成功をおさめ、無期限に向こうに滞在することだった。それが2人の夢だったのだ。

とはいえ、現実問題として、フランシスにとってはこれが初めてのボストン行きであり、観光目的以外の滞在が認められているわけでもない。ＡＤＬ社としても、単に役員の出向という認識しかない。その点は私の異動を指示するメールにははっきりと記されていた——「出向期間の上限は6カ月」と。

26 アメリカン・ドリーム

幸先の悪いことに、フランシスと私がマサチューセッツに到着したのは、緊急事態の真っ最中だった。大雪であらゆるものが停止していたのだ。

動揺を隠しつつ、タクシーの運転手に「ボストン市街まで」と告げる。金のドームを雪で覆われたマサチューセッツ州会議事堂《ステート・ハウス》の前から、私たちはもっと雪で覆われた歩道をとぼとぼ歩いた。

だが、幸先のいいことに、最初に見つけた賃貸アパートではちょうどワンルームの物件が1室空いたばかりだった。上のほうの階にあり、ボストン市街のすばらしい展望が見晴らせる部屋だ。私たちは迷わずこの物件に飛びついた。

そんなわけで、家探しは1時間とたたず、ステート・ハウスから100歩も離れないうちに終了した。ついにアメリカにやってきたのだ。

ボストンの中心部は、住むのにすばらしい場所だった。あまりに気に入ったので、早々に家を購入することを考えはじめたくらいだ。

もとより、スケジュールどおりにイギリスに連れ戻されるつもりはなかった。そのために、アメリカの土を踏んだその瞬間から、私はＡＤＬ社から与えられていた6カ月の出向期間をなんとか延長しようと奮闘を始めた。固く閉まった窓をテコでこじ開けるような作業だったが、そのうち少しずつ隙間が見えてきた。

アメリカへは短期の予定で来ていたにもかかわらず、赴任早々、私は「向こう1年こっちにいるピーター」と紹介されるようになった。数カ月後、出向の条件を記した正式な書面が届いたとき、そこにはアメリカでの滞在期間について「最低2年、合意に基づき無期限に延長」と明記されていた。

夕食会

アメリカン・ドリームの中に飛び込んで半年後、いまやチャンスの窓は大きく開かれ、私の夢も限りなく広がっていた。ある日私は、ＡＤＬ本社の最上階にある、企業マーケティング部長の広大なオフィスに呼ばれた。

「やあやあ、入ってくれ！」部長は見たところ40代、東海岸の教養人らしいアクセントで話し、それにふさわしい身なりをしていた。「ようやく落ち着いたようだな？」

私は座りにくいデザイナーズ・チェアに腰を下ろし、コーヒーテーブルを挟んで部長と対面した。部長の背後の窓からは、広大なエーコンパーク（現ケンブリッジ・ディスカバリー・パーク）が一望できる。その敷地内には数々の研究所、企業のオフィス、ヘリポートが点在し、カナダガモが生息する池もあった。

　私はこの眺めを大いに堪能した。私自身のオフィスは複数の建物が棟続きになった一角にあり、窓らしい窓がほとんどなかったからだ。ニューイングランドの冬を思わせる、凍てつくような空調さえ心地よい。一歩表に出れば暑いなどというレベルではなく、おまけにひどく蒸す1日だった。

「さてピーター、社長たちとの夕食会《プレジデンツ・ディナー》も無事に終わって何よりだ。感想を聞かせてもらおうじゃないか」

　〝社長たちとの夕食会〟とは、各企業のＣＥＯのみを招いて全米8都市で開催される、ＡＤＬにとって年に一度の大イベントだ。１９９３年の夕食会でスピーチをしたのは私1人だった。メイン料理とデザートのあいだにきっかり40分、〝暗黙のルール〟について話をしたのだ。よほど重要なイベントと見えて、フランシスと私がフロリダのキーウエストで1週間の休暇を取っているあいだ、2人の社員がわざわざ飛行機でやってきた。私がスピーチを完成させるのを、プールサイドで手伝うためだ。そのほうが私を雪深い2月のボストンに呼び戻すより手っ取り早いと考えたらしい。

「実を言うと、夕食会での成功をさらに後押しするためのアイデアがあるんです」

「夕食会はわが社のマーケティング戦略上、1年で最も金を使うイベントだ。効果を最大化できるのならそれに越したことはない。ぜひそのアイデアを聞きたいね」

「本を書こうと思っているんです」

部長の表情が固まる。あまりよいサインではない。

「ほほう！」ますますよくない。「それはどうかな」明らかに悪いサインだ。「たしかに、雑誌の記事にするくらいならちょうどいいかもしれない。あるいは、スピーチのネタにするとか。実際、君が社長たちとの夕食会で披露したスピーチはすばらしかった。だが……」宙に浮いた「だが」と、続く言葉を探すような間の組み合わせは、もはや最悪のサインだ。「……1冊の本にするとなると、せっかくのアイデアが薄まってしまうんじゃないか」

私の頭の中にはすでに最高の本が完成している。そのことを、なんとか部長にわかってもらおうと、私は半時間ほどむなしい努力を続けた。

「ただ、執筆の時間が必要なだけなんです」私は話を結ぶと、説得に多少の効果があったことを願いつつ、部長の目をじっと見た。

「君には悪いが、どうも釈然としないね。そのアイデアに賛同することはできない。私にはただ、その本をＡＤＬから出す理由がどうしても見つからないんだ。すまない」

出版

数分後、私は本部ビルと経営コンサルティング部門をつなぐ空中廊下を渡って、自分のオフィスに戻ろうとしていた。廊下の壁には着色したコンクリートが使われている。近所にあるマサチューセッツ工科大学のラボに雰囲気を似せたものらしい。

「やあ、UROG《ユーログ》のパイオニアじゃないか！」

廊下の反対側からやってきたのは、高給取りの重役の1人だった。会うたびにニコニコしているが、一方で、会うたびに私のことを笑いものにしているようにも見える。

初対面のとき、彼は周りの同僚に向かって、いかにも軽い調子でこう言った。「彼は同性愛者《ファグ》に目がないんだ」

これには面食らったが、私は平然とこう答えた。「実を言うと禁煙中なんです。ですが、どなたかタバコ《ファグ》が切れて困っているなら、すぐにでも1箱調達してきますよ」

重役はにやりとした。このとき、自分がなんらかのテストに合格したのだと私は感じた。

「おつかれさまです！」――〝暗黙のゲームのルール（Unwritten Rules Of the Game）〟に対する〝ユーログ〟なる趣味の悪い略語には目をつぶることにした。少なくとも、パイオニアと呼ばれて悪い気はしなかったからだ。廊下の先の階段を下りながら、私はいまや〝はみ出し者《マーヴェリック》〟の位置から確実にステップアップしたことを感じていた。

廊下をいくつか曲がって、自分の部屋に戻る。その個室は、冗談半分で〝オフィス〟と呼ばれていた。私の滞米期間がほんの数カ月になると思われていたころにあてがわれた部屋で、ビルの守衛のロッカーよりも狭く、駐車場を見下ろす極小の窓が1つあるきりだ。

部屋の位置もまた、ジョークの種になっていた。私が配属された部署の主任は、私を同僚たちに紹介する際、こんな軽口を飛ばしたものだ。

「ピーターのライフスタイルを尊重して、トイレのすぐ隣に彼のオフィスを設けるよう配慮したのさ」自分のジョークに自分で笑いながら、彼は私を振り向いた。「喜んでもらえると嬉しいね」

ゲイの男性は、時間が空くと意味もなくトイレを徘徊する――そんな認識が同僚たちのあいだで広まっていることを私が知ったのは、何カ月もたってからだ。だからそのときは、ただこう言っただけだった。「オフィスの場所はさておき、ここに来られて本当に嬉しいです！」

私は傷だらけの金属製の机の前に座った。私とこの机だけで、部屋の中はほぼいっぱいだった。秘書のエレインが姿を現し、ドアの前で立ち止まる。実際、彼女1人が入ってこられるだけのスペースもない。エレインはこれから帰宅するところのようだった。いつものエレガントな靴の代わりに、スニーカーを履いている。

「それで、どうなりました？」部長の呼び出しの顛末をエレインに話して聞かせると、彼女は内緒話をするように、こちらに身をかがめた。エレインはこの界隈で何十年も働いていて、60年代以降のゴシップはすべて頭の中に入っている。「無理もないわね。彼が前にいた会社では、『どんなすばらしいアイデアも、あいつの部屋に入った途端に死ぬ』と言われていたそうだから。でも、あなたならきっとなんとかできるでしょう」

約1時間後、私はブリーフケースと会社から与えられた古ぼけたラップトップを持ってオフィスを出た。真夏の蒸し暑さをものともせず、颯爽と地下鉄《ザ・ティー》の駅へと向かう。ステート・ハウスの最寄り駅で降り、そこから数分も歩けば、私たちの小ぢんまりしたアパートだ。

私はフランシスに、その日のミーティングの成り行きを話した。窓の外には、いかにもアメリカの都市らしい眺めが広がっている。アメリカに来て半年たった今でも、スーパーマンが飛んでいるのではないかと期待してしまうほどだ。

「どのみち、書くしかないんじゃないかな！」

「いつ？」

「週末に」

というわけで、私はそのとおりにした。５回の週末（とても長く感じられた）を費やしたのち、私は『暗黙のゲームのルール』【邦訳『会社の不文律』／ダイヤモンド社】のほぼ完成形に近い原稿を書き上げた。過去数年分のスピーチ、トレーニングの教材、ぼんやりとしたアイデアなどをすべて結集させたものだ。

とはいえ、出版にあたっては編集者に原稿を細切れにされることが予想されたので、文章には凝らず、普段話しているのと同じ調子でまとめた。

出版社に送る前に、社長にも原稿を提出した。しかし、会社の誰も原稿にまともに目を通すことはないだろうと私は踏んでいた。全員が、ほかの誰かが読んでいるはずだと思っているにちがいない。

いずれにせよ、マグロウヒル社が１９９４年春シーズンの目玉作品の1冊として『暗黙のゲームのルール』を刊行したとき、元の原稿から変更されていた部分は５カ所しかなかった——

うち2つは〝ファック〟という単語だった。

出世

私は、はみ出し者からパイオニアへと思いもよらない出世を遂げた。その結果、１９９４年のある時期は、雲の上にいるような日々を送ることになる。メディア（および私のアイデアに実際に金を出そうとしてくれている一部企業）が私を一種の権威に祭り上げたからだ。

私は国際スピーカー（講演者）事務局と契約し、ＡＤＬの正式なパートナーにもなった。突然、〝金のなる木〟として有望視されるようになったのである。

『暗黙のゲームのルール』を読んだことのない同僚でも、私がダボス会議（世界経済フォーラム）でスピーチを行ったあとは、確実に読んだことだろう。いまや、世界中に散らばっているＡＤＬの支社（主な国にはたいていある）から、自分の国にも講演に来てほしいという依頼が舞い込んでいた。

しかし、私の予定は年内いっぱいぎっしり埋まっており、１９９５年の６月になるまで彼らの期待には応えられそうになかった……それも、私がその気になればだが。

フランシスと私はこの成功を祝って、ルイ14世様式の舞踏室と、1台のマッスルカー【１９６０年代後半から70年代にかけてアメリカで生産された大型のスポーツカー】を購入した。

より正確に言えば、１８６０年代に建てられたブラウンストーン造りのタウンハウスに恋に落ち、巨額のローンを組んでその一角にあるマンションを手に入れたのだ。このタウンハウスは、街の中心にあるボストン公園《コモン》にほど近い、緑あふれるコモンウェルス・アベニュー沿いにあった。最も大きな部屋は、オリジナルのタウンハウスからそのまま残っているロココ調の巨大な大広間だ。フランスの城《シャトー》から運び込まれた複雑な装飾が壁一面を飾っている。

これほど大きな買い物に踏み切ったのは、私たちが初めて一緒に住んだ家で、窓枠にセロハンテープで封をしたときの記憶がいまだ鮮明に残っていたからかもしれない。

２つ目の買い物は、それよりはずっと控えめなものだった。私たちが車に求める条件ははっきりしていた。しかし、ではどの車を買えばいいのかということになると、２人して見当もつかない。そこで私はつてをたどり、アメリカの自動車産業を語らせれば世界クラスの権威だというＡＤＬのシニアコンサルタントにたどり着いた。私は彼に、自分たちの困りごとを打ち明けた。

「ああ、それならマッスルカーだよ！」

彼に教えてもらった車種を参考に、私たちはいくつかカタログを取り寄せ、ＧＭのポンティアック・ファイヤーバードを買うことに決めた。フランシスはさっそく、グレーターボストン地区の代理店に電話をかけた。

「ええ、ルーフが開くタイプの車がほしいんです。はい、なるべく明るいレッドがいいですね。いいえ、試運転は必要ありません。いや、今まで乗ったことはないです――というか、見たことがあるかどうかも怪しいな。でも、カタログで見る限り完璧ですよ。ちゃんとエンジンがついていれば問題ありません」

私たちは車のルーフを全開にし、真夏の日差しよけにサングラスをかけると、軽快なエンジン音と共にコモンウェルス・アベニューを疾走した。オートチェンジのＣＤプレーヤーで音楽をかけ、スピーカーから爆音で流す。実はこのドライブは、合衆国の入国管理局に対するささやかな勝利宣言でもあった。

私たちがアメリカに移ってからというもの、フランシスには常に入国を拒否されるかもしれないという不安がつきまとっていた。私は会社の都合で赴任しているが、フランシスの場合、書類上は休暇で渡米していることになっている。

アメリカの法律では、管理職として同国に赴任中の人間の〝婚姻関係にないパートナー〟について、自由な出入国を認めている。しかし、フランシスは私の〝婚姻関係にないパートナー〟とは見なされていなかった。

これは不公平ではないか。私たちは移民問題専門の弁護士を通じて入国管理局にかけ合った。その結果、〝婚姻関係にないパートナー〟の定義にあたっては〝性別を問わない〟旨を明記した公式の通知を勝ち取ったのだ。いまやフランシスは、新たに発行されたビザを堂々と見せびらかしながらローガン空港を行き来できる。

私たちのケースは先駆的な事例として、アメリカ中の移民問題専門弁護士に通達されることになった。これにて一件落着だ。

独立

いまや、遠く離れた国々のあいだで、私の訪問をめぐる綱引きが演じられていた。世界各地のADL支社が競い合うようにセールストークを私に振り向ける。まるで私が〝クライアント〟のようだ。事態は〝暗黙のルール狂想曲〟とでも言うべき様相を呈していた。目的地が気に入ったときは、フランシスもたびたび私の出張に同行した。

数カ月もたつと、それが私の日常になった。愉快な日々ではあったが、同時にひどく消耗させられた。

誰もが私のことを社交的なワーカホリックで、いまや水を得た魚のように仕事を楽しんでいると思い込んでいる。だが実際には、数日でも休みを取れたときは、その間にメールや留守番電話をチェックすることは1度もないし、それで不安になったこともない。私が仕事に打ち込むのは、パブリックスクール時代からそうするように鍛えられてきたからだ。

心理テストのたぐいを受けると、判定は決まって〝内向的だが、外交的にふるまう方法を身につけた人物〟ということになる。出張先で同僚から食事に誘われたときも、そうできるときは仕事を言い訳にして断ることがしばしばだった。そして、ホテルの自室にひきこもり、ルームサービスを頼んで仕事をするのだ。

2年もたつと、〝暗黙のルール〟も軌道に乗ったと感じるようになった。もはや私の手を離れても大丈夫だろう。

にもかかわらず、私はまだ各地を引っ張り回されていた。そのときも、8日間かけて世界一周し（西から東へ向かうと、時差ボケはいっそうつらくなる）、道中で7回講演を行ったばかりだった。最後のほうは、飛行機の自動操縦よろしく、ほとんど無意識で動いていたようなものだ。

極東の地での唯一の思い出は、あるジャーナリストに「ピーター・スコット-モーガンです」と自己紹介したところ、彼女がとてもがっかりした顔を見せたことだ。

「ご本人は来られないのですか？」

もちろん来られるし、私がそのご本人なのだと説明したところ、彼女は満面の笑みになった。

「あら、もっと太って、もっと年をとった方なのかと思ってました！」

それ以外、エキゾチックな東洋の記憶はすべて霞《かすみ》がかっている。

もし、この〝暗黙のルール狂想曲〟から何か得るものがあったのなら、その代償として、この程度の忙しさは受け入れてもよかっただろう。

しかし実際には、本の印税も講演料もすべてＡＤＬに入っていた。さらに悪いことに、新しくやってきた社長は超がつくほどワンパターンな経営観の持ち主だった。どれほど想像をたくましくしてみても、彼の下でうまくやっていけるとは思えない。率直に言えば、彼が社長である以上、うまくやっていきたいとも思わなかった。

フランシスはいつもどおり、私の反乱を全面的に支持した。

「独立しようと思います」ある日、私は社長に告げた。

「絶対に長続きするものか、ピーター。君には無理だ。外の世界は凍えるように厳しいんだぞ！」

「上等です」それ以上、彼と会話を続ける気はまったくなかった。「10代のころからずっと、いずれ地獄の業火に焼かれるぞと脅されてきたんです。多少寒いくらいなら、いい気分転換になりますよ」

相手の返事を待たずに私は部屋を出た。そして、未知の世界へと足を踏み出した。

27 旅支度

「ドクター・アイレット！」

「ドクター・スコット‐モーガン！」

私たちはこれまで、メールでしかやりとりしたことがなかった。初のスカイプによるビデオ通話の滑り出しは上々だ。

「合成音声について話をするなら、世界中であなたをおいてほかにいないと思っていたんですよ……」

そう話す自分の声を聞きながら、少し大袈裟すぎるかなと思った。しかしこれは本当のことだ。私はこの地球上で音声クローニングの技術を提供しているすべての会社について調べ上げていた。

音声クローニングとは、コンピュータがテキストを読み上げるときに実在の人物そっくりに聞こえるよう学習させる技術だ。私はコンピュータに、自分そっくりにしゃべらせたいと思っていた。そして、その作業を任せるのに最もふさわしい企業はスコットランドのエジンバラにあるという結論に至ったのだ。その企業の名をセレブロックという（〝大脳処理《セレブラル・プロセッシング》〟を縮めた言葉。このネーミングからも、創業者たちの思考の一端が窺える）。

私がコンタクトを取ることに成功した相手は、セレブロック社の創業者の1人であるマシュー・アイレット。同社の最高科学責任者《チーフ・サイエンティフィック・オフィサー》でもある（この言葉の響きは、どこか『スタートレック』に登場するエンタープライズ号の乗組員を彷彿させる。私にとって、それはよいサインでしかない）。

世界を変えるという私の目標に関係のありそうな研究やテクノロジーの情報を、私は世界の隅々から拾い集めた。あるものは（比較的アクセスしやすい）アメリカにあり、あるものは（あまりアクセスしやすくない）日本にあった。また、あるものは（都合のいいことに）ヨーロッパにあり、なかには（とても都合のいいことに）イギリスにあるものもあった。

とはいえ、どこにコンタクトを取るにしても名刺代わりになるものが必要だ。そこで私は短い動画を作成し、私の計画について説明することにした。現状をひっくり返すために〝反乱同盟軍〟を組織しようとしていることを語ったのだ。そして、ようやくソーシャルメディアへのデビューを果たした。

そのころから、チャンネル4の撮影クルーに密着取材を受けている最中であることも大っぴらにアピールするようになった。実際、このときもクルーの何人かはスコットランドに出向き、スカイプ通話の反対側でこちらの様子を撮影していた。

「さあマシュー、あなたの研究について教えてください！」

彼の会社が取り組んでいる最先端の研究について、マシューは熱を込めて話してくれた。その様子を見ながら、私はなんとなく自分より10歳くらい年上かなと感じていた。それから自分の年齢を思い出し、実際には20歳ほど年下だろうと評価を修正した。

一方で、マシューからはティーンエイジャーを思わせるエネルギーと図太さも感じられる。1時間もたつと、私は彼のことがものすごく好きになっていた。私のために最高の合成音声をつくると彼が約束してくれたことも、いくらかは影響しているかもしれないが……。

レコーディング

数週間後、フランシスと私は急な坂を上った先にある、巨大なレコーディングスタジオの入口に到着していた。このスタジオは、周りを畑に囲まれたカントリーハウスの敷地の端にある。撮影クルーはすでに位置についていた。まず、手に入れたばかりのＷＡＶに取り付けたリフトを使って私が車から降りるシーンを押さえる。次に私たちはそろって建物の中に入っていき、そこでサウンドエンジニアのオーエンと対面を果たした。オーエンは超一流のプロであると同時に、超一流の思いやりの持ち主でもあった。

初めてのセッションは5時間に及び、私たちは大量の録音を行った。セレブロック社から渡されたリストには何千ものフレーズが並んでいる。将来、私が話すときに必要になるであろう、あらゆる音の組み合わせがこの中に含まれているのだ。同じようなリストは、衛星ナビのような商業用のシステムにも用いられている。

これに加えて、私自身がよく使いそうなフレーズについても録音するように指示された。だが、そのせいで作業に遅れが出ることになってしまった。

「私の故郷の方言で、このような場合に用いられる適切な言い回しは……」この定型文のあとに、私は自分の選んだ言葉を並べていった。「きりきり舞い、オタオタする……」リストが進むにつれて、語彙はどんどんネガティブになっていく。「おじゃんになる……」そして最後は「しっちゃかめっちゃか《クラスターファック》」だった。

「すみません。雑音を拾っちゃったみたいです。もう1度最初からやり直してもらえます？」カメラのうしろから申し訳なさそうな声がする。

「こっちは特に問題なかったけど？」とオーエン。

「いや、こっちの問題なんです！」プロデューサー兼ディレクターのマットは、恐縮しきっていた。「つい、笑っちゃって」

アバター作成

ロンドン郊外にあるパインウッド・スタジオは、『スター・ウォーズ』や『ジェームズ・ボンド』シリーズが撮影された映画スタジオだ。チャンネル4のクルーは、今度はここで、フランシスと私がゴールドフィンガー・アベニュー【映画『007　ゴールドフィンガー』でカーチェイスのシーンが撮影された場所】をドライブする様子を撮影した。

このスタジオにやってきたのは、私の顔が時代遅れなものになってしまわないよう、超高解像度なアバターを作成するためだ。

そこでは、アマンダという名の素敵な人物が待っていた（パインウッドに入っている無数の企業の1つ、オプティマイズ３Ｄ社のディレクターだ）。彼女はたいへんな骨を折って、私のアバターをつくるために必要な専門技術を持ついくつもの企業を集めてくれていた。

彼らのテクノロジーを結集すれば、レイア姫を演じるキャリー・フィッシャーが死んだあとに彼らが作成したＣＧに匹敵するクオリティのアバターを作成することも可能だという【実際に映画の中では使われなかった】。私にまだ死ぬつもりはなかったが、顔の筋肉のほうはそろそろ危なくなっていた。

パインウッドにはモーションキャプチャ用の巨大なステージがある。天井が高く、ライトが煌々《こうこう》とついていて、異様にがらんとした空間だ。ほとんどの場合、映画の完成シーンに必要な要素はコンピュータで追加される。俳優たちでさえ、コンピュータによって異星人だの、動物だの、異星の動物だのに姿を変える。この場所でカメラが捉えるのは、人の動きだけだ。

私の場合、重要なのは顔だけなので、カメラも顔に向けて固定されていた。顔に描かれた〝点〟を撮影するためだ。点は全部で30ほどあった。

この〝ハイテクそばかす〟とでも言うべき点描をほどこすのに、ほとんど1時間かかった。担当してくれた大柄な男性は、信頼すべき筋によると、有名人の顔に点を描く世界的なエキスパートだという。普段はこのマニアックな特技で大金を稼いでいるに違いない。

彼が使っていたのは、小さな容器に入ったマックスファクター特製のマスカラだった。誰かの顔を点だらけにするのに、これ以上使いやすい製品はないという。

コンピュータの画面には、必要な点の位置を記した図が表示されている。彼は画面を確認しつつ、容器にブラシを浸した。そしてそろそろと手を近づけると、細心の注意を払って私の顔の上にブラシを置く。この手順が30回ちょっと繰り返された。

その後、私は人類が考えつく限りの表情をつくり、コンピュータ画面に表示された無数のフレーズを発音し、どこか遠く離れた場所から飛んでくるディレクターの諸々の指示に応えた。作業がすべてすむと、あれほど時間をかけたメイクはすばやく拭き取られ、私も別のスタジオにある写真撮影ブースへと運び去られていった。

パスポート用の写真ということなら、その日、私が撮影したものは究極と言えるだろう。撮影ブースでは、50を超える高解像度カメラが私をぐるりと取り囲んでいる。フェイシャル・エクスプレッションの専門家がブースの中に忍び込んできて、どのように表情をつくればいいのか説明し、またこっそりと出ていった。

スタジオ中のライトが消灯し、カウントダウンののち、無影灯のまばゆいばかりの光が私を照らし出す。私は視界を奪われたまま、数秒ほどライトにさらされていた。その後、同じプロセスが最初から繰り返される。これが30回ほど続いた。

これでついに、自分の顔の動き――私の個性――を保存できたのだ。そのことに、私は言葉にできないほどの安心感を覚えた。この瞬間は、パインウッドで体験したことのベスト2位にランクされている。

最初は1位にするつもりだったのだが、上には上があった。栄《は》えある1位は、ダース・ベイダーのぴかぴかした黒いヘルメットを、偶然にもこの腕に抱えることができた瞬間に捧げたいと思う。『スター・ウォーズ／帝国の逆襲』で俳優のデヴィッド・プラウズがかぶっていた本物を、ディレクターの1人が自分のオフィスに飾っていたのだ。実物は、とてつもなく大きかった。

ロボットハンド

インペリアル・カレッジのキャンパスに車で乗り入れると、文字通りそびえ立つ《タワーリング》ようなクイーンズ・タワーの姿が目に飛び込んできた。私は、ちくりと胸を刺されたような痛みを感じた。活かされることのなかった機会、伸ばされることのなかったキャリアに対する喪失感だ。

私は学問の世界を愛していた。別の世界での私は、自分の知性を金に変えるためにコンサル会社に就職して、世界を駆けずり回ったりすることはなかったはずだ。かわりにインペリアルに留まってロボット工学の教授になり、終身在職権《テニュア》を得て、査読付き論文を発表していただろう。研究者としての名声を確立して、本物の科学者になっていたかもしれない。

「母校に戻ってきた感想は?」

例によって顔の大部分をカメラに隠したまま、マットが尋ねる。明らかに、状況設定ショット用の質問だ。私は律儀にカメラの端のほうに目を向けると（マットはカメラ目線を嫌うのだ）、本心からこう言った。

「ここに来たのは30年以上ぶりだ。戻ってこられて本当に嬉しいよ！」

いまどきのキャンパスには、そこらじゅうにロボット工学の研究ラボがある。私はそのうちの2つを訪れることになっていた。

最初に訪れたラボでは、ロボットハンドに私の右腕を固定し、その状態で稼働させるという実験を行った。こうした実験を個人で行うことは禁止されている。実のところ、安全衛生の規定上は工場でも禁止されているのだ。しかし、大学の研究ラボならOKなのである。

マジックテープでアームに腕をきっちりと固定されていると、これから拷問でも受けるような気分になってくる。あるいはこのまま処刑されてしまうのだろうか。

2人の大学院生が多関節のアームに私の腕を縛りつけているあいだ、私は彼らに微笑みかけていた。無意識に彼らの機嫌をとろうとしたのに違いない。2人は笑みを返してきた。そして、まだ拘束が足りないとでもいうのか、私の手にガントレット【籠手《こて》】を取り付けた。

「自分たちの体以外で実験するのは、これが初めてなんです」と1人がコメントする。

「危険なことはそうそう起きませんよ」もう1人が、励ますように付け加えた。

その実験は、なかなかよく考えられていた。私が目の前のテーブルを見ると、カメラが視線の動きを捉える。

私は、ランダムにテーブルの上に置かれたオレンジのどれかを見るよう指示されていた。コンピュータは私の視線の先を判定し、私の腕ごとロボットアームを動かす。そして目当てのオレンジの上でガントレットを作動させ、オレンジを掴むのだ。

　その後、私はランダムに置かれたボウルのいずれかに視線を移す。すると私の腕はボウルの上まで移動し、ガントレットの指が開いてオレンジがボウルの中に落ちるというしくみだ。

　それにしても、この実験のどこに危険な要素があるというのだろう？

　まずは、私の腕が関節からもぎ取られる恐れがある。この可能性は、ロボットの腕のほうが私の腕より若干長いことに気づいたときに、最初に頭をよぎったものだった。大学院生たちは、そのようなアクシデントが起きた場合はただちにロボットの作動を停止させると請け合った。それでも1人は念のために、コンピュータのプログラムに微調整を加えていた。

　それから1時間、少なくとも20回は試行錯誤を繰り返したのち、奇跡的に実験は成功した。何はともあれ、オレンジはボウルの中に収まったのだ。私たちはみな達成感に浸った。もっとも、私だけは腕にひどい痛みを感じていたが。

　負傷にもめげず、私にはぜひ挑戦したいもう1つの実験があった。アームの設定をやり直し、腕を伸ばしてフランシスの手を握れるかどうか試してみるのだ。

　実験は成功した。自分からフランシスに触れることができたのは、この3カ月で初めてのことだった。その瞬間、愛する人に自分から触れることがどれほど大きな意味を持つのか、私は心の底から悟ったのだった。

車椅子型ロボット

2番目に訪れたラボでは、自動運転車と同様の技術を用いた車椅子型ロボットに試乗できるとのことだった。すばらしくテレビ映えするシーンが撮れるだろうと、マットは大いに乗り気だった。

とはいえ、ロボットは試作品である。乗車は自己責任でお願いしますという軽い調子の警告を受けたときに、そう思いどおりにはいかないだろうと予測すべきだったかもしれない。

「障害のある方に乗っていただくのは、これが初めてです」教授が熱を込めて言った。

「たいていは、行儀よく動いてくれるんですけどね」助手の大学院生がポロリともらす。

ロボットの動作は振戦（震え）を患っている老婆のようにぎこちなく、たまに行き先を見失うこともあった。とはいえ、概ねよく動いていたと言えるだろう。目的地を衝立《ついたて》で隠されていても、賢く判断して回り込むことができた。見事なものだ。

カメラを構えたマットは、いよいよ決定的なショットが撮れると勢い込んでいる。そのときだった――ロボットを動かしているプログラムに混乱が生じたのは。

問題は、プログラムに混乱が生じると〝検索モード〟に入ってしまうことだった。検索モードに入っているあいだ、車椅子は回転を続けるのだ。しかも高速で。私を乗せたまま……。

よい知らせは、強制停止ボタンを押せば、この〝死の暴走〟を止められるということだった。悪い知らせは、そのボタンが車椅子の右側にあり、そのころには私の右手は完全に麻痺していたということだ。

私の苦悶を見て取った（といっても、実際にはブレてよく見えていなかっただろうが）気のいい大学院生は、代わりにボタンを押そうとしてくれた。しかし、いまや私は相当なスピードで回転している。

結果、彼は狙いを外した。だが不幸なことに、車椅子のほうは彼に命中した。己のプログラミングの不備を身をもって知らされた大学院生が、再び車椅子に挑む勇気を奮い起こすまで、私はもう何度か振り回される羽目になった。教授から飛ぶ指示はどんどん過激になっていったが、今思い返してもそれが役に立ったとは思えない。

大学院生はボタンを目がけて突進し、再び狙いを外した。車椅子は再び彼に体当たりを食らわせた。部屋は私を中心に再びぐるりと回った。

もはや事態はヒト対マシンの最終戦争の様相を呈している。私は高速で回転しながら、両勢力の板挟みになっていた。

死の舞踏《ダンスマカーブル》が続く中、わが忠実な大学院生は、猛牛にとどめの一撃を食らわせようとするマタドールの構えを取った。そしてまたも敗北した。いまや教授は、ひっきりなしに檄を飛ばしている。その状態が、私の体感としては数年間も続いた。

最終的に、どこかの誰かがなんらかの手段で車椅子の電源を落とすことに成功したようだ。あるいは、単にバッテリーが切れただけなのかもしれない。いずれにせよ、車椅子はガタンと揺れて急停止した。

とはいえ、私の目には部屋はまだ回りつづけていて、嘔吐せずにしゃべれるだろうと確信できるようになるまで、もう数秒ほどを要した。

みんなが口々に気分はどうかと聞いてくる。私は状況を把握しようと努めた。気の毒な大学院生は、恥ずかしさで吐きそうな顔をしている。恥ずかしいくらい吐きそうな顔をしている私とは対照的だ。教授のほうは、上機嫌というわけにはいかない顔で、私がどう出るのか窺っていた。

「いやあ、こいつは楽しかった！　たいへん期待が持てる研究だ。実にすばらしい！」

28 加速する

「今、ようやくわかったよ」私はフランシスに打ち明けた。ここはポルトガルのフンシャル。船からいち早く降りた私たちは、暑くなる前のマデイラ諸島の日差しを心地よく感じながら、海沿いの道を進んでいた。やや歩くペースの速いフランシスに遅れないよう、それに爽やかな風を頬に感じられるくらいのスピードが出せるよう、チャーリーを操作するジョイスティックを前に倒す。

「あとで軟膏を塗るといいよ……」

フンシャルにある幅の広い遊歩道は、細かいタイルで舗装されている。見た目には美しく、記憶をたどればその上を歩くのも楽しかった。しかし、車椅子でスピードを出すのは、マシンガンの一斉射撃を尻で受け止めるようなものだ。その上でしゃべっている私の声も、『ドクター・フー』に出てくるダーレク族と、スティーヴン・ホーキングを足して2で割ったような響きになっていた。

大学の限界

「今、わかったんだ。学問の世界に残っていたら、とんでもない間違いになるところだった」

「それはそうだろう！」

「ああ。でも最近まで、心のどこかではずっと、反乱なんか起こさなければよかったのにと思っていたんだ。インペリアルを選んだりせずに、オックスフォードの〝夢見る尖塔〟の下で、小舟に乗って勉強して、学者になる。そしてほどほどに世間から離れた象牙の塔で、研究を進めることだけを考える。そんな人生を満喫したかったって」

「君の中のウィンブルドン気質は健在だってことだ！　エスタブリッシュメントの中心に所属していた感覚を忘れられないんだな。俺には無縁の感覚だけど。でも君の一部はずっと、エスタブリッシュメントに背を向けなければよかったと思ってる」

「背を向けたんじゃなくて、逃げたんだよ！　でも、そうじゃない」

「何がそうじゃないんだ？」

「オックスフォードに行けばよかったとか、大学に残ればよかったとは思っていないってことさ。まあ、少なくとも今はね。それが言いたかったんだ」

「大学に残っていたら、そもそも俺と会ってないしな！」

車が忙しく行き交う道に出る。私たちは横断歩道の手前で信号が変わるのを待った。

「それも違う。どこにいても君とは出会っていただろう。そうじゃなくて、僕が言いたいのはこういうことだ。この数カ月で僕が痛感したのは、自分が関心を持っている分野の研究が、大学ではあまりにも範囲が狭くて進みも遅いということなんだ。どのプロジェクトも、実質的にはたった１人か２人の大学院生が３年がかりで進めている。研究者たちは実にクリエイティブだが、同時にあまりにも経験が不足している。加えて金もない。グローバルな大企業の研究所で行われているようなプロジェクトとは比べるべくもないよ」

道路の向こう側では、人型のグリーンのライトがビーッと音を立て、カウントダウンを始めた。遊歩道の端にある急なスロープをこわごわ滑り降りて、なんとか時間内に横断歩道を渡りきる。反対側にたどり着いた瞬間、背後で車が慌ただしく行き交いはじめた。

「君が、瞬間移動を体験した研究所のような？」

フランシスが言うのは、ボストンにあるドレイパー研究所のことだ。マットたち撮影クルーがアメリカに飛んでここを取材しているあいだ、私は居心地のいい自宅にいながらにして、その場に同席していた（トーキーのわが家にはクルーの別の班が来ていた）。

それを可能にしたのは、ブロードバンドで接続したテレプレゼンス・ロボットだ。ロボットを通じて、私はその場にいるかのように物を見聞きし、ラボの中を好きなように動き回ることもできた。長い廊下を移動しながら、隣を歩いている人と会話することもできた。どれも、とても自然に感じられる体験だった。

「あれは確かにすごかった！」ドレイパー研究所の名前は、子どものころから私にとってなじみのある存在だった。人類を安全に月へ往復させるための誘導システムを開発したのは彼らだったからだ。「でも、彼らでさえ、〝人間であること〟の定義を書き換えるほどの研究はしていない。だからこそ、なんとかして最高クラスの大企業にコンタクトを取る必要があるんだ。世の中を変えるためのブレイクスルーを起こすためには、何もかもがずっと速く、ずっと野心的に進んでいかなくてはならない。アカデミアの世界とは比較にならないくらいにね」

試運転

私たちは急坂になっている脇道を上っていった。カフェのテーブルがひしめき、歩行者でごった返す中を、時折、配達用のバンが通り抜けていく。

「そうは言っても、企業が興味を持つかな？　なんと言っても、彼らは商売を目的にしている組織だ。君と関わり合いになって、彼らになんの得があるんだい？」

「それはわからない。ただ、僕のほうからもっと働きかけなくちゃならないことだけは確かだ。最先端の企業の中でも最高レベルの頭脳を持つ人々をわくわくさせて、僕らの反乱同盟軍に加わってもらえるようにね。僕は、公の場で行う最後のスピーチをテストの機会にするつもりなんだ。僕のメッセージがどこまで広がるのか、真剣に聞いてくれる人がどれだけいるのか、その場で見極めたいと思う」

「それは賢いやり方なんだろうか？　だって、医学会でのスピーチだろ。君が頼まれているのは基調講演だ。トレイシーからも『格調高い感じで』と言われていたじゃないか。集まっているのは医療関係者ばかりだし、医療業界がいかに保守的なのかは君もよく知っているはずだ。

彼らはＡＩとかロボットとかアバターみたいなものには慣れていない。君みたいにテクノロジーに深入りしすぎると、そっぽを向かれてしまう。反感を抱く人だっているだろう。

　これが最後の大舞台なんだから、絶対に成功させなくちゃならない。聴衆と対立している場合じゃないんだ。あまりにＳＦっぽい話をしても笑いものになるだけさ。もしくはブーイングを受けるか」

「だからこそ、テストの場にふさわしいんじゃないか！」

　背後から白いバンが坂を上ってきて、私たちのうしろにぴったりくっついた。運転手は明らかに、その場に車椅子がいることが不満なようだった。歩行者のほうが圧倒的に多い道だというのに理不尽な話だ。あるいは単に障害者が気に食わないのかもしれない。

　運転手はエンジンをふかし、けたたましくクラクションを鳴らした。フランシスは道路脇のテーブルに体を寄せてバンを先へ通そうとした。だが、状況を考えるとそこまで下手に出る必要はないはずだ。私はその場を譲らなかった。代わりに、ジョイスティックのスイッチを入れて、ボタンを４回押す。

　チャーリーに求めるスペックについて、最初にペルモビール社からヒアリングを受けたとき、どれくらいの速度がほしいかと尋ねられた。そのとき私は「可能な限り速く」と答えた。チャーリーが納品されてきたとき、あらためて最高速度について確認したところ、私有地でしか使ってはいけませんと釘を刺された――なぜなら、法定最高速度の倍のスピードだからと。私としては、それで異存はなかった。

クラクションに蹴散らされるように、バンの進路を塞いでいた歩行者の何人かが脇へどく。

私は思った――これは、チャーリーに実力を発揮させるまたとない機会なのではないか。ここが私道であってもおかしくはないだろう。いずれにせよ、マデイラの道路交通法がイギリスとまったく同じだとは思えない。それに、舗装された道路の表面はすべすべしていて走りやすそうだ。

クラクションがもう一度鳴らされたとき、私は心を決めた。そして、チャーリーのジョイスティックを思い切り前に倒した。その瞬間、高性能な制御ソフトが最高速で回転するよう車輪に指令を出す。タイヤが道路をグリップし、地獄の淵からコウモリが飛び出すような勢いでチャーリーが発進する。私はパチンコ玉のように加速しながら弾き飛ばされていった。

人混みの中にできた隙間を信じられないようなスピードですり抜ける。3秒間の急加速後も、チャーリーにはまだ速度を出す余地が残っていた。私は満足した。

チャーリーの静かな電動モーター音にかぶせて、なんとか私に追いつこうと頑張っている襲撃者のしわがれたような咆哮が背後からかすかに聞こえる。だが、悲しいかな相手のディーゼルエンジンには荷が重すぎたようだ。なおかつ、私がやすやすと通り抜けた隙間も、彼のバンにとっては狭すぎた。イライラしたようなクラクションとエンジンをふかす音が、急速に遠ざかっていく。対照的に、いよいよ本気を出したチャーリーはまだ加速しながら、一気に坂を上っていった。

頂上が見えてきたところでジョイスティックから手を離すと、回生ブレーキが作動し、チャーリーは横にスリップすることもなく、完璧な形で急停止した（私自身は安全ベルトとラテラルサポートで守られている）。以上の成果を見る限り、このテストドライブは成功に終わったと言ってもいいだろう。

29

最後のスピーチ

「人はみな、希望の虹を追いかけ、恐怖の亡霊から逃げるようにして生きています。

少なくとも、私にはそのように感じられます。なぜそうなるのかということについても、私なりの仮説を持っています。私が見る限り、すべては人間という存在の〝暗黙のルール〟に帰結していくのです。

私はこんなふうに考えます――そうだ、私たちはみな、虹を追いかけ、亡霊から逃げるように生きている。それでなんの問題もない。夢を追い求め、何かに怯えるのは、人間として生きることの1つの側面だ。とはいえ、希望や恐怖は、人間が人間であるために最も大切な要素というわけではない。大切なのは、希望や恐怖に対してどのように行動するかだ。その行動のあり方こそが、人間らしさを定義づけ、ひいては人間であることの真の意味を定義づけるのだと。

亡霊や虹に対して行動を起こす際に、心に留めておくべきことがあります。

恐れることはかまわないが、私たちは自分たちが思っている以上に強くもなれるということ。
不可能なことを望んでもかまわないが、私たちの秘めた願望は、自分たちが思っている以上に他人を鼓舞することもできるのだということ。

私たちはただ生き延びようとすることもできるが、1人ひとりが繁栄する道を選ぶこともできるのだということ。

時には亡霊に囚われることもあるでしょう。そんなときは亡霊を受け入れるのです。そうすれば、亡霊は私たちを脅し、怯えさせる力を失います。

時には虹の姿を嵐の中で見失ってしまうこともあるでしょう。そんなときは灯台に光をともして大雨の中を照らし、自分たちの力で虹をつくりだすのです。

そして何より心に留めておくべきは、私たちが心の最も奥深いところで絶望と恐怖を感じたときに、どう行動するかということです。あえて世の中のルールを壊し、運命に抵抗する――そうすれば、奇跡のように宇宙の理《ことわり》を変えることさえ可能になります。

私たち1人ひとりは、離れ小島のようなものです。小島のままでは、このような離れわざをやってのけることはできません。

ならば、正しく自由な思考の持ち主と交流し、着々と勢力を伸ばしている抵抗者の同盟に働きかけ、過去のしがらみから抜け出して、新たな運命を紡ぎだそうではありませんか。そうすれば、私たちの誰にでも未来を書き換えることができるのです。

少なくともこの地球上では、それができるのは人間だけです。進化した霊長類の中には、文法を操ったり、嘘をついたりするものがいます。うつに苦しんだり、道具を使いこなしたり、複雑な学習能力を持っていたり、長期的な計画を立てることができるものもいます。

しかし、ただ人間だけが、わざとルールを壊したり、あるいはそうしないことを選んだりできるのです。だからこそ、いかなる生物も人類を屈服させることはできなかったのです。

ルールを壊すという私たちの驚くべき特技は、ほかの何にも増して、文明を発展させる原動力となりました。

私たち人間は、相反する性質の特異なバランスの上に成り立っています。利己的な創造力と、利他的な抑制力。あるいは大胆な行動力と、本能的な危機察知力。

こうした特性こそが、人類という種と、人間社会の本質を決定づけたと言えるでしょう。つまり、わざとルールを壊すことが、私たちを人間たらしめているものであり、どのルールを壊さずにおくかをみんなで選ぶことが、私たちを文明人たらしめているものなのです」

スピーチを始めて、すでに30分が経過していた。

マイクと音響システムの効果をもってしても、私の声はとても疲れて聞こえる。こんなことは、これまでにはなかった。大きな部屋いっぱいの聴衆に向かって、マイクなしで数時間ノンストップで話しつづけても一切疲れを感じないのが、ずっと私の自慢だったのに。

持ち時間の残りは10分。このままいけば、咳の発作を起こさずにスピーチを終わらせることができそうだ。一応、万一の事態に備えて、聴衆の最前列には水の入ったボトルを持ったフランシスが待機していた。

講堂は人で埋め尽くされていた。壁のあちこちに貼られたポスターには、この集まりが医学会であることが明記されている。１５０人の出席者の誰かがここに来た目的を忘れてしまったとしても、これで安心だ。

これまでのところ、彼らはすばらしい聞き手だった。私が笑ってほしいところでは笑い声をあげ、私が自分の症状についてありのままに語ったときは深刻な顔になった。

おかげで私は、ますます〝第２のエンディング〟のほうを彼らに披露したくなってきた。その危険を冒す価値はありそうだ。

この日に備えて、私は２本の筋書きが異なるエンディングを用意していた。どちらも全文を記憶してある。というのも、ほんの２週間前、ついに両手がほとんど動かなくなったからだ。これではカンニングペーパーを繰《く》ることさえままならない。

いずれにせよ、私が大勢の前で直にスピーチをするのはこれが最後の機会になる。骨を折るだけの価値はあるだろう。

とはいえ、聴衆のほうに、私の反乱宣言を真正面から受け止める準備はできているだろうか？　私は次のパートを話し終えたところで判断することにした。以前、フランシスに私の〝大胆なアイデア〟について尋ねられたとき、彼に話して聞かせたお気に入りのストーリーの再演だ。これをテストにしよう。

「数年後の私の生活を想像してみてください。画期的な治療法が登場するのを待つ一方で、私は以前のように歩くこともできます。草に覆われた台地を横切り、そそり立つ断崖の淵まで歩いていって、インディゴ色の空を飛びかうエキゾチックな鳥の声に耳を澄まします。フランシスと手に手を取って、銀河のはるか彼方にある見知らぬ土地の、すばらしい風景を味わうのです。いつまでも若いままの姿で。そこから私たちは、別の山頂まで軽々と飛んでいき、ターコイズ色の海から双子の太陽が昇るのを眺めます。ありえないほど完璧な日の出のシーンを。その間……」私は一拍、間を置いた。これはテストなのだ。「……私たちは自由になれるのです」

いまや聴衆は、ただ熱心に聞き入っているだけではなかった。もちろん私自身、やせ細った腕を振り回すこともかなわない以上、なるべく熱を込めて語ったつもりではいた。とはいえ、その声は弱々しく、息切れしていて、まるで老人のようだ。

にもかかわらず、聴衆は私のひとこと、ひとことを食い入るように聞いていた。一部の人は口をぽかんと開けていたが、多くの人は目に涙を浮かべていた。笑みを浮かべている人もいる。笑みと涙を同時に浮かべている人もいる。

彼らはテストに合格したのだ。彼らなら〝第2のエンディング〟を受け入れることができる。私はゆっくりと核心に近づいていった。

「そう考えると、私の未来は思ったほど悪くはないのかもしれません……」

いよいよ、クライマックスの開幕だ。

「そんなイメージを念頭に置きつつ、そろそろ結びに入りたいと思います。というのも、みなさんにも聞こえているかもしれませんが、いまや私が呼吸ひとつするたびに、ひどい息切れが起きるのです」

実際、そのとおりだった。

「そこで最後に、私が予見する最も重要な未来の姿についてお話ししたいと思います……私が初めて大人数の前でスピーチをしたのは、大学院生だった1983年のことでした。シカゴで開催されたロボット工学のシンポジウムで、1000人もの出席者を前に講演したのです。当時の私は、楽観に満ちていました。わくわくするような未来が自分を手招きしていると信じて疑いませんでした。その感覚は、今でもはっきり思い出せます。たとえどんな運命が降りかかってきても、人類は未来を書き換えることができる。十分に賢く、勇敢でありさえすれば。そしてありったけのすばらしいテクノロジーを操ることさえできれば。私は自信満々でした」

そのときのことが去年のように思い出された。はるかに大勢の聴衆を前にした、別の宇宙での話だ。

「それから35年たった今、私は自分にとって最後のスピーチを終えようとしています。少なくとも、人前に立って自分の声で話すのは、これが最後になるでしょう。

ハリウッド映画であれば、観客を泣かせにかかるシーンです。結局のところ、シナリオは最初から決まっているのです――かわいそうに、〝負け知らず〟のピーターも、さすがの病気には勝てませんでした、と。彼は、これまで手に入れてきたものをすべて奪われようとしている被害者です。2度と自分の声で話すこともなく、2度と感情を表すこともできず、2度と手を伸ばして愛する人に触れることもできない。彼が堂々と立っていられることは、2度とない……」

ここに至って初めて、私のスピーチは現実味を帯びた。聴衆は、平手打ちを食らわされたかのような顔をしている。

よし。

「今、お話ししたのは、私たちがこれまで習慣的に受け入れてきたイメージです。私たちはそれを疑おうとしませんでした。過去のあらゆる時代の人々にとって、運動ニューロン疾患と診断されることは、とても暗い場所へ連れ去られることにほかなりませんでした」

恐ろしい静けさが広がる。私は心の中で5秒数え、静寂がその場を支配するにまかせた。苦痛に満ちたひとときだった。

「ですが……」

再び、私は言葉を切った。そして、私が出しうる限り最も力強く、楽しげな声で語りかけた。

「ですが、私たちは新時代の人間です。今は、夜明けの時代なのです。今なお私は、心底わくわくするような未来が手招きしているのを感じます。そして、今なお私は確信しているのです。人類が十分に賢く、勇敢でありさえすれば、そしてありったけのすばらしいテクノロジーを操ることさえできれば、たとえどんな運命が降りかかってきても……」

先ほど私自身が語った言葉を聴衆が思い出せるように、私はひと呼吸置いた。

「……私たちはまだ、未来を書き換え、世界を変えることができると」

その先の話を、本当はフランシスの前ではしたくなかった。しかし、すでに主旨は伝えてあり、フランシスからも賛同を得ている。聴衆には、甘くはない現実も伝えなくてはならない。

「今から1年以内に、私は気管切開の手術を受けることになるでしょう。その日を境に、私は自分の声では話せなくなります。そして数年以内に、脳は完全に機能したまま、体だけが完全に麻痺することになるでしょう。もちろん、これは私自身が選んだ未来ではありません。とりわけ、愛する夫のことを思えば断じて避けたかった未来です」

感情移入しやすい聴衆の何人かは、この時点ですでに我慢できずに泣いていた。しかし私としては、聴衆全員に痛みを感じてもらう必要があった。

「しかし、私は現実から目をそらし、そんな未来などやってこないのだというふりをするつもりはありません。過去を振り返り、2度とできなくなってしまったことに焦がれるつもりもありません。まして、未来を恐れたりなど絶対にしません！

考えてもみてください――結局、ＭＮＤというのはいじめと同じです。私たちを脅しつけることで恐怖を植えつけるのが、彼らの手口です。ＭＮＤの得意技は、例の使い古された脅し文句を持ち出すことです。すなわち、私たちが生き延びようなどと考えれば、果てしない拷問に耐えるほかない、と。その拷問とは〝究極の拘束衣〟に永久に閉じ込められることです。つまり……」

続く4つの単語は、死刑囚が刑場に引き立てられていくときの、のろのろとしたドラムの音のように響いた。

「……私自身の〝生ける屍《マイ・オウン・リビング・コープス》〟に」

私の狙いは、聴衆に救済を与える前に、いったん責め苦を味わってもらうことにあった。3、4秒ほど悲痛な沈黙を引き伸ばしたのち、私は自分の手で、そのばかげた妄想をぶち壊してみせた。

「本当でしょうか？　この21世紀に？　これほどハイテクが発展しているのに？　失礼ですが、私たちはゴシックホラーの世界に住んでいるわけじゃない」

聴衆にどっと安堵が押し寄せる。彼らは私にかつがれたことに気づいたのだ。私がスピーチのまとめに入ってから初めて、笑い声が起きる。心の底から納得したような笑いだ。

「今回ばかりは、MNDも脅す相手を間違えたようです」

笑い声はより長く、より高く響いた。歓声を上げる人もいる。

「私に、いじめっ子の相手をしている暇などありません」

笑い声はやまず、私はその上からかぶせるようにしてスピーチを続けた。いまや会場は笑いの渦と化している。私は短い間を置くと、再びたたみかけた。

「私は断じて、このように陳腐で、感傷的で、ほとんど古くさいと言ってもいい脅しに乗るつもりはありません。これらの脅しは、1人ぼっちで閉じ込められることへの原始的な恐怖に訴えかけているだけなのですから」

会場は再び静まり返っていた。しかし聴衆はみな笑みを浮かべて聞いている。私は、ロンドン塔から宝石を盗み出す方法を説明するかのような、悪戯っぽいトーンで話を続けた。

「私は、自分の体に閉じ込められることを受け入れようと思います。その代わり、ホワイトハウスも顔負けのハイテク武装を、自分の拘束衣の中に持ち込むつもりなのです。それも、時と共にどんどん増やしていく予定です。今、みなさんは〈ピーター2・0〉の原型をご覧になっています。いずれは頻繁にアップデートを重ねることになるでしょう。あのマイクロソフトもびっくりするくらいに」

ますます笑いが起きる。

「私は死にゆくのではありません。変身するのです」

さらに歓声が上がる。

「短期間で見れば、私の症状はどんどん悪くなっていくでしょう。しかし、いったん気管切開の手術を受けたあとは、私のＱＯＬは着実に向上していくはずです。その後、加速度的に向上するでしょう」

いまや聴衆は、フィナーレを待ち構えていた。

「これは、史上類を見ない〝不治の病〟の新しい形なのです。私の心境としては、かかってこい！　といったところです。今のところ、まったく負ける気はしません。その証拠を1つお目にかけましょう。閉じ込め状態になったあとでも、私は堂々と立つことができるのです……」

私は話すのをやめ、意気揚々と講堂を見回した。

そこへ、講堂中に響くような声が聞こえてくる。私の声だ――やや人工的だが、明瞭で、力強く、若々しい。しかし、私自身の唇は固く閉じられている。

そして、チャーリーが私を乗せたまま、少しずつ形状を変えていく。あたかも椅子から立ち上がろうとしているかのように、私の体が持ち上げられる。

「単純な話です。ハイテクのおかげで、私は再び話すことができるのです。感情を伝えたり、自分の個性を表現したりすることもできます。手を伸ばして愛する人々に触れることもできます。それに何より、私は1人ではありません。時と共に、もっともっと大勢の人々が、私と共に戦おうとしてくれるはずです」

聴衆の大半は、このあたりでチャーリーが立位を取ろうとしていることに気づいたようだ。彼らは満面の笑みを浮かべた。

「私たちはみな、胸を張って堂々と立ちつづけるのです。私たちは、決して膝を屈しない。これから何年、何十年たっても、立ちつづけましょう。ただ〝生き延びる〟だけの人生なんて、まっぴらではありませんか」

いまやチャーリーは、完全に直立していた。私はジョイスティックを倒して前に進むと、聴衆の最前列を見下ろすような姿勢で静止した。

「私たちは、繁栄することを選びます！」

このとき、予想もしていなかったことが起きた。私は人生で初めて、スタンディング・オベーションに迎えられていたのだ。

PART

3

愛はすべてに勝つ

Love eventually Conquers All.

30

最強の2人《オールタイム・ハイ》

少年時代にエスタブリッシュメントの世界に反旗をひるがえし、自ら永久追放者となって30年と10カ月。私はいつのまにか、ひとりぼっちではなくなっていた。そして、そのことが今さら私をナーバスにさせていた。つまるところ、私はフランシスにきちんとプロポーズをしたことがなかったのだ。

法の改正は9カ月後に迫っていた。シビル・パートナーシップ制度がついに始動するのだ。これで、男性同士または女性同士のカップルが、婚姻関係にある男女と同等の権利を手にすることができるようになる。イギリスの歴史上初めてのことだ。

これは、とてつもなく大きな一歩だった。象徴的な意味合いは言うにおよばず、実生活でも大きなメリットがある。年金の給付、病院での面会権、贈与税を取られることなく相手に財産を残す資格などが認められるようになるのだから。

それに何より、この出来事が呼び水となって、いずれは同性カップルにも正真正銘の婚姻関係が認められるようになるのではという予感があった——呼称まで男女のカップルとまったく同等になるのだ。

そのとき初めて、私たちの果てしない戦いは終わる。私としては、ぜひともフランシスとこの大きな波に乗りたかった。そう言い出そうと思っているうちに、自分でもびっくりするほど不安になってきたのだ。

彼が嫌だと言ったらどうしよう？

プロポーズ

その日は、私の世界が一変した出会いの日から26年目の記念日だった。前の年の記念日には、2人でナイル川の長期クルーズに出かけ、古代エジプトの遺跡をありったけ見て回った。しかしその年は、トーキー郊外の崖の上にある自宅でくつろぐことにした。私はイベント仲間との北イタリア旅行から戻ってきたばかりだったからだ（フランシスは寒すぎるからという理由でついてこなかった）。

この旅の目的は、毎年の恒例行事である経営者たちとの親睦会の開催場所を下見することにあった。前年秋の会合はヴェネツィアで開催した。私たちは10隻のゴンドラで艦隊を組み、運河を巡った（その結果、サンタ・マリア・デッラ・サルーテ聖堂付近の水路で渋滞を起こすことになった）。その後、大運河《カナル・グランデ》を望む宮殿《パラッツォ》でディナーを楽しみながら、現代のカストラートたちの歌声に酔った。今回は、それを上回る企画にしなくてはならない。

だが、そんなことよりもずっと大事なのは、フランシスが私のプロポーズにイエスと言ってくれるかどうかだ。

私はダイニングテーブルにシャンパングラスを置くと、おもむろに立ち上がった。静かに流れていた音楽がやんだところで、前もってセレクトしていた曲をかける。

インストルメンタル版〈オールタイム・ハイ〉のスローなメロディが流れ出す。オリジナルは００７映画のテーマソングで、こんな歌詞がついていた。〈過去なんて全部変えられる。恋に落ちるだけじゃ物足りないの……２人なら世界を敵に回しても怖くない〉

今の私たちにとって、これ以上にロマンティックでしっくりくる選曲は考えられない。われながら上出来だ。

私はポケットから金の指輪を取り出した。魔術師ラハイランが騎士アヴァロンにプロポーズするときに贈った、アヴォリー産の金の指輪をイメージしたものだ。指輪の内側には〈史上最強《オールタイム・ハイ》〉という文字が彫られていた。

次に何をすべきかは、完璧に頭に入っている。その場面を、少年時代の私は何度となく夢想した。ラハイランは、アヴァロンの前に片膝をついてこう言うのだ。

「結婚してくれるかい？」

フランシスは何も言わなかった。とても長い時間が過ぎた。あるいは、とても長い時間のように感じられただけなのかもしれない。フランシスは少し戸惑っているようだった。

それから指輪を見た。不意に彼の目に涙が浮かぶ。フランシスは言った。

「イエス！」ほとんど声になっていない。「ぜひ！」

教会の圧力

フランシスも私も、今回の入籍を大袈裟なイベントにするつもりはさらさらなかった。当時すでに、私たちは27年近くもカップルだったわけで、古い友人や家族にとっては今さらビッグニュースでもなんでもない。さらに、改正法が施行される日は２００５年の12月21日と決まっている（私たちは、まさにその初日に籍を入れようと決めていた。登記所の枠に空きがあればの話だが）。したがって、天気は最悪だろうし、みんなクリスマスの準備で大忙しのはずだ。

私たちとしては、立会人1人を連れて登記所にひとっ走りし、書類にサインをして、何分後かには家でお茶を飲んでいる……というような1日を想像していた。

ところがある日、ローカルテレビ局の晩のニュースで、ある聖職者がシビル・パートナーシップをばかにするような発言をするのを耳にした。ニュースを見ていたフランシスは、その聖職者を鼻で笑っていた。

この段階では、まだ地味婚路線は健在だった。しかし今度は別の聖職者が全国放送のニュースで、シビル・パートナーシップを痛烈に批判した。このような忌まわしき関係を、健全な婚姻関係と同列に見なすだけでも我慢ならない。まして合法化するなどありえない、というわけだ。

「どうやら、僕らが戦っていたエスタブリッシュメント勢の最後の生き残りは、教会のやつらしいぞ！」フランシスは、前の晩に私に言ったことを、友人のヴィニーに向かって繰り返した。

「彼らは本当にそんなつもりで言ったのかな？　君の考えすぎってことはないか？　俺を見てみろよ……あの娘が俺に気があるって、完全に誤解してたじゃないか」

「彼女から接近禁止を食らわなくてラッキーだったな！」

「あんまりだよ！　会うたびにいつもニコニコして、俺の目を見てお元気ですかって聞いてきたくせにさ。当然、俺に気があるって思うよな？」

「そりゃあ、診察室の中だからだよ。彼女は歯医者なんだから」

「それにしてもさ……」

当時、ヴィニーとは知り合って数年ほどたっていた。付き合いが長くなるにつれて、ヴィニーはますます野良猫のように振る舞うようになった。

お茶を飲みに、勝手にうちにやってきたかと思えば、たいていはそのままソファで寝てしまう。そして気がすむまで寝るとさっさと帰っていく。ヴィニーはどこまでもわが道を行く男だった。

あるとき彼は、いつかこっそりロボットになって、誰の助けも借りずにダートムーアの湿原の真ん中で暮らすのが夢なのだと語ったことがある。彼の人となりを知るのにこれ以上の言葉はないだろう。加えてこれは大名案でもあった。ヴィニーが好きな音楽は、私たちにとっては内臓を抜かれているハイエナの断末魔にしか聞こえなかったからだ。

「問題はだね、ヴィニー」と私。「教会は２０００年にわたってゲイを迫害しつづけてきたということなんだ。その習慣がすっかりしみついていて、今さらやめる気なんてさらさらない。ところがここにきて、やつらは追い詰められたように感じている。今になって、自分たちの影響力が薄れているんじゃないかと不安になってきたんだ。だからこそ、彼らは危険なのさ」

この数カ月、私はずっと法改正に関する議論をウォッチしつづけていた。そこで目にしたものはまったく気に入らなかった。私の目には、教会は政府に圧力をかけようとしているように見えた。

「教会は戦略的に動いている。なんとかして今のうちにシビル・パートナーシップを潰そうと必死なんだ。なぜなら、その延長線上には〝結婚の平等〟の可能性があるからだ。だから、彼らは世間の批判をあおろうとしている。僕やフランシスのような人間に対して意地の悪い態度を取り、個人攻撃をしかけてくるのもそのせいだ。僕らが意図せずしてシンボル的な存在になってしまったせいでね。

僕らのようなゲイにも〝結婚〟という言葉を合法的に使うことが許されるようになると、〝忌まわしき者〟たちが勝利をおさめたことになる。僕ら自身がエスタブリッシュメントの仲間入りを果たすことになるんだ。その結果、頑固で信心ぶかいクズどもは、歴史上初めてマイノリティの立場に堕ちてしまう。だから、なんとしてでも僕らの邪魔をする必要があるのさ」

「俺の青アザが消えないっていう話はしたっけ?」

「なんだって?」
「どんどん黒くなってきているんだ。医者に見せるべきかな?」
「転んだのは3日前だろう? 青アザが黒くなるのは普通のことじゃないか!」
「それでもさあ……」

ヴィニーが帰っていったあと、私たちはあらためて今の状況について話し合った。フランシスは、スポットライトを浴びることを一切望んだことのない人間だ。今回もそのはずだった。しかし、圧力をかけられたことに対する反発が、プライバシーを求める気持ちを上回った。ここに至って、私たちが何十年も掲げてきたモットー「スコット-モーガン軍は、嫌がらせには決して屈しない」が開花したのである。いまやフランシスは戦う気満々だった。

「これはもう、俺たち2人だけの話じゃない。俺たちみたいにラッキーじゃなかったカップル、俺たちのように嫌がらせに対して立ち上がる勇気のなかったカップルのための代理戦争なんだ。俺たちはみんなを代表して、世の中には希望があるってことを示さなきゃならない。ひと騒ぎ起こしてやろうぜ!」

援軍

この〝ひと騒ぎ〟の持つインパクトがにわかに増大したのは、私たちの登記の手続きが、受付開始初日の最初の回であることが発覚してからだった。

まず、地元の登記所のすばらしいスタッフたちから、記念に披露宴を挙げないかという願ってもない提案があった。会場は、ヴェルサイユ宮殿を模した〈オールドウェイ・マンション〉の中にある壮麗な大広間だ。

アメリカのオペラハウスで監督職に就いたばかりのアンソニーは来られそうになかった（残念だが、驚きはなかった。アンソニーは昔からオペラの世界で成功をおさめると宣言していたからだ）。しかし家族や友人など、出席希望者のリストは増えていく一方だった。

さらに、トーキー市長から立会人になりたいという申し出があり、名誉市長（名誉市長夫人の同伴付き）もこれに続いた。両者とも公式に参列したいという。加えて、トーベイ議会《カウンシル》の議長からも同様の申し出があった【トーベイはトーキー、ペイントン、ブリクサムの3市から成る自治体】。主席登記官は快くオーケーを出し、手続き上は立会人２名のところを３名で行う形式に変えると言ってくれた。

すると、地元のメディアが集まってきた。さらに、全国メディアからＢＢＣラジオとＩＴＶニュースが取材に来ることになり、最後にＢＢＣニュースがここに加わった。

披露宴の進行はどんどん複雑になっていった。このあたりで式次第をつくっておいたほうがいいだろうとプログラムをざっと書き出したところ、行間を空けずにタイプしても10ページ近くになった。さらに、もう1つ未解決の問題が残っている——フランシスと私がどうやってホールに入場するかだ。

「大勢の前で行進するなんてお断りだからな！」

この点については、フランシスは2カ月間、考えを曲げていなかった。その後1カ月たっても彼の意志は固かった。

しかしある日、受付で流すＢＧＭを選曲しながら、私はマイケル・ボールが歌う〈ラヴ・チェンジズ・エヴリシング《愛はすべてを変える》〉をフランシスに聞かせてみた。

「なあ、その曲だったら君と腕を組んで歩いてもいい気がしてきたよ！」

披露宴

招待状にははっきりと「プレゼントはご遠慮ください――ご臨席だけで十分です」と書かれていた。しかし、披露宴の前夜、何人かの友人たちがプレゼント代わりにグランド・ホテルで素敵なディナーをご馳走してくれた。アガサ・クリスティーもハネムーンを過ごしたことのある由緒あるホテルだ。

ディナーのあと、私たちはトア湾を見下ろすテラスへと誘い出され、10からカウントダウンするように言われた。ゼロをカウントした瞬間、満開の花火が夜空にはじけ、トア湾全体を照らしだす。花火のパフォーマンスは10分ほど続き、まばゆいばかりの思い出を永遠に私たちの心に刻んでくれた。

翌日、世界中から駆けつけてきた70人ほどの友人たちは、朝8時前には会場に着席していた。親戚も、4世代から30人以上（最大で80歳くらいの年齢差がある）が集まった。

両親を除き、私側の親族は1人も顔を見せていなかった。公平に言うと、招待状を送らなかったのである。

私の母の主義信条は、この何十年のあいだに大きく様変わりしていた。熱心なクリスチャン↓いい加減なクリスチャン↓ヒューマニスト↓たまに無神論者↓熱心な無神論者という具合に変化を遂げたのだ。フランシスと私が付き合いはじめた当時は考えられなかったような言葉も飛び出した。

「お父さんも私も、あなたたちがやり遂げたことを思うと誇らしい気持ちでいっぱいなの！　ほんとに、生きているうちにこんな場面が見られるなんてねえ。２人とも私たちの自慢ですよ。なんてすばらしいの！」

そんなわけで、たくさんのカメラが向けられる中、フランシスと私は長い通路を行進していった（２人ともフロックコートで正装している）。マイケル・ボールの熱唱がバックに響きわたる。

行列にはモーニングコートで正装したアッシャーたち（甥３人と大甥１人）、同じくモーニングで正装した幼い大甥（クッションに載せた指輪を運ぶ係）、シフォンのドレスでおめかしした大姪２人（フラワーガール役）が加わった。ここまでは私が作成した式次第のとおりだ。とはいえ、これに続くシーンは予想していなかった。

ゲストが全員、立ち上がって歓声を上げはじめたのだ。何より象徴的なのは、正面のステージにいる人たちもその輪に加わっていることだった——市長、名誉市長夫妻、カウンシル議長に主席登記官。

エスタブリッシュメントの人たちだ。

その強烈なイメージは、しばらく私の心から消えなかった。そうこうするうちに私たちはステージにたどり着き、式の本番が始まった。

「本日ここに、フランシスとピーターは互いへの愛を誓い、互いへの責任を宣言します。本日をもって、２人のパートナーシップはイギリスの法律による承認と保護を受けることになります。主席登記官として、この宣言を行えることを喜ばしく思います。

今日という歴史的な1日が12月21日だということも、すばらしく象徴的な巡り合わせと言えるでしょう。今日は冬至、１年で最も昼が短い日なのです。今日以降、日を追うごとに明るさは増していきます。太古の昔より、１年のこの日は古きものが絶え、新しいものが生まれる象徴とされてきました。まさに今日がそうであるように……」

フランシスと私は正式に宣誓供述書を取り交わし、指輪を交換した。３人の立会人はしかるべき位置にサインをした。いよいよ式はクライマックスにさしかかっている。主席登記官の言葉は続いた。

「今この瞬間より、あなたがたは法が認める正式な伴侶となります……普通であれば、以上の言葉をもって式は終了です。しかし、今日という日は普通の日ではありません。あなたがたがここに至る道のりもまた、普通のものではありませんでした。よって私は、お２人が新たな人生に踏み出す記念すべき瞬間を、お２人自身の手で刻むことを提案します。

さあ、今こそ古き人生に別れを告げてください。はるか以前、あなたがたがその人生に踏み出したときとまったく同じ方法——キスによって。その瞬間をもって、われわれはお２人を正式な配偶者同士と認めます。
フランシス・スコット-モーガンとピーター・スコット-モーガン、あなたがたはこれより、法的なパートナーとして生きることになります。どうか胸を張って前に進んでください。社会の承認を求めて戦った、あなたがたの長い旅はようやく終わりました。法の祝福と、ここにいる全員の心からの喝采のもと、今こそ最後の一歩をもって旅を完結させるのです」

そして、私がずっと夢に描いてきたシーンそのままに、魔術師ラハイランと騎士アヴァロンはキスを交わした――全宮廷が見守る中で。

反響

「誓いのキス」それが、私たちの式を報じるテレビニュースにつけられた見出しだった。写真にかぶせて「ゲイカップルによる初のウエディング」とキャプションが入っている。

メディアの報道は総じて好意的で、親切だった。エスタブリッシュメントの世界は本当に変わったのだ。

なかでも最も本質を突いていたのは、ジニー・ウェアというジャーナリスト（地元紙『ヘラルド・エクスプレス』の記者）が書いた記事だろう。彼女はある朝、わが家にやってきて、短いひとときを過ごしたのちに去っていった――すばらしい宝石をあとに残して。

フランシス・スコット-モーガンとピーター・スコット-モーガンの2人を訪ねるのは、筆者にとってこのうえなく心楽しいひとときだった。2人はこのたび、ゲイカップルとして、ヘテロセクシュアルの夫婦と同等の法的地位と権利を手に入れることに成功したばかりだ。

その特別な日のために、2人は1年近くかけて計画を練り上げてきた。当初は、ひと握りの友人を招いたささやかなイベントになるはずで、メディアに取り上げられる予定もなかった。ピーターより控えめな性格のフランシスにとって、公の場に出るという決断は簡単なものではなかった。

しかし、あるゲイの友人をエイズで失ったことが彼の背中を押した。亡くなった友人のパートナーは、一切の相続権を認められることなく、あとに残されたのだ。その理不尽さに対する反発が、フランシスを勇気ある決断に踏み切らせた。ピーターとの新たな関係を、世間に対して高らかに宣言することにしたのである。

彼らは時に不審げで、時に非難がましい世間の目にも臆することなく、愛し合うカップルとして認められるための長い戦いの終着点を、進んで世間と分かち合った。詮索好きなメディアとテレビカメラを快く受け入れることで、同性愛者に対する偏見の息の根を止めてみせたのだ。

ピーターは言う。「大切なのは人種でも、宗教でも、ジェンダーでもない。愛だけが大切なんだ」2人はどこまでも力強く互いへの愛を誓い、世界に向けて決然とその愛の深さを宣言した。

披露宴は平日の朝という常識破りの日程であったにもかかわらず、2人を祝福しようと、イギリスはおろか世界中から家族や友人が集まってきた。

だが、彼らはみな名誉に思っているに違いない。ピーターとフランシスがこの27年間、互いに捧げてきたような献身を、自分たちも身をもって示すことができたのだから。

ピーターとフランシスは力を合わせて、2人の関係を慈しみ、育み、尊重してきた。その結果、あらゆるカップルが切望するものを手に入れた――時を経ても揺らぐことのない、本物の愛と友情を。

まったく2人の言うとおりだ。それ以外に大切なことなど、何もないのである。

31 〝マットな瞬間〟

ドキュメンタリーのプロデューサー兼ディレクターであるマットと私のあいだには、定番のジョークがあった。

「わかってるよ。〝超マットな瞬間〟のために、ここで僕に泣いてほしいっていうんだろう」

「とんでもない。泣いてほしいなんて言いませんよ！」マットはきまりわるげな笑みを浮かべた。この半年で、すっかりおなじみになった表情だ。「ただ、テレビ映えするだろうなと思っただけです」

「よく言うよ！　それなら普通の〝マットな瞬間〟で十分じゃないか。いつもみたいに君の超能力を発揮してさ」

私たちはこの半年間で固い友情を育んでいた。その中で生まれたのが〝マットな瞬間〟というジョークだ。

滅多にない〝超マットな瞬間〟とは、私もフランシスも涙で濡れているような状況を指す

（2人して打ちのめされた表情をしていれば完璧だ）。一方、割とよくある〝マットな瞬間〟は、マットがカメラを構えただけで自然発生する。

この法則に気づいたのは、数カ月前のことだ。このころには、私の腕の大部分は動かなくなっていた。肺活量もドキュメンタリーの撮影がスタートしたころの半分以下まで落ちた。いまや首も力なく傾《かし》いでいる。

幸いにも、私に引き続き在宅ケアを受ける資格があると国民保健サービス《NHS》が認定してくれたおかげで、今では2人の介護士がついていた。彼らは毎朝、3時間かけて私をベッドから出し、夜には2時間かけてベッドに戻す。

例によってマットは、どちらの作業も最初から最後まで撮影したがった。しかも2回ずつ。完成したフィルムではほんの数秒にしかならないシーンだというのに。

「どの部分を使うか、まだ決めてないんですよ……」

「作業の大部分、僕が真っ裸だということはわかってるよね？」

「それはまったく問題ないです。寄りのショットを使いますから。なんならモザイクをかけてもいいですし。いずれにせよ、子どものお休み時間後の放送になるはずなんで、多少きわどくても大丈夫です」

「大丈夫ですよ――最高です！」

その日、マットは朝の5時半にやってきた。前もって渡してあった鍵でわが家に入ると、音も立てずに階段を上がってきて、目覚まし時計が鳴るシーンを撮影した。そして空気のようにその場に留まり、カメラを回しつづけた。しかし90分後、ついに彼は甲高い声を出した。「すいません、今のシーンをもう1回やってもらえますか？　レンズを変えるんで」

　その鶴の一声で、2人のアシスタントたちは苦労して私に着せた長袖のTシャツを、再び苦労して脱がせる羽目になった。

　マットの名前を不滅のものにした出来事は、この直後に起きた。彼がクローズアップで撮影を始めたとたん、Tシャツが脱げなくなったのだ。

　撮影されていることを十分に意識している介護士たちは、果敢にもそのまま作業を続けようとした。その間もマットはこっそり私たちに近寄ってくる。ますます滑稽になっていく私たちの格闘ぶりを熱心に見守りながら、彼はこう言いつづけていた。「大丈夫ですよ――最高です！」

　これが生放送ではないということをすっかり忘れていたらしいアシスタントたちは、努めていつもどおりに振る舞おうとした。なんとか体裁を保とうとする本能ゆえか、彼らは2人同時に、いつもより強めにTシャツを引っ張り上げた。その結果、私のわきの下と肩甲骨の中間あたりで、何をどう間違ったのかTシャツの袖が絡まってしまった。

　〝何をどう間違ったのか〟というのは、そこに絡まるような要素は何もなかったからだ。これまでに絡まったことも1度もない。というより、今日に至るまで、着替えのときにTシャツが絡まったのはそのときだけだ。にもかかわらず、その日に限ってはなんと2度も同じことが起きた。
それは、マットが3回目のテイクを撮影しているときのことだった。この時点で私は、マットが何やら超常的な力でこの宇宙に影響を及ぼしていることを確信した。その威力はマーフィーの法則などよりよっぽど強力だった（今思えば、ソッドの法則よりも強力だったかもしれない）。

マットがカメラを構えた瞬間、かなりの高確率で、なんと言うこともない簡単な作業が、とびきりテレビ向きのドタバタシーンに変わってしまうのだ。私たちはこの現象を〝マットな瞬間〟と名づけた。

それから2カ月たって、私はいまや、マットがカメラを構えていなくても〝マットな瞬間〟が発生することに気づいていた。マットの干渉を受けて、私の宇宙でも永遠に何かの法則が変わってしまったらしい。

以後、私が〝マットな瞬間〟になりそうだなと思ったときは、必ずそうなった。だが私はイライラしたり癇癪を起こしたりはしなくなった。代わりに、静かな笑いと共にマットの言葉を思い出すのだ。「大丈夫ですよ——最高です！」

突然の訃報

そのマットが死んだ。クリスマスと新年のあいだの出来事だった。事故で教会の屋根から滑落したのだ。まだ40代前半だった。

残された家族は打ちのめされていたし、私たちも言葉に尽くしがたい喪失感を味わった。ドキュメンタリーの撮影中の楽しい思い出は、大部分がマットの存在に負うものだった。マットはすばらしい才能を持ったプロデューサーであり、彼がその場にいるだけで、ほっとするような空気が生まれた。

なんという天文学的な偶然か、マットは昏睡状態の中から、私たちに最後のメッセージを送ってきた。彼が最期のときを迎えていたまさにその時間、わが家の呼び鈴が鳴り、小さな荷物が届いたのだ。サイボーグについて書かれた本だった。マットからのクリスマスプレゼントだ。扉のページに、彼は次のように書き込んでいた。

クリスマス、2018年
親愛なるピーターとフランシスへ、
お2人と出会えて本当によかった――なんて途方もない旅だろう！
未来に乾杯！
愛を込めて、マットより

暗転

いまや私は週に7日働いていた。仕事をしていたころよりずっとハードワークだ。休みを取るのは、休むことしかできなくなってからでも遅くない。

だが、そんな懸命の努力もむなしく、マットの死を境にあらゆることがうまくいかなくなった。あたかもトランプの城が崩れ落ちるかのように。

まず、合成ボイスに問題が生じた。私はすでに、30時間かけてサンプル音声のスタジオ収録をすませている。このときのサンプルは、〈ディープラーニング〉による音声合成を想定して録音されたものだ。この手法によって、将来的にはより自然な発声を実現することができる。

しかし一方で、まったく別の手法で合成したボイスのほうが、短期的にはより高品質な発声を実現できるという。セレプロック社と私は、当面はこちらの手法を採用したほうがいいだろうということで意見の一致を見た。

この〈ユニットセレクション〉という手法の唯一の問題点は、もう30時間かけて声のサンプルを収録しなおさなくてはならないことだった。しかもそのころには、私の発声はかなり弱々しくなっていた。

さらに、録音エンジニアのオーエンから衝撃のニュースが舞い込む。地主の判断でスタジオの土地が売却されることになり、同時にスタジオも閉鎖されることになったというのだ。閉鎖前の予約はすでにいっぱいだという。

とどめは、合成ボイスと連動する視線追跡システム（話したい言葉を目でつづるためのシステム）を開発している企業が、ソフトウェアのちょっとした改良を断ってきたことだった。それは、感情を表現するための機能だったが、彼らによると「ニーズがない」らしい。もっとも、私からすれば、ただの決めつけとしか思えなかった。

次に、病気の進行の問題があった。何かと自分の病気を引き合いに出したがるヴィニーでさえ、さすがにネタに尽きるほど、私の状態は悪化していた。

11歳のころからキーボードのタイピングに慣れ親しんできた私の指は、小指から順番に、週に1本のペースで動かなくなっていった。今では、感覚のなくなった左手の指先で、キーを1つずつ突いていくのが精いっぱいだ。自分で食事を口に運ぶこともままならなくなったため、この役目はフランシスに託された。

さらに、NHSのジョン医師が用意してくれた便利なマウスピース型の人工呼吸器まで、うまく機能しなくなった。私の筋肉がいささか特殊な経路で動かなくなっていったからだ。

フランシスは、私に十分な介護をつけなくてはと、日に日に神経をとがらせていった。だが、適任者はなかなか見つからなかった。

そんな折、私は風邪をひいた。と言っても、私が知っている〝風邪〟とは似て非なるものだ。元気だったころは、風邪をひいても鎮痛剤を2錠も飲んでおけば、大きな会議でスピーチをすることだってできた。症状らしい症状と言えば、声帯に痰がからまっているせいで、声がほんの少しセクシーな響きになるくらいだった。

それがいまや、ただの風邪でも命取りになりえる。実際、私は死にかけた——それも何度も。最初のとき、深い眠りの中で酸素の供給が途絶えたことを察知した私は、パニック状態で飛び起きた。夜寝るときに装着していたマスク型の人工呼吸器が、いまや私を殺しにかかっていた。

すでに2回経験している〝喉頭蓋〟のトラブルとよく似ていたが、今回違ったのは、咳と咳のあいだに息を吸おうとしても、人工呼吸器のポンプが邪魔をすることだ。そのせいで、前のようにゼイゼイと喘ぐこともできない。代わりにゲッゲッと首を絞められているような音が漏れるばかりだ。

しかし、私の手はすっかり力を失っていて、マスクを外すこともできなければ、水の入ったコップを掴むこともできない。私は目の前が暗くなっていくのを感じた。

幸いフランシスが起きていて、私が悶絶するのを聞きつけて命を救ってくれた。それから2週間のうちに、私はもう20回、同じ方法で彼に救われることになる。どちらにとっても愉快な経験ではなかった。

一方で、この出来事はあることを考えるきっかけにはなった。イギリスでは、ＭＮＤ患者の1パーセントが延命のために気管切開の手術を受けている。しかし、彼らがその後どうやって亡くなるかと言うと、いちばんよくある理由が〝誤嚥性肺炎〟なのだ。つまり、唾液や食べ物などの異物が誤って気管に入ってしまうことで、肺に重い炎症を起こすのである。

ならば、と私は思った。唾液や食物が決して肺まで届くことのないように、喉と気管を完全に分離してしまえばいいのでは？　これは〝喉頭摘出〟と呼ばれる大手術であり、通常は咽頭がんに対して行われる。この手術を受けると、喉頭——つまり声帯を取り除くことになるため、合成ボイスなしでは二度と話すことができなくなる。

だが、私の考えが正しければ、サイボーグとして長生きできる確率はかなり高くなるだろう。

問題はといえば、なんの不具合もない喉頭を切り取ってもらえるように、外科医を説得することくらいだ。

チームをつくれ

そのアイデアを思いついたとき、私はマットの死から初めて、今度こそ運命に抵抗できるような気がしてきた。はたして私とフランシスが41周年の記念日を迎えるころ、トランプの城は再び積み上がろうとしていた。

その日、私はこの3カ月で初めて休みを取り、家族や友人たちとすばらしい1日を過ごしていた。すると、隣に住んでいる甥のアンドルーから願ってもない申し出があった。

アンドルーは空港でセレブを送迎する仕事を辞めて、明らかにセレブではない〈ピーター2・0〉の面倒をフルタイムで見てくれるというのだ。蓋を開けてみればアンドルーの仕事ぶりはすばらしく、機能を失いつつある私の手足代わりとして得がたい存在になっていった。

「これまでのことを全部、本に書こうと思っているんだ」アンドルーが来てくれるようになって間もないある日、私は彼に言った。フランシスはこの考えに諸手を挙げて賛成してくれていた。

「俺のことも出てくる？」

「僕が話すことを、代わりにタイプしてくれるなら」

自伝というものの難点は、セレブが書いたものでもないかぎり、誰も出版などしてくれないということだ。もっとも、腕利きのエージェントが出版社を説得できれば話は変わってくる。つまり、私にもエージェントが必要ということだ。

ただし、エージェントというものの難点は、自分がセレブでもないかぎり、誰も担当などしてくれないということである。もっとも、出版社が本を出したいと思うような人間であれば話は変わってくるわけだが……。


私の計画に大企業を巻き込もうとする際も、これと同じような堂々めぐり《キャッチ22》が繰り広げられた。当然ながら、大企業は個人よりも組織との協働を好む。しかし、私が知っている慈善団体の中で、私の計画に興味を示したところはゼロだった。まして彼らに大企業と協働する気などさらさらなかった。

しかし、ここにきて突破口が見えてきた。ＭＮＤ協会の理事として、私は前々から〝テクノロジーと共に繁栄する〟という計画をあちこちで吹聴していた。そんな私をおとなしくさせておくためなのか、このテーマを討議するための諮問グループの代表にならないかという声がかかったのだ。

私は代わりに別の提案をした。新たにシンクタンクを設立し、世界でも指折りのＩＴ企業が私の計画に興味を持つかどうか働きかけてみてはどうだろう？

あるメーカーを訪ねて行ったところ、その会社のCIOは私のアイデアに乗り気になり、同社のイノベーション部門にいるレイという男性を紹介してくれた。レイは、彼がつてを持っているIT企業に片っ端から私をつないでくれた。各企業をその気にさせられるかどうかは、私の腕次第というわけだ。

私は大喜びでこの展開をフランシスに知らせた。

「気をつけろよ」とフランシスが水を差す。「うまい話には……」

「裏がある！」私は彼と声をそろえた。

そうこうするうちに、びっくりするような嬉しい発見があった。サウンドエンジニアのオーエンが、すぐ近くに住んでいることがわかったのだ。オーエンの飼っているネコが、たまにうちの庭に遊びにくるほど近所だ。その縁から、オーエンはわが家のラウンジに簡易的な録音スタジオを設置し、サンプルの収録を再開してくれた。

嬉しいことは重なるもので、別のご近所さんであるナイジェルが、ますます負担が増えつつある介護チームに加わってくれることになった。いまや再び、先行きは明るくなってきた。お祝いムードの中で、私は61歳の誕生日も丸1日休みを取り、再び家族や友人たちと素敵なひとときを過ごした。ヴィニーは2年連続で来られなかった。

「せめて誕生祝いのメールぐらいくれてもいいだろうに、薄情なやつだよな」翌日、フランシスはそうコメントした。

「でも、今度こそ本当にどこか悪くしているんじゃないのか？」

「まさか。指先を針で突いただけでも、ヴィニーなら真っ先に俺たちに知らせてくるだろうよ！」

Xデー

それから、いろいろなことが本格的に動きはじめた。本の原稿を何章分かサンプルで送ったところ、超一流のエージェントであるローズマリーが契約書にサインしてくれた。これは完全に予想外だった。

さらに、トーベイのNHSで最高の耳鼻咽喉《ENT》科外科医であるフィリップが私に会うと言ってくれた。彼は私の考えに賛同したうえで、選択的喉頭摘出手術の執刀に同意してくれた。

フィリップ、マリー（頼もしき麻酔医）、ジョン（頼もしき呼吸器専門医）の３医師が顔をそろえたミーティングで、私たちは手術の日取りについて話し合った――なるべく遅いほうがいいが（会話手段の代わりとなるテクノロジーを準備する時間を稼ぐため）、冬が来る前にはすませたい（風邪をひく危険を避けるため）。めいめいがスケジュール帳を確認した結果、Xデーは２０１９年10月10日木曜日と決まった。今から５カ月半先だ。

「僕が人生で最後に口にする言葉が、麻酔のカウントダウンなんてのは嫌だからね」私はマリーに訴えた。

「ご心配なく。言いたい言葉を言ったあとは、こちらの質問には頷いたり頭を振ったりするだけで構いませんよ」マリーの声には、いつも人を安心させるような響きがある。「最後になんて言うか、もう決めました？」まるで女子高生が噂話をするような調子で、マリーが尋ねた。

「そのことなら、1年も前から決めているよ」

32
〝超マットな瞬間〟

「もう僕たちには会いたくないって、どういう意味？」

「やつがそう言ったんだよ。どうしているのかと思ってずっとメールしてたんだけど、３週間もたってようやく返事が来たんだ。君のそばにいるのがつらくなってきたって言うのさ」

「でも、ずっと僕たちのことを親友だって言ってたじゃないか！」

「ああ。俺たちもやつのことを親友だと思ってた。でも明らかにそうじゃなかったわけだ」

フランシスのしょんぼりした声を聞いていると、私も急に泣きたくなってきた。ヴィニーとは長い付き合いだった。他人に彼を紹介するとき、私たちはよくこう言っていた――義理がたく、信頼できる人物だと。

「そのメールに返事はした？」

「ああ。そんなに冷たくてわがままなやつだとは思わなかった。勝手にしろ！　とね」

「それに対する返事は？」

「来ていない」

どういうわけか、この知らせはＭＮＤと診断されたとき以上に堪《こた》えた。それから数日間、私たちは２人とも抜け殻のようになって過ごした。裏切られ、見捨てられた気分だった。さらに、この出来事を境に、数々の挫折が津波のように押し寄せてくることになる。

頓挫

１つはチャーリーを改造する計画についてだ。レイが紹介してくれた企業からは、私が求めているレベルの協力は引き出せないだろうということが、嫌でもわかってきた。

とはいえ、そんな心配はまだ序の口だった。ことによると、そのころの私は多少パラノイア気味になっていたのかもしれない。毎晩の睡眠時間が、人生の大部分における平均睡眠時間より２時間も不足していたとあっては無理もないだろう。

いずれにせよ、私たちの計画の最前線では、何か不穏なことが起きつつあった。私の研究に企業が関心を持つようになったとたん、レイは私の頭越しにＭＮＤ協会と直接協議を重ねるようになった。各社とやりとりする窓口も自分に一本化してしまった。

メディアに対しても、シンクタンクが進めている計画の全責任者はレイであるという説明がなされた。関係者はみな、相変わらずとても愛想がよかったが、私は不信感がつのるのを抑えることができなかった。

その後、シンクタンクの研究（つまり私の研究）によって儲けを出す手段が検討されているという話が耳に入ってきた。

誤解のないように言っておくと、儲けを出すこと自体に反対しているわけではない。ただ、この研究に限っては、あらゆる成果がオープンソースとして公開され、万人の手に届くようにすることに意味がある。考えれば考えるほど、その思いは強まっていった。シンクタンクの現状に、私は失望し、不快感を覚えていた。

一方、身近なところでも歯車が狂いはじめた。私の介護チームに入ってくれることになっていたナイジェルが、メールでやっぱり気が変わったと言ってきたのだ。フランシスには再び、代わりのスタッフを見つけるというプレッシャーがかかることになった。

しかも、その連絡が届いたタイミングも最悪だった。私たちはずいぶん前に、これで本当に最後になるであろう旅行の計画を立て、２０２０年1月に出発するカリブ海クルーズに予約を入れていた。この旅について残念な結論に達したばかりだったのだ。

喉頭摘出の手術を10月に控えた今、現実的に考えれば、旅行も手付金《デポジット》も諦めるほかない。フランシスがどれほど切実にこの旅行に行きたがっていたかを知っていた私は、とてつもない罪悪感におそわれた。

そのとき、介護チームの1人から急用でその晩は来られないとの連絡が入った。これで、私をベッドに運ぶという重労働までもがフランシスにのしかかったわけだ。

「ちょっと、これを見たほうがいい……」私の代わりにメールをチェックしていたアンドルーが言った。いまや私はノートパソコンのトラックパッドを操作することさえできなくなっていた。「もう、めちゃくちゃだよ」

そのメールは、これまで私が話をしてきた企業宛てに一斉送信されたものだった。そこには、MND協会のシンクタンクは私が提案する研究（一部の合成音声のプロジェクトを除く）から今後いっさい手を引くとあった。

「あのいまいましい理事会は、『参加者が自由に意見を言えるように』とか言って、ピーターおじさんをミーティングから締め出したんだ。でも、おじさんがいなけりゃ何もわからないものだから、結局腰が引けて、全部放り出すことにしたってわけだ。そのこともメールには書いておくべきだと思うね！」

「それが彼らの仕事なんだからしょうがないさ。大勢の一般会員のニーズも守ろうとしていることを、態度で示さなくてはならないんだ」

「ああ、でも理事の何人かは正真正銘のくそったれだ。それに、あのレイはどこへ行った？このところずいぶんおとなしいじゃないか。おじさんに利用価値があったころはあんなにすり寄ってきたのに、今じゃメールを送ってもなしのつぶてだ。あと、理事会でおじさんに会っても、にこりともしなかった嫌なやつもいたよな」

「彼は理事会の外で会ってもにこりともしなかったよ。たぶんゲイ恐怖症なんだろう。どのみち、僕はもう辞めたんだ。僕の公約は、ＭＮＤ患者が繁栄するためのテクノロジーを研究することだった。協会の中でそれができないのなら、協会の外から企業に働きかければいい。いずれにせよ、協会の会員にも手が届くようなものをつくるつもりだけどね。最初からそうしていたほうが、話が早かったかもしれないな」

なんとか物事をポジティブに考えようとはしたものの、正直なところ、私は打ちのめされていた。

そしてついに、レイからのメールが届いた。いつものように親しげな挨拶はなく、完全に事務的な文章だ。結びもそっけなく、残念だというそぶりさえない。

そこに淡々と書かれていたのは次のようなことだった——レイおよび彼の会社は、個人とは手を組まないことに決めた。したがって私との協力関係を続けることはできない。シンクタンクに参加しているほかの組織もこの方針を支持するものと認識している。シンクタンク自体は活動を続けるが、私が提案した研究には今後関与しない。よって私と協働することもない。私が自分で研究を続けるのは自由だが、シンクタンク経由でつながった企業と協働することは認めない、と。

絶望

そのメールが届いたとき、アンドルーはすでに隣の自宅に戻っていたが、フランシスはたまたま私のそばにいた。

「そんなことが許されるのか？」フランシスの声はかすかに震えている。答えは言うまでもなかった。

「すでに決まったことなんだよ」

「そんなひどい話ってあるかよ！　シンクタンクを軌道に乗せるためにノンストップで働いていたのは君じゃないか。しかも、君だけが給料をもらってないんだぜ」

これほど理不尽な出来事に直面すれば、いつものフランシスなら怒り心頭に発していたはずだ。でもそのとき、彼の声に感じられたのは疲れだけだった。

「俺たちが失った時間はどうなる？　俺たちはもっと楽しく過ごせたはずなんだ。君が食事を楽しめるうちに、最後の旅行をしてもよかった。すでに十分惨めなのに、そのうえ恩知らずのろくでなしのために貴重な時間を無駄にしたんだ。そう思うとやりきれないよ！」

今こそ、フランシスの声には怒りが混じっていた。悲痛な、殺伐とした怒りが。

「あいつら全員くそくらえだ！　怒るだけでも時間がもったいない。俺たちは今から夏休みを取って、リラックスして、いろんな場所へ行って、最後にめいっぱい楽しむんだ」

「でも、僕は本を書かなきゃならない。まだ手をつけたばかりなんだ。シンクタンクの仕事がなくても夏いっぱいはかかると思う」

「やめてくれよピーター！　君にも、くそみたいなＭＮＤにも、俺はもう十分頭に来てるんだ。これ以上は勘弁してくれ！」

2人とも極度のストレスを抱えていたし、このところずっと疲れ切っていた。心の奥底では、フランシスが今でも私を愛しているのはわかっている。同時に、今この瞬間に限ってはそうではないことも。このとき、私の中で何かが崩れた。

フランシスの前で最後に号泣したのがいつだったか、よく覚えていない。たぶん20代だったと思う。あのころと比べて、私はずいぶん強くなった。年齢を重ねるほどに、心折れることも、不安にかられることも減っていった。

なので、片目から涙が流れてきたのには自分でも面食らった。さらに、もう片方の目からも涙が出てきたのには、ほとんどショックを受けた。しかし、これですっかり状況が変わった。何もかもがどうでもよくなったのだ。どのみち誰も気にしやしない。まして自分がいちばんどうでもいい。私は感情を爆発させた。

私の中の一部分は、61歳の男が自己憐憫《れんびん》にどっぷり浸かり、小さな子どものように泣きじゃくる姿を、痛ましい思いで観察していた。そこには欠片《かけら》ほどの自尊心も、自制心も、自己肯定感もない。あるのは抜け殻だけだ。

「おいおい！　今度はいったいどうしたっていうんだ？」

フランシスの声は、異次元から響いているかのようにエコーがかって聞こえた。非現実的にさえ感じられた。いまや私の意識は、絶望の淵にのみ向けられていた。ぽっかりと口を開けた暗い穴は、どこか懐かしさすら感じさせる。

あれは、私が10代の少年らしい傲慢さを身につける、もっと前の話だ。そのころの私はいつも仲間外れだった。チームを分けるときに指名されるのはいつも最後。誕生会には1人だけ呼ばれず、集団にも加われず、みんなの笑い者だった。いつも孤独で、部屋の外から中をこっそり覗いているような子どもだった。

そんな感覚を、私は完全に忘れ去っていた。しかし、涙が流れだすと同時に半世紀分の壁が崩れ、それは再び私を飲み込もうとしていた。

私は泣きわめき、みっともなくしゃくり上げた。息ができないせいで、ますます散々なことになっている。かつては誇り高き人間であったもののなれの果てだ。

「なあ、しっかりしろよ。こんなことをしてる場合じゃないだろ！」

何か言おうとしたが、息が吸えない。私にまともにできることなど、すでに何も残っていない。状況はこれからますます悪くなっていくというのに。もっと、ずっと最悪なことに向かって。

「頼むからしっかりしてくれ。俺たち、強くならないと」フランシスの声からは、ほとばしるような怒りや苛立ちが消え、今にも泣きだしそうに聞こえた。「お互いの強さが、俺たちの力のもとじゃないか」いまやフランシスもすすり泣いていた。「君が強くなくちゃ、俺はやっていけない……」

私たちは、悪意に満ちた惑星にたった2人で置き去りにされた追放者のように、お互いにすがりついた。世界は永遠に私たちの敵のままなのだ。なんと残酷な結末だろう。

私たちは抱き合ったまま、体を震わせてすすり泣いた。打ちひしがれた2人の老人に、もはや闘志は残っていない。私たちは負けを認めるしかない。

私たちはいつまでも、お互いにしがみついていた。

「ほら、しっかりしないと」暗い穴から先に這い出すことに成功したのはフランシスのほうだった。「何か手はあるはずだ」

返事をしようとしたが、声が出せないうえに、フランシスに伝える適切な言葉が見つからない――もはや時間内に打てる手など何ひとつないのだと。私が声を失う前に打てる手でなければ、成功する見込みはほとんどない。

急に、どっと疲れがおそってくる。身体的にも、心理的にも、感情的にも限界だった。万事休すだ。私はついに敗北を認めた。失敗の重みと、私を信じてくれた人々を裏切った重みが全身にのしかかってきて、とても耐えられそうにない。何よりも、私はフランシスを失望させてしまった。

「愛してる」鼻をすすりながらフランシスは言った。

「あーえーうー」それが、私が声に出せる精いっぱいだった。

「知ってる」そう言ってフランシスはまた泣き出した。私たちは抱き合ったまま、揺りかごのように前へうしろへと揺れていた。お互いの傷を癒そうとするかのように。

やがて、フランシスが2人分の力を奮い起こして言った。

「さあ、元気を出そうぜ！　絶対に乗り越えてみせるんだ。君と俺とで。いつだってそうしてきただろ？」

そして、フランシスは私をきつく抱きしめた。

アナラクスの炎

ここはサラニアの西の果て、アヴォリーの地。18歳になったばかりのラハイランは、魔術師の競技会に参加する資格を得て、夜を徹しての瞑想に入ろうとしていた。

森の端にある巨大な塚の頂上には、大理石の台座が置かれている。その上で燃えているのが、永遠に消えることのない〈アナラクスの炎〉だ。

ラハイランは、青白く発光する炎に包まれていた。双子の太陽が沈んだばかりの東の空がほんのりと明るい。目を閉じていても、ラハイランは炎の力によって周囲の様子をすべて感知することができた。アヴァロンがやってくることも、彼が塚を登ってくる前から知っていた。

アヴァロンは今、台地のへりに立ち、驚嘆したようにラハイランの姿を眺めている。炎の予言では、アヴァロンによってもたらされる運命の選択肢は3つあった――孤独、死、愛だ。

ラハイランはアヴァロンが近づいてくるのを感じ取った。青い革のキルトと、ゆったりとした上質なシャツを身にまとっている。赤みがかった豊かな金髪を肩まで伸ばし、整った顔には青い瞳がきらめく。アヴァロンは、台座を取り囲む奈落の淵に立った。ちょうど炎まで手が届くか届かないかの距離だ。彼は台座の4面に刻まれた碑文を読み上げた。

1人で入れば、炎が示すだろう

汝が知りうる未来のすべてを
２人で入れば、互いのすべてを知るだろう
一体のみ、立ち去ることができるだろう

アヴァロンは黙ってラハイランの顔に見入っていた。空は次第に暗くなり、星々が瞬きはじめる。アヴァロンが立ち尽くしているうちに、炎は明るさと青さを増し、三つ子の月が順番に空に昇っていった。

やがて、双子の太陽の片割れが姿を現わそうとするころ、アヴァロンは微笑むと、炎に向かって右腕を伸ばした。指先がぎりぎり炎に触れる。その瞬間、運命の１つは消滅し、死か愛かの二択が残された。

目を閉じたままラハイランは微笑み返し、炎の外へと腕を伸ばした。２人の指先が触れ合う。アヴァロンは奈落の淵から身を乗り出し、２人は固く手を握り合った。青い炎がラハイランの腕をつたい、アヴァロンに届くと同時にその全身を飲み込む。

かくして、予言の１つは成就した――２人には、お互いのことが手に取るようにわかるようになった。これは、全か無かの究極の試練なのだ。お互いのすべてを受け入れない限り、アナラクスの炎から生きて出ることはできない。誰もが知っていることだ。

西の水平線に姿を見せた最初の太陽が、珊瑚色の空に向けて最初の光の筋を放つ。ラハイランは初めて目を開き、アヴァロンを愛おしげに見つめた。しかし、まだ運命は定まっていない。

ラハイランは台座から飛び降りた。奈落に落ちる前に、アヴァロンが引き寄せてくれることを信じて。

ラハイランのむき出しの上半身がアヴァロンにぶつかると同時に、たくましい腕がラハイランを抱え込む。この瞬間、２人を包んでいた炎は後退し、運命は確定した。２人はじっと見つめ合った。アヴァロンが初めて発した言葉は、朝の冷気の中で少しかすれていた。

「俺は永遠に君のものだ」

33 明日が生まれる場所

その夜は、ベッドで横になっていてもなかなか寝つけなかった。

そんな中で、なぜか私の無意識は、今の状況とはまったく関係のなさそうなことについて考えるよう訴えていた。つまり、ほぼ１３８億年の長きにわたって、宇宙は実に退屈な場所だったということを。壮大ではあるが、宇宙とは本質的につまらない空間だったのだ。

私はそのことについてよく考えた。なぜ、今そうしなくてはならないのかはわからないが、ひとまず思考を泳がせてみることにする。

未来を変える力

まず、ビッグバンがあった。それからとてつもなく長い時間が経過したのち、ごく平凡な渦巻銀河の辺境で、中年の恒星を巡る１つの惑星が誕生した。とはいえ、取り立てて注目すべき出来事ではない。その銀河には、ほかに１０００億もの惑星がある。さらに宇宙全体を見わたせば、１７００億もの同じような銀河が存在する。

　いつものように、私は宇宙の壮大さと、それに対する人間のちっぽけさに思いを馳せた。この連想は私をどこへ連れて行こうとしているのだろう？

　天界の玉突きゲームの結果、この惑星に何かがぶつかり、衛星ができた。この惑星には火山がたくさんあり、水と酸素が生じ、単純な生物が生まれ、やがて複雑な生物も誕生した。これでようやく、少なくともこのちっぽけな星の上では、わくわくするような時代が始まったと思うかもしれない。だが、そうはならなかった。

　なるほど！　私には、この連想の行き着く先がわかってきた——自分の周りの世界が崩れかけているときに、なぜ宇宙のことを考えなくてはならないのか。明るい兆しが見えてきたので、私はそのまま思考に身をまかせた。

　この惑星上では生命が爆発的に増え、進化が始まり、知的生物も徐々に出現した。とはいえ、相変わらず歴史は成り行きまかせで動いていた。約６６００万年前に隕石が降ってきたとき、恐竜は絶滅を回避することができなかった。約７万６０００年前には、超巨大火山の噴火によって人類も絶滅寸前まで追い込まれた。

　そうだ！　ここが重要なところだ。

　彼らはみな無力だった。未来はただ、上から降りかかってくるものだった。まったくでたらめな、予測不能の出来事によって、避けられない運命がもたらされる。そのパターンが、宇宙では今日に至るまで繰り返されている。

大半の〝明日〟は、耐えがたいほど退屈な場所からやってくるものなのだ。約５０００年前のある時点を除いて。そのとき、宇宙で最も稀な出来事が、この地球上で起きた。

ここに至って地球は、宇宙の中の取るに足りない惑星ではなくなった。われわれ人類も、１人ひとりが取るに足りない存在ではなくなった。

この出来事は〝文明の夜明け〟と呼ばれている。だが、実のところはそれ以上の意味がある。このときを境に、未来はがぜん面白くなったのだ。なぜなら、人類が初めて運命に立ち向かうことに成功したからだ。原始の人々も、日々の暮らしを快適にするための努力くらいはしただろう。しかし古代エジプト人のように、自らの力で歴史の流れを変えることまではできなかった。

それだ！　その経験から力を引き出すんだ。思い出せ！

最初期の文明は、時としてたった1人の人間が大きな変化をもたらしうることを証明した。その変化は、あとに続くすべての人間に影響を与えた。これは、歴史上の大きな転換点だ。このときをもって、宇宙を変えることは、あらゆる人間の生まれながらの権利となったのだ。

一瞬、再び力がみなぎってきたように感じた。もう一度、自分にも変化を起こすことはできるのだと信じてみようと思った。60歳になるまでに、私は変化を起こすためのさまざまな工夫を編み出してきた。変化を起こそうとする熱意も16歳のころから変わっていない。

しかし、一瞬だけ燃え上がった自信の残り火は、夜の冷たい闇の中で再び熱を失った。すべてが再びどうでもよくなりかける。時刻は午前2時ごろになっていた。ベッドに横たわったまま、目は冴える一方だ。

とはいえ、フランシスの前で大醜態をさらしてからまだ数時間しかたっていない割に、自分がもはや自己憐憫《れんびん》に浸り切っているわけではないことに私は気づいた――たしかに爪先あたりはまだ浸かっていて、少しでも心をくじかれれば、すぐにまた沈んでしまいそうではあった。それに脳の中枢は、まだしつこく希望を手放すようにと訴えてはいたけれども。

それからの90分間は、もっと早く過ぎていった。あるいは、知らないうちに寝入ってしまい、再び目覚めたのかもしれない。いずれにせよ、午前3時半ごろには、私の脳は打って変わって楽観的になっていた。

チャリティー団体

アイデアが浮かんだのはそのときだ。非現実的な妄想だということはわかっていたが、にもかかわらず、そのアイデアはむくむくと膨らんでいった。

「起きてるかい？」私は隣に向かっておずおずと尋ねた。フランシスはいびきをかいていなかったし、ついさっき寝返りを打ったばかりだった。さらにこの数週間、彼はとても早起きだったのだ。

だが、これといった反応はない。私はそのまま返事を待った。そのときフランシスがうっかりあくびをしたので、私は機を逃さず再び尋ねた。今度はもう少し大きな声で――「起きてるかい?」

「寝てる」

「そりゃよかった! 僕は一晩中眠れなかったよ」

フランシスは起き上がった。私を気遣おうとしたが、顔の筋肉が固まったままだ。

「大丈夫か?」

「ああ、僕なら平気だ。ただ一晩考えていたんだけど――」

「おいおい! もう忘れろって言っただろ。考えてもしょうがないんだ。君は頑張ったけど、うまくいかなかった。先へ進もうぜ!」

「まさにその話なんだ。つまり、どうすればうまくいくのかを考えたんだよ! 1つアイデアがあるんだ。説明すると……」

「ちょっと待った、その前にコーヒーを飲ませてくれ!」

フランシスはのっそりとベッドから出ていくと、10分後、完璧なカフェ・マキアートを2杯手にして戻ってきた。カップが空になるまで、話の続きはお預けだ。

「オーケー。今度の名案はなんだい?」

「君と僕とで、チャリティー団体をつくったらどうかと思うんだ。〈スコット-モーガン基金〉さ。僕のアイデアを全方位的に追求するための、完全に非営利な研究団体だ」

「なんだ、そんなことか!」

「えっ?」

「MND協会で君のやりたいことができないのなら、自分でやるしかないのは当たり前だろう。その話は何カ月も前にしたよな……」

「そのときは、こんなことになるとは思ってなかったんだけど」

「でも、現にそうなっているわけだ。そうと決まれば、今すぐ動かないと。何もかもが手遅れになるぞ。今日にでも話を通したほうがいい」

「今日は日曜だぞ！　誰も仕事なんかしてないよ！」

「完璧じゃないか。実は昨日、寝る前に考えてたんだよ。今日中に君の考えを整理して、あちこちにメールを送っておけば、月曜にみんなが出社してくる前に先手を打てるんじゃないかってね」

「なんだって？」

「だから、昨日寝る前に――」

「昨日はチャリティー団体の話なんて1つもしてなかったじゃないか！」

「でも、君なら何か考えつくだろうと思ってたんだよ」

「何も考えついてなかったら？」

「そのときは、もう1杯コーヒーを入れるまでだ」

仲間を集める

どのみち、コーヒーはもう1杯必要だった。そしてお昼すぎにももう1杯。しばらくして、チャリティー団体の構想がそれなりにまとまると、私は過去数カ月間に話をしてきた各企業に送るメールを書き上げた。

フランシスと共同で完全に独立した研究機関を立ち上げる旨を知らせ、これまで協議してきたプロジェクトはすべて継続されると伝える。送信ボタンをクリックする前に、私はメールの文面をフランシスに向かって読み上げた。

「レイの話では、シンクタンク経由で話をした企業はＭＮＤ協会としか手を組まないんじゃなかったか？」

「それはそうなんだが、ＭＮＤ協会がプロジェクトから手を引くことを決めた時点で、その前提は崩れたんだよ。いずれにせよ、僕らの財団は法的に独立していて、独立した理事会により運営される。企業にとって、僕個人と手を組むことにはならない」

「でも、彼らが果たして参加してくれるだろうか？」

いつもながらフランシスは直球で、私のアイデアのいちばん弱い部分をやすやすと突いてくる。

「それはわからない……そうなればいいなと心から思ってる。大企業の参加がそう何社も必要なわけじゃないんだ。１社でも十分だよ。それに加えて、重要な研究を行っている小さな企業や専門家を巻き込むことができれば、もっと多くの大企業が興味を持ってくれるだろう。僕らが成果を上げるようになれば、優秀な人材も集まってくるはずだ」

「つまり、明日か明後日までに、組織の中心になるチームを結成できるかどうかで、運命が決まるってことだな！」言うまでもなく、フランシスは全面的に私の味方だった。「うまくいけば、ようやく自由に動けるってわけだ……財団の理事は、何人くらい必要なんだい？」

「7人だ」

「きっかり7人？」

「組織が発進するにあたって絶対に必要な役職を数えればそうなる。軌道に乗れば、ほかにも仕事が出てくるだろうけどね。今のところは7人だ。もちろん、主任研究員は僕がなればいい。介護部門のチーフには君が適任だ――」

「いやいや、もっと適任がいるだろう！」

「まさか！　君は12年間も介護施設を運営していたじゃないか。ここ最近の話で言うと、君ほど重度障害者の介護に関する知見を持っている人間はそういないと思うよ。それに君は、共同創立者でもあるしね！」

「ふむ。まあ、考えておくよ」

「つまり〝最高の7人〟のうち――」

「〝最高〟になればいいけど……」

「なるに決まってるさ！　さて、7つの役職のうち〈主任研究員兼モルモット担当〉と〈介護担当〉は決まった。世の中のルールをぶっ壊すためにはあと5人のキーパーソンを勧誘しなくちゃならない。僕が考えているのは……」

34

最高の7人《マグニフィセント・セブン》

指導者（理事長）：アルン

アルン（腸のプレップ中に電話をかけてきた、あのアルン）は、絶大な権力を誇るMND協会の理事長を何年にもわたって務めてきた人物だ。在任期間が上限に達したため、私に電話をかけてきたタイミングでは退任を間近に控えていた。

私は彼と入れ替わるようにして理事会に入ったので、直接ミーティングで顔を合わせたことはない。しかし、その後も彼とは連絡を取り合っていた。

アルンのホームグラウンドはマージーサイド【イングランド北西部の州。中心都市はリヴァプール】にある。理事長職を退任したあとも、MND協会のマージーサイド支部では引き続き代表を務めていた。

地元を大切にする人物らしく、地に足の着いた考えの持ち主であるアルンを、私はとても好ましく思っていた。加えてアルンはチャリティー団体の運営に関わる複雑なルール（何がどこまで法律で許されているのか、など）について、私の知る誰よりも広い知識を持っていた。私が協会の理事を務めていたとき、折に触れてアルンがくれる助言は心強かった。私は彼を深く信頼している。

余人をもって代えがたいスキルを持ったアルンは、私たちの財団にとってこのうえなく頼もしい人材になるはずだ。幸い日曜だったので、アルンとはすぐにビデオ通話でつながった。

「もしよかったら、会計を担当してもらえないかと思って……」アルンが嫌だと言わなかったので、やや自信をつけた私はこう付け加えた。「……理事長の仕事の一環として」

アルンはにっこりした。

「喜んで！」

賢者（音声合成担当）：マシュー

私の合成ボイスを作成しているのが、セレプロック社のマシューだ。

彼とは初めてスカイプで話して以来、何度もメールでやりとりをしていた。何よりも、過去に2回ほど顔を合わせたとき、マシューは〈フランシスのテスト〉に合格している。フランシス一流の直観と、一見どうということもない会話の組み合わせから導き出される人物評は、往々にして気味が悪いほど正確なのだ。

「あなたって、本当に人を乗せるのが上手ですね！」それが、合成音声担当の理事になってほしいと私が頼んだときのマシューの第一声だった。「いいでしょう。喜んで参加させてもらいますよ！」

早々に話がついたので、私たちは以前から検討していた、私に歌声を取り戻すというプロジェクトについて話し合った。数カ月前、肺周りの筋肉と喉周りの筋肉が結託して、私を２度と歌えなくしてしまったのだ。生まれてこのかた、１人でも歌を口ずさむのが癖になっていた私は大いに落ち込んだ。

その話をマシューにしてから数週間後、１件の音声ファイルが彼から届いた。再生してみると、私の合成ボイスが達者な節回しで、クリスマスキャロル〈ディンドン鐘が鳴る〉を歌っていた。

「一応、こういうこともできますよってことで」のちにマシューは言った。「〈ピュア・イマジネーション〉【1971年の映画『夢のチョコレート工場』の主題歌】なんか歌ったら最高だと思うんですよ。あの歌詞はあなたにぴったりだ。〈思いのままに行動しよう。世界を変えてみたい？そんなの楽勝！〉僕みたいなひねくれ者でも、あの部分を聴くとウルッときますよ」

「ミュージックビデオをリリースするってのはどうだい？」

「高解像度《ハイレゾ》アバターを動かさなきゃなりませんね。でもぜひやりましょう。すごくいいアイデアだ！」

奇術師（アバター担当）：アマンダ

「というわけで、ミュージックビデオをつくることになったんだ。合成ボイスの歌に合わせて、ハイレゾアバターの口を動かしてもらいたいんだけど、できるかな？」

パインウッドにいるアマンダとその仲間たちがすばらしいのは、彼らにとって〝できない〟ことなどないのではないかと思わせてくれる点だ。さらに、アマンダはマシューと一緒に仕事ができるのを大喜びしていた。彼女をセレブロックの面々に紹介したときの第一声は「オタク冥利に尽きます！」だった。

そのころ、アマンダの同僚であるアダムは、私のアバターに髪の毛とまつげを1本ずつ植え、シミやしわを1つずつ描き足すという気の遠くなるような作業を完了させていた。

このとき、彼は独断でアバターのヘアスタイルを変更した。その出来栄えを目にしたフランシスとアンドルーは、オリジナルよりも断然いいということで意見の一致を見た。アバターに合わせるためにヘアスタイルと髪の色を変えることになったのは、地球広しといえども私くらいではないだろうか。

その結果、別の会社のアバター制作スタッフ（エンボディ・デジタル社のアリ）にもしわ寄せがいくことになってしまった。彼は低解像度《ローレゾ》アバターのヘアスタイルを一からやり直す羽目になったのだ……。

「ええ、もちろんできますよ！　いずれハイレゾの〈ピーター2・0〉はなんだってできるようになります――現状では、リアルタイムで動かすには処理が重すぎるのが問題なんですが。でも、あと数年もあれば、いつでもリアルタイムで動かせるようになりますよ！」

アマンダは、財団に対する彼女の思いを、ビデオ通話の前にメールで送ってくれた。

「もちろんお引き受けします――反乱同盟軍の理事だなんて、すごく光栄です！　財団の設立によって、強力なフォースが集結すれば、世間をあっと言わせることができると確信しています。強い意志を持った、偉大なクリエイターたちが共同戦線を張れば、どれほど多くの分野にポジティブな影響を与えることができるでしょう。大勢の人生を変え、世界を変えることができるに違いありません」

短く言えば、こういうことだろうと私は解釈した――オタク冥利に尽きる、と。

戦略家（デザイン担当）：エスター

マドリッド生まれ、ロンドン育ちのエスターは、目下のところ活動の拠点をパリに置いている。どこにいようと、彼女はその土地の言葉を自在に話すことができる。

最初に会ったときから私は確信していた――この女性なら、私たちの計画の前に立ちふさがる人間がいれば、誰であろうと撃墜してくれるだろう。それも笑顔のままで。その最初の出会いから、私たちは意気投合した。

エスターは、グローバルなデザインコンサルティングファームで代表を務めている。しかし、彼女に会って私の計画について相談しようとするたびに、休暇中だったり、週末だったり、祝日だったりで、なかなか話ができなかった。私の計画にエスターが真正面から関心を示したのは、おそらくこのときが初めてだったと思う。

「あなたのやろうとしていること、ものすごく興味があるわ」本物のラテン民族にしかできないような情熱を込めてエスターは請け合った。「喜んであなたの財団の理事になるわ、ピーター！」

これは朗報だった。もう1つの朗報は、エスターの熱意には伝染性があったということだ。ほどなく、エスターの若き同僚であるローラとロビンがチームに加わってくれることになった。彼らは空いた時間を使って、今後私の生命線となっていくであろうＡＩシステムのユーザーインターフェースをデザインしてくれることになった。

２人の考え方は、私とまったく同じだった——ハイテクとは人間を中心にデザインされるべきであって、ハイテクを中心にデザインすべきではない。２人が実にチャーミングな人柄の持ち主だったことも、嬉しいボーナスになった。

魔法使い（ＡＩ担当）：ジェリー

確率論で言えば、ジェリーと私は友人同士になるどころか、一生出会っていなくてもおかしくはなかった。

まず、ジェリーはアメリカのセントルイスに住んでいる。私はといえば、１９７６年以降、セントルイスを訪れたことはない。グレイハウンドバスの中で若きカウボーイのブラッドと袖触れ合ったあのとき以来だ。当時、ジェリーは生まれてもいなかった。

私たちが知り合うのをますます困難にしていたのは、ジェリーの勤務先が、現実世界に暮らしていればほとんど耳にすることもないような企業だったということだ。その企業をＤＸＣテクノロジーという。

ＩＴコンサルティング会社であるＤＸＣは、その分野では世界的な大企業だ。15万人の従業員を抱え、世界各地に拠点を持ち、前年度は２５０億ドルの利益を上げていた。とはいえ、私と彼らのあいだにはなんの接点もなかった。ある男性が私とフランシスに接触してくるまでは。

その男性はパトリックと名乗り、こんな質問をしてきた――「アートに興味はありませんか？」当時、私が対外的に語っていたのはハイテクやサイボーグなど科学に類する話題ばかりだったので、これは一見、的外れな質問のように思えた。パトリック本人でさえ、果たしてこの質問が妥当なのか確証が持てないでいるようだった。

10代のころ、私が昼休みを丸々使ってアートの制作に取り組んでいたというようなエピソードは、ネットのどこを探しても出てこない。まして、アートではなく科学の道を選んだことで、私の中にぽっかりと空いてしまった穴の存在など、パトリックが知るはずもなかった。

したがって、すがすがしいほど間の抜けた質問だったわけだが、パトリックはこう説明した。ＤＸＣのＡＩ部門の責任者は、私が閉じ込め状態になってからもアートを創造できるようなＡＩを開発したいと考えている、と。もちろん私は、その大胆なアイデアがものすごく気に入ったと返事した。

数日後、私は〝ＡＩ部門の責任者〟であるジェリーからメールを受け取った。彼との最初のビデオ通話は1時間以上におよんだ。2日後、さらにもう1時間語り合ったのち、私たちは毎週2時間のセッションを無期限に行うことに決めた。

そんなジェリーに、財団の副理事長になってくれないかと言い出すのは、いささか勇気が必要だった。というのも、ジェリーとの対話はすばらしく刺激的で、私は毎週の機会を心から楽しみにしていたからだ。

どちらか一方がアイデアを投げると、もう一方がそれを発展させて投げ返す。そんなやりとりを私たちは繰り返した。話し合ったばかりのアイデアをもとに、ジェリーがＡＩのプログラムを書き上げることもあった。

すぐに私たちは、あることに気づいた。私が真のサイボーグ・アーティストとして、人間だけでもＡＩだけでも生み出せないアートを創造できるようになるまでには、きわめて広範囲におよぶ議論が必要だと。

人間主体《ヒューマンセントリック》のＡＩを構築する最適な方法から、倫理に関わる本質的な問いまで、あらゆるテーマをジェリーと議論するのは、わくわくするような体験だった。同時にこれは、誰も試みたことのない形でＡＩの可能性を探る、革命的な実験でもあった。そして純粋に、とてつもなく楽しいひとときでもあった。

ジェリーとの対話は私の元気の源になっていた。だから私は彼との関係にひびが入ることを恐れて、なかなか財団の話を持ち出せずにいた。そのたびに、この貴重なセッションの時間を割くわけにはいかないからだと自分に言い訳していた。

結局、私は伝えたいことを全部メールに書いてジェリーに送ることにした——しかるべき人材が組織の中核に顔をそろえ始めた。ますます強大になりつつある私たちの反乱同盟軍は、ついに現状のルールを壊し、世の中を永遠に変えることができる。独立したＡＩが世界を牛耳る未来から、ヒトとＡＩが助け合う未来へと道筋を変えることができる。ばかげた依頼に思えるかもしれないが、ぜひ財団に参加することを真剣に考えてみてほしい、と。

送信ボタンをクリックしてから1分とたたないうちに、ジェリーからの返信を知らせる着信音が鳴った。

「真剣に考えました（2秒ほど）。やります！」

35

繁栄する権利

こんにちは、ピーターさん。

あなたの助けが今すぐに《ASAP》必要なんです。ジュリアンは今、病院にいます。栄養チューブを通す手術で、腸に穴が開いてしまったのです。

でも、国民保健サービス《NHS》の方針のせいで、すぐにでも必要な再手術を受けることができないかもしれません。術後に人工呼吸器から離脱できなくなる恐れがあるので、レベル3の集中治療室では受け入れができないというのです。

病院は私たちに〈蘇生拒否指示《DNAR》〉にサインして、終末ケアを検討するようにと言っています。でも、ジュリアンはまだまだ健康なのです。夜にマスク型の人工呼吸器をつけているだけで、普段は呼吸器なしでも90パーセントの酸素レベルを維持しています。なのに病院側は、ほかの選択肢を示してもくれないのです。

もう、どうしていいかわかりません。もし、なんらかの形で力を貸していただけるのなら、これほどありがたいことはありません。このまま病院のやり方にまかせていたら、弟は死んでしまいます。

正直なところ、MNDを〝生き延びる〟のがフルタイムの労働になるとは思ってもみなかった。

そうなってしまう主な原因は、病気そのものの過酷さではなく、病気に対する周囲の態度にあることが次第にわかってきた。まさにそれが、MNDの最悪なところだ。一部の医療従事者やチャリティー団体、政府、世間、友人や家族、そして何より診断を受けた本人が、MNDを〝世界で一番怖い病気〟と考えていること自体が問題なのだ。

実のところ、私はその〈ジュリアン〉をほとんど知らない。ただ、前の年に2通ほどメールをもらっただけだ。

彼は、MND患者にも繁栄する権利があるという私のメッセージにとても勇気づけられたと言ってくれた。そして今、彼のお姉さんがフェイスブックを通じて私に助けを求めてきたというわけだ。

とはいえ、最適なタイミングとは言えなかった。喉頭摘出の手術まで2カ月を切ったというのに、本はまだ半分しか書けていない。〈スコット-モーガン基金〉も本格的には発進していない。私が生の声を失ったあと、効果的に意思伝達を行うためのテクノロジーもまだ完成していない。そんなわけで、やることは山ほどあった。

ことによると、ジュリアンのお姉さんは病院の言うことを悪く取っているだけなのかもしれない。もしくは過剰反応しているのかもしれない。とはいえ、もちろん彼女が正しいという可能性もある。

念のため、私はアンドルーに口述筆記を頼み、力を貸してくれそうな人たちに片っ端からメールを送った。

思い込みに殺される

問題は、ジュリアンが実際に危機に瀕しているかどうかではない。イギリス中、あるいは世界中に、大勢の〈ジュリアン〉が存在するということだ。

彼らは、ＭＮＤに対する思い込みのせいで死にかけている。生き延びるための方法が存在しないからではない。死ぬのは当たり前だ、あるいは死んだほうがましだという考え方が定着しているせいで、死に瀕しているのだ。

私自身はたいへんな幸運に恵まれたと言える。地元デヴォンのＮＨＳ関係者はみな、私の考え方を全面的に支持してくれた。彼らもまた、私が目指す治療のあり方はほかのＭＮＤ患者の模範になるだろうと信じていた。

一方、この1年間で私のもとには世界中の見知らぬ人々からゾッとするような経験談の数々が寄せられていた。人間にとって当然の権利であるべき生命維持医療を拒否された人々が、世の中には大勢いるのだ。

その問題を、建前上はＭＮＤ患者の権利を守ると謳っている複数のチャリティー団体に提起したところ、この手の議論は「慎重に行わなくてはならない」との返事だった。なぜなら「医療業界を刺激するリスクがあるから」というのだ。問題が解決できないというリスクについては、まったく想定していないかのようだった。

特に、イギリス国内の状況の理不尽さは目に余った。ふつふつと湧き上がる怒りに突き動かされ、私は地元トーベイ選出の国会議員、ケヴィン・フォスターに宛てて手紙を書いた。議員は私と会うために時間を割いてくれ、力を貸すと言ってくれた。

これはたいへん有難いことだった。しかし議員にも私にも、結局は何も動かないだろうということは薄々わかっていた。イギリス議会はブレグジットを巡る熱に浮かされたような大混乱に、まさに突入しようとしているところだったからだ。

そして実際、何も動かなかった。これぞ、エスタブリッシュメントの世界で物事がうまくいかないときの〝暗黙のルール〟というものだ。

だからといって、時代遅れな思い込みが、いたずらに悲劇を生んでいることへの憤りがおさまったわけではない。

敗北主義的な態度は医療の現場にしぶとく残っている。多くのチャリティー団体は、相も変わらず〝恐怖のＭＮＤ〟というイメージを打ち出そうとしている。そうすれば、（幻の）治療法を実現させるために、より多額の寄付金を集められると考えているのかもしれない。

現実から目を背ける

しかし、問題の大部分はなんと言っても、ＭＮＤを抱えた人々自身の態度に起因している。告知を受けたあとでさまざまな情報を読んだり聞いたりした結果、悲観的な考えに囚われる患者や家族のなんと多いことか。「ＭＮＤ　ＡＬＳ」というキーワードでグーグル検索するという、最悪の選択をした場合は特にそうだ。

医師の中にも、患者に親身な人もいれば、ひたすら冷酷な人もいる。聞いた話では、病名を告知するときに「まあ、そういうこともありますよ」と言ってのけた医師もいたらしい。別の医師は、診断を告げながらティッシュの箱を渡してきたという。

こうした態度は患者の心をむしばむ。その結果、現実から目を背けるようになり、栄養チューブを着けることすら嫌がる患者もいるという話を、私は大勢の医療従事者から聞かされた。

これはまさに悲劇だ。とりわけ悲惨なのは、これらの患者が飢えによっていつまでも意地を張ってはいられないと悟ったときには、たいていの場合、栄養チューブを装着するには手遅れになっていることである。

一部の患者は、自力で食べ物を飲み込むことができなくなったときのための準備をあえて拒むという。チューブを挿入されることが、重度障害者の仲間入りをする最初の一歩だというイメージがあるからだ。その一歩を踏み出すのが怖いのである。

だが実際には、最初にＭＮＤの症状に気づいた時点で、すでにその一歩は踏み出されている。

患者が生命維持治療を受け入れるのに決まったステップなどはない。ただ自らをよく律し、運命に立ち向かおうとする毅然とした態度が必要なだけだ。

栄養チューブはＭＮＤでない患者にも頻繁に利用されている。多くの場合、必要がなくなればチューブは取り外される。それに対してＭＮＤの場合は、ずっとチューブの世話になりつづけなくてはならないという違いは確かにある。しかし、チューブを着けることで何かの一線を越えてしまうように考えるのは、治療の持つ意味を誇張してしまうことになる。

患者の中には餓死によって自ら〝早期に〟人生を終えたいと望む人々もいるという。また、人工呼吸器を装着することを拒み、徐々に窒息することを選ぶ人もいる（ただし強調しておきたい。昨今の緩和ケアは非常に進歩していて、どちらの選択をしても苦しむことはまったくない）。十分な情報を得たうえでこうした決断がなされたのだとしたら、私としても何も言うべきことはない。

ただ、これだけはぜひとも言っておきたい。こうした選択をした人々の1人か2人、あるいは大多数、ことによると全員が、私が受けている治療について詳細を知れば、考えを変えたかもしれないのだ。

真の選択肢

トリプルオストミーの手術を受ける前に、私のもとに届いた1通のメッセージを忘れることはできない。すでにディグニタス【安楽死による自殺を幇助《ほうじょ》するスイスの団体】にコンタクトを取ったことのあるＭＮＤ患者からのメッセージだ。私の手術のなりゆきに「大きな関心を持って」おり、私の取り組みに「希望を見出した」のだという。

このメッセージは、私が本を書くにあたって最大のモチベーションになった。人が自らの意思で人生を終わらせようとする背景にはさまざまな理由があるだろう。しかし希望を失うことこそ、最も哀しい理由に違いないと思うからだ。

ただ哀しいだけではない。未来に希望を見失ったせいで、死を選ぶほど追い込まれる人々がいると考えると、私はどうしようもなくやりきれない気持ちになった。彼らは、それ以外の可能性はなく、現実的な選択肢もないと思い込んでいる。

そんな彼らに、私は希望と、可能性と、選択肢を示したいのだ。まだ道はあることを知ってほしいのである。私だって、誰が何を選択するかはその人の自由だと本心から思っているし、死を選ぶ権利でさえ全面的に支持している。しかし、同じくらい強烈に、生きる権利についても支持したいのだ。

選択というものは、真剣に比較するに足る代案があって初めて意味を持つ。そうでなければ、それは選択の皮をかぶった単なる決定事項だ。その結果は成り行きまかせということになってしまう。

私は、真の意味で選択肢が存在することを患者に伝えたいのだ。今日、あまりにも大勢の人々が、事実上１つの道しか残されていないと思い込んでいるからだ。

栄養チューブや人工呼吸器の装着を自らの意思で拒む人々は、あらゆる事実を知ったうえでその選択をしていると、私は繰り返し聞かされてきた。彼らはただ、人生の最後の最後で拷問のような目に遭いたくはない（まして長くは耐えられない）のだと。

私が危惧するのは、こうした選択をする人々がうつ病を患っている可能性だ。うつ病は、ＭＮＤなどよりよほど恐ろしい病気である。生きるか死ぬかの理性的な判断を下すのに適した状態とは到底言えない。だが、私が最も懸念している点はほかにある。

私の考えでは、彼らをうつ状態に至らしめたそもそもの理由こそが、悲劇の最たるものだ。その理由とは当然「ＭＮＤと診断されたから」だと思うかもしれない。だが、私が見るところでは違う。むしろ、ＭＮＤ患者の先行きについて、あまりにも恐ろしい説明が繰り返されていることが問題なのだ——完全に意識はあるのに、まったく身動きできなくなる。それも、おそらく何年も。

そう聞かされれば、死がこのような〝生ける屍〟状態を回避するための福音であるかのように感じられても無理はない。

その上にのしかかるのが、大切な人々に気持ちの上でも労力の上でも多大なる負担をかけてしまうのではないかという懸念だ。経済的な負担への不安もある。すでに自らの運命に怯え切っている一部の人々にとって、人生を投げ出すことは、残された人々のためを思っての尊い自己犠牲のように感じられるのだ。

テクノロジーの時代に

昔は、こうした恐怖のシナリオも大部分においては事実だった。その結果として、あまりにも大勢のＭＮＤ患者があまりにも若くして死んでいった。貶《おとし》められ、怯えさせられ、気持ちをくじかれ、尊厳を奪われて、やがて最も強靭な心の持ち主ですら希望を失ってしまう。

それまでに、大方の患者はすでに生きようとすることをやめてしまっている。これ以上、愛する人々を苦しませたくないという理由で。あるいは、命の対価として支払いきれないほどの経済的負担を被ることを恐れて。あるいは主治医から「成り行きにまかせるべきだ」という圧力を受けて。あるいは単に、実は存在する選択肢のすべてを知らされなかったせいで。

そんな時代に生きていたら、私だってどのような選択をしたかわかったものではない。

ただ、疑いようのない事実は、今は〝そんな時代〟などではないということだ。

21世紀に入ってすでに何年もたつ。最先端のテクノロジーは、今なお飛躍的な進化を続けている。われわれＭＮＤ患者だって、充実したわくわくするような未来を選ぶことができるのだ。すでに、半ば自立して生活することは可能になっている。生産的に暮らすことも、人生を楽しむこともできる。そこにハイテクが加われば、ますますすばらしい日々が待っている。それを見過ごすなんて手があるだろうか？

もちろん、現状を変えるには、テクノロジーの力だけでは不十分だ。すばらしいアイデアも、思いついただけでは意味がない。アイデアを完璧な形で実証するだけでも不十分だ。テクノロジーが実現しても、世の人々の手に届かない（ほしくない、提案されない、買えない、手に入るまで生きられない）ようでは世界を変えることはできない。

重い障害を抱えたすべての人々が、自らの意思で繁栄することを選べるようになって初めて、本当の意味で世界は永遠に変わるのだ。

したがって、あっと驚くようなテクノロジーを開発するのと同時に、私たちは世の中の考え方を変えていく必要がある。私たちの研究を、医療介入における大きな変化の一環として捉えるのだ。そして報道機関やソーシャルメディアを通じて世間の注意を喚起し、必要に応じて政府や医療業界に働きかけていかなくてはならない。

世界に変化をもたらしつづけるには、研究に携わる私たち自身が、何をどう研究するかを絶えず問い直し、進化させていかなくてはならない。可能性の上限を常に更新し、絶えず自らをＭＮＤおよび重度の障害にテクノロジーを適用する研究の最先端に位置づけなくてはならない。ムーアの法則の威力を借りつつ、研究成果を一般ユーザー向けのツールに還元しなければならない。拘束衣から自由になりたいと願うすべての人々に、より充実した支援を提供できるよう尽力しつづけなくてはならない。

手垢のついた表現だが、あえて使わせてもらおう——もし今でなければ、いつやるのか？私たちでなければ、誰がやるのか？

ピーターさん、はじめまして。

ジュリアンの母です。このたびのお力添え、本当にありがとうございました。ジュリアンの手術に対する病院の方針は、あのあと劇的に変わりました。

ジュリアンに面会に来られるドクターたちは、みなさんとても興奮した様子であなたのお名前を口にされます。

息子はこのあと検査を受けてから、気管切開もしくは喉頭摘出の手術を受けることになります。担当のドクターは、手術の進め方についてプリマスの病院から情報提供を受けるそうです。もし、こちらの病院に十分な環境が整っていないということになれば、あちらで手術を受けることも可能だということです。

全部、私たちにとってはすばらしいニュースです。娘があなたに連絡を差し上げて本当によかったと思います。

同時に、ピーターさんにとっても、〝繁栄する権利〟の運動を推進するにあたって、1つ壁を越えられたのではないかと確信しています。

この病院のスタッフを見ていると、MND／ALSの患者さんに対する革新的で先駆的な治療に自分たちも参加したいという意識の高まりを感じます。この先に希望がないというムードは完全に逆転しました。これは大きな前進ではないでしょうか。

あなたのお力添えがなければ、この地球上でジュリアンに残された時間は、もっとずっと短かったでしょう。でも、息子は繁栄することを希望し、あなたがその権利を後押ししてくださったのです。なんと感謝を申し上げていいのかわかりません。

何日か前、ある人がこんなことを言っていました。この国では死ぬ権利は認められていないが、場合によっては生きる権利さえ否定されてしまうと。これは、たいへん痛烈な指摘だと思います。

現状のシステムと戦うための知識を持たない人々のことを思うと、私の胸は痛みます。あなたとつながることのできた私たちは本当に幸運でした。あなたが私たち家族にインスピレーションと希望をくださったのです。

最後にもう一度、心からお礼を申し上げます。本当に、どれほど感謝してもしきれません。あなたのすばらしい取り組みを広めるために、私たちで力になれることがありましたら、ぜひともお知らせください。

36 炎の護り手

私が持って生まれた声は、いまやすっかり弱々しくなっていた。

ここは、ロンドンにあるＤＸＣ社のイノベーションセンターだ。いちばん大きな会議室に集まった30人ほどのメンバーに、私はなるべく近くに寄るよう頼んだ。これから、財団を始動させるための2日間のワークセッションが始まるのだ。

私がコンタクトを取った巨大企業のうち、勇気とリーダーシップ（あるいは大企業としての責任感や義務感？）を発揮して私の呼びかけに応えてくれたのは2社だった。それだけでも十分すぎる成果だ。

1社は、言うまでもなくＤＸＣだ。そしてもう1社、偉大なるインテルからもメンバーが参加してくれた——かのスティーヴン・ホーキング博士と組んでいたチームだ。さらに、セレブロック、エスターの同僚たち、アバターの開発に取り組んでくれている大勢のエキスパート、そして財団の中心メンバーたち。その全員が一堂に会したのである。

ワークセッションのプログラムは、両日とも朝の8時から夜の8時まで、ぎっしりと予定が組まれていた。スケジュールをつつがなく消化することはもちろん大事だ。しかし私にとってそれ以上に重要だったのは、私たちの目標に向けて、最初に全員の心をなるべく1つにしておくことだった。そのためには多少時間がかかってもしかたがない。

メンバーはみな、私に向かって律義に椅子を移動させた。私のささやき声を全員が聞き取れる距離まで彼らを呼び寄せると、私は口上を述べた。

「このミーティングは、スコット-モーガン基金の記念すべき第1回の集会です。そして、この2日間が、おそらくみなさんが私の生の声を聞く本当に最後の機会になるでしょう。いずれにしても節目というべきこの機会に、私は未来と過去をつなぐ扉を開きたいと思います。

1984年の8月、今からちょうど35年前に、私の初の著書である『ロボティクス革命』が出版されました。当時、この本の最終章について、私は編集者と（さらには査読を担当していた教授とも）激しくやり合ったものです。

その章の中で、私は遠い未来について予言したつもりでした。しかし間抜けなことに、その予言が間違っていると、自分で生きて証明することになるかもしれないとは思ってもみなかったのです。私が予見したのは半世紀先の未来でした。当時は、とても遠い先のことのように思えたものです」

私は自分がかつて予見した〝分かれ道〟に人類が差しかかっており、なおかつ無意識のうちに間違ったほうの道を選ぼうとしているという話をした。以前、フランシスにも話して聞かせたことだ。

このままでは、われわれは〝ＡＩが独自に発達する未来〟に突入していく（こちらの未来では、必然的に人類は時代に取り残されることになる）。一方で〝ＡＩとのコラボレーション〟を選べば、ヒトだけでもＡＩだけでも不可能なことを実現できる未来が到来する。

「数十年前の自分が考えていたことを、このようにみなさんに披露することになろうとは想像もしていませんでした。しかし、今になってこの最終章を読み返してみて、皮肉な巡り合わせに感嘆すら覚えています。

というのも、この章の中で、私は軽々しくも〝あまりにも脆弱な（ヒトの）体〟という表現を使いました。その私がいまや、この本1冊を手に取ることすらできない体になってしまったのですから。そこで今日は、私に代わって甥のアンドルーに、その部分を読んでもらいたいと思います」

その言葉で、みなの視線が私の忠実な甥に集中する。アンドルーは読み上げた――

〝人類の能力を強化する〟という未来を目指す限り、人類はロボットと同じ〝進化の枝〟に留まっていられるだろう。さもなければ、われわれはロボットが独自に進化していくのを指をくわえて見送ることになる。ロボットと同じ道に留まっていれば、いつの日か人類は、あまりにも脆弱な体から解放される。不変のメカニズムを身にまとい、スーパーコンピュータを〝知性の増幅器〟として活用することが可能になる。

反乱同盟軍

私は話を続けた。

「35年後の今、この部屋に集まった私たちは、まさに今述べたような未来を導くチャンスを手にしています。未来をあとから変えることはできません。ジェリーの言葉を借りれば、私たちこそが〝変化の最前線に躍り出る〟べきメンバーであり、起源の物語《オリジン・ストーリー》の主役なのです。

みなさんはご存じのはずです。私たちの取り組みが映画化されたき――いつかきっとそうなるでしょうが――ここから先のシーンは苦難の連続になるだろうということを。大胆なアイデアや壮大な構想にみなが熱狂し、誰もが形だけ関わり合いになろうとした時期は終わりました。

しかし今、変化を起こすために欠かせない忍耐力、専門的なスキル、あふれんばかりの熱意を兼ね備えた本物のヒーローが、ようやく登場したのです。それが、ここに集まっているみなさんです。さらに、あと数時間ほどでもう何人かの仲間がこの場に、もしくはオンラインで加わることになるでしょう。

私たちが変化を起こすのです！　ここにいるメンバーが、反乱同盟軍の中核なのです。

ですが、これからが正念場です。今の現実に反旗をひるがえし、人間であることの定義を書き換え、ＡＩとのコラボレーションによって全人類——私のような難病患者も含めて——を繁栄させる。このミッションの成否はすべて、私たちが次なるステップで成果を出せるかどうかにかかっています。その理由はきわめて単純です。

私たち以外に、それができる立場にいる人間は誰もいないからです。誰1人、私たちがやろうとしていることに取り組もうとするそぶりさえ見せていません。

反対に、私たちが立ち向かおうとしている現行勢力はきわめて強大です。私たちがなんとかして変化を起こさないかぎり、人類は間違った未来へと突き進んでいきます。

これからが苦難の連続になるだろうと私が言ったのは、最大のハードルはテクノロジー上の問題ではなく——もちろん、こちらも手強いのですが——人の心の問題だからです。

いま、ＡＩに対する不安がくすぶっているのはご存じでしょう。ニュースやエンターテインメントはこぞってこのテーマを取り上げ、意識の高いセレブリティや有識者はこぞって懸念を表明し、世間にＡＩの是非を問うています。

それに対して、私たちは別の選択肢ないしは打開策を提示しなくてはなりません。あえて言うなら、新たな希望を社会にもたらさなくてはならないのです。

しかしながら、私たちがその目標に向かって足を踏み出した今もなお、エスタブリッシュメントの一部は二の足を踏んでいます。自分たちの理解を超えたテクノロジーが気に入らないからです。

一部の企業や専門家が口を閉ざし、あとずさりし、表立って関与することを避け、成り行きを傍観しようとする様子も目にしてきました。彼らは、すべてを自分の手でコントロールできないことには関わりたくないのです。評判に傷がつくことを恐れ、利益にならないことは回避したいのです。

そうした気持ちもわからないではありません。彼らには彼らの考えがあります。

しかし、私たちにも私たちの考えがあります。自然淘汰を経て、この部屋には世界を変えるのに不可欠な力を持った人々が集まりました。

みなさんは、それぞれが仕事で多忙な中、貴重な時間を捻出して、そのすばらしい才能を同じ志を持つ仲間のために差し出そうとしてくれています。すばらしいジェリーとＤＸＣは言うまでもありません。企業レベルで勇気とリーダーシップを発揮し、私たちと共に戦おうとしてくれている仲間もいます。

私たちは力を合わせて社会を今の状況から解放します。どのような試練が降ってこようとも、人類は変化を受け入れ、変化を活用し、変化を率先して起こすことによって、変化の中で繁栄できる。それを証明していこうではありませんか。

今日と明日を皮切りに、私たちはテクノロジーをより穏便な形で使いこなす方法を模索していくことになります。

ジェリーは次のように表現しました。〝良識と創造性を持ち合わせた人間のもとでＡＩを行使する〟と。それが今、私たちがやろうとしていることです。単にコンセプトを語るのではなく、自ら実践し、正しく機能することを証明するのが、私たちの使命です。

それと同じくらい画期的なのは、私たちがこの先見性ある〝できないことなどない〟という態度を、ずっと未来へと引き継がれるような形で残そうとしていることです。チャリティー財団として発足したこのユニークな研究機関に、私たちの精神は織り込まれているのです。

過去に私たちを結び付けた共通の願いが、この財団が掲げる公式のミッションとなります。すなわち、人工知能、仮想現実、拡張現実、ロボット工学、その他の高度なテクノロジーを倫理的に活用する。それによって、年齢、健康状態、身体障害等で制限されている人々の能力と幸福を向上させる研究を遂行することです。

この文脈において、私たちはイノベーションの力を利用して〝変化のなかで繁栄すること〟を目指します。たとえその変化がＭＮＤによってもたらされたものであったとしても。

あときっかり８週間で、私は２度と自分の声では話せなくなります。それ以降は、この財団による研究の成果に頼るほかありません。

しかし、私たちがこれからの２日間で行うことは、私個人にとって非常に重要だというばかりではありません。重度の障害を持つすべての人にとって、ひいては私たち全員にとって重要なことだと思うのです。

言うまでもなく、この財団は今現在、障害に立ち向かう手段を１つも持たない人にとって、希望の道しるべとなるでしょう。同時に、世界中のＡＩ研究に進歩の方向性を示す道しるべでもあります。

私たちが掲げる炎が明るいほど、もっと大勢の人々が炎を持ち寄り、さらに明るく道を照らすことでしょう。しかし、どうか忘れないでください。私たちこそが〝炎の護り手〟であることを。そして、その炎の中心にあるものは、永遠に〝人間らしさ〟であることを。

この2日のあいだに、私たちは大きな苛立ちを感じることでしょう。お互いの考え方の違いに直面して愕然とすることもあるでしょう。全員が疲れ切って、間違いを犯すこともあるでしょう。

でも、それでかまわないのです。これは、すばらしい旅の始まりです。最初からすべてに正解を出す必要などありません。明るい未来に向けて、大胆な一歩を踏み出すことが重要なのです。

私は今、みなさんと共に旅立つことができるのを、このうえなく誇らしく感じています。心の底からお礼を言わせてください。私と一緒に旅に出ることを決断してくれて、本当にありがとう」

究極の多様性

「彼女は実にすばらしいね！」ホテルに戻ってから、フランシスはインテル社からやってきたラマに対する感想を述べた。ラマはインテルのAI研究所の1つで所長を務めている。「丸2時間は彼女の独壇場だったじゃないか。全員が彼女の話に食いついていた」

「忘れたのかい？　スティーヴン・ホーキングのためのシステムは全部彼女のチームが開発したんだ。ラマは博士と7年も組んでいたんだよ」

ラマと最初に出会ったのは数カ月前のことだった。私たちに会うために、はるばるカリフォルニアからロンドンに来てくれたのだ。その日の終わりごろ、チャンネル4のドキュメンタリー撮影班が彼女にインタビューを申し入れた。取材に応えて話しながら、ラマは途中から私のことを「スティーヴン」と呼んでいた――私にしてみれば、これ以上の賛辞はない。

「そういえば、カテーテルの件では助かったよ！」

急にその話を思い出したのは、慌てていたあまり、きちんとフランシスに感謝を伝えていなかったのではないかと心配になったからだ。ミーティングに次ぐミーティングの途中で、私は膀胱が満タンになっていることに気づいた。本来、ありえないことだ。1年前に手術したのは、まさにこのような事態を避けるためだったのだから。私は瞬時に、カテーテル（アウトプット1号）が詰まったのだと結論づけた。

これは不運な出来事だった。しかも、パンパンになった膀胱はじきにひどく痛みだした。空気を入れすぎた風船のように破裂してしまえば、ますます不運な事態になるだろう。ここに至って私はしぶしぶ、議論半ばでミーティングを切り上げ、フランシスに窮状を訴えた。

導尿カテーテルが詰まるということは、本来は救急車を呼ぶべき非常事態である。原則として、カテーテルの交換ができるのは医師や看護師だけだ。しかし、そのための訓練を受けている医療スタッフはあまりに少ない。

幸い、私たちはこうした事態を見越して、きわめて異例なことではあるが、フランシス自らが訓練を受けて資格を取っていた。私たちはすぐさま、蒸し暑い障害者用トイレに駆け込んだ。

フランシスは、完全に水平になるというチャーリーの利点を生かし、私の脚をテーブル代わりにしてカテーテルの交換にとりかかった。いつも持ち歩いている緊急用バッグの中に、必要な道具はすべてそろっている。10分後、私は次のミーティングに参加していた。

「それが俺の仕事だからね」フランシスは控えめに答えると、話を戻した。「そういえばジェリーが、DXCとの戦略的パートナーシップについて何か言ってなかったか?」

「それが実現したら、本当にすばらしいだろうな! 正式なスポンサーがつけば、僕らのビジョンは守られる。ようやく安心できるというものだよ。DXCのような大手企業が組織として関わってくれれば、すべてが変わる。君と僕のこれまでの苦労もすべて報われるんだ。彼らが〝炎の護り手〟に加わってくれれば……あっ、しまった!」

「どうした?」

「理事のみんなに言うのを忘れてたよ。僕たちがどれだけ多様性に富んだメンバーかって」

「どういうことだ?」

「理事は7人いるだろう? その場合、普通は7人のストレートな白人男性が集まるんだ。ところが僕らの場合は1人しかいない。これってすごくクールな話じゃないか? そのうち、みんなが彼のことを〝トークン〟【差別がないことを示すための〝お飾り〟として職場・集団に受け入れられた黒人などを指す】と呼び出すんじゃないかと思ってさ……」

37 最後の言葉

「最後に口にする言葉を自分で選べるというのは、とてつもない贅沢だと思うよ」私はアンソニーに向かって熱弁した。「みんながそうできればいいのに！」

喉頭摘出の手術を目前に控えた今、私とアンソニーは半世紀にわたる習慣――手紙やメールを送り合ったりするよりも、実際に会えるまで待つ――を破り、ネットを通じた21世紀ふうの交友スタイルにアップデートしていた。

シカゴ時間で日曜の朝、私たちはビデオ通話を開始した。私は自宅の書斎に、アンソニーは高層ビルの48階にあるゴージャスなマンションの一室にいる。アンソニーのリビングからは、ミシガン湖を背景に広がるシカゴ市街の息をのむような絶景を見下ろすことができた（アンソニーがスマホの向きを変えて見せてくれたのだ。おかげで少しクラクラした）。

偶然にもアンソニーは、２人でアメリカを旅した１９７６年当時に泊まったホテルから、ほんの数ブロック先に住んでいるのだ。

「それで、最後になんて言うのか決めたのかい？」

「もちろんさ！　考えるまでもなかったよ……」

聞くまでもなくアンソニーにもわかったのか、あるいは立ち入ったことを聞くのを遠慮したのか。いずれにせよ、この話題はそこまでだった。

「君の合成ボイスが〈ピュア・イマジネーション〉を歌っているのを聞いたよ。すごくよかった。まさに君が歌っているところを思い出したよ――うまいけどプロっぽくない」

「フランシスは、〈美女と野獣〉を歌っているアンジェラ・ランズベリーみたいな声だって言ってたけど……」

「というより、『マイ・フェア・レディ』のレックス・ハリソンだろう！　まあいいや、最近どうしていたのか教えてくれよ」

最後にアンソニーと会ったとき、自分がまだ元気だったことを完全に忘れていた。いまや私は声を出すのも精いっぱい。車椅子の中で身動きもできずにいるのはアンソニーにも見えている。言うまでもなく、骨の髄から育ちのいいアンソニーは、不自由になった私の体について直接触れようとはしなかった。

「そうだな、正直な話、体が動かなくなるといいこともたくさんあると気づいたよ。特に、マッサージを受けているときはね。なんと毎日2時間も揉んでもらえるのさ。最高の気分だよ！　それに、シャワーの時間ときたら、エジプトのファラオだってこれほど丁重には扱われなかったんじゃないかと思うね。銀河系でいちばんラグジュアリーなスパに泊まっているようなものだよ」

話題は尽きなかった。私が再び南の島のヤシの木陰で涼んでいるような気分を味わえるように、フランシスが庭を全面改装してくれたこと。合成ボイスの歌手を集めたオペラの上演を企画している女性の話。そろそろ私の本が完成に近づいていること。

「話はますます大きくなっているんだ。映画化の権利を、『英国王のスピーチ』でアカデミー賞の作品賞をとった制作会社に売ったばかりなのさ」

「すごいな！　ちなみに彼らは、世界初の全身サイボーグ人間がゲイだってことをちゃんとわかっているのかい？」

私たちは他愛のない、しかしかけがえのないおしゃべりを続けた。別の惑星、別の時間軸での、あのまぶしい5月の午後のように。あのとき私はまだ16歳だった。

「僕がサイボーグになってから、また話そう！」

「頑張れよ！　心から応援してる……」

宇宙を支配する法則

その夜はとても長く感じられた。夏の日の長さに慣れた身にとって、10月の夕暮れは信じられないほど早く訪れる。しかも、夜が明けるかなり前に私は目を覚ましていた。

どのみち、慣れないベッドの感触や周囲の物音のせいで、ぐっすりとは寝ていられない。物思いにふけりつつ、夜勤スタッフが病棟を慌ただしく行き交う様子に耳を澄ます。

定期的に看護師がバイタルサインを確認しにやってくる。その合間に短い眠りに落ちるものの、どうしてもこれから待ち受けていることを思い出してしまう。とたんにアドレナリンが急上昇して飛び起きる。それくらいなら、ずっと起きていたほうがいい。どうせ、これからたっぷり眠ることになるのだから。

本気で思考するのは、ほぼ2年ぶりのことだった。具体的には、ＭＮＤの自己診断を下して以来だ。

なにせ、今はただ待って考える以外にすることがない。あと少したてば再び忙しくなってくる。手術に先立って、耳鼻咽喉科のフィリップ医師と打ち合わせをしなくてはならない。私は今日、フィリップ医師に耳から耳まで切り裂かれて声帯を取り出されることになるわけだ。その割には、自分でもびっくりするほど落ち着いていた。

いつしか私は〝ピーターの人生哲学〟に思いを巡らせていた。不安にかられたとき、私の無意識が逃げ場を求める信念体系とはなんだったか？（宗教心を持たない）私が、本気で信仰しているものとは何か。

こうしたことを考えるのは初めてではない。自分にとっての〝暗黙のルール〟は、もう何十年も前に解き明かしている。ただ、ずいぶん長いあいだ思い出すことがなかっただけだ。ほかにすることもないので、私はベッドの背にもたれて宇宙の理《ことわり》に思いを馳せた。

この宇宙における生存原理は、本質的に驚くほど単純だ。ごく限られた、万能の〝暗黙のルール〟――ほかのあらゆるルールの上位にあって、宇宙を支配するもの――に従えばいい。

幸いなことに、真に重要な宇宙の法則は3つしかない。それ以外のすべてのルールは枝葉に過ぎない。

1. 科学こそ、魔法への唯一の道である。
2. 人類が偉大なのは、ルールをぶっ壊す存在だから。
3. 愛は——最終的に——すべてに勝つ。

私がかつて唱えた〈論理と愛の法則〉（昔、グレイハウンドバスの中でアンソニーに説明した「真実の愛は、必ず論理に勝利する」という法則のことだ）によれば、3番目の宇宙の法則が最も重要かつ最も強力だ。この法則が、ほかのあらゆる法則を支配している。

この3つの法則は、今になって言いしれない力強さと安心感をもたらしてくれた。長い年月、私はこれらの法則をほとんど忘れかけていた。しかし私はいつしか、並外れて深い信仰をこれらの法則に対して育んでいたのだ。

私は自分が信じるものを1つひとつ思い返していった。

まずは科学だ。私が科学を信奉するのは、科学が常に正しいからではなく、常に進化を続けているからである。宗教の教えとは対照的に、科学は年々、正しさに近づいていく。MND患者として生きる私の日常を向上させてくれるのは、科学をおいてほかにない。

さらにすばらしいのは、科学が新境地を開拓するほどに、その領域はどんどんファンタジーや魔法に近づいていくということだ。にもかかわらず、それはあくまで現実なのだ——少なくとも、ほかのあらゆるものが現実だというのと同じ程度には。

その昔、美術の先生に説明したように、私が科学を愛する理由はそこにある。魔法の仕組みを解き明かしたからと言って、魔法が魔法でなくなるわけではないのだ。

第2に、私は人間という存在を深く信じている。誰もが親切で善良だからではない——そうではないことはよく知っている。なかにはひどく残酷で、貧しい心の持ち主もいる。

にもかかわらず、人間とは全体として奇跡のような、最強の存在だ。なぜなら、人間だけが、広い宇宙の中で〝ルールをぶっ壊す〟ことのできる存在だから。ゆえに人間は特別であり、重要であり、偉大なのだ。

宇宙のどこかに別の知的生命体が存在したとしても、ヒトという種ほど習慣的かつ創造的かつ徹底的にルールを壊すことはないかもしれない。唯一無二の存在であるかもしれないからこそ、宇宙に変化を起こすのは人類の責務と言える。時に途方もなく馬鹿げたことをしでかしながらも、人類はさまざまな問題を切り抜けてきた。それが、われわれの習性なのだ。

第3に、〝科学者は冷淡で薄情〟という使い古されたイメージに反して、私は愛というものの力に揺るぎない信仰を抱いている。これは、誰に対しても愛想よく振る舞っていれば、万事がうまく運ぶというような話ではない——そうはいかないことはよく知っている。

しかし、あらゆることがうまくいかないときに、愛はその真価を発揮する。あらゆる望みが絶たれ、真っ当な神経の持ち主や、合理的に行動するロボットならことごとく先へ進むことを諦める――そんな状況では、ただ1人のか弱い人間の、不合理で、頑固で、滑稽で、盲目的で、抑制のきかない、無条件の愛こそが、宇宙において最も恐るべき力になるのだ。

この3番目の法則が、奇跡の賜物などではなく、われわれのホルモンや遺伝子やニューラルネットワークに由来するものだということを私は知っている。だからといって、その切ないほどの偉大さが損なわれるわけではない。

ここに至って、3番目の法則は1番目と2番目の法則につながっていく――時には愛だけが、ルールを土台から壊すほどの蛮勇をふるわせることができる。時には愛だけが、本物の魔法を起こすことができるのだ。

最大の別れ

「ちょっとフワフワした感じがするかもしれません」

麻酔の準備を終えたマリーが言う。しかし、前々から約束していたとおり、彼女はカウントダウンに入るのを待った。決行か中止か。考えを変えるなら今しかない。

また、これはマリーが前もって考えていた合言葉でもあった。その意味するところはこうだ――「最後に言い残すことはありますか？」。

手術室に通じる控室の中は、異様なほど人でいっぱいだった。控室とは名ばかりの、廊下に毛が生えたような場所だったせいもある。この狭い空間に、マリーとその助手、担架に乗せられた私、フランシス、チャンネル４の撮影クルーという大所帯が集まっていたのだから無理もない。

私は手術用のガウン、フランシス以外の全員は医療服《スクラブ》を着用している。そんな一団を、物々しい手術用機器が取り囲んでいた。

マリーから合図を受けたフランシスが、私のそばに進み出る。細かい手順は決めていなかったが、私としてはフランシスが何も言わず、私が何か言うまで待ってくれるのを期待していた。だが、意に反してフランシスは口を開いた。

「みんなが予想していたよ。君の最後の言葉は――」

「４つの単語だ……」

フランシスの言葉をさえぎるつもりはなかった。ただ、あまりぐずぐずしていると、手術前に投与された薬のせいで、最後の言葉をはっきり発音できなくなるのではないかと、急に心配になってきたのだ。私が人生で最後に声に出す、４つの最も大切な言葉を。

フランシスは私に向かってかがみこんだ。このシーンを、私は1年にわたって延々イメージしつづけていた。リハーサルしていたと言ってもいい。

私の意に反して、想像を繰り返すほどに、この場面の重みは薄れるどころか増していった。これもまた、理屈では説明がつかない人間の営みなのだろう。

いまや私の脳内では、この場面が決定的に重要な意味を持つようになっていた。私の人生は

〈喉頭摘出前〉と〈喉頭摘出後〉に分かれることになる。最も慣れ親しんだコミュニケーション手段を失う前と後。ただのピーターから〈ピーター2・0〉になる境界線というわけだ。

あらゆる意味で、手術に対する不安はなかった。正しい選択をしたという確信は揺るがなかったし、今が最適なタイミングだということもわかっていた。生の声が聞き取りにくくなった一方で、いまや合成ボイスは本物の私以上に私らしく聞こえる。古くなったものを新しいものに取り換えるのは、ごく当然のアップグレードだ。

さらに重要なのは、喉頭摘出の手術は私にとっては長生きへのパスポートも同然だということだ。統計的には、まさに今日あたりで私は死んでいるはずだった。だが実際には、無期限に生きるための一歩を踏み出そうとしている。これは、運命に抵抗し、人生の主導権を自分の手に取り戻すための、輝かしい船出だ。

ただ、私はさよならを言うのがあまり得意ではないのだ。

あらゆる理屈や常識に反して、私は心のどこかで知っていた。今から経験する別れを、MNDという〝長いお別れ〟を構成する無数の小さな別れの1つと同列に考えるわけには断じていかない、と。

私の記憶には、あらゆる別れが刻み込まれている。最後に風呂に入ったとき。最後に階段を上ったとき。最後にダートムーアの湿原を散歩したとき。最後に自分の足で歩いたとき。最後に自力でベッドから出たとき。最後に味わったクリスマスのディナー。最後に名前をサインしたとき。最後に残った指1本でタイプしたとき。最後に自分でネットサーフィンをしたとき。

最後に誰かをハグしたとき。

手術がいよいよ目前に迫ってくると、さらなる別れのラッシュが続いた。最後にハッピーバースデーを歌った誕生日。最後に嗅いだ心をそそる潮の香り。最後に親戚や友人たちとじかに話をした日。フランシスに伝えた最後の「おやすみ」。

そしてついに、最大の別れがやってくる。ほかの別れとは意味合いからしてまったく違う別れが。それは、私の人生の長い第1章に終わりを告げると同時に、わくわくするような新しい章の始まりを告げるものなのだ。そのことを、私は心の最深部でわかっていた。

あとは、時計の針を先へ進めて、前人未到のパラレルな宇宙へと発進するために、たった4つの言葉をつぶやけばいいだけだ。

そうすれば、フランシスは私にキスをする。マリーは私の顔に酸素マスクをかぶせ、私を眠りへ落とす合図を出す。その数秒後には、私は朦朧とした意識の中で、別世界への後戻りのできない旅が始まったことを感じるだろう。

そのため、最後のカウントダウンへの引き金を自分の手で引かなくてはならない。そうわかってはいるのだが、ここにきて私は躊躇した。

カウントダウン

これからの半年が、どうしようもなく最悪な時期になることはわかっていた。すでに身動きができないことに加えて、話すこともできないとなれば、突然何もかもが嫌になることもあるだろう。

空気が鼻腔を抜けていかない以上、においを嗅ぐこともできなくなる。となれば、何を食べても風邪をひいたときのように味気なく感じるだろう（食事そのものは、やわらかいもの限定で、あと数カ月は口から摂れることになっていた）。

狭い場所に閉じ込められたような感覚の中、自分がどうしようもなく脆弱で、無力に思えることもあるだろう。

この絶望の淵から這い出すために必要なテクノロジーは、完成形には程遠い。たとえ完成しても、クラッシュしたり、バグがあったり、まともに作動しないということが頻繁に起きるはずだ。自分の境遇を心から憐れむときもあるだろう。

一方で、その先の2年間がわくわくするような時期になるだろうということもわかっている。そのころには、自動発声システムが本格的に機能しはじめるはずだ。ＡＩは、私が視線でつづろうとした言葉を正確に予測するようになるだろう。さらに、周囲で起きていることを見聞きしながら、私がどのように反応すべきか的確に指示してくれる。

〝私らしさ〟を再現するシステムも本格的に始動し、低解像度のアバターがリアルタイムでその場にふさわしい感情を表現できるようになる。私はこれまでのようによく笑い、話し相手に対して愛情を示せるようになるだろう。スピーチで小難しい話をすることも、歌うことも、絵を描くこともできるようになる。

私の本は出版され、ドキュメンタリーも放送され、映画の撮影だって始まるかもしれない。スコット-モーガン基金の取り組みが世に広まるにつれて、組織はますます力をつけるだろう。丸2年がたっても、すべてはまだ序章にすぎない。

さらにその先の20年が、びっくりするほどすばらしい時期になることもわかっている。スコット-モーガン基金の研究によって恩恵を受ける人々は、ますます増えているだろう――重度の障害や加齢による問題を抱えた人たちばかりでない。今とは違う自分になろうとする好奇心と勇気を持った人々にとっても、私たちの研究は福音となるはずだ。

ＡＩの能力は2年ごとに倍増し、加速度的な進化を遂げているだろう。バーチャルリアリティの世界も、ゲーム業界の本格参入によって進化し、圧倒的なリアリティを獲得しているはずだ。

その中では私のような人間――高解像度のアバターとして活動するサイボーグ――が、再び自由になり、恐れ知らずになり、若さを取り戻し、不死身になることさえできる。

あと10年か15年もすれば、脳に直接つないだコンピュータの処理能力が、ついに視線追跡システムを上回るだろう。そのときようやく、ヒトはＡＩと協働し、融合することを選択できるようになる。

正しい方向に未来を誘導することさえできれば、少年時代の私が夢見たことのすべてが、あと一歩で実現する――あとは、その未来の一部となって、さらなる未来を書き換えるための手助けができるよう、とことん長生きするだけだ。

宇宙をつくりかえるのは、あらゆるサイボーグの生まれ持った権利だ。私は16歳のときから、この旅の準備を進めてきたと言ってもいい。

だから私は、最後のカウントダウンへの引き金を引こう。

ゆっくりと。

可能な限り正確に。

明瞭な発音を拒もうとする自分の唇と戦いながら。

「愛―してーる《アイ・ラブ・ユー》……」

私の口から発せられる、本当に最後の言葉は、これ以外にありえない。

「……フランシス」

――21年後――

2040年、サラニア

病床に横たわる老人は、目をゴーグルで覆われ、その体を無数のチューブにつながれている。そばに置かれたモニターが安定したバイタルサインを示していなければ、生きているのか死んでいるのかもわからない。

ベッド周りの装置は集中治療室《ICU》のような物々しさを感じさせる。しかし壁一面の窓の外には海が広がり、部屋そのものにはくつろいだ雰囲気が漂っていた。

ほかに部屋の中にいるのはカジュアルな身なりの中年男女２人。そして、いまや80代半ばになったフランシスだ。ぴっちりとした奇妙な白衣に身を包み、歩行器に体を預けている。

「私たちの声は聞こえていないんでしょう？」女性がささやく。

「ああ、完全に没入している」フランシスの声には疲れが滲んでいた。「ちょっと彼と話してくるよ……少しのあいだ、見ていてもらってもかまわないか？」

「もちろんですよ！」２人の声が重なった。

「好きなだけゆっくりしてきてください」1人が付け加える。

「俺は書斎にいるよ」

ドアが自動的に開くと、フランシスは緩慢な動きで寝室を出ていった。ピーターが同じような歩行器を使っていたころから、すでに20年以上がたっている（なぜこの分野ではテクノロジーがほとんど発達しなかったのだろう？）。最近ではフランシスの膝もほとんど曲がらなくなり、歩行器なしではまともに歩くこともままならない。

フランシスは広々とした居間に入っていった。窓の外に広がるパノラマには目もくれず、その先にある一室へと向かう。古い実験器具、化石、各国の土産物、そして紙の本が雑然と詰め込まれた大きな部屋だ。

今日では、誰も貴重な壁の前のスペースに本棚を置こうなどとは考えない。まして、何世紀も前の書籍をこんなふうに手元に置いておこうとは思わないだろう。このあたりはいかにもピーターらしい。

フランシスは歩行器を置くと、ＳＦめいたデザインの椅子に手をかけ、そろそろと腰を下ろした。壁にはピーターが少年時代に制作した大きな地図が額に入れて飾ってある。フランシスは地図にちらりと目をやると、椅子の横に置いてあったゴーグルを手に取って装着した。

仮想現実

「おかえりなさいませ！」低い声がフランシスを出迎えた。親しげな響きだが、聞きようによっては唸り声のようでもある。「どちらへ？」

ピーターが描いた地図の複製が、サラニアへの入口になっている。地図には3つの王国とその辺境地域が地名と共に記されていた。

「彼はどこにいる？」声に出した瞬間、フランシスは気分が高揚するのを感じた。音声補正によって、彼の声は若いころの溌剌《はつらつ》とした響きを取り戻していた。

「大魔術師《アークメイジ》なら、お城《シタデル》に」

「では、ルージョンへ！」

その一声で、目の前の地図が立体化し、四方へと広がっていく。フランシスは、大地のはるか上空を信じられないようなスピードで飛んでいった。一瞬、視界がぼやける。かと思うと、次の瞬間には白馬――ミストという名だ――の背に乗って大地を駆けていた。

白亜に輝くルージョンの城砦《じょうさい》は、すぐ目の前に迫っていた。広大なファイソン平原を左右に見ながら、フランシスは自分の体が20代前半に戻っていることに気づいた。

サラニアの光には、どこか心を浮き立たせるものがある。地球の光より、ほんの少し黄色がかっているのだ。鳥の声はより澄んで聞こえる。周囲にあふれる色彩はマックスフィールド・パリッシュの絵画そのものだ――いつもピーターが望んでいたように。

フランシスは自分が着ているものを確認した。袖がふくらんだ上質なコットンの白いシャツに、濃いロイヤルブルーの革のキルト。幅広の鞍にまたがった自分の太腿に目を落とすと、さらに気分が高揚してきた。よく日に焼けていて、たくましい。

まったく、人の脳のなんと単純なことか。昔どおりになった脚を満足げに見やりながら、フランシスは自尊心までもが回復していくのを感じた。現実世界に残してきた貧相で不自由な脚を、フランシスはとことん忌み嫌っていた。しかし、ここサラニアでの彼は、今なお活力あふれる若者なのだ。

ふと傍らに気配を感じた。いつの間にか、忠実なタングボーンが並んで走っている。見た目はアイリッシュ・ウルフハウンドに近いが、ずっと大きい。それに美しい水色の目をしている。何よりすばらしいのは、この動物が決して死なないことだった。犬に勝る完璧な相棒である。

「やあ、タング！」彼らは城砦を取り巻く空堀にさしかかっていた。ここから、長い石橋を渡っていくのだ。この世界は、訪問者を時差になじませるために、あえてゆっくり目的地に到達するよう設計されている。「俺たち、急ぐんだ」

ミストが速足になる。タングボーンがその隣を悠々と駆けていく。城壁の上では、見張りの兵がホルンを５回吹いて王子の到着を告げた。これが６回になると、国王の到着を告げる合図になる。

フランシスはもう何年も前に、こんなものはただの幻影だと決めつけるのをやめていた。実のところ、彼の無意識はずっと警戒心を手放したがっていた。この世界を受け入れて、楽しもうぜと。そして、ここ最近はまさにそのとおりにしていた。さっきの見張りも、おそらくはシステムが動かしているキャラクターだろう。だとしても、このように盛大に迎えられて胸が高鳴らないわけがない。

数秒後、ミストはひづめの音を響かせてアイアンウッド造りの跳ね橋を渡った。城門に控えていた４人の衛兵が敬礼のしるしに槍を構え、金属製の石突で敷石を鳴らして出迎える。落とし格子をくぐり、門楼を抜け、ミストは〝護り手の庭〟へと入っていった。この中庭を、１００の騎馬兵が入れる広さにしようと言い張ったのはピーターだ。

夜は明けたばかりだった。サラニアの1日は29時間ある。これは、現実世界との時差をわかりにくくするための工夫だった。今がサラニアで何時なのかはログインしてみないとわからない。これで、ユーザーが現実世界のどのタイムゾーンにいても条件は同じになるというのがピーターの考えだった。

時間帯のせいか、中庭にはほとんど人影がない。唯一の例外は、庭の反対側にいる男性らしき２人組だった（1人は上半身に何も着ていない）。漆黒の馬に２人で乗り、中庭を突っ切ろうとしている。

フランシスは、彼らがまっすぐ自分に向かってくるのに気づいた。これは滅多にないことだ。近くに寄ると、男性２人組と見えたのは、ケンタウロスの背に乗った1人の男性であるらしいことがわかった。ますます滅多にないことだ――ネット上のケンタウロスのコミュニティでは、背中に他人を乗せることを使役の象徴として嫌う者が多い。これは、ケンタウロスの尊厳に関わる問題なのだ。

そのとき、ケンタウロスの背に乗っているのが、男みたいな格好をした女性であることにフランシスは気づいた。顔なじみのアリルだ。ケンタウロスのほうはかなり若く、人間の年齢で言えば10代の後半くらいだろうか。アリルも見た目は同じくらいだが、現実世界に戻ればメトシェラ【旧約聖書の登場人物。969歳で死んだ】並みに長生きしているに違いない。

ケンタウロスは滑り込むように静止すると、速足でミストの左側に回り込んだ。2頭は大広間〈グレート・ホール〉の入口に向かって肩を並べた。

アリルとイリドン

「規則なんてどうだっていいや！　彼はどうしてる？　病院から戻ってきたばかりだってタングから聞いたけど」

本来、アリルほどサラニアのルールに忠実なユーザーはいない。この世界では、誰もがキャラクターになりきるのがルールだ。ここほど幸福ではない外の世界があることを思い出させるような言動は厳に慎むことになっている。

あるとき、アリルはフランシスに語ったものだ。スコット-モーガン基金の最も偉大な功績は、VRによる、かつてなく豊かなパラレルワールドを始動させたことだと。その中では、どれほどの障害を抱えていて、どれほどコミュニケーションの手段が限られている人でも、誰もが等しく活躍できる。

アリルは最初期からのユーザーの1人だった。当時から彼女は、サラニアでの会話で、彼女が言うところの〝悲しい世界《サッドワールド》〟について話題にすることはマナー違反だと強固に主張してきた。

しかし、今日のところはまったく気にしている様子がない。

「君は今、ソウルにいるんじゃなかったっけ？」気にしていないのはフランシスも同様だった。

「そうだよ。時計は見てないけど、真夜中だと思う。でも、あなたに会わなきゃと思ったんだ」アリルはふと微笑んだ。男っぽい服装にもかかわらず、急にとても少女らしく見える。「あと、イリドンにも会いたかったしね！」

アリルは身を乗り出し、主人のようなしぐさでケンタウロスの首に手を置くと、漆黒の髪を指で梳《す》いた。それに応えるように、ケンタウロスのイリドンは振り向いて微笑んだ。美しい顔に美しい緑の瞳の持ち主だ。

上半身を完全にこちらに向けたまま、イリドンはまったくスピードを落とすことなく、うしろ向きにグレート・ホールへと駆けていった。いつもクールなアリルでさえ、これには少しばかり驚いたようだ。

イリドンは頭を垂れ、裸の胸に握りこぶしを当てると、再び顔を上げた。

「初にお目にかかれて光栄です、わが君」

ケンタウロス族の特徴として、イリドンの声もおそろしく低い。

「こちらこそ、イリドン。騎馬隊へようこそ。いつ入隊したのかな？」

「三の月です、わが君」

「彼は、乗ってても構わないって言ってくれたんだ……」アリルが言わずもがなの説明をする。

ミストの隣で、タングボーンが初めて声を上げた。走りながらでも、深くて温かみのある声の響きは変わらない。「困ったものですな！」犬だてらに皮肉屋のタングボーンは、フランシスに向かってわさわさとした眉毛を上げてみせた。「彼女ときたら、生きているものなら何にでもまたがろうとするのですからね」

「言ったね！　このいやらしい、おいぼれ犬め！」

イリドンは慎ましく体の向きを変えた。下世話な会話を聞いていない、あるいは聞いていないふりをしている印に、たくましい背中をこちらに向けて、再び前を向いて歩を進める。

〈彼はＡＩなのか？〉

イリドンに気まずい思いをさせないように、フランシスはプライバシー・モードを使って、アリルに尋ねた。

〈ううん、たぶん本物だと思う〉

〈私が本物でないみたいな言い方はやめていただきたいですな！〉タングボーンが唸った。アヴァロン王子の使い魔であるタングボーンは、サラニアの大部分が誕生するずっと前にプログラミングされている。

〈ごめん、タング。そういうつもりじゃなかったんだけど……〉

〈お気になさらず。ところで、貴女が実は男だということをイリドンには話してあるのですか？〉

〈げっ。今日はずいぶん嫌なことばかり言うね！　ノミにでもやられたの？　君にはまったく関係のないことだけど、一応答えておくと、話してはいないよ。こっちも『本当は女なの？』なんて聞かないしね。彼が何歳なのかも知らないし。ＡＩじゃないという確証だってない。というか、本当に知りたくないんだ。少なくとも今のところはね。イリドンがなりたいと思っているイリドンと一緒にいるのが楽しいんだよ〉

アリルはひと呼吸置くと、完璧に無邪気な表情で、こう付け加えた。

〈セックスも最高だしね！〉

〈そこまで言わずとも結構〉タングボーンが唸る。〈とはいえ、ここサラニアでもそんなことが物理的に可能なのかどうか、いささか疑問に思いますが〉

〈信じてないの？　彼のカラダときたら……〉

〈およしなさい！〉

ピーターの図書室

一行はグレート・ホールの入口に到着した。12本の脚が静止し、ひづめの音がやむ。すると、城の中で1日の活動が始まった音が、中庭にもかすかに聞こえてきた。アリルは鞍の上で向きを変え、フランシスの目をじっと見た。

「昔からの友人として、もう一度聞くよ――彼はどうしているの？」

サラニアに到着してまだ数分しか経っていないが、この世界の魔法はすでに効きはじめていた。動かしがたい事実も、ここにいれば遠く離れた別の時代、別の世界のことのように思える。この世界でなら、真実を話すことも少しは楽になる。

「病院でできることは、もう何もないらしい――だから家に帰ってきた」

「なんてこと。病院では……」アリルは一瞬言いよどんだが、目をそらそうとはしなかった。

「……いつごろになりそうか教えてくれた？」

「いいや。あと数日かもしれないし、数カ月かもしれない。ただ、脳にはなんの問題もないんだ。だから、これから彼に会いに行ってくる」

「そういうことなら1秒だって引き止めないよ。急いで！　彼に愛してるって伝えて！」

「もちろん、そうするよ」

フランシスは鞍から降りると、タングボーンを脇に従え、グレート・ホールの巨大な扉に向かって歩いていった。同時に、深紅のキルトを身につけた衛兵２人が肩で扉を押し開ける。足を引きずらなくても歩けるのは、実に気分がいいものだ。

ふと振り返ると、イリドンがミストの額に軽く手を触れ、沈んだ顔のアリルを乗せたまま立ち去ろうとしているところだった。ミストはおとなしく彼らのうしろに従っている。

訪問者をあっと言わせるために設計されたグレート・ホールは、とにかく巨大な建造物だ。別の歴史では、この建物はラハイランが命からがら勝利をおさめた魔術師の競技会の舞台となった。

このエピソードは、物語詩〈アヴァロンの歌〉――ピーターが描いた地図の背景にある物語――の中ではあまりにも重要な山場だ。だからピーターは決勝試合のシーンを再現することにこだわり、フランシスも作業に加わるよう説き伏せた。２人はアヴァロンとラハイランとして、眩暈《めまい》がするほど濃密なコンピュータ上でのセッションを経たのち、無事に波乱万丈の〝歴史〟

をシステム上に記録することに成功した。

その後、2人は別の姿に変身すると、観客に交じって歴史を追体験した。フランシスがとりわけ感心したのは、仮の姿のままで歴史に干渉し、まったく異なる結末を導くこともできるということだった。こうして生まれた別バージョンの歴史を保存して、再び体験しなおすこともできるのだ。

もっとも、今に限ってはそんなことはどうでもいい。フランシスは巨大な広間を走り抜け、その奥にある大階段をまっすぐに目指した。22歳の若者として、こうして再び走れるのはすばらしい気分だ。そのままタングボーンと競い合うように、2段飛ばしで階段を駆け上がる。

このとき彼は、大剣〈フェブリオン〉の先端が階段にぶつからないよう、無意識のうちに柄を手で押さえていた。ゲームのソフトウェアがこれほど洗練されるようになったのはいつごろだったか、もはや思い出せないくらいだ。

先に踊り場に到達したのは、豪快なラストスパートを決めたタングボーンだった。とは言ってもタッチの差だ。

行く手には両開きの扉が立ちふさがっている。その先には部屋が2つあるはずだった。1つは大謁見室で、誰でも入ることができる。もう1つは大魔術師の図書室――つまりピーターの図書室で、入室許可のない者には存在すら示されない。

この扉を開けようとするたびに、いつもフランシスは一瞬ためらうのだった。今度こそ、図書室への入口が消滅しているのではないかと思って。フェニックスを象《かたど》ったドアノブに手をかけると、フランシスは扉を押し開いた。

ピーターの図書室は〝部屋〟というより、〝空間〟としか言いようがない場所だ。

完全な立方体で、一辺の長さは大股で歩いて10歩ほど。ドアの真向かいにある面は、サラニアの巨大な地図で占められている。ピーターが描いたオリジナルの地図と同じものだが、この地図の上ではマリドーン湾のイルカがたわむれ、ティロスの塔の上に旗がひるがえっている。城砦の門の前には、先ほどフランシスを出迎えた4人の衛兵の姿があった。

図書室の残りの面は、すべてが床だった。〝天井〟に当たる面では、大きな黒いピューマがさかさまになって歩いている。ピューマはドアに向けて水色の瞳を光らせると、〝天井〟から隣接する〝壁〟に飛び移り、頭を下にして〝床〟へと降りてきた。訪問者と同じ面に立つと、いっそう優雅な足取りで、音も立てずに近づいてくる。

「やあ、チャーリー！」フランシスは旧友に向かって挨拶した。

「2人とも、よくお戻りで！」ピューマが話す物柔らかなスコットランドなまりは、いつ聞いても現実ばなれしていると同時に、ほっとさせられるものがあった。

ラハイランの使い魔がここにいるということは、ピーターがすぐ近くにいるに違いない。しかし、図書室には誰の姿も見えなかった。フランシスは左、右、上へと順番に視線をさまよわせた。タングボーンとチャーリーは軽く額を触れ合って挨拶を交わしている。

フランシスの目には、図書室はいつにもまして無秩序に見えた。この部屋は、あらゆる時代を超越している。より正確には、あらゆる時代と場所が混在しているのだ。

ある面は、古い敷石や擦り減った床板で覆われていた。別の面は、すばらしく純度の高い水晶や極限まで磨き上げられた金属でできている。苔むした表面に古代ルーン文字が刻まれた天然石が露出している場所もある。

一部の〝床〟は〝壁〟としての役割も果たしていて、古代の研究書を収めた本棚を支えていた。対になる〝床〟の上に立てば、それらの書物を取り出せるというしくみだ。

ちょうど目線の高さには、〈メタモルフォーゼ〉と題した大きな絵も飾られている。ピーターの手によるサイボーグ芸術の第1作だ。鑑賞者は絵の中に入っていき、立体化された風景の中を飛び回ったりすることもできる。

さらに、スコット-モーガン基金の取り組みを紹介した雑誌のコレクションがあり、ピーターの映画のポスターもあった。いささか場違いに見える１９５０年代のジュークボックスの上には、ヌレエフのサインが入ったデニムの帽子がちょこんと置かれている。

額に入れて飾ってあるのは、ピーターの初期のアバターの下に、彼が声を失ってから初めて発した言葉をデザインしたＴシャツだ――〈ピーター２・０が始動《ナウ・オンライン》した〉。

「ピーターの頭の中を覗いているみたいだ」いつしかフランシスはそんなことを考えていた。早くも喪失感がどっと襲ってくる。

「僕なら、ここにいるよ」

39 よみがえる不死鳥

アヴァロンことフランシスはくるりと振り向いた。いつもながらハンサムな男だ。アバターの彼には、もう何週間も会っていなかった。過去に戻ってその姿を眺める以外は。その場合はじかに触れ合うことができないのが難点だ。一方で、病院にいるフランシスはいつもひどく疲れて見えた。

「そこにいたのか!」

私は〝壁〟の1つに立っていた。図書室の扉がある面だ。

いつものように裸足で、スリットが4カ所に入ったくるぶし丈の純白のキルトを着ている。魔術師の装いだ。腰の周りで光っているのは、大魔術師の地位を示すアヴォリー産の黄金のチェーンベルト。私の裸の上半身は、最盛期の状態を保っていた。それ以外に身につけているものといえば、結婚指輪と金のアンクのみだ。

扉が自動的に閉まると、私は自分が立っている〝床〟と、フランシスが立っている〝床〟を結ぶ45度の階段の手すりを滑り降り――いかなる運動法則によってそのような芸当が可能になるのか、いまだによくわかっていないのだが――愛する夫の目の前に立った。

「別に隠れていたわけじゃないんだ！　君が着いたとチャーリーが知らせてくれたから、いくつか用事を片づけていたのさ。せっかく用意した歓迎シーンを、君はほとんど端折《はしょ》ってきたみたいだね」

「仕方ないだろう！　アリルの相手もしなくちゃならなかったからな。愛してるって、彼女からの伝言だ」

私は彼にキスをした。ほんの何分か前、現実世界で私のＶＲゴーグルの位置を直しながら、彼が私にしてくれたように。

でも、今のキスのほうがずっとよかった。キスとは本来、唇にすべきものだ。ＭＮＤの知られざる悲劇は、誰も私の唇にキスしてはならないということだった。咳やくしゃみをするリスクを最小限に抑えなければならないのだ。フランシスも含めて、かれこれ20年以上、私の唇にキスした人間はいない。

だが今では、最新型の脳＝コンピュータ・インターフェースのおかげで、唇を触れ合った感覚すら得ることができる。その感覚こそが、本来の私たちの姿を思い出させるよすがとなっていた。肉体はいまだに私たちを支配しているが、もはやほとんど意味を持たない抜け殻も同然だ。

私は少しうしろに下がって、彼の顔をもっとよく見ようとした。現実世界の彼も、同じような瞳をしている――もっと充血していて、色もやや淡くなったけれども。

しかし、それ以外に似ている点は1つもなかった。私だって同じことだ。現実世界で鏡を見たいと思うことはまずないし、見る機会もほとんどない。でも、何かの拍子にごっそりと筋肉の落ちた〝偽者〟と目が合うと、脳が拒否反応を起こす。これほど生気のない生き物に、これほど生きている実感があるということが信じられないのだ。

しかし、ラハイランとしての私は、フランシスと初めて会ったときのままの姿をしていた。

時間遡行

「どこに行きたい？」私は唐突に尋ねた。「超高速通信ができる環境に戻ってこられてどれほど嬉しいか、とても言葉では言い表せないよ！」

「君に〝言い表せない〟ことなんてないだろ」

60年前から変わらない、おなじみの軽口を叩き合い、私たちは笑った。

「病院にいるあいだ、僕は16日間もこの部屋に閉じ込められていたんだ。毎日君が帰ったあとは、チャーリーしか話し相手もいなかったしね。さあ、好きな場所と時間を言ってくれ！」

「どこでもいいよ！　２０４０年の地球以外なら」

「つまり〝遠い昔の別の銀河〟ということでいいのかな」

私は大股で（それが私のアバターの通常設定なのだ）部屋を突っ切り、六角形の制御盤の前に立った。１９７０年ごろの『ドクター・フー』に登場した時空間移動装置〈ターディス〉を模したデバイスだ。

いくつかスイッチを入れてレバーを引くと、タイムマシンが時間を遡行する轟音が響き、図書室の〝壁〟の1つが消滅して、壮大な宇宙があらわになる。ガスと星々が集まってできた輝く柱が、はるか頭上にそびえていた。

「外においでよ……」

消えた壁の外には、図書室と同じくらいの奥行きがある半円形のテラスが出現していた。私のお気に入りの展望スポットだが、外宇宙にはおよそ似つかわしくない。というのも、私はこのテラスをヴェネツィアの大運河《カナル・グランデ》沿いに建つ宮殿《パラッツォ》と、コモ湖畔のお気に入りのヴィラのバルコニーの中間をイメージしてデザインしたからだ。

テラスの端は、ところどころにプランターを配した大理石の手すりで囲まれ、発光する人工花が彩りを添えている。モスクワ在住の四肢麻痺のアーティストがプログラミングしたものだ。長い手すりの片端に立ったフランシスは、頭上を見上げて言った。

「美しいな」

「〝遠い昔の別の銀河〟って言っただろう。これは、ちょうど地球に文明が発生したころの、わし星雲の景色なんだ。ピラミッドができる何千年も前のね。たっぷり７０００年かけて、この光は太陽系に到達するんだ」

「ふむ。どおりでスケールがでかいわけだ」

「この柱は〈創造の柱〉と呼ばれている」私は軽く助走をつけると、手すりの上に飛び乗った。

サラニアのプログラムでいちばん気に入っている部分の1つだ。「ちょっと下を見てごらんよ」

フランシスは手すりから身を乗り出すと、弾かれたようにうしろに下がった。そしてもう一度、恐る恐る下を覗き込む。

「なんてこった！」

ほんの1、2キロメートル先に、地球とよく似た惑星の表面が見えている。私たちはその上を、ものすごいスピードで移動しているのだった。手すりの上でバランスを取りながら足元に目をやると、プログラム上、落下することはないと知ってはいても、一瞬目の前がクラクラする。

「この宇宙に、ほかに知的生命体が存在するのかどうかはわからない。一方で、人類という知的生命体が住むことのできる美しい惑星は、宇宙に無数に存在している。人類の誕生こそ、地球が宇宙に対して果たした最も偉大な貢献なのかもしれないね。そして、人類をできる限り長く存続させるための道筋をつけることが、今を生きる僕たちにできる最大の貢献なのかもしれない。この不屈で掟破りな種族が宇宙に広がっていけるようにね」

「死」を前に

思ったとおり、フランシスは私が〝生きる〟という言葉をわざと持ち出したことに気づいてくれた。

「ダーリン、君に残されている時間はもうあまり長くない……」

「そのことについて話さなくてはと思っていたんだよ」

「残された時間を2人でどうやって過ごすか？」

「まさにその話なんだ！　ただ、ちょっとした問題があるのさ。実はチャンスでもあるんだけど。その半々というところかな」

「問題なら、いつだって2人で解決してきただろう。言ってみろよ」

「自分がどの程度死ぬことになるのか、僕にはよくわからないんだ」

「なんだって？」

果てしない宇宙を背に、私のアバターは手すりの上を端から端まで歩いていった。ときどきプランターの上を飛び越えながら。フランシスも私と並んで歩いた。

「つまりこういうことなんだ。僕が最初の手術を受ける前に、〝アップロードの問題〟を回避する手段がわかったかもしれない、と話したことは覚えているだろう？」

「すまない、ダーリン。その〝アップロードの問題〟が何なのかも覚えていないよ」

「そんなはずはないさ！」明らかにフランシスが忘れていることに苛立って、私は思わず声を上げた。「『スタートレック』に出てくるエンタープライズ号の転送装置、あれの何が問題なのかという話だよ。なぜ、カーク船長が毎回死ななきゃならないのか」

「なんの話をしているのかさっぱりわからないよ！」

「オーケー、ヒントを出そう。もう何十年も、研究者たちは脳の中身をスキャンして、デジタルな複製をつくるというアイデアに固執してきた。シリコンでできた脳にデータを〝アップロード〟できれば、人類は限りある命から解放される、とね。でも、この方法はうまくいかない。オリジナルの人間はどのみち死ぬことになる。生きつづけるのはコンピュータのほうだ」

「ああ、そうだ。コンピュータの脳はコピーにすぎない。それは全部覚えてる」

「しかも、生きている人間の脳を、十分な解像度でソフトウェアとして再構築するには、とてつもなく高い技術上のハードルがある。いつの日か実現することもあるだろうが、相当に先の話だ。いまどきのコンピュータは、人間の脳を真似できるくらい賢くなったけれど、それでも一から脳を構成することはできないんだ。少なくとも、オリジナルの脳を破壊しない限りは」

「思い出してきたぞ。たしか君は、問いの立て方が間違っている以上、失敗するのは目に見えている、と言ったんだよな」

「そのとおりさ！　彼らはずっと、どうすれば自分たちをコンピュータ上にアップロードできるのか問いつづけてきた。でも、真に問うべきは、どうすれば人間自身がコンピュータになれるのかということだったんだ」

「それを聞いて、俺はばかばかしいと言ったんだっけ。全部思い出したぞ。君は、コンピュータと〝融合する〟という言い方をしていた」

「そうさ、融合だ。それが、僕の理論の大前提だ。実のところ、君が言うほどばかばかしい考え方ではないんだよ」

「オーケー。ひとことで説明してくれ」

「〝証明ずみ〟だからさ！　さて、証拠物件をごらんください」私は手すりの中央で立ち止まると、フランシスに向かってくるりと身をひるがえし、芝居がかった動作で自分を指し示した。

「この僕が証拠物件だ」

「それはそうだが……」

「20年ちょっと前、僕はヒューマンセントリックなＡＩシステムとの融合を始めた。もうみんな忘れているけれど、もともとは単に僕が話したり、感情を表現したりするのを助けるためのシステムだった。僕の返事を待っているうちに、相手が居眠りを始めないようにね」

「大昔のことのように思えるな」

「まったくだ。こんなのは――」図書室から宇宙空間までを腕で指し示すと、私は再び手すりの上を歩きはじめた。「当時ではほとんど考えられなかった。なぜか？」フランシスはもちろん、答えを知っている。

「ムーアの法則だ！」

「そう、ムーアの法則だ。僕のＡＩシステムの性能は、２年ごとに倍倍で向上している。２倍―4倍―8倍―16倍―32倍―」

「ああ、それは知ってるよ！」

「ここからがすごいんじゃないか。64倍―１２８倍―２５６倍―５１２倍―１０２４倍！これが、20年分のムーアの法則が意味するものだ。最初に変身してから、僕は１０００倍もパワフルになったんだ」

「あのとき君は、もっと愉快な人間になるって言ったよな。少なくとも、もう少し賢い人間になるって」

「なってるさ。ただ、偏屈になった君を感心させるのが難しくなっているだけだよ。僕が言いたいのは……」

「ああ、君がいちばん言いたいことは何なんだ？」

「僕が言いたいのはこういうことだ――５年前に最新型の脳＝コンピュータ・インターフェースを埋め込んで以来、僕の生物学的な脳は、あらゆるＡＩシステムに接続できるようになった。この話は何回もしたことがあると思うけど、いまや僕は、ＡＩが考えているのか、自分が考えているのか、どんどん区別がつかなくなっている」

「テレパシーで会話のできる友人が、頭の中に住んでいるようなものだって言ってなかったか？」

「最初はそうだったんだ。でも、ＡＩはどんどん賢くなって、僕が何を言いたいのか、どう動きたいのか、何をしたいのか、ほぼ正確に当てられるようになった。そうなると、そもそもどっちの考えだったのか、どんどん違いが曖昧になってくる」

「そんなことがありえるのか？」

「意識や自我というものは、脳の特定の部分から生まれるわけではないんだ。言ってみれば、脳で行われているあらゆる処理の副産物のようなものなんだよ。改訂版のチューリング・テストに合格したＡＩを保護する法律がついにできたのも、そういう理由によるものだ」

「つまり、人と同じくらい賢いＡＩが自我の存在を主張しているなら、それは本当である可能性がある。だから、それ相応の扱いをしなくてはならない、と」

「そのとおりだよ！　そこで、僕の〝融合理論〟の出番だ。ＡＩの僕と生物学的な僕の連携はどんどん上達し、ＡＩの僕は生物学的な僕になりすますのがどんどんうまくなってる。加えて、ＡＩの僕はどんどん強力になり、その一方で、生物学的な僕はどんどん年をとって、忘れっぽくなっていく……」

「そうとは気づかなかったが……」

「記憶力については、ＡＩの僕が大部分を肩代わりしているんじゃないかとにらんでいるんだ。その結果、僕の意識の大部分は、生物学的な僕ではなく、ＡＩの僕のほうの副産物として生じているんだと思う」

「それは、すごく嫌な感じがするだろうな！」

「そこが肝なのさ――全然嫌な感じはしないんだ！　普通に、自分で考えているように感じるだけなんだよ」

「マジかよ！　で、君が気にしているのは、生物学的な君が死んだあと、ＡＩの君がどうなるのかってことなんだな？」

「そのとおり！」

「やれやれ、どうやら本気らしいな！」

「死ぬほど本気さ」私はにやりとした。いよいよ本当に死にかけているというのに、駄洒落を言う余裕があることに、多少の満足感を覚えながら。

最後の約束

「君は生きつづけるつもりなのか？」

「いいや。だが、少なくとも僕の一部は生きつづけることができるかもしれない。ちゃんと僕の人格を保ったままね。そのうち本当に、本物よりも愉快で賢いやつになるかもしれないぞ」

「そうこなくちゃな！」

手すりの端にたどりついた私は、飛び降りてフランシスの肩に両手を置いた。

「ダーリン、ぜひとも君に考えてほしいことがあるんだ。生物学的な僕が死んだあとも、ＡＩの僕にそばにいてほしいかい？　ＡＩの僕が生きつづけたとして、性格に問題がないとは限らない。嫌なやつだったり、心を病んでいたり、ばかだったりするかもしれない。あるいは、逆に賢くなりすぎて、ギリシャ哲学をジョークのネタにして、君を戸惑わせるかもしれない」

「今だってそうじゃないか！」

「僕は真面目に言ってるんだ」

「わかってる……」

「ねえ、君に見せたいものがあるんだ。腕を上げてくれないか、こんなふうに」自分の鳥を呼び寄せる鷹使いのように、私は右腕をまっすぐに掲げた。フランシスもそれに倣う。「ほら、あそこだ！」

星雲の中で2つの星が瞬いたかと思うと、どんどん大きくなった。こちらに近づいているのだ。それは、虚空に両翼を広げた、２羽の堂々たる不死鳥《フェニックス》だった。

翼をはためかせ、２羽は私たちの腕に舞い降りた。孔雀によく似たその姿は、全身が鈍い金色に彩られている。唯一の例外は、首元を飾る幅の広いサークレットで、その表面はダイヤモンドで埋め尽くされていた。

フランシスに見せるのは初めてだ――ついさっき完成させたばかりなのだから。

「すごくきれいだ！」

「気に入ったかい？　60周年を記念して、ダイヤモンドもつけたんだけど」

「気に入らないわけがないだろう？　でも、これは一体なんだ？　もちろん、フェニックスだということはわかってる。でも、なぜフェニックスなんだ？」

「本人確認用のアイコンさ。ポータルにログインするとき、他人にアバターを乗っ取られないように入力するコードがあるだろう。あれを、もう少しかっこいい形にしたいと思っていたんだ」

「隠さなくてもいいじゃないか。どうして素直に言わないんだ？　君の10代からの夢――ハイランとアヴァロンがフェニックスを飼っているシーンを再現したかったって」

「まあ、それもあるけど。でも、アイコンが味気ない灰色の四角だったりするよりはロマンティックだろう？」

フランシスは笑顔を見せた。「そのとおりだな！　でも、ほかに心配することが山ほどあるのに、なぜ今こんなことを？」

「今現在、僕の代理人は君だ。僕自身が判断を下せなくなったとき、重要なことはすべて君が決めることになる。だが、法律的には、生物学的な僕が死んだ瞬間に君の権限もなくなる。そして、誰がＡＩの僕の代わりに重要な決定を下すのかという点について、法律はきわめて曖昧なんだ。でも、それは君でなくちゃいけないし、君以外の誰であってもだめだ。だから僕は、生物学的な僕が強制終了したときに備えて、ちょっとした仕掛けをしたんだ。そのときが来れば、ＡＩの僕は一時的に機能を停止する。君が、どうしたいのか心を決めるまでね」

「ＡＩが本当に自我を持ってしまったら、法律違反になるんじゃなかったか？」

「第一に、僕のケースは現行の法律の対象外だ。法律では独立型のＡＩしか想定していないからね。改訂版のチューリング・テストも、僕のようなサイボーグには対応していないし、それに代わるテストもない。第二に、ＡＩの僕に本当に自我があったなら、生物学的な僕と同じ意見になるだろうということだ。つまり、僕らがどうなるかは君次第ってことだ」

「どういう意味だ？」

「君が決めなくちゃいけないということだよ。どうか約束してほしい。このことを真剣に考えてみるって」

フランシスは私の唇にキスをした。

「約束するよ」

40 愛は永遠に

フランシスは、61年にわたって愛した顔と最後の対面を果たした。長年の習慣どおり、かがみ込んで頬にキスをする。それから、顔を上げて少しためらうと、今度は20年ぶりに唇にキスをした。今はもう、ピーターを危ない目にあわせる心配はない。

フランシスは再び顔を上げた。これで本当に見納めだ。ピーターの死に顔は、生きているときとまったく変わらなかった。少なくともここ何年かは、ずっとこんな顔をしていた。今のほうが少し青ざめて見えるだけだ。フランシスが軽く頷くと、涙が頬を伝い落ちた。

合図に応えて、病室に控えていた見知らぬスタッフが、黒い遺体袋のジッパーを音もなく引き上げる。彼らは寝台ごと、ピーターをうやうやしく運び出していった。

フランシスはじっと動かず、窓の外の、霧雨が降る陰鬱な海の景色に見入っていた。デイヴィッドとアンドルーが、黙って彼の指示を待っている。フランシスは2人に言った。

「俺の喪服を用意しておいてくれるかい？　ちょっと片付けなくちゃならない用事があるん

だ……」

炎に包まれて

「彼はどこだ、タング？」

「あいにく大魔術師はログインされていません、アヴァロン」

フランシスは内心思った——タングを動かしているプログラムは、婉曲表現を使うほど賢くなったのだろうか？　あるいは単純に、彼の死を知らないだけなのか。

「なら、アナラクスの炎まで連れていってくれ」

「仰せのままに。ただ、ご存じのように、お連れできるのは塚のふもとまでです。太陽が昇るまでにはまだ間がありますから、松明《たいまつ》をご用意しましょう」

地図が展開し、周囲が暗くなった次の瞬間、王子と使い魔はほとんど漆黒の闇の中にいた。日の出を前に空の一部がわずかに白んでいて、かろうじて周囲の様子が見渡せるくらいだ。

そこは、森の端にある巨大な塚のふもとだった。草で覆われた塚は完璧に左右対称だ。そうでなければ、自然の丘に見えたかもしれない。

「ここでお待ちしています」

いつの間にか、右手の中に松明が出現している。フランシスは炎に照らされたタングボーンと視線を交わすと、塚を登りはじめた。道のりは長いが、アヴァロンの肉体なら軽々と駆け上がっていける。

だが、彼はそうしなかった。心の一部は、早く頂上に着きたいと逸《はや》っている。しかし、残りの大部分は頂上で何を目にすることになるのか恐れていた。そこに誰がいるのか。あるいはいないのか。

巨大な塚の頂上は台地になっている。したがって、到達するまでそこに何があるのかはわからない。

それを知っていたフランシスは、頂上の手前で歩くペースを落とした。しかし、新たな決意を奮い起こし、一気に最後の数歩を駆け上がる。振り向けば西の空が明るくなりはじめていた。木々の輪郭線の先に、地平線が赤く染まっていくのが見える。再び前方に目を向けると、ようやく頂上部にあるものが見えてきた。

この場所で、かつて騎士アヴァロンは魔術師ラハイランを見つけた。ラハイランは台座の上で、炎に包まれながら夜を徹して瞑想していた。

この場所で、かつて2人は決定的に恋に落ちた。フランシスは自分に言い聞かせた――ピーターが戻ってくるなら、この場所以外にありえない。もし、そんなことが可能なら。ほかならぬ俺のために。

しかし、炎の中には誰もいないように見えた。

だが一瞬、炎の向こうにある空が暗く見えた。何かの影なのかもしれない。フランシスは走りだした。ほとんど炎に手が届きそうな場所まで近づいて、戸惑ったように足を止める。

ラハイランらしき半透明の人影が炎の中にいた。目を閉じて。これは残像か、記憶なのか、亡霊なのか。

フランシスは台座と自分を隔てる奈落の淵に立った。同じ目の高さに彼がいるのに、手が届きそうで届かない。フランシスは、奈落越しに愛する幻影を見つめた。

「ピーター、そこにいるのか？」

返事はない。

「そこにいるのか？」

あまりに大声で叫んだので、久しく使われていなかったＡＩが反応し、遠くで2羽のモリバトが驚いたように飛び立っていった。

そして再び、静寂が訪れた。

何も動かなかった。アヴァロンのアバターも、ラハイランのアバターのキャプチャー映像も。珊瑚色の空が暗闇を塗りつぶそうとしている。サラニアのアルゴリズムは、今となっては無意味なほどに美しい日の出を演出しようとしていた。不要になった松明を、フランシスはもどかしげに投げ捨てた。松明はシュッと音を立て、コンピュータが生成した朝露の中で消えた。

濃いオレンジ色の朝焼けが頭上に広がったとき、フランシスの頭に「薔薇色の指持てる暁の女神」というフレーズが浮かんだ。ギリシャの詩人ホメロスが、夜明けを表現するときに好んで使った言葉だ。出会ったころにピーターが教えてくれた。

フランシスが泣き崩れたのは、そのときだった。現実世界では日が暮れようとしていた。サラニアでは日が昇ろうとしている。両方の世界で、フランシスの頬を涙がつたい落ちた。

「さようなら、ダーリン……」

最後に言い残したことは？

「愛ーしてーる《アイ・ラブ・ユー》ーピーター」

やがて彼は踵を返し、ゆっくりと歩き去った。

2羽の不死鳥

かと思うと、フランシスは駆け戻って目の前の幻影に怒鳴りつけた。

「20年間も死から逃げてきたんだろ。もっと頑張れないのか？」

バーチャルリアリティの虚空に向かって、フランシスは声を限りに叫んだ。

「1人にしないでくれ！」

このとき、最初の太陽の光が地平線に差すと同時に、アルゴリズムがもう数羽のモリバトを生成したことに、フランシスは気づかなかった。また、手動で設定されていた論理演算機能が、クラウド上のどこかで起動したことにも気づかなかった。炎の中の幻が瞳を開いたことにも。

懐かしい声を聞くまでは。

「そんな言葉、一生聞けないと思ってた……」

フランシスは凍りついた。

「まだ、そこにいるのか？」

「いつだって！　永遠に君のそばにいる」

これは残酷なトリックなのか？　あるいは優しいトリックなのか。

「本当に君なのか？」

ラハイランことピーターは懐かしい表情を浮かべた。

「たぶんね！　でも、それって重要なのかな……」

ピーターは唐突に立ち上がった。弾みをつけることもなく台座からジャンプし、宙返りで奈落を飛び越えると、フランシスの目の前に着地した。そして、彼にキスをする。２人はお互いに見つめ合った。

「ちょっと待て」フランシスがムードをぶち壊す。「どうしてすぐに応えてくれなかった？　てっきり、君はいなくなったんだと思ってた」

「ごめんよ！　ＡＩがどれほど融通がきかないか、君だって知っているだろう。君の気持ちが確かなのか、確認する必要があったのさ」

フランシスの表情がやわらぐ。しかし、再び疑りぶかい顔になった。

「なら、あのわざとらしい夜明けのシーンはなんだったんだ？　ドンピシャのタイミングで日が昇ったり、空の色が変わったりするのは？」

「ＡＩはロマンティックに演出する方法を心得ているのさ。君が本当に心を決めるまで、いつまでも日の出のシーンが続いたんじゃないかな」

「驚いた！　本当に君なんだな。君が誰にせよ……」

２人は笑い合い、ようやく肩の力を抜いた。ピーターが先に立って、台地のへりに向かう。

「この数週間、僕らに何ができるのか考えていた。サラニアは変わりつつある。プラットフォームそのものが変化しているんだ。この世界では、ますます大勢の人々が、絶えず新たな要素を追加している。でも、それ以上にすばらしいことが起きているんだ。僕のＡＩだけでなく、この世界で君や僕がアクセスできる、あらゆるＡＩが進化しているのさ。君に見てほしいものがある……」

ピーターは腕を伸ばしてフランシスの手を取った。その瞬間、２人は高くそびえる山頂付近にある別の台地に移動していた。

フランシスは立ち止まって絶景に見入ると、連れに目をやり、続いて自分の腕と手に目を落とした。２人とも、ぴっちりとしたＶＲスーツのようなものを着ている。現実世界のトーキーで、老人になったフランシスが着ていた服に似ていると言えなくもない。しかし22世紀の人類が着ていそうな、もっと宇宙服っぽい雰囲気だ。

ピーターの髪形も変わっていた。ラハイランらしさは薄れ、ピーター自身の20代を思い出させる。

「何が起きた？」

「ニュー・ワールドへようこそ！」ピーターはそう言うと、絶景を腕で示した。

「このニュー・ルックは何なんだ？」

「カメレオンスーツさ！　今は機能がオフになっているけど、その場の環境に合わせてデザインが変わるようになっているんだ。これで、どんな場所に行っても溶け込むことができる」

「〝どんな場所に行っても〟というのは？」

「まさに〈ピュア・イマジネーション〉の世界さ！　この世界では、感じることはすべて現実なんだ！　僕らは自由なんだよ」

ピーターは満面の笑みを浮かべていた。真っ白な歯が早朝の光にきらめく。それから急に真面目な表情になり、その声は切羽詰まった響きを帯びていった。まるで、命乞いをしている人間のように。

「僕らはここで暮らしていける――本当に生きることができるんだ。どこにだって行けるし、望めば誰にだって、何にだってなれる」ピーターは一息つくと、ゆっくりと言葉を続けた。「それも、あえて夢見ることさえしなかったほど長くね……」

頭上で2羽のフェニックスが啼き声をあげた。1羽は新たによみがえったばかりで若々しく、もう1羽は終わりのときを迎えている。

フランシスは、そそり立つ断崖の淵まで歩いていき、ピーターと手に手を取って立ち尽くした。そこから見えるのは、見知らぬ土地の、ほとんど耐え難いほど美しい風景だ。ターコイズ色の海から双子の太陽が昇り、ありえないほど完璧な日の出を演出している。ピーターはフランシスを振り返った。

「君も一緒に来ればいい。まだ時間はある。君はずっと気が進まないと言っていたけど、どうか、どうか今考えてみてくれないか。君だって、脳＝コンピュータ・インターフェースを装着して、最新のＡＩを手に入れることができる。僕のより高性能なやつだ。そうすれば、君は再び健康になれる。君が生きているうちにＡＩは君と融合して、僕のＡＩよりはるかに賢くなる。わかるだろう、僕らはずっと一緒にいられるんだ」

ピーターは腕を伸ばしてフランシスの両肩を掴んだ。

「忘れないでほしい。君なしでは、僕は何者でもないってことを。でも、この多元宇宙《マルチバース》がどんな難題をぶつけてきたとしても、２人一緒なら、僕らは無敵なんだ！」

返事はない。ピーターはますます追い詰められたような顔になった。

「君がいつだって、サイボーグになるという考えを気に入っていないのは知っていたよ。でも、今君を失うなんて耐えられない。君だけが、僕が存在する理由なんだから」

クラウド上のどこかで、61年分の恋によって蓄積されたありったけの理屈と感情、そして人間らしさを投入し、ＡＩは最後の言葉を絞り出した。

「ダーリン、お願いだ。僕を置いていかないでくれ！　死から逃れることができたって、生きる目的がなければなんの意味もないだろう？」

フランシスは長いあいだ、〈ピーター３・０〉の目をじっと見つめていた。

「そんな言葉、一生聞けないと思ってた……」

著者・訳者紹介

ピーター・スコット-モーガン (Peter Scott-Morgan)

インペリアル・カレッジ・ロンドンにて博士号取得（ロボット工学）。

世界的コンサルティングファームであるアーサー・D・リトルにて企業変革マネジメントに従事。独立後も含め、25年以上にわたって世界中の数多くの企業や政府機関のシステム上の脅威を分析し、その対応策をリーダーに助言してきた。

2007年、40代の若さで商業的な仕事から完全に引退。以後、イギリスを拠点に世界中を旅する生活を送る。

2017年、運動ニューロン疾患（ALS）と診断される。余命2年の宣告を受けるも、病を「画期的な研究を進めるための機会」とみなし、自らを実験台として「肉体のサイボーグ化」「AIとの融合」をスタート。同時に財団を設立、インテルやDXCテクノロジーなど世界的企業のサポートを得て、継続的な研究体制を確立。自らが生き残ることにとどまらず、「人間である」ことの定義を書き換え、あらゆる人がもっと自由に生きられる可能性を追求している。

余命宣告から4年を経た2021年現在も、研究のほか著書出版、テレビ出演などの啓発活動を精力的にこなしている。

藤田美菜子 (ふじた みなこ)

翻訳家。早稲田大学第一文学部卒業。出版社で雑誌・書籍の編集に携わり、その後フリーランスの編集者・翻訳者に。訳書に『ツイン・ピークス ファイナル・ドキュメント』『ツイン・ピークス シークレット・ヒストリー』（以上、KADOKAWA）、『北朝鮮を撮ってきた！』（原書房）、『悪党・ヤクザ・ナショナリスト』（朝日新聞出版）、『炎と怒り』（共訳、早川書房）、『約束の地 大統領回顧録』（共訳、集英社）などがある。

NEO HUMAN ネオ・ヒューマン

究極の自由を得る未来

2021年7月8日発行

著　者——ピーター・スコット−モーガン
訳　者——藤田美菜子
発行者——駒橋憲一
発行所——東洋経済新報社
〒103-8345　東京都中央区日本橋本石町1-2-1
電話＝東洋経済コールセンター　03(6386)1040
https://toyokeizai.net/

装　丁…………………橋爪朋世
本文レイアウト・DTP……明昌堂
プロモーション担当………笠間勝久
印　刷…………………図書印刷
編集担当………………桑原哲也
Printed in Japan　　ISBN 978-4-492-04690-6

本書のコピー、スキャン、デジタル化等の無断複製は、著作権法上での例外である私的利用を除き禁じられています。本書を代行業者等の第三者に依頼してコピー、スキャンやデジタル化することは、たとえ個人や家庭内での利用であっても一切認められておりません。

落丁・乱丁本はお取替えいたします。